U0927683

L I V E B Y N I G H T

夜色人生

[美] 丹尼斯 · 勒翰 著
尤传莉 译

江苏凤凰文艺出版社
JIANGSU PHOENIX LITERATURE AND ART PUBLISHING, LTD

主要人物表

波士顿

乔·考克林	波士顿的犯罪分子
托马斯·考克林	波士顿警察局高官，乔的父亲
艾登·考克林（丹尼）	乔的大哥
迪昂·巴托罗	乔的好友
保罗·巴托罗	迪昂的哥哥，乔的好友
蒂姆·希基	黑帮老大，乔的老板
阿尔伯特·怀特	黑帮老大，希基的对手
布兰登·卢米斯	阿尔伯特·怀特的手下
艾玛·古尔德	乔的女友，阿尔伯特·怀特的情妇
马索·佩斯卡托	黑帮老大，在查尔斯城监狱服刑
埃米尔·劳森	在查尔斯城监狱服刑的犯人

坦　帕

艾斯特班·苏亚雷斯	古巴人，餐厅老板
格蕾西拉·科拉莱斯	古巴人，雪茄厂女工
厄文·费吉斯	坦帕警察局局长
萝瑞塔·费吉斯	厄文·费吉斯的女儿
RD·普鲁伊特	费吉斯的小舅子
“左撇子”道纳	乔的手下
萨尔·乌索	乔的手下
恩里科·波捷塔	乔的手下
法鲁柯·迪亚兹	乔的手下，水上飞机的飞行员

其　他

“席基”伊拉里奥	古巴的烟草农场总管
“幸运儿”卢西安诺	纽约黑帮老大，美国黑手党领袖
道尔·兰斯基	卢西安诺的军师

献给安琪

我愿意开车一整夜……

上帝的子民与战争的子民，两者间有奇异的血缘。

——科马克·麦卡锡《血色子午线》

现在要当好人，已经太迟了。

——“幸运儿”卢西安诺

目　录

PART 1　波士顿 1926-1929

PART 2　伊博市 1929-1933

PART 3 所有暴力的孩子 1933-1935

PART 1

波士顿

1926-1929

1

一名12点的男子，身在9点的城市

几年以后，在墨西哥湾的一艘拖船上，乔·考克林的双脚陷在一浴缸的水泥里，十二个持枪杀手站在船上，等着船驶到远海，就把他扔进海里。此时，乔听着引擎的突突声，看着船尾的海水搅起白沫，他忽然想到，自己人生中发生的每一件大事——无论是好是坏——几乎都始于他初次见到艾玛·古尔德的那个早晨。

他们是在1926年初相遇的，当时乔和巴托罗兄弟跑到南波士顿，抢劫阿尔伯特·怀特那家地下酒吧后面的赌场。进去之前，乔和巴托罗兄弟根本不知道那家地下酒吧是阿尔伯特·怀特的。要是早知道，他们离开时就会分成三路，好让自己的踪迹更难被追查。

他们很顺利地走下店后方的楼梯，平静地经过空荡荡的酒吧。酒吧和赌场占据了一处港口家具仓库的后半部，乔的老大蒂姆·希基曾跟他保证，这个仓库的业主是几个无害的希腊人，最近刚从马里兰州搬来。可是当他们走进后面房间，才发现一场扑克牌局进行得正热烈，五个赌客举着沉甸甸的水晶玻璃杯，喝着琥珀色的加拿大威士忌，香烟的烟雾在他们头上形成一片灰色的浓云。桌子中央有一堆钱。

那些赌客看起来并非善类，也没有一个像希腊人。他们的西装外套挂在各自的椅背上，露出插在臀部的手枪。当乔、迪昂、保罗举着手枪走进去时，没人伸手碰枪，但乔看得出有两个想去拿。

一个之前端饮料给那桌的年轻女郎看到他们，把托盘放在一边，从烟灰缸拿起她的香烟，吸了一口。此时三把枪都对着她，但她一副快要打哈欠的样子。好像眼前这些太不够看了。

乔和巴托罗兄弟进来之前就把帽子压低遮住眼睛，还各自系了条黑手帕蒙住半张脸。还好，要是这票人有谁认出他们，他们就活不到天黑了。

简单得就像逛公园，之前蒂姆·希基跟他们说。黎明时突袭，届时那地方只剩账房里的两个黑人。

结果正好相反，里头有五个带枪的恶棍在打扑克。

其中一个赌客说："你知道这是谁的地盘吗？"

乔不认识那家伙，但他认识隔壁那个——布兰登·卢米斯，以前是拳师，现在是阿尔伯特·怀特帮里的人。怀特是蒂姆·希基私酒生意最大的对手。最近道上谣传，阿尔伯特正在囤积汤普森冲锋枪，为即将来临的大战做准备。道上话已经传开了——大家选边站得放聪明点儿，否则就是死路一条。

乔说："大家乖乖照吩咐做，就不会伤你们一根寒毛。"

卢米斯隔壁那个家伙又开口了："妈的蠢货，我问你们知不知道这是谁的地盘。"

迪昂·巴托罗用手枪砸他的嘴巴，力道大得让他跌出了椅子，还流血了。这一幕让其他人不由得庆幸：幸好挨揍的不是自己。

乔说："除了那个小妞，其他人都跪下。双手放在头后面，十指交扣。"

布兰登·卢米斯双眼盯着乔："小子，等这件事情结束了，我会打电话给你老妈。建议她帮你挑一套漂亮的深色西装穿进棺材里。”

卢米斯以前是机械堂俱乐部的拳师，当过莫·马林斯的陪练员，据说他的拳头重得就像一袋撞球。他帮阿尔伯特·怀特杀人。谣传他不光为了混饭吃，而是希望阿尔伯特知道，万一有这么个专属的杀人职位，他的资格最老。

看着卢米斯那一对小小的棕色眼珠，乔觉得这辈子从没这么害怕过，但他还是用枪指着地板，很惊讶自己的手居然没抖。布兰登·卢米斯双手在脑后交扣，跪了下去，其他人纷纷照做。

乔跟那个女郎说：“小姐，来这里。我们不会伤害你的。”

她拧熄了香烟，看着他，表情像是想再点根烟，说不定再来一杯酒。她走向他，年龄看起来跟他相仿，二十岁上下，目光冰冷，皮肤苍白得几乎可以看到底下的血液和组织。

他看着她走过来时，巴托罗兄弟正忙着收走那些赌客的手枪，扔在旁边一张赌21点[①]的桌子上。手枪砸在桌子上，发出沉重的闷响，但那女郎甚至连眉毛都没动一下。她那对灰色眼珠后面有火光在舞动。

她走到乔的枪口前说：“这位先生，今天早上要喝点儿什么配抢劫啊？”

乔把带来的两个帆布袋中的一个递给了她：“桌上的那些钱，麻烦你。”

“马上来，先生。”

她回头走向那张桌子时，他从另一个帆布袋里拿出一副手铐，然后把袋子扔给保罗。保罗弯腰把第一个赌客的双手铐在后腰，接着去

① blackjack，一种纸牌游戏，游戏者的目标是使手中的牌的点数之和尽量接近但不超过21点。

铐下一个。

女郎把桌子中央那堆东西扫进袋子里——乔注意到里头除了纸钞之外，还有手表和珠宝——接着去拿每个座位面前的赌注。保罗把地板上每个人的手都铐住了，接下来又去塞他们的嘴。

乔身后是轮盘，花旗骰的赌桌在楼梯底下靠墙边，他扫视了屋里一圈，看到有三张21点的赌桌，一张百家乐[1]的赌桌，贴着后墙则有六台吃角子老虎机。另外有一张矮几上面放了六部电话，以供场外赌马下注；电话后方有块板子，上头还列着昨天晚上第十二场赛马的马名。除了他们进来的那扇门之外，屋里仅剩的那扇门上用粉笔写了个T字表示厕所（toilet），很合理，因为喝酒的人总是要上厕所。

不过刚才乔经过酒吧时，已经看到了两间厕所，这个数量足够了。眼前这间厕所门上有一把挂锁。

他望向躺在地板上的布兰登・卢米斯，这家伙嘴巴被塞住，却看透了乔的脑袋里在想什么。乔也看透了卢米斯的脑袋里在想什么。他一看到那把挂锁，就知道了——那不是厕所。

那是账房。

阿尔伯特・怀特的账房。

这是10月第一个转冷的周末，从希基手下那些赌场过去两天的生意来看，乔猜想那扇门后头有不少钱。

阿尔伯特・怀特的钱。

女郎拿着装了赌注的袋子走向他。“先生，你的甜点。”她说，把袋子递给他，平静的眼神令人难忘。她不光是盯着他，更像是要把

① baccarat，一种纸牌游戏，游戏者手持两张或三张纸牌，赌谁的点数被十除后余数最大。

他看穿。他很确定她可以看到自己藏在手帕和压低的帽檐后头的脸。说不定哪天早上，他会在路上碰到正要去买香烟的她，听到她大喊："就是他！"然后他连眨眼都还来不及，一颗子弹就击中了他。

他接过袋子，一根手指吊着那副手铐："转过去。"

"是的，先生。马上来，先生。"她转身背对着他，双手在身后交叉，指节抵着后腰，指尖垂在臀部上方。乔知道此刻自己最不该做的事情，就是盯着任何人的屁股瞧。

他把第一个铐环套在她的一边手腕上："我会很温柔的。"

"别特别为了我费事，"她回头看着他，"尽量别留下疤痕就行了。"

老天。

"你叫什么名字？"

"艾玛·古尔德。"她说，"你呢？"

"通缉犯。"

"是女人都追着你跑，还是警察想抓你？"

他没法一边跟她斗嘴，一边盯着整个房间，于是他把她转过来，从口袋里掏出塞嘴巴的东西。是保罗·巴托罗从他工作的伍尔沃斯百货商店偷来的男袜。

"你要在我嘴里塞袜子。"

"没错。"

"袜子。塞在我嘴里。"

"没穿过的，"乔说，"我保证。"

她扬起一边眉毛。眉毛跟她的头发一样是暗金色的，又软又亮，像貂毛。

"我不会骗你。"乔说，那一刻他觉得自己说的是实话。

“骗子通常都这么说。”她张开嘴巴，像个屈服的孩子等着大人喂药，他想跟她说话，却想不出该说什么。他想问些问题，只为了能再听听她的声音。

他把袜子塞进她嘴里，她的双眼微微鼓出，接着想吐出来——通常都会这样——当看到他手里的麻绳时开始摇头，但他已经准备好了。他把绳子横拉过来，缠在她嘴巴上，再绕到后面拉紧。他在她脑袋后面打结时，她看着他的眼神像是在说：在此之前整件事都是光明正大的，甚至还有点儿刺激，但现在他要起狠来，毁掉了一切。

“半丝织的。”他说。

她又扬起眉毛。

“我是说袜子，”他说，“去跟你的朋友跪在一起吧。”

她跪在布兰登·卢米斯旁边，卢米斯从头到尾都死盯着乔，目光从没移开过。

乔看着通往账房的那扇门，还有门上的挂锁。他让卢米斯跟随着他的目光，然后望着卢米斯的眼睛，等着看他接下来有什么反应，但卢米斯的目光随即变得呆滞。

乔还是盯着他，说：“走吧。这里结束了。”

卢米斯缓缓眨了一次眼，乔判定这是个和平的表示——或至少有可能——然后赶紧离开了。

离开时，他们沿着水边行驶。深蓝的天空划过一道道深黄，海鸥聒噪着飞起又落下。一艘挖泥船的铲斗晃进这条港边道路上空，又随着一声尖啸晃出去，保罗开着车驶过它投下的阴影。在明亮而寒冷的天光中，装卸工、搬运工、货车司机站在各自的货物堆旁抽烟。一群工人在朝海鸥丢石头。

乔摇下车窗，让冷风吹着他的脸和双眼。风里有咸味，有鱼腥味，还有汽油味。

前座的迪昂·巴托罗回头看着他："你问了那美女的名字？"

乔说："只是找话讲而已。"

"你铐她手的时候拖那么久，在找她出去约会吗？"

乔把头探出车窗，把肮脏的空气深深吸进肺里。保罗开着车子转出码头，驶向百老汇大道，这辆纳什车厂的汽车可以轻易开到时速三十英里。

"我以前见过她。"保罗说。

乔的头缩回车内："在哪里？"

"不知道。不过我知道我见过。"他开的车弹跳着驶上百老汇大道，车上的三人也都跟着弹跳起来。"或许你该写首诗给她。"

"写个屁诗，"乔说，"你干吗不开慢点儿？别搞得像是我们真做了坏事一样。"

迪昂转向乔，一手放在椅背上。"我老哥真的给一个妞儿写过诗。"

"真的？"

保罗望着后视镜，跟他目光交会，然后郑重地点了点头。

"结果呢？"

"什么都没发生，"迪昂说，"她不识字。"

他们往南驶向多彻斯特，快到安德鲁广场时卡住了。因为前面有一匹马倒毙在路上，人车必须绕过那匹马和翻覆的载冰车厢。卵石道上砸破的冰像金属薄片般发出亮光，送冰人站在马尸旁，踢着马的肋骨。乔一路上都在想她。她的手干燥而柔软，非常小，掌根是粉红色的，手腕上的血管是青紫色的。她右耳后头有一块黑色雀斑，但左耳没有。

巴托罗兄弟住在多彻斯特大道，楼下是一家肉铺和一家修鞋铺。肉铺和修鞋铺的老板娶了一对姐妹，两个男人彼此痛恨，更恨彼此的老婆。尽管如此，两家人还是在共享的地下室开起了地下酒吧。到了夜里，来自多彻斯特另外十六个教区，以及其他各地，最远来自北海岸教区的人，会来这里畅饮蒙特利尔以南最棒的烈酒，听一个名叫黛利拉·德鲁思的黑人女歌手唱伤心情歌。这里的非正式店名叫“鞋带”，搞得那个肉店老板很愤怒，气得头都秃了。巴托罗兄弟几乎每天晚上都来“鞋带”，这没问题，但夸张到干脆搬到那地方的楼上住，乔觉得好像太蠢了。只要有敬业的警察或税政调查员去突袭一次（尽管不太可能），踢开迪昂和保罗的房门，就会轻易发现钱、枪、珠宝，都是这两个分别在杂货店和百货店工作的意大利佬绝对不可能拥有的东西。

没错，他们的珠宝通常立刻会送到海米·德拉戈手上，那是他们从十五岁就开始打交道的收赃人。但钱通常是送到“鞋带”后头的赌桌上，或是藏在两兄弟的床垫里。

乔靠在冰柜上，看着保罗把两兄弟早上赚来的那两份放进床垫里，只要把那条被汗水染得发黄的床单往后拉，就会露出床垫侧面的几道裂口，迪昂把一沓沓钞票递给保罗，保罗把钞票塞进去，像是在给感恩节的火鸡填馅料。

保罗二十三岁，是他们三个里头最年长的。迪昂比哥哥小两岁，但显得更大，或许因为他比较聪明，也或许因为他比较狠。乔下个月才满二十岁，是三人里最年轻的，但从他十三岁跟巴托罗兄弟结伙去砸报摊以来，就被公认为行动的军师。

保罗从地板上站起来：“我知道我是在哪里见过她了。”他拍掉膝盖上的尘土。

乔站直身子："哪里？"

"可是他又不喜欢她。"迪昂说。

保罗指着地板："楼下。"

"在'鞋带'？"

保罗点点头："她跟阿尔伯特一起来。"

"哪个阿尔伯特？"

"蒙特内哥罗之王阿尔伯特，"迪昂说，"你以为是哪个阿尔伯特？"

很不幸，全波士顿只有一个阿尔伯特，大家提到时可以不必讲姓。就是阿尔伯特·怀特，他们刚刚抢劫的那个家伙。

阿尔伯特曾经是美国与菲律宾战争的英雄，以前当过警察，跟乔的哥哥一样，在1919年的波士顿警察大罢工后丢了工作。现在他是怀特汽车保养修理厂（前哈洛伦轮胎与汽车修理厂）、怀特城中快餐店（前哈洛伦午餐店）、怀特跨陆运输公司（前哈洛伦卡车货运公司）的业主。谣传他亲手干掉了毕齐·哈洛伦。毕齐当时在艾格斯顿广场一家瑞克苏尔连锁药房旁的橡木电话亭里，身上中了十一枪。因为近距离开了太多枪，整个电话亭都起火烧了起来。谣传阿尔伯特把烧剩的电话亭买了下来，修复后放在他阿什莫特山家宅的书房里，所有电话都从那里头打。

"所以她是阿尔伯特的妞儿。"想到她是另一个黑帮老大的女人，乔觉得很泄气。他本来已经想象两人开着一辆偷来的汽车，飞驰过这个国家，不受过去或未来的阻碍，在一片红色的天空下追逐落日，奔向墨西哥。

"我三次看到他们在一起。"保罗说。

"现在又变成三次了。"

保罗低头看着自己的手指确认："没错。"

"那她为什么在他的赌场里端盘子？"

"不然你要她做什么？"迪昂说，"退休吗？"

"不，可是……"

"阿尔伯特结婚了，"迪昂说，"谁知道一个派对女郎能在他怀里待多久？"

"你对她的印象是派对女郎？"

迪昂缓缓打开一瓶加拿大琴酒的盖子，面无表情地看着乔。"我对她唯一的印象，就是她帮我们把钱装进袋子里。我连她头发是什么颜色都说不上来。我连——"

"深金色。几乎是淡棕，但不算是。"

"她是阿尔伯特的妞儿。"迪昂给每个人都倒了一杯酒。

"那就是吧。"乔说。

"我们刚好抢了那人的地盘，这就已经够糟了。别想着还要从他手里抢走其他东西，好吗？"

乔没吭声。

"好吗？"迪昂又问了一次。

"好。"乔伸手去拿自己那杯酒，"很好。"

接下来三个晚上，她都没来鞋带酒吧。乔很确定，因为他一直在里头，从开店到打烊，每天都是。

阿尔伯特来了，穿着他的招牌细条纹米白西装，好像在里斯本或哪里似的。头上的棕色软呢帽和脚上的棕色皮鞋，都跟西装上的棕色细条纹搭配。冬天下雪时，他会穿米白细条纹的棕色西装，配米白帽子、米棕两色鞋罩。到了2月，他就穿深棕色西装，配深棕皮鞋、黑色帽子。乔猜，在夜里开枪干掉他多半很容易。在小巷里，用把便宜手枪，从二十米外就能撂倒他。连盏街灯都不需要，就能看到他一身的白转成红色。

阿尔伯特，阿尔伯特，只要我知道怎么杀人，我就可以杀了你。第三天晚上，正当乔这么想着的时候，阿尔伯特就走进了鞋带酒吧，经过乔坐着的吧台凳子。

问题是，阿尔伯特很少走进小巷里，就算走进去也一定有四名贴身保镖随行。就算你能通过保镖那一关，真的杀了他——乔不是杀手，搞不懂自己他妈的一开始干吗要去考虑杀阿尔伯特·怀特——你也只是破坏了这个企业帝国，妨害到了阿尔伯特·怀特的那些合伙人而已。合伙人包括警察、意大利人、马塔潘一带的犹太黑帮，还有一些在古巴和佛罗里达蔗糖业投资的正经生意人。在这么小的一个城市里害一个企业脱轨，就像用刚被割伤的手去喂动物园里的野兽，完全是找死。

阿尔伯特看了乔一眼。乔心想，他知道了，他知道了。他知道我抢了他。知道我想要他的妞儿。他知道了。

但阿尔伯特只是说："可以借个火吗？"

乔在吧台上划了根火柴，帮阿尔伯特·怀特的香烟点了火。

阿尔伯特吹熄火柴时，把烟吹到乔的脸上，说："谢了，小子。"然后走了。他的皮肤白得像他的西装，嘴唇红得像流出又流入他心脏的鲜血。

抢劫后第四天，乔遵循直觉，回到那个家具仓库。他差点儿错过了她。显然，这一带的女秘书下班时间跟工人一样，走在堆高机操作员和装卸工的大块头阴影下，那些女秘书显得特别娇小。男人们穿着肮脏的外套走出来，肩膀上垂挂着装卸手钩，大声讲着话朝年轻女人挤，边吹口哨边说些只有他们才会笑的笑话。不过那些女人一定早就习惯了，因为她们设法成群走出男人的包围，其中有些男人跟在后面，有些男人落后了，还有些脱队走向码头上公开的秘密——那是一艘平底船，从禁酒令[①]生效的第一天开始就在卖酒了。

那群年轻女人一直彼此靠得很紧，顺利地沿着码头往前走。乔本来没看到她，直到另一个同样发色的女郎停下来调整鞋跟，艾玛的脸才在人群中露出来。

乔原先站在吉列公司的装卸码头附近，这会儿他离开那里跟上去，走在那群女人后头不到五十码的地方。他告诉自己，她是阿尔伯特·怀特的女人。告诉自己，马上停止这种疯狂的举动。他非但不该跟着阿尔伯特·怀特的女人沿着南波士顿的码头走，而且，在不知会不会被指认抢了那个赌场之前，他都不该待在麻州。蒂姆·希基南下去谈一笔朗姆酒的生意了，乔暂时没法问他他们为什么会撞上那场扑克牌局。巴托罗兄弟目前都不敢抛头露面，想等搞清楚怎么回事再说。而三个人里应该是最聪明的乔却跑到这儿来，追逐艾玛·古尔德的踪迹，就像一只饿狗追逐肉香。

离开。离开。离开。

乔知道那个声音是对的。那个声音代表理性。如果不是理性，那就是他的守护天使。

问题是，他今天对守护天使没兴趣。对她有兴趣。

那群女人走出码头区，在百老汇车站解散了。大部分人都走向电

---

① 1920年初，美国宪法第十八修正案正式生效，从此，凡是制造、售卖乃至运输酒精含量超过0.5%以上的饮料皆属违法。直到1933年末，宪法第二十一修正案废止了第十八修正案，禁酒令才告解除。

车那一侧的一张长椅，艾玛则下楼梯去地铁站。乔等她走了几步后才跟着进入地铁站，走下一段楼梯，上了一班往北的列车。车上又挤又热，但他的双眼始终不曾离开她，还好，因为才坐一站，到了南站，她就下车了。

南站是个转乘站，有三条地铁线、两条高架铁路线、一条路面电车线、两条巴士线和一条通勤铁路线在此交会。一走出车厢来到月台，他就像一颗开球中的撞球，撞一下，旋转，又撞一下。他看不到她了。他是家中三兄弟里面最矮的，一个哥哥很高，另一个哥哥异常的高。感谢老天，他也不算矮，只是中等而已。他踮起脚尖走路，设法穿过拥挤的人群，所以走得更慢了，但总算在通往大西洋大道高架铁路线的转接隧道里，看到她那头硬奶油糖果色的头发在人群里浮沉。

列车进站时，他刚好来到月台。他们进了同一节车厢，她隔着两道车门站在他前面。车子离站时，整个城市在他面前展开。暮色刚刚降临，所有的蓝色、棕色和砖红色都变得更深了。办公大楼的窗子转为黄色。各街区的街灯纷纷成片亮起。天际线边缘的港口一片血红。艾玛倚着一扇窗，城市夜景在她身后一览无余。她茫然地看着拥挤的车厢，眼睛没特别盯着哪里，但眼神依然提防。那对灰眼珠颜色很淡，甚至比她的皮肤还白，如同冰琴酒。她的下巴和鼻子都有点尖，上头散布着点点雀斑。她身上没有丝毫欢迎他人接近的意味，仿佛把自己锁在那张冰冷而美丽的脸庞后面。

这位先生，今天早上要喝点儿什么配抢劫啊？

尽量不要留下疤痕就行了。

骗子通常都这么说。

他们经过巴特利街车站，列车轰隆隆行驶在北端区，乔往下看着这片充满意大利风情的区域——意大利人、意大利方言、意大利习俗与食物——不禁想到他的大哥丹尼。丹尼虽然是爱尔兰裔的警察，却热爱这片意大利区，所以在这里居住、工作。丹尼是大块头，几乎是乔这辈子见过的最高的人。他是个厉害的拳击手，很少有什么令他畏惧的东西。他是警察工会的干部和副会长，1919年9月，他跟所有决定参加罢工的波士顿警察一样难逃一劫——失去了工作，没有任何复职的希望，还被全东岸各地的执法机关全面封杀。这击垮了他。或者据说是这样的。他最后在俄克拉荷马州塔尔萨市的一个黑人区落脚，五年前那里被一场暴动焚毁。此后，乔的家人就完全失去了丹尼的音讯，只听到过一些谣言——在奥斯汀、巴尔的摩、费城发现了他和他妻子诺拉的踪迹。

乔从小就崇拜这个大哥。后来渐渐变得恨他。现在，多数时候根本不会想到他。偶尔想起时，乔不得不承认，自己想念他的笑声。

在车厢另一头，艾玛·古尔德一边说着“对不起、对不起”，一边朝门口挤过去。乔往窗外一看，发现快到查尔斯城的市政广场站了。

查尔斯城。难怪被人用枪指着都吓不倒。在查尔斯城，那些人会把点三八手枪带到晚餐桌上，用枪管搅拌咖啡。

他跟着她来到联合街尽头，快走到一栋两层楼房时，她右转进入屋后的一条小巷，等到乔也来到那条小巷，发现她不见了。他前后看看那条巷子——什么都没有，只有相似的双层楼房，大部分是盐匣式尖顶木屋，窗框腐朽，屋顶涂着一片片补漏的柏油。她有可能进入其中任何一栋，但她刚才挑了这个街区的最后一条巷子。他想，她应该是进了眼前这栋蓝灰色的房子，房子的鱼鳞状木墙板上有一扇通往地下室的钢制小门。

刚走过的那栋房子，有一道木闸门。门锁着，于是他攀住闸门顶，撑起身子去看门外的另一条巷子，那条巷子比他所在的这条要窄。除了几个垃圾桶，整条巷子是空的。他松手落回地面，翻口袋找他出门向来会带的发夹。

半分钟后，他来到闸门的另一边等待。

结果没等多久。在这种下班时间，不用等太久。两对脚步声进入巷子，是两名男子，谈论着最近那架试图飞越大西洋但失踪了的飞机，没有英国飞行员的踪影，也找不到残骸。这一秒钟还在天上，下一秒钟就永远消失了。其中一名男子敲了敲鱼鳞板，过了几秒钟，乔听到他说："铁匠。"

一扇钢制门咿呀一声拉开，过了一会儿，又落回去锁住了。

乔等了五分钟，然后回到第一条巷子，敲了敲鱼鳞板门。

一个含混的声音说："什么人？"

"铁匠。"

转动门锁的棘轮声传来，乔拉起那扇钢制门。他进入窄小的楼梯往下走，身后的门逐步往下落回。走到楼梯底部，碰到第二扇门，门正好打开。一个鼻子像花椰菜、双颊红通通的秃头老人挥挥手让他进去，脸色很不高兴。

里头是个粗糙的地下室，泥土地的中央有个吧台。几个木桶充当桌子，椅子是最便宜的松木做的。

乔走到吧台前，坐在离门最近的那一端，一个手臂胖得像怀孕腹部的女人端了一大杯温啤酒给他，喝起来有点肥皂味，有点木屑味，就是不像啤酒或任何酒精味的东西。他在昏暗的地下室中寻找艾玛·古尔德，却只看到几个码头工人、两个水手，还有两三个妓女。一架钢琴靠着楼梯底下的砖墙，没人用，几个琴键坏了。在这种酒吧，酒客进来多半不是为了娱乐，顶多是想看看水手和码头工人为了抢两个妓女而大打出手。

她从吧台后面那扇门里走出来，头上绑了一条方头巾。原来的开襟衬衫和裙子换掉了，改穿一件乳白色的厚毛衣和一条褐色的粗花呢长裤。她走到吧台，清空烟灰缸，擦掉台面上溅出来的酒滴，原先端酒给乔的那个女人脱掉身上的围裙，走进吧台后面那扇门。

她来到乔面前时，瞄了一眼他快喝空的杯子。“再来一杯吗？”

“好啊。”

她看了一下他的脸，好像不太高兴。“谁告诉你这个地方的？”

“迪尼·库珀。”

“不认识。”她说。

我也不认识，乔心想，搞不懂自己怎么会掰出这么蠢的名字。迪尼[①]？为什么不管这家伙叫“午餐”？

“他住北边的埃弗里特市。”

她擦着他面前的吧台，还是没去端他的酒。“是吗？”

“是啊。他上星期在神秘河的切尔西那一边工作，清淤泥，你知道吧？”

她摇摇头。

“总之，迪尼指着河对岸，告诉我这个地方。说你们这边的啤酒不错。”

“现在我知道你在撒谎了。”

“因为有人说你们的啤酒不错？”

她看着他的眼神就像当初抢劫时那样，仿佛可以看见他肚里盘绕的肠子、他粉红色的肺叶，还有在他脑子皱褶里转来转去的思绪。

---

① Dinny，发音和“晚餐”（dinner）相似。

“这啤酒没那么差啊，”他说着举起杯子，“我有次在一个地方喝到的啤酒，我发誓——”

“你觉得自己很酷，对吧？”她说。

“啊？”

“对吧？”

他决定假装生气：“我没撒谎，小姐。不过我可以离开。我当然可以离开。”他站起来，“第一杯啤酒是多少钱？”

“二十美分。”

她伸出手，他把硬币放在她手上，她收进身上穿的男装长裤口袋里。“你不会的。”

“什么？”他说。

“离开。你说你要离开，是想让我印象深刻，于是判定你是老实人，要求你留下。”

“才不呢。”他穿上大衣，“我真的要走了。”

她往前靠在吧台上：“过来。”

他竖起脖子。

她冲他勾勾手指：“过来。”

他挪开两张凳子，也靠在吧台上。

“你看到角落里那几个家伙了吗？就是坐在那张苹果桶桌子旁边的那几个？”

他不必转头。刚才一进门，他就看到那三个人了。看起来是码头工人，肩膀扛惯了桅杆，双手搬惯了石头，凶狠的双眼让你不敢直视。

“看到了。”

“他们是我表哥。看得出来我们长得很像吧？”

“看不出来。”

她耸耸肩："你知道他们是做哪一行的吗？"

此时两人的嘴唇凑得很近，如果各自张开嘴巴，伸出舌头，舌尖就会相触。

"不知道。"

"他们专找像你这种胡扯出什么迪尼的男人，把他揍到死。"她两边手肘往前移，两个人的脸离得更近了，"然后扔进河里。"

乔觉得头皮和耳朵发痒。"这职业还真辛苦。"

"不过比抢扑克牌局要强，对不对？"

一时之间，乔整个人僵住了。

"讲点儿聪明话吧，"艾玛·古尔德说，"比如关于你塞进我嘴里的那只袜子。我想听点儿花言巧语。"

乔没吭声。

"趁你在想的时候，"艾玛·古尔德说，"再想想这件事：他们现在正在看我们。如果我拉一下这边耳垂，你就走不到楼梯了。"

他看着她用灰色眼珠瞄一下示意的那边耳垂。右边。看起来像颗鹰嘴豆，但更柔软。他很好奇早上起来吻那只耳垂的滋味是怎样的。

乔低头看着吧台："那如果我扣下这个扳机呢？"

她跟着他的目光往下看，看到了放在两人之间的手枪。

"你就没机会摸到耳垂了。"乔说。

她的目光离开手枪，沿着他的前臂上溯，他感觉她目光所及之处，毛发都分开了。她的眼睛一路看过他的胸口，往上到他的喉咙，翻过他的下巴，最后停在他的双眼。此时她的眼神更饱满而鲜明了，亮着某种文明开始前几世纪就存在于这个世界的亮光。

"我夜里12点下班。"她说。

2

她心中的空缺

乔住在西端区一栋旅舍的顶楼，走一小段路就是喧闹的斯科雷广场。旅舍的拥有者和经营者是蒂姆·希基帮，这个黑帮在波士顿存在已久，但在联邦禁酒令开始后的这六年，才发达起来。

占据一楼的通常是刚下船的爱尔兰人，带着一口浓重的爱尔兰腔和软趴趴的身子。乔的工作之一就是去码头接他们，带到希基设立的慈善食堂，给他们褐色的全麦面包、白色的什锦海鲜浓汤和灰色的马铃薯，然后带他们回旅舍，安排他们三人一间，睡在干净而结实的床垫上，把他们的脏衣服交给地下室那些老妓女洗。过了一星期左右，等他们恢复了一些力气，头发上没了虱子卵，一嘴烂牙的恶臭也消失了，就让他们签好选民登记卡，发誓绝对支持希基下次推出的候选人。之后，他们会离开，身上带着其他老乡的姓名和地址，指望能通过老乡立刻找到工作。

旅舍的二楼是赌场，有专属的出入口。三楼则是妓院。乔住在四楼走廊尽头的房间。这层楼有一间很不错的浴室，和乔共享这间浴室的只有两个人——任何当时城里最大的豪赌客，以及蒂姆·希基旗下最红的妓女潘妮·帕伦博。潘妮二十五岁，但看起来只有十七岁，头发是阳光照进瓶中蜂蜜时的那种颜色。曾经有个男人为了潘妮跳楼，还有一个跳海，另外一个倒没自杀，但杀了另一个男人。她很和善，又有看头，乔还算喜欢她。但如果她的脸蛋看起来像十七岁，那乔敢说，她的脑子就像十岁。据乔判断，她脑子里装的只有三首歌，还有一些关于成为裁缝师的模糊愿望。

有些早上，谁先下楼到赌场去，就会帮另一个带杯咖啡上来。今天早上是她带上来的，两个人坐在他房间的窗边，边喝咖啡边看着斯科雷广场上商店的条纹雨篷和广告牌，此时，第一批送牛奶的推车正呼噜噜沿着特里蒙特巷前行。潘妮告诉他，昨天一个占卜师跟她保证，她命中注定不是死得早，就是会变成堪萨斯城三位一体说圣灵降临派信徒。乔问她是不是担心自己死掉，她说那当然，但搬到堪萨斯城更加恐怖。

她离开时，乔听到她在走廊跟人讲话，随后蒂姆·希基在他门口出现。蒂姆穿了一件黑色的条纹背心，没扣扣子，配上相同料子的长裤，白衬衫衣领的扣子解开，没打领带。蒂姆身材修长，有着一头漂亮的白发，还有一对死囚牧师般的眼睛。

“希基先生，早。”

“早，乔。”他用一个老式玻璃杯喝咖啡，玻璃杯上映着刚升到窗台上的晨光，“皮茨菲尔德[1]那家银行？”

“是的。”乔说。

“你想见的那个人每星期四都会来这里，不过大多数晚上都会待在奥本小店。他会坐在吧台，洪堡帽放在他的饮料右边。他会告诉你那栋建筑的格局，还有离开的路线。”

---

① 美国马萨诸塞州中西部的工业城市。

“谢谢，希基先生。”

希基稍微举起杯子，以示响应。“还有一件事——还记得上星期我们讨论过的那个赌场荷官吗？”

“卡尔，”乔说，“我记得。”

“他又犯了。”

卡尔·劳布纳是他们的一个21点赌桌荷官，在以前工作的地方习惯动手脚，而现在他们无法说服他在这边不作弊，尤其碰到那种看起来不是百分之百白人的赌客。如果一个意大利佬或希腊佬在他的赌桌边坐下来，就完蛋了。卡尔一整晚会神奇地掀出一张又一张10点和1点的底牌，直到那些肤色比较黑的客人离桌。

“等他一进来，”希基说，“就解雇他。”

“是，先生。”

“我们这里不玩那种狗屎。同意吧？”

“那当然，希基先生。那当然。”

“另外，把那台吃角子老虎机修一下，行吗？轮子太松了。我们的赌场不作弊，但也他妈的不是慈善机构，对不对，乔？”

乔赶紧写下来提醒自己：“是的，您说得对，先生。”

蒂姆·希基的赌场属于波士顿为数不多的干净赌场，因此成为全城最受欢迎的赌场之一，尤其是高金额的赌局。蒂姆教导过乔，作弊的赌局或许可以敲诈到一两个笨蛋，但顶多两三次，他们就会学聪明而不再赌下去。蒂姆不想只敲诈两三次，他要一辈子赚他们的钱。他告诉乔，让他们继续赌，继续喝，他们就会把钞票送上门来，还感谢你减轻他们的负担。

“我们服务的那些人，”蒂姆不止一次这么告诉他，“他们是拜访夜晚，但我们就住在夜晚里。他们租用我们的地方。这表示他们一来我们的地盘玩，我们就能从每一寸土地赚钱。”

蒂姆·希基是乔见过的比较聪明的人之一。禁酒时期之初，波士顿黑帮的种族界线分明——意大利人只跟意大利人来往，犹太人只跟犹太人来往，爱尔兰人只跟爱尔兰人来往——但希基跟每个人都打交道。他趁着其他人都在经营威士忌时，就跟佩斯卡托帮的负责人詹卡洛·卡拉布瑞塞（帮主佩斯卡托老头正在坐牢）结盟，一起经营加勒比海地区的朗姆酒生意。等到底特律和纽约的黑帮运用他们的影响力，把威士忌这一行里的其他人全部变成分包商，希基和佩斯卡托这两个黑帮已经垄断了蔗糖和糖蜜市场。大部分产品来自古巴，经过佛罗里达海峡，运到美国才蒸馏为朗姆酒，之后在夜里沿着东海岸往北运送，最后以总成本加上八成的价格卖出。

最近蒂姆才又去过佛罗里达州坦帕市，一回来就跟乔讨论起南波士顿家具仓库那趟差事。他称赞乔很聪明，没去碰账房（蒂姆说，“当场避免了一场帮派大战”），还跟乔说，等他搞清楚当初报信的人为什么会给这么危险的消息，就会有人被吊死在关税大楼的尖顶上。

乔想相信他，如果不相信他的话，就表示蒂姆派他们去抢那个仓库是想挑起一场跟阿尔伯特·怀特的帮派大战。对蒂姆来说，为了永久垄断朗姆酒市场，牺牲几个从小男孩时期就调教出来的手下，他是做得出来的。事实上，蒂姆没有什么做不出来。绝对没有。所以他才能在这一行保持顶尖地位——你必须让每个人知道，你早就没有心肝了。

这会儿在乔的房间里，蒂姆掏出随身的金属扁瓶，倒了一点到咖啡里，喝了一口，然后将扁瓶递给乔，但乔摇摇头。蒂姆把扁瓶塞回口袋里：“你最近都跑哪儿去了？”

“都在这儿啊。”

希基盯着他：“你这星期每天晚上都跑出去，上星期也是。有女人了？”

乔考虑要撒谎，但看不出有任何必要。“是的，没错。”

“是个好姑娘吧？”

“她很活泼。她……”乔想不出适当的字眼，“很特别。”

希基本来走到门口，又转回来。“你碰上吸血鬼了，啊？”他比画着一根针刺进手臂的动作，“我看得出来。”他走过来，一只手抓住乔的脖子，“在我们这一行，碰到好姑娘的机会不多。她会做菜吗？”

“会。”其实乔根本不知道。

“这点很重要。做得好不好不重要，重点是愿意做。”希基放开手，又朝门口走去，“去跟那家伙谈谈皮茨菲尔德的事情吧。”

“我会的，先生。”

“很好。”蒂姆说完便走下楼，到赌场出纳后头他的个人办公室去了。

卡尔·劳布纳又多做了两个晚上，乔才想起来解雇他。最近乔忘了好几件事，包括两次跟海米·德拉戈约好要去偷卡许曼皮草店的货，结果都失约了。但他倒是记得修好赌场里的老虎机，把轮子转紧些，可是等到劳布纳那天晚上来值班时，乔又出去找艾玛·古尔德了。

自从查尔斯城地下室酒吧的那一夜以来，他和艾玛大部分晚上都见面。只是大部分，不是每天。其他夜里她则是跟阿尔伯特在一起。到目前为止，乔都还只是试着把这当成一种讨厌的状况，但很快地，他就变得难以忍受了。

没跟艾玛在一起时，乔唯一想的就是见面时要做什么。等他们真的见面了，两手不碰对方就越来越困难。一等她叔叔的地下酒吧打烊，他们就在里面做爱。如果她爸妈和其他手足不在家，他们就回她家里做爱。乔会跟她在他车上做，或者带着她从旅舍后面的楼梯偷偷上楼，去他房间做。他们曾在一座寒冷的山丘上做，就在俯瞰着神秘河的一片枯树下。也曾在寒冷的11月来到多彻斯特的海边，在俯视着圆柏丘湾的沙滩上做。站着、坐着、躺下——都无所谓。室内、室外——都一样。当他们有可以在一起挥霍的一小时，就尽量尝试他们能想出来的各种新花招和新姿势。但如果只有几分钟，那么也就凑合了。

他们倒是很少谈话，顶多只谈对彼此似乎永无止境的迷恋。

在艾玛灰白的眼珠和苍白的皮肤后面，有什么东西蜷缩着禁锢在牢笼里。不是那种被关在里面的禁锢，而是不准任何人进来的禁锢。当他进入她，两人尽量持续到做不动为止时，那个牢笼就打开了。在那些时刻，她睁开双眼搜寻着，他看得到她里头的灵魂，她内心的红光，还有她可能从小坚持至今的梦想，全部暂时松绑，溜出那个地窖和它黑暗的墙，以及上了锁的房门。

然而，一旦他退出来，她的呼吸也减缓到正常，他就会看到那些东西像潮水般退去。

不过无所谓。他开始怀疑自己爱上她了。在牢笼打开、他获邀进入的那些少有的时刻，他发现了一个渴望信任、渴望爱、渴望活着的她。她只是必须搞清楚他是否值得冒险信任、值得爱、值得一起活着。

他值得。

那个冬天他满二十岁，已经知道自己这辈子想做什么了。他想成为艾玛·古尔德可以全心全意托付的男人。

冬日缓慢消逝的期间，他们也冒险在公开场合出现过几次。那几夜都是因为她有可靠消息来源，确定阿尔伯特·怀特和他的手下大将都会出城，而且他们都是去蒂姆·希基或他合伙人经营的地方。

蒂姆的合伙人之一是菲尔·克瑞格，布朗菲德饭店一楼的那家威尼斯花园餐厅就是他开的。乔和艾玛在一个严寒的夜晚去那里，虽然天空清朗，但闻得到雪的气味。他们才刚寄放好大衣和帽子，正好一群人从厨房后面的贵宾包厢走出来，还没看到脸，光从他们的雪茄气味和那种熟练而敦厚的声音，乔就知道那是一群政客。

市政委员、市政官、市议员、消防队长、警察队长，还有检察官——这群光鲜、笑脸迎人、卑鄙的政客，勉强维持城市街灯亮着，也勉强维持列车运转和交通信号灯的运作。让一般百姓知道，要不是他们时刻保持戒备，这些公共设施和其他上千种服务，无论大小，都有可能终止。

他看到他父亲的同时，他父亲也看到他了。一如往常，如果他们好一阵子没见面，碰到时气氛就会很不安，只因为父子两人实在是太像了。乔的父亲六十岁。比较年轻时生了前两个儿子，隔了好多年才又生了这个小儿子。尽管长子丹尼和次子康诺的脸、身体，都明显兼有父母两边的遗传，身高更是（由于家族里有芬尼西氏族的血统，这个氏族的男人都长得高）；乔却是他父亲的翻版。身高一样，体格一样，下颚都很发达，同样的鼻子和突出的颧骨，眼睛都比一般人再凹陷一点，让人更难猜透他们在想什么。乔和父亲唯一的差异，就是颜色的部分。乔的眼珠是蓝的，他父亲则是绿色的；乔的头发是小麦色的，他父亲则是亚麻色。除此之外，乔的父亲看着乔时，就像看着年轻的自己在嘲弄现在的自己。乔看着父亲时，则看到了黄褐斑和松弛的肌肉，看到死神凌晨3点站在床尾，一只脚不耐烦地轻敲着地面。

他父亲和几个人道别、握手和拍背之后，便离开那群排队等着拿大衣的男子。他来到儿子面前，伸出一只手："你好吗？"

乔跟他握手："不坏。您呢？"

"好极了。我上个月升官了。"

"波士顿警察局副总警监，"乔说，"我听说了。"

"你呢？这阵子在哪儿工作？"

认识托马斯·考克林很久的人，才能看出酒精对他造成的影响。从他讲话是不可能听出来的，因为即使喝了半瓶上好的爱尔兰威士忌，他的声音依然保持流畅而坚定，音量也始终一致。从他清澈的双眼也看不出来。但如果你知道要去哪里找，就可以从他英俊的脸上发现某种掠夺性和恶意，正在打量你，想找出你的弱点，盘算着是不是要拿这些弱点来下饭。

"爸，"乔说，"这位是艾玛·古尔德。"

托马斯·考克林握住她的手，吻了一下手背。"很荣幸认识你，古尔德小姐。"他朝侍者领班歪了一下头，"杰拉德，麻烦给我们角落那张桌子。"然后他朝乔和艾玛微笑，"你们不介意我加入吧？我快饿坏了。"

他们一路保持愉快气氛，直到吃完了色拉。

托马斯说了一些乔小时候的故事，一如往常，重点都是强调乔小时候多么淘气、多么难管，又多么精力旺盛。在他父亲的叙述中，那些怪诞的故事简直像是周末午后场正片之前的喜剧短片。他父亲省略了那些故事通常是怎么收场的——他被打了个耳光，或是被抽打一顿。

艾玛在每个适当的地方微笑或大笑，但乔看得出来她是装的。他们全都在假装。乔和托马斯假装彼此还有父子之情，艾玛则假装没发现他们其实并没有。

讲完乔六岁时在父亲的菜园干的好事之后——多年来这故事讲过太多次了，乔都能预测父亲会在哪里停顿喘口气——托马斯问艾玛的家人是从哪里来的。

“查尔斯城。”她说，乔发现她声音里似乎有一丝反抗意味，觉得很担心。

“不，我的意思是他们来这里之前。你显然是爱尔兰人。你知道自己的祖先出身哪里吗？”

侍者过来收走色拉盘时，艾玛说：“我外祖父是科瑞人，我祖母那边是柯克人。”

“我就是出身柯克附近的。”托马斯说，口气异常欢喜。

艾玛喝了口水，但什么都没说，忽然心不在焉起来。乔之前看过她这个样子——如果她不喜欢某个状况，就有办法把自己隔离在外。她的身体还在，像是自我逃走后留在椅子上的躯壳，但让艾玛之所以是艾玛的那种本质，却不见了。

“那么你母亲家姓什么呢？”

“我不知道。”她说。

“你不知道？”

艾玛耸耸肩：“她死了。”

“但那是你的家族传统啊。”

艾玛又耸耸肩，点了根香烟。托马斯表面上没有反应，但乔知道他吓坏了。20年代兴起的那种蔑视传统的年轻女郎[①]，在无数层面上都令他惊骇——女人抽烟，露出大腿，开低领口，在公共场合喝醉也完全不怕被鄙视。

“你认识我儿子多久了？”托马斯微笑着问。

① 英文为Flapper，是西方20世纪20年代出现的一种女性潮流，她们穿短裙、留短发、听爵士乐、吸烟、喝酒、开车，从各方面挑战社会的传统观念。

“几个月。”

“你们两个算是什么？”

“爸。”

“乔瑟夫[1]，你说呢？”

“我不知道我们算是什么。”

他其实暗自希望艾玛会借着这个机会，讲清楚他们到底是什么关系，但相反，她只是迅速瞥了他一眼，眼色明显是在问：他们还要继续坐在这里多久？然后又回去抽烟了，视线在整个餐厅的用餐区飘来飘去。

主菜上来了，接下来二十分钟，他们谈论着牛排的质量、法式贝尔内酱汁，还有克瑞格最近刚铺的新地毯。

吃甜点时，托马斯也点起了香烟。“所以你是做哪一行的，亲爱的？”

“我在帕帕迪奇斯家具店工作。”

“哪个部门？”

“秘书。”

“我儿子偷了沙发吗？你们就是这样认识的？”

“爸。”乔说。

“我只是想知道你们是怎么认识的。”他父亲说。

艾玛又点了根烟，望着餐厅里头。“这地方真时髦。”

“我很清楚我儿子是以什么谋生的。我只能假设，你会认识他，不是在犯罪行动中，就是在一个充斥着黑道角色的地方。”

“爸，”乔说，“我本来希望能好好吃顿晚餐的。”

---

① 乔瑟夫（Joseph）是正式名字，乔（Joe）是昵称。

"刚刚吃得不是很好吗，古尔德小姐？"

艾玛看着他。

"我刚才的问题让你不高兴了？"

艾玛盯着他，眼神冰冷得足以让热腾腾的柏油表层冻结。"我不明白你的意思。不过我其实也不太在意。"

托马斯往后靠坐，喝了口咖啡。"我的意思是，你一个姑娘家跟罪犯厮混，这样对你的名声可能不太好。而我们讲到的罪犯正好就是我儿子，这个不是重点。重点在于，不管我儿子是不是罪犯，都毕竟是我儿子，我对他有父爱，因此我怀疑他去结交一个明知他是罪犯，还要跟他一起厮混的女人，是不是明智。"托马斯把咖啡杯放回碟子里，朝她微笑，"这样你听得懂吗？"

乔站起来："好了，我们走吧。"

但艾玛没动。她一手托着下巴，又看了托马斯一会儿，那根香烟就在她耳旁燃烧。"我叔叔提到过定期拿他钱的一个警察，姓考克林。就是你吗？"她也回报他一个僵硬的微笑，然后吸了口烟。

"你这个叔叔就是叫罗博特，大家都喊他'博博'的那个？"

她眨了眨眼睛表示肯定。

"古尔德小姐，你提到的那名警察叫埃尔莫尔·康克林。他是查尔斯城分局的警察，出了名地会跟博博开的这类店收贿。我自己很少去查尔斯城。但身为副总警监，我很乐意多注意一下你叔叔的店。"

艾玛朝乔伸出一只手："我要去化妆室。"

乔给了她零钱，好让她付小费给洗手间的服务生。父子俩看着她穿过餐厅。乔很好奇她还会不会回来，说不定拿了大衣就走了。

他父亲从背心里掏出怀表，弹开，又同样迅速地关上，放回口袋里。这个怀表是他父亲最珍贵的宝贝，18K金的百达翡丽，是二十多年前一个银行董事长为感激他而送的礼物。

乔问他："有必要搞成这样吗？"

"挑起争执的人不是我，乔瑟夫，所以别批评我反击的方式。"他父亲往后一靠，跷起二郎腿。对于某些拥有权力的人来说，权力像一件不合身或穿了会发痒的大衣。但托马斯·考克林身上的权力，仿佛是为他量身定做的伦敦高级货。他环顾餐厅，朝两三个认识的脸孔点头致意，又将目光转回儿子身上。"如果我认为你只是想用非传统的方式获得成功，你觉得我会不赞成吗？"

"会。"乔说，"我相信会。"

他父亲听了轻轻一笑，随后更轻地耸了一下肩膀。"我当了三十七年警察，学到了一件最重要的事情。"

"犯罪绝对不划算，"乔说，"除非是制度层级的犯罪。"

托马斯再次轻轻笑了笑，又轻轻耸了耸肩。"不，乔瑟夫。不。我学到的是，暴力是会生育后代的。你的暴力所制造出来的孩子，会以野蛮、愚蠢的形式回报到你身上。你认不出那是你的孩子，但他们认得你。他们会把你当成目标，认为你活该遭受他们的惩罚。"

这些年来，乔已经听过这一段的无数版本了。他父亲一直没搞懂的是——除了他老是在重复讲那些话之外——一般理论未必能套用在特定的人身上。尤其某些决心够大的人，他们会想创造自己的规则，而且也够聪明，可以让其他人照他的规则玩。

乔才二十岁，但他已经知道自己是那种人了。

可是为了讨好老爸，他问："那这些暴力的后代，为什么要惩罚我呢？"

"惩罚你漫不经心生下他们。"他父亲身体前倾，双肘放在桌上，手掌紧紧合十，"乔瑟夫。"

“叫我乔。”

“乔瑟夫，暴力繁衍出暴力。一定的。”他双手放开，看着儿子，“你加诸这个世界的，总会回到你身上。”

“是啊，老爸，我读过教义问答了。”

此时他父亲略歪了一下头，原来艾玛从化妆室出来了，正经过寄放大衣的小房间。他的目光跟随着她，同时对乔说：“但回到你身上的方式，是你永远预料不到的。”

“我确定是这样。”

“你其实什么都不能确定，只是自己太有信心。没吃过苦的人，总会抱着光明的信心。”托马斯看着艾玛把衣帽券递给寄放处的女孩，“她长得很漂亮。”

乔什么都没说。

“不过呢，除此之外，”他父亲说，“我不太明白你看上她哪点。”

“因为她是查尔斯城的人吗？”

“好吧，这点也没帮助。”他父亲说，“她父亲以前是拉皮条的，而且据我们所知，她叔叔至少杀过两个人。这些我都可以不计较，乔瑟夫，问题是她这么……”

“怎么？”

“她的心是死的。”他父亲又看了一次表，勉强忍住一声呵欠，“时间很晚了。”

“她的心不是死的，”乔说，“只是有一部分睡着了。”

“那个部分啊，”他父亲说，看着艾玛拿了两人的大衣走过来，“再也不会醒来了。”

到了街上，两人走向乔的车时，乔说："你就不能更……"

"怎么？"

"更热络、更社交一点吗？"

"我们在一起的所有时间里，"她说，"你唯一说过的，就是你有多么恨他。"

"真的是所有时间？"

"差不多了。"

乔摇摇头："而且我没说过我恨我父亲。"

"那你说了什么？"

"说我们合不来，从来就处不好。"

"那是为什么呢？"

"因为我们他妈的太像了。"

"或者是因为你恨他。"

"我不恨他。"乔说，他知道这一点千真万确。

"那或许你今天晚上该钻进他的被窝里。"

"什么？"

"你没看到他坐在那儿，把我当成垃圾似的？盘问我的家族，好像他知道我们家一路追溯回爱尔兰都不是好东西，他妈的还喊我亲爱的？"她站在人行道上发抖，此时第一批雪花在他们上方的黑暗中出现。她声音里的泪意开始涌入眼中。"我们不是人。我们不值得尊敬。我们只是联合街的古尔德家族。查尔斯城的垃圾。我们是帮你们的窗帘织蕾丝的工人。"

乔举起双手："这些想法是哪里来的？"他朝她伸出手，但她后退一步。

"别碰我。"

“好吧。”

“来自我一辈子都要接过你父亲这种人的高帽子和冰冷的手套。这些人，他们、他们、他们……只不过是比较幸运，却误以为自己比较高贵。我们不比你们差，我们不是垃圾。”

“我没说你是啊。”

“他说了。”

“没有啊。”

“我不是垃圾。”她轻声说，嘴巴半张着，雪花融入她的泪，从脸颊滚落。

他伸出双臂，走近她。“可以吗？”

她走进他的怀抱，但双手还是垂在身侧。他抱住她，她靠在他胸口啜泣，他不断重复告诉她，她不是垃圾，她不比任何人差，而且他爱她，他爱她。

事后，他们躺在他床上，此时片片雪花像飞蛾般扑向玻璃窗。

“那样好软弱。”她说。

“什么？”

“在街上。当时我好软弱。”

“你不软弱。你是诚实。”

“我从来不在别人面前哭的。”

“好吧，跟我在一起没关系。”

“你刚才说你爱我。”

“对。”

“真的吗？”

他看着她灰白的眼珠：“真的。”

过了一会儿，她说："我没办法说我也爱你。"

他告诉自己，这不代表她没有感觉。

"没关系。"

"真的没关系吗？有的男人非要听见我也这么说不可。"

有的男人？在他出现之前，多少男人曾跟她说爱她？

"我比他们坚强。"他说。多希望这是真的。

窗子在深冬黑夜的狂风中哗啦作响，一阵雾角声传来，斯科雷广场上的几只喇叭也跟着愤怒地叫起来。

"你想要什么？"他问她。

她耸耸肩，咬着指甲，隔着他的身体凝视着窗外。

"想要很多我从来没实现过的愿望。"

"什么样的愿望？"

她摇摇头，眼光飘开了。

"还有太阳，"过了一会儿，她喃喃地说，睡意浓重，"很多很多太阳。"

3

希基的白蚁

蒂姆·希基曾告诉乔，有时最小的错误，会留下最长的阴影。乔很想知道，当你把汽车停在银行门口等着接应同伙，却做起了白日梦时，希基会说些什么。或许不是做白日梦，而是想得太专注了。想着一个女人的背部。更精确地说，是想着艾玛的背部。那块他以前见过的胎记。蒂姆大概会再说一次，你个白痴，应该是：有时最大的错误，会留下最长的阴影。

蒂姆喜欢讲的另一件事是：房子倒塌时，第一只咬房子的白蚁跟最后一只同样该怪罪。这个说法乔搞不懂——等到最后一只白蚁开始啃木头时，第一只白蚁他妈的早就死了。不是吗？每回蒂姆讲这件事，乔就决定去查白蚁的平均寿命，但接下来老是忘记，直到下回蒂姆又讲一次，通常是他喝醉且大家暂时没话讲的时候，此时桌边每个人脸上都有同样的表情：蒂姆是怎么回事？那些该死的白蚁怎么了？

蒂姆·希基每星期都会到查尔斯街的艾瑟林理发店理发。一个星期二，他正走向理发椅时，突然脑后中枪，一些头发最后进了他的嘴里。他躺在棋盘式的地板瓷砖上，血流过鼻尖，枪手从衣帽架后头出来，颤抖着睁大眼睛。那个衣帽架哗啦啦倒在地板上，有个理发师当场吓得跳起来。那枪手跨过蒂姆·希基的尸体，朝其他人躬身猛点头，好像很羞愧似的，然后赶紧出去了。

乔听到消息时，正和艾玛在床上。他挂掉电话后告诉艾玛，她在床上坐起身来，卷了根香烟，双眼盯着乔，舔了一下纸上的胶——她每回舔纸时都会看着乔——然后点燃香烟。“他对你有任何意义吗？我是说蒂姆。”

“不知道。”

“怎么会不知道？”

“我想，不是有或没有那么简单吧。”

乔和巴托罗兄弟小时候一起去报摊放火时，蒂姆发现了他们。今天他们可能收了《波士顿环球报》的钱，去烧掉一个《标准晚报》的报摊；明天又拿《美国人报》的钱，去烧掉《波士顿环球报》的报摊。蒂姆雇用他们去烧掉51号小餐馆。他们逐渐进展到黄昏去贝肯山的人家偷东西，那些人家的清洁女佣或杂务工收了蒂姆的钱，故意留着后门不锁。如果是蒂姆报给他们的工作，他会固定要他们付一个数字；但如果是他们自己去做的差事，他们会付一小部分抽成给蒂姆，大部分自己留着。就这点来说，蒂姆是个很棒的老板。

但是乔看过他勒死哈维·布尔，原因可能是为了鸦片，或为了一个女人，或为了一只德国短毛指示犬，到今天乔还是搞不清楚，只听到过一些谣言。哈维那天走进赌场，和蒂姆说了一些话，随后蒂姆就拉断了一盏台灯的电线，绕在哈维的脖子上。哈维是个大块头，他拖着蒂姆在赌场地上转了大约一分钟，所有妓女都跑来跑去要找掩护，希基的枪手全部掏出枪指着哈维。乔看见哈维·布尔的双眼里显出恍然大悟的神色——就算他能让蒂姆松手，蒂姆手下那四把转轮手枪和一把自动手枪里的子弹也都会射到他身上。他跪下来，随着一声响屁拉了一裤子。他俯趴在那里，喘着气，蒂姆一只膝盖抵住他两边肩胛骨之间，一手绕紧多余的电线。他一边缠绕一边更用力地往后拉，哈维两脚用力蹬着，两只鞋都踢飞了。

蒂姆弹了下手指，一个手下把枪递给他，蒂姆接过来抵着哈维的耳朵。一个妓女说："啊，上帝啊。"正当蒂姆要扣下扳机时，哈维的双眼绝望而困惑地往后一翻，在仿制的东方地毯上吐出最后一口气。蒂姆往后坐在哈维的脊椎上，把枪递还给手下，低头看着哈维的侧脸。

之前乔从没亲眼看过人死掉。不到两分钟前，哈维还给了那个端马丁尼过来的女侍很多小费，要她帮忙查红袜队比赛的比分，随后看了一下怀表，放回背心，喝了口马丁尼。那是不到两分钟前的事，而现在就他妈的走了？去了哪里？没人知道。蒂姆站起来，顺了一下雪白的头发，模糊地指了赌场经理一下。"招待每个人喝一杯。哈维请客。"

那两个人紧张地笑了，其他人几乎都脸色苍白。

过去四年来，那不是蒂姆唯一杀的人，也不是唯一下令杀的人，却是乔唯一目睹的。

而现在蒂姆自己也走了。不会回来了。就好像他不曾来过。

"你看过杀人吗？"乔问艾玛。

她镇定地回头看了他一下，抽着烟，咬着指甲。"看过。"

"你觉得那些被杀的人去了哪里？"

"殡仪馆。"

他凝视着她，直到她露出微笑，卷发垂在眼前。

"我觉得他们哪儿也没去。"她说。

“我也开始这么想了。”乔说。他坐起来狠狠吻她，她也狠狠回吻，脚踝在他背部交叉。她一手抚过他的头发，他盯着她的脸，觉得要是自己停止看她，就会错过她脸上很重要的、让他永生难忘的表情。

“如果没有死后呢？如果这个——”她紧紧压着他，“是我们唯一拥有的呢？”

“我喜欢这个。”他说。

她笑了：“我也喜欢这个。”

“是跟谁都好，还是喜欢跟我？”

她拧熄香烟，双手捧着他的脸吻他，然后前后摇晃。“喜欢跟你。”

但他不是唯一跟她做这个的，不是吗？

还有阿尔伯特。还有阿尔伯特。

两天后，在赌场后头的撞球室，乔正在独自打撞球，阿尔伯特·怀特走进来，一副所向无敌的气势。跟在身边的是他的头号枪手布兰登·卢米斯，卢米斯直直看着乔，那眼神和当初跪在赌场地板上看着他一样。

乔觉得心脏像是有把刀当场插进来，停住了。

阿尔伯特·怀特说：“你一定是乔了。”

乔逼着自己去握阿尔伯特伸出来的手：“没错，乔·考克林。幸会。”

“很高兴终于把名字和脸凑上了，乔。”阿尔伯特·怀特用力上下摇晃着手，像是在按压抽水泵灭火。

“是的，先生。”

“这位是我的朋友，”阿尔伯特说，“布兰登·卢米斯。”

乔也握了卢米斯的手，觉得自己那只手像是被两辆汽车前后夹住。卢米斯昂起头，小小的褐色眼珠打量着乔的脸。乔抽回手，努力忍着紧握起来的冲动。卢米斯用一条丝手帕擦擦自己的手，一脸木然。他的双眼离开乔，在房间里扫视了一圈，好像对这个房间有一些规划。据说他使枪很厉害，用刀也很厉害，但他手下大部分冤魂都是被空手揍死的。

阿尔伯特说："我以前见过你，对吧？"

乔看着他的脸，想寻找愉快的迹象。"应该没有吧。"

"不，我见过。布朗，你见过这家伙吧？"

布兰登·卢米斯拿起九号球审视着："没有。"

乔觉得松了好大一口气，差点儿失禁尿出来。

"鞋带酒吧。"阿尔伯特弹了一下手指，"你有时候会去那儿，对吧？"

"没错。"乔说。

"那就对了。"阿尔伯特拍拍乔的肩膀，"现在这地方归我了。你知道这表示什么吗？"

"不知道。"

"表示你得打包，搬离你现在住的房间。"他举起食指，"但我不希望你觉得我是把你赶到街上去了。"

"好吧。"

"只是因为这地方不错。我们有很多经营的想法。"

"那当然。"

阿尔伯特一手放在乔肘部上方的手臂上。他的结婚戒指在灯光下发亮。是银的。上头镌刻着凯尔特蛇纹样，还嵌了两颗小钻石。

"你去想想你要做什么事情赚钱，好吗？想一想就是了。花点儿时间。不过搞清楚一点——你不能自己单干，在这个城里不行，再也不行了。”

乔的目光离开那枚婚戒和握住他手臂的那只手，望着阿尔伯特·怀特友善的双眼。“我并不想单干，先生。以前我做什么，不论赚多赚少，都付抽成给蒂姆·希基先生。”

阿尔伯特·怀特看起来似乎不太乐意在如今属于他的地方，听到有人提起蒂姆·希基的名字。他拍拍乔的手臂：“我知道你付了。也知道你做得很不错。顶尖的。但是我们不跟外人做生意。独立的个体户？那就是外人。我们要建立一个伟大的团队，乔。我跟你保证，会是一个惊人的团队。”他拿起蒂姆的醒酒瓶，倒了一杯酒给自己，没表示要给其他人。他拿着酒杯走到撞球台，坐在球台边缘的护台上，看着乔。“有件事我就说白了吧，你太聪明了，不该做现在这些事情，跟两个笨意大利佬赚点零碎小钱——没错，他们跟你是好朋友，我相信。可是他们很蠢，又是意大利佬，三十岁之前就会死掉。你呢？你可以照现在的做法继续发展下去。不会坐牢，但不会有朋友。会有房子，但不会有家。”他滑下撞球台，“如果你不想有家，没问题，我保证。但你不能在波士顿的范围内进行。你想去南海岸开拓，请便。想试试北海岸，也没问题，只要那边的意大利佬肯让你在那儿混。但是在波士顿市，”他指着地上，“现在是我的地盘了，乔。没有抽成，只有员工，还有老板。我说的这些，有哪里不够清楚的吗？”

“没有。”

“有什么模糊的地方吗？”

“没有，怀特先生。”

阿尔伯特·怀特双臂交抱在胸前，点点头，看着鞋子。“你在进行什么工作，有该让我知道的吗？”

蒂姆·希基留下的最后一笔钱，乔已经用来付给那个提供皮茨菲尔德所需信息的家伙了。

“没有，”乔说，“没有什么在进行的。”

“需要钱吗？”

“怀特先生？”

“钱。”阿尔伯特·怀特一手伸进口袋里，那只手碰过艾玛的耻骨，抓过她的头发。他从一沓钞票里抽出两张十元，拍在乔的手掌上。“我可不希望你空着肚子想。”

“谢了。”

阿尔伯特用同一只手拍拍乔的脸颊：“希望大家好聚好散。”

“我们可以离开。”艾玛说。

他们大白天待在她的床上，因为只有这个时候，她家里三个姊妹、三个兄弟，还有尖酸的母亲、愤怒的父亲都不在。

“我们可以离开。”她又说，好像她自己都不相信。

“要去哪里？靠什么活？你的意思是我们一起吗？”

她什么都没说。他问了两次，她两次都没理会。

“我对正当工作没什么了解。”他说。

“谁说要做正当工作的？”

他看着她和两个姊妹共享的这个昏暗房间。窗户旁马毛灰泥墙壁上贴的壁纸已经脱落，窗玻璃有两块裂了。在这里，他们看得见自己呼出的白气。

“我们得走很远，”他说，“纽约是个排外的城市，费城也是。底特律，算了吧。芝加哥、堪萨斯城、密尔瓦基——都容不下我这种人，除非我肯加入帮派，当个底层的小弟。”

“那我们就去西部，或者到南部去。”她鼻子挨着他脖子侧边，深深吸了口气，内心似乎柔软起来，“我们需要一点本钱。”

“我们有个工作，星期六要去。你星期六有空吗？”

“要离开？”

“对。”

“我星期六晚上要见那位先生。”

“操他的。”

“好吧，是啊，”她说，“通常都是这么计划的。”

“不，我的意思是——”

“我知道你的意思是什么。”

“他是个他妈的浑蛋。”乔说，眼睛看着她的背部，看着那块颜色像湿沙子的胎记。

她看着他的表情有微微的失望，因为太轻微了，反而显得更为轻蔑。“不，他不是。”

“你还替他说话？”

“我要跟你说他不是坏人。他不是我的男人。我不爱他或欣赏他或什么的。但他不是坏人。别老是把事情弄得那么简单。”

“他杀了蒂姆。或者下令让别人杀了他。”

“那蒂姆呢？难道他谋生的方式是送火鸡肉给孤儿吗？”

“不，但是——”

“但是什么？没有人是大好人，也没有人是大浑蛋。每个人都只是努力出人头地。”她点了根香烟，摇着火柴，直到发黑的火柴熄灭，冒着烟，“不要他妈的随便评判每个人。”

他的视线无法离开她的胎记，他在那片沙子中迷失，随之旋转。

“你还是要去见他。”

“别找架吵。如果我们真要离开波士顿，那么——”

“我们要离开。”只要不让其他男人碰她，就算离开这个国家，乔也愿意。

“去哪里？”

“比洛克西，”他说，说出来才发现这个主意其实不坏，“蒂姆在那边有很多朋友，有的我见过，是做朗姆酒生意的。阿尔伯特做威士忌生意，他的货源从加拿大来。所以如果我们去墨西哥湾沿岸——比洛克西、莫比尔，甚至新奥尔良，只要找对人收买——可能就会没事。那里是朗姆酒的天下。”

她想了一会儿，每回她伸手到床边弹掉烟灰时，那块胎记就跟着波动。“我要在那个新饭店的开幕酒会上跟他碰面。就是在普罗维登斯街的那家。”

“史泰勒饭店？”

她点点头：“每个房间都有收音机。从意大利运来的大理石。”

“还有呢？”

“还有如果我去，他会跟他太太在一起。他只是希望我在场，因为，不知道，因为他手里挽着老婆的时候，看到我就会特别兴奋。酒会之后，我知道他要去底特律几天，找一些新的供货商谈生意。”

“所以呢？”

“所以，这就争取到我们需要的时间。等到他回来再想找我，我们已经领先三四天了。”

乔想了想：“不坏。”

“我知道。”她说着，又露出微笑，“你觉得星期六你可以梳洗打扮一下，去史泰勒饭店吗？7点左右？”

“没问题。”

“然后我们就离开，”她说，回头看着他，“但是别再说阿尔伯特是坏人了。我哥哥能找到工作是因为他。去年冬天他还买了件大衣送我妈。”

“好吧。”

“我不想吵架。”

乔也不想吵架。每回他们吵架，他都会输，发现自己为根本没做过、根本没想到要去做的事情道歉，或者要为了没做某些事、没想到要去做而道歉。妈的，每回都搞得他头痛。

他吻了吻她的肩膀：“我们以后不会吵了。”

她眨眨眼睛：“好极了。”

从皮茨菲尔德的第一全国银行出来，迪昂和保罗才刚跳上车，乔就往后撞上了灯柱。因为他一直想着那个胎记，想着那湿沙子般的颜色，想着她回头望着他说她可能爱他时，那胎记在她肩胛骨之间如何移动；还有，她说阿尔伯特·怀特没那么坏时，那胎记也同样移动着。老阿尔伯特还真他妈是个大善人。普通人的好朋友，只要你用你的身体帮他取暖，他就帮你母亲买件冬天的大衣。那胎记形状像蝴蝶，但是有锯齿状的尖锐边缘，乔想着，或许就如同艾玛这个人。随后他又告诉自己，算了吧，他们晚上就要离开波士顿，所有的问题都解决了。她爱他，重点不就是这个吗？其他一切都抛在脑后。无论艾玛·古尔德有什么，他都要拿来当早餐、午餐、晚餐和点心。他要一辈子好好享用——那些雀斑和她的锁骨和她的鼻梁，她大笑完从喉咙发出的低哼，还有她讲“四”（four）的发音老是变成两个音节。

迪昂和保罗跑出银行。

他们爬上后座。

“快开车。”迪昂说。

一个高个子光头男人走出银行，身穿灰色衬衫和黑色吊裤带，带着一根棍子。棍子不是枪，但如果那家伙凑得够近，照样能引起麻烦。

乔把变速杆打到一挡，踩下油门，但车子没前进，反倒向后退，连退了十五英尺。那个拿着棍子的男子惊讶地瞪大了眼睛。

迪昂大吼：“停！停！”

乔踩了刹车和离合器，把变速杆从倒车挡打到一挡。那个穿着吊裤带的乡巴佬会跟他老婆和朋友吹一辈子牛，说他怎么把三个持枪歹徒吓得倒车逃跑。

车子摇摇晃晃往前，轮胎碾得泥土路上的尘土和小石头乱飞，直直冲向那名持棍男子。此时，已经有另一个男人站在银行前。他穿着白衬衫和褐色长裤，伸出一只手臂。乔在后视镜里看到那家伙的手臂往上弹，一时之间还不明白为什么，然后他懂了，赶紧说：“趴下！”后座的迪昂和保罗立刻趴下身子。那男子的手臂又往上弹了一下，接着弹了第三次或第四次，车子的侧视镜碎了，玻璃掉到泥土路上。

乔转入东街，找到了他们上星期预先侦察好的那条巷子，猛地左转开进去，踩着油门踏板不放。接下来几个街区，他都沿着跟面粉厂背后那条铁轨平行的道路开下去。此时他们可以假设警方已经出动了，还来不及设立路障或什么的，但警方会沿着银行前泥土路上的轮胎印一路跟过来，大致知道他们往哪个方向走。

那天上午他们偷了三辆车，都是在南边大约六十英里外的奇科皮市偷的。一辆是现在开的奥本，一辆是轮胎都磨光了的黑色柯尔，还有一辆引擎声很刺耳的1924年款艾塞克斯。

乔开着车穿过铁轨，又沿着银湖开了一英里，来到一家几年前焚毁的铸造厂。在一片长满杂草和香蒲的田野上，黑色的厂房骨架往右倾斜。乔开进没有墙壁的厂房背后，两辆汽车正在那边等着他们，他们停在柯尔车旁，下了那辆奥本。

迪昂抓住乔的大衣翻领，推着他靠在奥本车的引擎盖上。“你他妈的有什么毛病？”

“我犯了一个错。”乔说。

“上星期那是犯了一个错，”迪昂说，“这星期就变成他妈的模式了。”

乔没法跟他辩，但还是说：“你放开手。”

迪昂放开乔的翻领，透过鼻孔沉重地呼吸着，一根食指直直指着乔。“你他妈的搞砸了。”

乔收起帽子、手帕和手枪，连同钱放在一个袋子里，然后把袋子放在那辆艾塞克斯车的后座上。“我知道。”

迪昂摊开两只肥手：“我们从还是他妈的小屁孩时就一起搭档，但这回太差劲了。”

“是啊。”乔同意，因为事情太明显了，他看不出撒谎有什么意义。

四辆警车朝铸造厂后方驶来，穿过那片田野边缘由褐色野草围成的高墙。那些野草占据了一整片河床，有六七英尺高。四辆巡逻车碾平了野草，露出后边一个小小的帐篷区。一个围着灰色披巾的女人抱着婴儿，凑向一堆刚熄灭的营火，试图从中得到些许残余的温暖。

乔跳上那辆艾塞克斯，驶离铸造厂。巴托罗兄弟开着柯尔车经过他旁边，到了一片干燥的红土路时，车尾一甩，泥土喷到乔的风挡玻璃上，遮住了他的视线。他头探出窗外，用左手擦掉那些泥土，右手继续开车。那辆艾塞克斯在起伏不平的地面上弹跳起来，他左耳被不知什么东西叮了一下。等他缩回头，视线好多了，但耳朵流了好多血，流到他的领子里边，往下淌到胸部。

后车窗传来一连串乒乓声响，就像有个人朝铁皮屋顶丢下一堆硬币。那面车窗炸开了，有颗子弹击中仪表板。一辆巡逻车出现在乔的左边，另一辆出现在他右边。右边那辆的后座上有个警察，把汤普森冲锋枪的枪管靠在窗框上开火。乔踩下刹车，力道大到座位上的弹簧圈都撞到他的背脊了。后面乘客座旁的车窗也被轰破了，然后是前座的车窗。仪表板上的碎片四射，飞溅得乔身上和整个前座到处都是。

他右边那辆警车转向他时想刹车，结果车头抬离地面，像是被风吹了起来。乔只来得及看到那车子的侧面落地，另一辆警车就撞上他的艾塞克斯车尾。这时，前面接近树林的杂草丛里，忽然冒出一颗大石头。

艾塞克斯车的车头撞上去，车身猛地右甩，乔也跟着往右甩。他始终没感觉到自己离开车子，直到撞上一棵树。他躺在那里许久，身上满是玻璃碎片和松针，黏在他自己的血上面。那片树林里有一股毛发燃烧的气味，他检查自己手臂和脑袋的毛发，以防万一，但都没事。他坐在松针上，等着皮茨菲尔德警方来逮捕他。烟雾在树林里飘移，是油腻的黑烟，不太浓，在树干间移动，像是在寻找某个人。过了一会儿，他才明白警察大概不会来了。

他站起来，目光掠过那辆撞烂的艾塞克斯车，四下都找不到第二辆警车。他看得到第一辆，就是用汤普森冲锋枪朝他开火的那辆，侧躺在田野里，离他上一次看到它撞地的那个点，至少有二十码。

他的双手被玻璃和车子里四处飞窜的碎片割出了一堆伤口。两腿没事。一边耳朵还在流血。他走到艾塞克斯车旁，发现驾驶座同一侧的后窗没破，看到上面映着自己的倒影，这才明白为什么——他的左耳垂没了，就像是被剃刀割掉似的。乔往车里看，看到那个装着钱和枪的皮革背包。后座旁的车门一开始打不开，他两脚抵着旁边烂得不成形的驾驶座车门，用力想拉开。他拉了又拉，直到自己觉得恶心又晕眩。正想着大概该去找块石头来时，那车门发出一个响亮的吱嘎声，然后开了。

他拿了背包，走出田野，深入树林。他看到一棵枯干的小树在燃烧，两根最大的树枝弯向中央的火球，像一个人想拍熄自己燃烧的脑袋。两道油腻的黑轮胎印碾平了他眼前的灌木丛，空中还有些燃烧的树叶。他找到了第二棵燃烧的树和一小丛灌木，黑色的轮胎印变得更黑也更油腻了。过了大约十五码，他来到一座池塘边。水汽沿着池塘边缘打转，在水面上逐渐散去，一开始乔不太明白眼前是怎么回事。刚刚撞上他的那辆警车着火后冲入水中，现在停歇在池塘里，水淹到窗框，车子的其他部分都一片焦黑，车顶上还有几丝油腻的蓝色火焰在舞动。车窗都炸破了。汤普森冲锋枪在后隔板上射出的那些洞，看起来像是被压扁的啤酒罐的罐底。驾驶员半挂在车门外，全身唯一没变黑的部分就是他的双眼，比起焦黑的身体显得更白了。

乔走进池塘，一直走到警车乘客座旁边，水快淹到他的腰部了。车里没有其他人。他头伸进乘客座旁的车窗，尽管这样会更接近尸体。驾驶员被烤焦的热气不断散发出来。他又缩回头，确定他们刚才在田野上追逐时，这辆车里有两个警察。他又闻到另一股焦肉的气味，于是低头去看。

另一个警察躺在乔脚边的池塘内。在充满沙子的池底，那尸体仰面躺着，左半边身体跟他的伙伴一样焦黑，右半边的肉凝结了，但仍然是白的。他跟乔的年龄相仿，或许大一岁。他的右臂往上举。大概原先是用那只手臂把自己拖出焚烧中的车子，随即往后跌进水里，死的时候就保持那个姿势。

但那只手臂，看起来很像还在指着乔，信息很清楚：

是你干的。

你。不是别人。反正不是其他的活人。

你是第一只白蚁。

4

中心的洞

回到波士顿，他丢掉在雷诺克斯偷的那辆车，换成一辆道奇126型汽车，他到多彻斯特时发现它停在宜人街边。他开到南波士顿的K街，来到他从小长大的那栋房子前，坐在车上思考自己有什么选项。结果并不多，等到天黑之后，大概连一个选项都没有了。

下午版的报纸上都登了：

三名皮茨菲尔德警察殉职

《波士顿环球报》

三名麻州警察被残忍杀害

《标准晚报》

西麻州警察遇害

《美国人报》

乔在池塘里发现的那两名警察是唐纳德·别林斯基和维吉尔·欧腾。两人都已婚，欧腾还有两个孩子。研究过他们的照片后，乔判断出欧腾是开车的，别林斯基则是在水里往上指着他的那个。

他知道他们死的真正原因，是他们的一个警察同僚太蠢了，竟然在一辆行驶于凹凸不平路面的警车上拿出汤普森冲锋枪开火。他知道是这样没错。但他也知道自己是希基的白蚁，要不是他和巴托罗兄弟跑到那个小城抢一家小银行，唐纳德和维吉尔就绝对不会葬身在那片田野。

第三个死掉的警察雅各布·佐伯是麻州州警，在十月山脉州立森林的边缘拦下一辆汽车。他肚子被射中第一枪，打得他弯下腰，接着，第二枪从他脑壳顶端穿入，让他送了命。凶手加速离开时，车子碾过他的脚踝，把他的腿骨碾断了。

这个开枪的手法很像迪昂。他打架就是这样——先朝肚子来一拳，让对方弯腰，然后打脑袋，打到对方倒地不起。据乔所知，迪昂从没杀过人，不过有几次就差一点儿，而且他恨警察。

调查人员还没查出任何嫌疑犯的身份，至少没有公开。其中两名嫌犯被证人描述为“壮硕”和“有外国血统和臭味”，但第三个——可能也是外国人——则脸部中枪。乔看着后视镜里的自己。严格来说，这个说法没错。耳垂就连在脸旁边，或者以他的例子来说，曾经连在一起。

尽管还没有人查出他们的名字，但皮茨菲尔德警察局已经找了人像素描专家，画出了他们的模样。所以大部分报纸都在头版的下半版登了三名警察的照片，上半版则登了迪昂、保罗和乔的素描画像。迪昂和保罗看起来下巴太宽了，另外乔得问问艾玛，他的脸看起来是不是真的那么瘦、那么像狼，除此之外，的确画得非常像。

警方已经针对麻州等四个州展开搜索。联邦调查局也正在联系中，据说会加入追捕行列。

到现在，他父亲应该看到报纸了。他父亲，托马斯·考克林，波士顿警察局的副总警监。

他的儿子，参与了一桩杀警案。

自从两年前乔的母亲过世后，他父亲就一星期工作六天，总是忙到筋疲力尽。现在警方对他儿子布下了搜索网，他就会把行军床搬进办公室，在结案之前，大概都不会回家了。

他们家是一栋四层楼的连栋房屋。屋子的结构优美，各层楼中央房间的弧形窗面对街道，构成了整栋建筑外凸的红砖正面。屋里有桃花心木楼梯、拉门、拼花地板、六间卧室，两间浴室都有抽水马桶，餐厅豪华到可以匹配英格兰城堡的大厅。

有个女人曾问乔，像他这样出身高贵家庭、家世良好的人，怎么还会变成黑帮分子？乔的答案有两个：（a）他不是黑帮分子，而是法外之徒；（b）他是出身于高贵的住宅，而不是高贵的家庭。

乔进入父亲的房子，用厨房的电话打到古尔德家，但没人接。他随身带着的那个皮革背包，里面装着六万两千块钱。就算只有三分之一，只要省着点儿用，也可以过个十年，或许十五年。乔不是节俭的人，在正常状况下，他猜这些钱够自己过个四年。但如果是跑路的话，顶多只能撑十八个月。到时候他应该可以想出一些办法。反正他很擅长随机应变。

毫无疑问，他脑海里冒出一个声音，很像他大哥。**到目前为止，一切都进行得很顺利**。

他打电话到博博大叔开的那家地下酒馆，也一样没人接。他想起艾玛今天晚上6点要去参加史泰勒饭店的开幕酒会，于是从背心里掏出怀表看：差十分钟就4点了。

眼前，这个城市正在追杀他，而他还有两个小时要消耗。

两个小时足够了。足以让警方查出他的名字、地址，列出他已知熟人和最常出没地点的清单。他们会锁定所有火车和巴士站，甚至是郊外地区的，而且会在每条道路设下路障。

路障有双向，警方应该以为他还在城外，所以只会针对入城的方向设路障。没有人会想到他人在这里，正打算再溜出去。因为只有全世界最蠢的罪犯，才会在犯下这个地区五六年来最大的罪案之后，还冒险回到自己家里。

所以他是全世界最蠢的罪犯。

或者是最聪明的。因为现在警方唯一不会搜索的地方，很可能就在他们眼前。

至少他是这么告诉自己的。

他还可以销声匿迹，之前在皮茨菲尔德他就该这么做的。不能再等两小时，而是立刻。他不该留在这里等一个女人——以目前的状况，那个女人很可能选择不跟他走。他应该拿着手里的钱，赶紧离开。所有的道路都被监视了，没错。火车和巴士也是。即使他有办法跑到城市南边或西边的农场偷一匹马也没有用，因为他不会骑马。

于是只剩海路了。

他需要一艘船，但不是精巧的游艇，也不是运私酒的平底小船。他需要一艘渔船，系缆楔生锈、缆索磨损的那种，甲板上高高堆着破烂的龙虾篓，停泊在赫尔、绿港或格洛斯特。如果他7点前上船，大概要到凌晨3点或4点，渔民才会发现船不见了。

所以他还要偷渔民的东西。

但是船上有牌照数据，他会挑一艘有牌照的船下手。牌照上有地址，他会寄一笔钱给船东，让他足以买两艘船，或者他妈的这辈子都不用再捕龙虾了。

他忽然想到，自己这种思考方式可以解释为什么以前干了那么多票，口袋里却老是没什么余钱。有时他从这边偷了钱，好像只是为了把钱白送给那边。但他偷钱也是因为好玩，而且他擅长这个，何况偷钱让他得以接触其他擅长的事情，比如制造和运送私酒，这也是他会熟悉船只的缘由。去年6月，他从加拿大安大略的一个小渔村驾驶一艘船，横越休伦湖到密歇根州的贝城；10月又从杰克逊维尔驾船北上到巴尔的摩。刚过去的这个冬天，他还曾驾船从佛罗里达州的萨拉索塔出发，把一桶桶刚蒸馏出来的朗姆酒经由墨西哥湾运到新奥尔良，一个周末就把刚赚到的钱在新奥尔良的法国区花得精光，至于怎么花的，他到现在也只记得零星的片段。

所以大部分的船他都有办法驾驭，这表示他几乎什么船都能偷。走出眼前这扇门，他三十分钟内就可以到达南海岸。北海岸比较远，不过在这个季节，那里大概有更多船停泊。如果他从格洛斯特或岩港出发，三到四天就可以抵达新斯科舍。两个月后，再把艾玛接过去。

两个月好像有点长。

但她会等他。她爱他。没错，她从来没这么说，但他感觉得到她想说。她爱他。他也爱她。

她会等的。

或许他可以经过饭店一下，很快看一眼，看能不能找到她。如果他们两个都消失了，警方就没法追踪了。如果只有他消失，又想办法把艾玛接过去，到时候警方或联邦调查局已经查出了她的身份，知道她对他很重要，等她到了新斯科舍，警方早就跟在后面了。他开门迎接她时，两人就会双双惨死在枪林弹雨下。

她不会等的。

如果现在不带她走，就永远不要想了。

他站在母亲的瓷器柜前，看着玻璃门板上映出自己的影子，想起自己一开始为什么来这里——无论他决定去哪里，如果不换衣服，就走不了太远。他大衣的左肩处被血染黑了，鞋子和裤脚上都沾了泥巴，衬衫在树林里钩破了，上面还有点点血痕。

在厨房里，他打开面包箱，拿出一瓶芬克牌朗姆酒。他脱了鞋，带着那瓶酒走送货楼梯上楼，到他父亲的卧室。在浴室里，他尽可能洗掉耳朵上干掉的血，动作很小心，以免动到结痂的伤口。等他确定不会再流血了，便后退几步，看着镜中自己的脸。尽管耳垂不见了，但只要没有血痂，就不会引起任何人注意。现在，他耳朵的下缘大部分仍然结着黑色的痂，虽然会引人注意，但不像打伤的黑眼圈或断掉的鼻子那么显眼。

他喝了几口芬克牌朗姆酒，从他父亲的衣柜里挑西装。里面总共有十五套，一般警察的薪水顶多只买得起两套。鞋子、衬衫、领带、帽子也一样。乔挑了一套浩狮迈[①]的糖褐色单排扣条纹西装，配上白色箭牌衬衫。丝领带是黑底，每隔约四英寸有一道红色斜纹。黑色的内特尔顿皮鞋，帽子则挑了一顶滑顺如鸽胸的黑色纳普-费尔特毡帽。他把手枪和鞋子放在衣橱顶上，换上他父亲的衣物，然后把手枪插回后腰里。

从裤子的裤管长度判断，他和父亲的身高毕竟不是一模一样。他父亲稍微高一点点。帽子尺寸也比乔小。乔把帽冠往后推了一点，看起来时髦一些。至于裤子，他把裤脚翻边往上多折了一道，又从他母亲缝纫桌上找来安全别针，把翻边固定好。

---

① Hart Schaffner & Marx，美国男士服装品牌，1887年创立于芝加哥，是美国历史最悠久的服装品牌之一。

他拿着换下来的衣服和那瓶朗姆酒下楼，到他父亲的书房。即使现在父亲不在场，要踏入那房间时，那种冒犯的感觉还是挥之不去。他站在门口，听着整栋房屋的声音：铸铁暖气片的滴答声，客厅里那座老爷钟要敲响前，钟锤举起的嘧嘧声。即使他很确定屋子里没有其他人，却还是觉得有人在看他。

时钟敲响时，乔踏入了书房。

俯瞰着街道的凸窗前，放着他父亲的书桌。这张装饰华丽的维多利亚时代双人大书桌，是上个世纪中期在都柏林制造的，对于一个出身爱尔兰柯克郡克洛纳基尔蒂镇那种穷乡僻壤的佃农之子来说，是不太可能梦想拥有的。同样的话也适用于窗下的矮柜、地上的东方地毯、厚厚的琥珀色窗幔、沃特福德水晶玻璃醒酒瓶、橡木书柜、他父亲从来懒得阅读的皮面精装书、铜制窗帘杆、古董皮沙发和安乐椅，还有核桃木制作的雪茄盒。

乔蹲下身，打开书柜底下的一个橱子，一个保险柜出现在眼前。他转了号码——3–12–10，是他和两个哥哥的出生月份——打开了柜门。里边有一些他母亲的珠宝、五百元现金、房契、他父母的出生证明、一沓乔懒得检查的纸张，还有一千多元的国库债券。乔全部拿出来，放在柜门右边的地上。那个保险柜的背墙跟整个保险柜一样，都是用厚厚的钢制成的。乔两只大拇指用力按了上方的两个角落，让保险柜弹出，放在地板上，然后面对着第二个保险柜的转盘。

这个转盘的号码组合要难猜得多。他试过了所有家人的生日。都不对。又试了他父亲这些年工作过的分局的电话号码，一样不对。他回想起父亲有时说到好运、坏运、死亡都会连着三次出现，就试了各种有“三”的排列组合。还是不对。他从十四岁开始，就会跑到父亲的书房偷翻东西。十七岁那年，他发现了父亲留在书桌上的一封写给老友的信——对方已经成为缅因州刘易斯顿市的消防队长。信是用他父亲的昂德伍德打字机打的，里面充满一个又一个谎言——“爱伦和我很幸运，依然如初遇时那般彼此倾心……”“在黑暗的‘九一九’事件之后，艾登恢复得相当好……”“康诺的状况大有进展……”“看起来乔瑟夫秋天会进入波士顿学院。他说想做债券交易的工作……”在信的最末尾，他签上了“您诚挚的，TXC”。他所有签名都是这样，从不写全名，好像写了全名就是一种妥协。

TXC。

托马斯·泽维尔·考克林（Thomas Xavier Coughlin）。

TXC。

字母顺序是20–24–3。

于是乔转了这个号码组合，随着铰链发出一个尖锐的吱呀声，第二个保险柜的门打开了。

这个保险柜大约有两英尺深。其中一英尺半装满了钱，一沓又一沓像砖头似的，用红色橡皮筋紧紧捆着。有的钱是乔出生前就放在里面，有的大概是上星期才放进去的。一辈子的贿赂、回扣和分赃所得。在号称“美国的雅典”“山上的城”“宇宙的中心”的波士顿，他父亲是个中坚分子，但他却比乔曾渴望成为的那种罪犯还要可怕。乔面对这个世界，向来不知道如何拿出第二张脸，但他父亲有好多张脸，让人搞不清哪张是真的，哪张是假的。

乔知道如果他搬空父亲的保险柜，这些钱够他跑路十年。或者，如果他逃得够远，不用担心有人追捕，可以把这些钱投资在古巴的炼糖厂和糖蜜蒸馏厂，三年内就能成为海盗王，余生不必再为生活操心。

但他不想要父亲的钱。他偷父亲的衣服，是因为他很想穿得像那个老浑蛋的模样离开波士顿。要他花老爸的钱，他宁可剁掉自己的双手。

他把折叠好的衣服和沾了泥巴的鞋子放在他父亲那堆脏钱上面。本来想留张字条，但想不出要写什么，于是他关上柜门，转动号码锁。接着，把第一个保险柜放回原处，也锁上了。

他在书房里转了一圈，又从头考虑了一次。在一个全市名人云集、宾客搭着礼车、只能凭邀请卡进入的社交场合，他竟想跑去找艾玛，真是疯狂到了极点。在这个冰冷的书房里，也许某些属于他父亲的务实、冷酷终于褪去了。乔必须接受上苍赐予他的退路，赶紧离开这个大家以为他要进入的城市。时间对他不利。他得赶紧走出门，跳上那辆偷来的道奇车，火烧屁股似的赶紧往北飞奔。

他看着窗外潮湿春日傍晚的K街，提醒自己她爱他，她会等他的。

出门之后，他上了那辆道奇车，回头看着自己出生的那栋房子，把他造就成今天模样的那栋房子。以波士顿爱尔兰裔的标准，他从小养尊处优。他从来没挨过饿，鞋底从没磨穿过。他受过良好的教育，先是修女办的学校，然后是耶稣会中学，直到他十一年级时辍学。比起他那一行的大部分人，他从小就过得很安逸。

但他人生的中心有个洞，他和父母之间的鸿沟，正反映了他父母彼此间的鸿沟，以及他母亲和整个世界的鸿沟。早在他出生之前，他父母就在进行一场战争，尽管以和平收场，但这种和平脆弱得不堪一击，连承认和平的存在都有可能导致破裂，因此从来没有人提起过。他们两人之间的战场依然存在。她坐在她那边，他坐在他那边，乔则坐在中间的战壕和焦土中。他们房子中心的那个洞，本来是他父母婚姻中心的洞，后来也成为乔人生中心的洞。在他童年时期，有整整好几年，他都一直希望能有所改变。但现在，他已经想不起自己为什么会有那种想法了。事情从来不是该有的样子，他们始终维持既有状况。事实就是这么简单，不会因为你的期望而有所改变。

他开车到圣雅各布大道的东海岸长途巴士总站。那是一栋小而低矮的黄砖建筑物，周围环绕着高楼。乔是在赌，追捕他的警方都会守在巴士站的北边，而不是位于西南角的置物柜那边。

他从西南角的出入口溜进去，正好碰到下班高峰时间的人潮。他任由人潮带着他，毫不反抗，从不挡着谁。难得一次，他庆幸自己长得不高。一钻进人群中，他就只是众多波动的人头之一而已。他看见门旁边有两个警察，六十英尺外的人群中还有一个。

他逐渐脱离人潮，来到安静的置物柜墙边。这里没有其他人，所以他变得很显眼。他之前已经从背包里拿出了三千块钱。他右手拿着217号置物柜的钥匙，左手拿着背包。217号置物柜里有7435元现金、十二块怀表和十三块手表、两个纯银钞票夹、一个金领带夹，还有各式各样女用珠宝，当初没拿去卖掉是因为怀疑收赃人会坑他。他脚步流畅地走向那个置物柜，举起微微发抖的右手，打开柜门。

在他身后，有个人喊道："嘿！"

乔双眼还是看着前方。把柜门往后拉时，手上的颤抖变成抽搐。

"我说，嘿！"

乔把背包塞进置物柜，关上门。

"嘿，你！嘿！"

乔转动钥匙，锁好柜门，把钥匙放回口袋。

"嘿！"

他转身时，想象着那个警察正在等他，手上拿着值勤的转轮手枪，大概很年轻，大概很神经质……

结果是一个酒鬼，坐在垃圾桶旁边的地上。骨瘦如柴，只剩红眼睛、红脸颊和一身的筋腱。他朝乔的方向昂起下巴。

“你他妈在看什么？”那酒鬼问。

乔笑了。他伸手到口袋里，掏出十块钱，弯腰递给那个老酒鬼。

“不得了，老哥。不得了。”

那酒鬼大声喊着，但乔已经离开，消失在人群中。

出了车站，乔走在圣雅各布大道上，朝东走向那栋新饭店。饭店有两盏强力弧光灯照向天空，来回扫射着低低的云层。他想象着自己的钱安全又稳当地躺在那个置物柜里，等着他随时去取回，于是平静下来。转入艾塞克斯街时，他心想，对于一个打算展开终身逃亡的人来说，这样的决定还真是不够正统。

如果你要离开这个国家，为什么把钱留在这里？

这样我就可以回来拿钱了。

那你为什么要回来拿钱？

以防万一今天晚上没走成。

原来这就是你的答案。

什么答案？这事情没有答案啊。

你不希望他们在你身上发现那些钱。

一点儿也没错。

因为你知道你会被逮到。

5

粗暴的工作

他从员工入口走进史泰勒饭店。沿途碰到一个搬运工和一个洗碗工好奇地看着他，他只是用两根手指顶一下帽子以表致意，同时露出自信的笑容，摆明了是个内行的富贵公子想避开正门的人潮。那两个工人也对他报以点头微笑。

穿过厨房时，他听到大厅传来钢琴、活泼的竖笛、规律的贝斯所组成的三重奏乐声。他爬过一段黑暗的水泥阶梯，打开顶端的门，旁边是一道大理石阶梯，阶梯尽头就是灯光、烟雾与音乐构成的世界。

乔去过几个当时最豪华的饭店大厅，但没有一个和眼前这个相似。竖笛手和低音大提琴手站在一道黄铜双扇门旁边，那门光洁无瑕，折射出来的光把尘埃都照成了金点。哥林斯式的石柱从大理石地板上升起，直抵上方楼厅的锻铁栏杆。天花板的镶板是乳白色的雪花石膏，每隔十码就有一座沉重的枝形吊灯垂下，长达六英尺的灯架上，有一根根分枝烛台形状的饰灯。东方地毯上放着一张张暗红色的沙发。大厅两侧各有一架三角大钢琴，周围环绕着白色花海。琴师轻触琴键，不时和观众交谈几句。

中央楼梯前，WBZ电台已经在三个黑色台座上各放了一个转播麦克风。一个穿着浅蓝色礼服的大块头女人站在其中一个麦克风旁边，正在跟一名穿着米黄色西装、打着黄色领结的男子商量着什么。那女人不时摸摸头上的发髻，喝着一杯淡色的乳状液体。

大部分男性都穿着成套晚礼服或晚宴服。少数几个穿了普通西装，于是乔就不算太显眼，但他是唯一还戴着帽子的。他考虑脱掉帽子，但这么一来就会露出他那张脸——跟每一份晚报头版登的逃犯画像一样。他往上看了一眼二楼座位，看到有很多人还戴着帽子，因为所有记者和摄影师都在那里。

他低着头，走向最近的楼梯。这段路走得很慢，因为大家看到了那三个转播麦克风以及穿蓝色礼服的胖女人，都纷纷停下脚步。尽管乔低着头，还是看到了查皮·盖根和布博·福勒在跟瑞德·拉芬讲话。打从有记忆以来，乔就是红袜队的狂热球迷，他不得不提醒自己，一个通缉犯走到那三位棒球选手面前去找他们聊打击率，可能不是个好主意。不过他还是挤到他们背后，希望可以偷听到片段的交谈内容，厘清有关盖根和福勒要被卖掉的谣言，结果只听到一堆跟股票市场有关的谈话，盖根说唯一能赚钱的方式就是融资买股票，其他方法都只是让那些不想发财的笨蛋玩的。就在此时，浅蓝礼服的大块头女人走到麦克风前清了清嗓子。她旁边的男子走到另一个麦克风前，朝观众举起一只手。

“各位女士，各位先生，欢迎收听，”那男子说，“WBZ电台，波士顿1030频道，我们在地标史泰勒饭店大厅为您现场转播。我是艾德温·马弗，很荣幸为各位介绍旧金山歌剧院的次女高音，弗洛伦斯·费瑞尔小姐。”

艾德温·马弗往后退，昂起下巴，而弗洛伦斯·费瑞尔则又拍拍头上的发髻，朝她的转播麦克风吹气。紧接着，毫无预警地，她吐出的气转为一波巨大的高音，传遍人群，爬上三层楼，直达天花板。那嗓音极其夸张却又极其真实，让乔觉得满心孤单无比。她的歌声仿佛源自天上诸神，从她的身体传送到他的，乔于是明白自己有一天会死。这跟他知道死亡终将到来并不一样。因为死亡终将到来，只是个遥远的可能性。但眼前，却是个冷酷无情的事实，不管他高不高兴。面对这样超脱尘俗的清晰事实，他知道无须争辩，他只是渺小的凡人，从来到这世间的第一天开始，就一步步迈向死亡了。

她继续深入那首咏叹调，音符变得更高、更长了，乔把她的声音想象成一片黑暗的海洋，远无边际，深不见底。他看着四周穿晚礼服的男人，穿戴着闪亮塔夫绸、丝质紧身礼服和蕾丝花环的女人，看着大厅中央涌出的一道香槟喷泉。他认出了一名法官、柯利市长和富勒州长，还有另一个红袜队的内野手“小娃娃”雅各布森。在一架钢琴旁，他看到本地演员康斯坦丝·弗莱斯戴正在跟人脉很广的名人埃拉·邦察斯打情骂俏。有些人在大笑，有些人因极力扮出体[illegible]显得可笑。他看到一些留着连鬓胡的严峻男子，还有些上了年纪的贵妇，穿着形状像教堂大钟的裙子。他认出了一些名门贵族和“美国革命妇女会”的成员，也注意到一些私酒商和私酒商的律师，甚至还有网球选手罗瑞·约翰森——去年打进温布尔登网球公开赛八强，结果输给了法国选手亨利·柯榭。他看到戴着眼镜的知识分子们暗自打量着愚蠢的年轻女郎，她们讲话无趣，但双眼闪亮、双腿迷人……这所有人很快就会从世间消失。五十年后，要是有人看着这一夜的照片，会发现里面大部分人都死了，还活着的也快了。

弗洛伦斯·费瑞尔唱完咏叹调时，乔抬头看向底层楼厅，发现了阿尔伯特·怀特。忠实地站在他右肘后方的是他太太。她是个细瘦的中年女人，一点也没有已婚贵妇的富态。她全身最大的部分就是眼睛，即使乔站得这么远，也还是觉得显眼。那双眼睛突出而狂乱，就连她露出微笑时也不例外。此时柯利市长拿着一杯苏格兰威士忌来到他们身旁，阿尔伯特跟他讲了些什么，市长低笑了起来。

乔的目光沿着楼厅往前看，在几码之外看到了艾玛。她穿了一件银色紧身礼服，站在靠近锻铁栏杆的人群里，左手拿着一杯香槟酒。在灯光下，她的皮肤像雪花石膏一样白，表情苦闷又孤单，迷失在暗自悲伤的情绪中。她私底下就是这个样子吗？有什么无以名状的失落感潜入了她心中？一时之间，他真担心她会越过栏杆往下跳，但接着她脸上的哀伤转为了笑容。他明白是什么取代了她脸上的悲伤——她没想到能再见到他。

她的微笑扩大了，想用手掩嘴。那手正好拿着香槟杯，于是杯子倾斜，有几滴落到了下方的人群中。一个男人摸着后脑勺抬头看。还有个胖女人擦拭着一边眉毛，右眼眨了几下。

[illegible]来靠在栏杆上的艾玛站直身子，头斜向大厅里靠近乔那边的楼梯。乔点了点头。她从栏杆边退开。

他努力穿过人群时，看不到上方人群中的她了。他之前就注意到，楼厅上的大部分记者都把帽子往后推，同时松开领结。于是当他挤过最后一群人，来到楼梯口时，也把帽子往后推，拉松领带。

迎面楼梯上方是唐纳德·别林斯基警员，这个鬼魂不知怎的从池塘底下冒出来，刮去了骨头上的焦肉，现在正大步下楼朝乔走来——同样的金发，同样有斑点的皮肤，同样红得可笑的嘴唇和灰白的眼珠。且慢，这个家伙比较胖，发际线已经开始后退，金发也偏红色。而且即使乔只见过别林斯基仰天躺着，也还是可以确定他比眼前这个男人更高，身上的气味大概也更好，这男人一身洋葱味。两人在阶梯上擦身而过时，那男人眯起了眼睛，把额前油腻的红金色头发往后拨，另一手拿着帽子，罗缎帽带里塞着一张《波士顿观察家报》的记者证。乔在最后一刻往旁边跨了一步，那男人笨拙地抓紧了帽子。

乔说："对不起。"

那男人说："真抱歉。"乔迅速爬上楼梯时，可以感觉那双眼睛盯着自己，他惊讶于自己的愚蠢，不但直盯着别人的脸看，而且还是一个记者的脸。

那家伙朝楼梯上喊："对不起，对不起。你掉了东西。"但乔什么都没掉。他继续往前走，一群人刚好在他上方开始下楼梯，已经略带醉意，一个女人像松开的长袍般靠在另一个女人身上。乔经过他们身边，没回头，没回头，只看着前面。

看着她。

她抓着一个银色小皮包，搭配身上的银礼服，以及头发上的银羽毛和银发带。她前颈有条小静脉搏动着，肩膀起伏，双眼发亮。他只能忍着不去抓她的肩膀把她抱起来，让她的双腿环住他的后背，脸凑向自己。反之，他继续走，经过她身边时说："有个人刚才认出我了。快走吧。"

她跟在他旁边，两人沿着一条红毯经过大跳舞厅。这里的人更多，但不像楼下那么挤。两人可以很顺畅地沿着人潮外缘行走。

"过了下一个楼厅，有个送货电梯，"她说，"通到地下室。我真不敢相信你跑来了。"

他在下一个开口处右转，低着头，把帽子往下压，遮住前额。"不然我还能怎么样？"

"跑啊。"

"去做什么？"

"我不知道。天啊。一般人都是这么做的。"

“我不这么做。”

他们经过楼厅后方时，人又多了起来。在下面的大厅里，州长正朝转播麦克风宣布今天是麻州的“史泰勒饭店日”，现场发出一阵欢呼，开心的人群带着醉意，此时艾玛跟他并肩往前走，用手肘把他朝左推。

他看到了，就在这条走廊跟另一条走廊交叉处再往前，有个黑暗的角落，藏在宴会桌、灯光、大理石和红地毯的后方。

楼下的铜管乐队吹起喇叭，楼厅里的人群纷纷动了起来，闪光灯泡亮起又熄灭。他很好奇，会不会有个摄影师回到报社后发现，某些照片背景里那个穿着褐色西装的男子正是被重金悬赏的通缉犯。

“左边，左边。”艾玛说。

他在两张宴会桌之间左转，地上的大理石转为薄薄的黑瓷砖。又走了两步后，到了电梯口，他按了往下的钮。

四名醉酒男子沿着楼厅边缘经过。他们比乔年轻两三岁，正在唱哈佛大学的加油歌《士兵球场》。

“看台上一片热烈的深红，”他们不成调地低声唱着，“哈佛的旗帜飘扬。”

乔又按了一次向下按钮。

其中一个和他目光对上，然后斜眼看了看艾玛的屁股。他用手肘撞了一下旁边的哥们儿，大家继续唱着：“欢呼声震天，有如雷声齐发，响彻云霄。”

艾玛的手轻轻擦过他的手。她说：“狗屎，狗屎，狗屎。”

他又按了一下钮。

一名侍者砰地推开他们左边的厨房门出来，手里高举着一个托盘。他从旁边不到三英尺处经过，却始终没看他们一眼。

那些哈佛佬走过去了，但还是听得到他们在唱："然后战斗！战斗！战斗！因为我们今晚要赢！"

艾玛也伸手按了向下钮。

"老哈佛万岁！"

乔考虑从厨房溜出去，但他怀疑那个厨房只是个小房间，里边只会有个笨侍者把食物从两层楼底下的主厨房送上来。回想起来，之前应该让艾玛下楼跟他会合，而不是自己爬上楼。他当时要是脑袋清楚点儿就好了，可他实在想不起自己上回脑袋清楚是什么时候了。

他又伸手要按钮时，听到电梯上来的声音。

"如果里头有人，背对他们就好。"他说，"他们会很匆忙的。"

"如果他们看到我的背，就不会匆忙了。"她说。他被逗笑了，尽管满心忧虑。

电梯到了，他等着，但电梯门还是没打开。他数了五下心跳，然后先拉开电梯门外的栅门，再打开电梯门。里头是空的。他回头看了艾玛一眼。她先走进去，他随后跟上。他拉上栅门，又关上电梯门，接着转动曲柄，电梯开始往下降。

她手掌平贴在他胯下，吻住他的嘴，他立刻硬了起来。他空着的那只手滑进她礼服内，来到两腿间，她在他嘴里呻吟。她的泪水落在他脸颊上。

"你怎么哭了？"

"因为我可能爱你。"

"可能？"

"对。"

"那就笑吧。"

“没办法，我没办法。”她说。

“你知道圣雅各布大道那个巴士站吗？”

她眯起眼睛看着他：“什么？知道，当然知道。”

他把置物柜的钥匙放在她手里：“以防万一有什么事发生。”

“什么？”

“万一在我们得到自由之前。”

“不，不，不，不，”她说，“不，不。你拿着。我不想要。”

他摇摇手：“放进你皮包里。”

“乔，我不要这个。”

“那是钱。”

“我知道那是钱，我不想要。”她努力想把钥匙还给他，但他把两手举高。

“你收好。”

“不要，”她说，“我们会一起花这些钱。现在我跟着你。我跟你在一起了，乔。拿着钥匙。”

她又想把钥匙还给他，但电梯来到地下室了。

电梯厢的窗子看出去是黑的，外头的灯出于某些原因没亮。

乔明白了，那些灯没亮不是出于“某些”原因。原因只有一个。

他伸手去转曲柄时，栅门从外面打开了，布兰登·卢米斯伸手抓住乔的领带，把他拖了出去。他从乔的后腰抽出那把手枪，扔在一片黑暗的地板上。他用拳头猛击乔的脸和脑袋侧边，打了好多下，乔来不及数有几次，一切都发生得太快，他的双手几乎还来不及举起。

他举起手后，立刻回头找艾玛，想着无论如何都要保护她。但布兰登·卢米斯的拳头像一把屠夫的肉锤，每回打到乔的头——啪啪啪啪——乔就觉得自己脑袋变笨了，视野转为一片白。他的目光滑过那片白，无法固定住。他听到自己的鼻子断掉的声音，然后——啪啪啪——卢米斯又在同一个点连捶三记。

等到卢米斯放开他的领带，乔整个人趴倒在水泥地上。他听到一连串持续的水滴声，像是漏水的水龙头，然后睁开眼睛，看到自己的血滴在水泥地上，一滴滴就像五分钱硬币那么大，迅速积聚成变形虫图形，又变为小水洼。他转头，看艾玛会不会趁他挨揍的时候设法关上电梯门跑掉了，但电梯不在原处，或者他不在电梯口，因为他只看到一面水泥墙。

此时布兰登·卢米斯踢了他肚子一记，力道大得他整个人飞离地面。他以蜷缩之姿落地，觉得找不到空气了。他张嘴想吸气，但吸不到。他设法用膝盖撑地跪起来，但双腿又软下去，只好用双肘撑在水泥地上，抬起胸部，像条鱼似的大口呼吸，想把气灌进气管内，却看到自己的胸膛像一块黑色石头，没有开口，没有缝隙，什么都没有，只有那块大石头，容不下其他的，因为他妈的他没法呼吸。

那块大石头从他的食道往上走，像个气泡通过钢笔的墨水管，挤压他的心脏，压扁他的肺，封住他的喉咙，然后，终于，硬挤过他的扁桃腺，从他的嘴里冒出来。后头还跟着一声哨音，加上几声喘息，没关系，这样很好，因为他又可以呼吸了，终于可以呼吸了。

卢米斯从后方踢他的腹股沟。

乔的脑袋顶着水泥地，咳嗽着，可能还吐了，他不知道，那种疼痛是他以前从来无法想象的。他的睾丸被塞进了肠子里；火焰燃烧着胃壁；他的心脏跳得太快了，一定很快就会停摆，一定；脑壳感觉像是被人用手硬撬开来；眼睛在流血。他吐了，确定吐了，把胆汁和火焰吐在了地上。他以为自己已经吐完了，但接着又吐了。他躺回地上，看到了上方的布兰登·卢米斯。

“你看起来，”卢米斯点了根香烟，“一副倒霉相。”

布兰登跟着房间一起左右摇晃。乔躺在原地没动，可是其他一切都像在钟摆上似的。布兰登往下看着乔，掏出一副黑手套戴上，手指在里面弯曲着，直到戴得妥帖合意了。阿尔伯特·怀特出现在他旁边，也在同一个钟摆上，两个人都往下看着乔。

阿尔伯特说：“恐怕呢，我得把你变成一个信息。”

隔着眼里的血，乔望向身穿白色晚宴服的阿尔伯特。

“有些人不把我的话当回事，我得让他们每一个人都知道这个信息。”

乔想找艾玛，但一切都摇来晃去，他找不到电梯在哪里。

“这不会是个美好的信息，”阿尔伯特·怀特说，“我很遗憾。”他蹲在乔面前，面容哀伤而疲倦，“我母亲总说，凡事都有因果。我不确定她是对的，但我的确认为，一个人会走上哪条路，往往是天生注定的。我本来以为我注定要成为警察，但市政府开除了我，我变成现在这样。大部分时候我不喜欢，乔。我真不想说出实话，但我不能否认，我天生就该做这一行。非常适合。至于你天生适合的，我恐怕得说，就是把事情搞砸。本来你唯一要做的就是逃跑，但你偏不。所以我确定——看着我。”

乔的脑袋已经缓缓转向左边了。他又转回来，看着阿尔伯特同情的目光。

“我很确定，你死的时候会告诉自己，你这么做是为了爱情。”阿尔伯特朝乔露出凄惨的笑容，“但这不是你搞砸的原因。你搞砸是因为那是你的天性。因为在骨子里，你对自己做的事情有罪恶感，所以你想被逮到。只不过在这一行，你每天夜里都要面对自己的罪恶，你要把它在手里转来转去，捏成一个球，然后丢进火里。但是你啊，你偏不，于是你短暂的一生都在期望某个人会来惩罚你的罪孽。好吧，我就是那个人。”

阿尔伯特站起身，乔双眼忽然失去焦点，一切都变得模糊了。他看见一道银光，接着又是一道。他眯起眼睛，直到模糊的影像变得鲜明，一切又对上焦了。

而他真希望没有。

阿尔伯特和布兰登还是有点摇晃，但钟摆不见了。艾玛站在阿尔伯特旁边，一手挽着他的手臂。

一时之间，乔不明白。随后他懂了。

他往上看着艾玛，身上所有的伤痛都无所谓了。他觉得自己死掉也没关系，活着实在太痛苦了。

“对不起，”她轻声说，“对不起。”

“她很抱歉，”阿尔伯特·怀特说，“我们都很抱歉。”他朝乔看不见的某个人打了个手势，“把她带走。”

一个身穿粗毛线外套、头戴毛线帽的粗壮家伙抓住艾玛的手。

“你说过你不会杀他的。”艾玛对阿尔伯特说。

阿尔伯特耸耸肩。

“阿尔伯特，”艾玛说，“我们说好的。”

“我会遵守的，”阿尔伯特说，“别担心了。”

“阿尔伯特。”她说，声音哽在喉咙。

“亲爱的？”阿尔伯特的声音太冷静了。

“我本来绝对不会带他来这里的，要不是——”

阿尔伯特伸手给了她一耳光，另一手抚平自己的衬衫。那个耳光出手很重，她嘴唇都破了。

他低头看着自己的衬衫：“你以为你很安全？你以为我会让一个

婊子给我难堪？你还以为我对你很痴情。或许昨天是这样，但我一整夜没睡，已经决定把你甩掉了。懂了吗？走着瞧吧。”

“你说过——”

阿尔伯特用手帕擦掉手上的血：“他妈的把她弄上那辆车，唐尼。快点儿。”

那个大块头从后方一把抱住艾玛，倒退着走出去。“乔！拜托别再伤害他了！乔，对不起！对不起！”她又踢又叫，猛抓唐尼的头，“乔，我爱你！我爱你！”

电梯栅门轰然关上，缓缓上升。

阿尔伯特在他旁边蹲下身，把一根香烟塞进他嘴里，划了根火柴点燃香烟，然后说：“吸两口吧，这样你脑袋会清醒一点。”

乔照办了。有一分钟，他坐在地板上吸着烟，阿尔伯特蹲在他旁边抽他自己的，布兰登则站在那儿看。

“你打算怎么处理她？”乔总算有办法开口了。

“怎么处理她？她刚才出卖了你。”

“她有个好理由，我敢说，”他看着阿尔伯特，“有这么个好理由的，对吧？”

阿尔伯特低声笑了：“你还真够迟钝的。”

乔扬起一边眉毛，血流进他眼里。他擦掉了。“你打算怎么处理她？”

“你应该更担心我会怎么处理你。”

“我是很担心，”乔承认，“不过我问的是你会怎么处理她。”

“还不知道。”阿尔伯特耸耸肩，把舌头上的一小根烟丝用手指拈起来弹掉，“不过你，乔，你会成为那个信息。”他转向布兰登，“把他弄起来。”

“什么信息？”乔说，布兰登双手从后头插入他腋下，提着他站起来。

“如果你敢违抗阿尔伯特·怀特和他的手下，那么发生在乔·考克林身上的事情，也会发生在你身上。”

乔没说话。想不出该说什么。他二十岁了。他从这个世界所得到的就是这样——二十年。他从十四岁开始就没哭过，眼前他也只能这样，看着阿尔伯特的双眼，不要崩溃求饶。

阿尔伯特的脸色柔和下来。“我不能留你这条命，乔。如果有别的路，我一定会想办法的。事情也跟那妞儿无关，你听了或许会好过一点。要找婊子到处都有。已经有个漂亮的新姑娘在等我了，只等我把你料理完。”他审视了双手一会儿，“可是你不经我允许，就跑到一个小镇乱开枪，抢了六万块钱，还弄死了三个警察。搞得我们全都很难看。现在全新英格兰地区的警察都认为，波士顿的黑帮是一群疯狗，所以得像对付疯狗一样杀光。我得让每个人明白，事情实在不是这样的。”他对卢米斯说，“彭斯人呢？”

他指的是朱利安·彭斯，阿尔伯特手下的一个枪手。

“在巷子里，车子发动了。”

“走吧。”

阿尔伯特带头走向电梯，打开栅门。布兰登·卢米斯把乔拖了进去。

“把他转过去。”

乔被原地旋转了半圈，卢米斯抓着他的后脑勺，把他的脸压在电梯内的墙壁上，香烟从他嘴里掉出来。他们把他的双手拉到背后。卢米斯用一条粗绳绕着他的手腕转，每绕一圈都拉得更紧，最后在尾端打了个结。乔在这方面也算是个专家，感觉得出牢靠的结是什么样。他们可以把他丢在这个电梯里，等一个月后再回来，他还是挣脱不了。

卢米斯又把他转回来，随后转动曲柄。阿尔伯特从一个白蜡烟盒里拿出一根卷烟，塞在乔的双唇间，帮他点燃。在火柴的光亮中，乔看得出阿尔伯特一点都不乐意做这些，看得出当自己脖子上套着一条皮绳、脚上绑着装满石头的布袋沉入神秘河底时，阿尔伯特会对这个肮脏行业的代价感到后悔。

至少今夜吧。

到了一楼，他们出了电梯，沿着一条空荡的送货走廊往前，隔着墙壁传来晚宴的声音——双钢琴和一组管乐队演奏得正热闹，还有阵阵欢乐的笑声。

他们到了走廊尽头的门前。门中央有黄色油漆刚漆上的“送货”字样。

“我先出去看一下。”卢米斯打开门，外头的3月夜晚变得湿冷多了。天空中飘着毛毛雨，淋得防火铁梯冒出一股铝箔气味。乔还闻到，这栋建筑物散发出一种刚装潢好的崭新气味，仿佛电钻凿出的石灰岩粉尘还悬浮在空中。

阿尔伯特把乔转过来面对自己，帮他调整好领带。他舔了舔双掌，抹平乔的头发，一脸凄凉。“我从没想过长大后要为了维持利润而杀人，但我就是变成了这样。我从没有一夜睡得好——他妈的就是一次都没有，乔。我每天起床都很害怕，晚上睡觉时也怕。”他拉好乔的领子，“你呢？”

“什么？”

“想过要走别的路吗？”

“没有。”

阿尔伯特捡起乔肩膀上的什么东西，用手指弹掉了。“之前我告诉她，如果她把你交给我们，我不会杀你。其他人都不相信你会笨到今天晚上跑来，我反正就赌赌看。所以她答应带你来找我，是为了救你。或者她是这么以为的。但你知我知，我得杀了你，不是吗，乔？”他看着乔，泛泪的双眼哀伤至极，“不是吗？”

乔点点头。

阿尔伯特也点头，凑过来在乔耳边低声说：“然后我也得杀了她。”

“什么？”

“因为我也爱她。”阿尔伯特双眉扬起又垂下，“而且因为，你居然知道在那天早上去抢我的扑克场子，唯一的可能就是她给你通风报信。”

“慢着，”乔说，“听我说，她绝对没跟我通风报信。”

“你当然会这么说，”阿尔伯特整理好他的领子，抚平他的衬衫，“你就这么想吧，如果你们两个是真爱，那么今晚你们就会在天堂相会了。”

他朝乔的肚子猛击一拳，力道往上直蹿腹腔神经丛。乔痛得弯下腰，再次无法呼吸。他扭着手腕的绳索，想用头去撞阿尔伯特，但阿尔伯特只是扇开他的脸，打开了通往巷子的门。

他抓住乔的头发，把他的身子往上拉直。乔看到了等着他的那辆车，后车厢门开着，朱利安·彭斯站在门边。卢米斯从巷子对面走过来，抓住乔的手肘，两人一起拖着他出了饭店送货门。现在乔能闻到后座脚踏板的气味，一股油腻地毯和尘土混合的气味。

他们正要把他抬起来放进去时，又扔下了他。他跪在卵石道上，听到阿尔伯特大喊“快走！快走！快走”，还听到他们在卵石道上的脚步声。也许他们已经朝他后脑勺开了一枪，因为天空忽然降下一道道亮光。

他的脸一片亮白，巷子两边的建筑物被蓝色和红色的光照亮，接着是轮胎刹车声，有个人透过扩音器大喊，还有个人开了一枪，接着又是一枪。

一名男子从白光里走向乔，看起来修长而自信，生来就是当指挥者的料。

那是他父亲。

更多人从他身后的白光中走过来，乔很快就被一打波士顿警察局的成员包围了。

他父亲昂起头："现在你还会杀警察了，乔瑟夫。"

乔说："我没杀任何人。"

他父亲没理会这句话："看起来你的同伙正要开车载你去送死。他们判定你是个大累赘吗？"

几个警察掏出警棍。

"艾玛在一辆车的后车厢里。他们要杀她。"

"谁？"

"阿尔伯特·怀特、布兰登·卢米斯、朱利安·彭斯，还有个叫唐尼的家伙。"

小巷外的街道上，传来几个女人的尖叫声。一辆汽车猛按喇叭，紧接着是撞车的轰然巨响。更多尖叫声。在巷子里，细雨转为倾盆大雨。

他父亲看看手下，目光又回到乔身上。"你交的女朋友还真不错啊。又要跟我编什么故事了吗？"

"不是故事。"乔嘴里吐出鲜血，"爸，他们要杀她。"

"好吧，**我们**不会杀你的。事实上，我根本不会碰你。但我有些同事倒是很想跟你说说话。”

托马斯·考克林身体前倾，双手放在膝盖上，盯着他儿子。

在那严酷的目光后面，乔看到了1911年自己发高烧住院时，在病房地板上睡了三天的那个父亲。当时他把波士顿的八份报纸全买来，从头到尾逐一念给他听，当时他说他爱他，说如果上帝想要他的儿子，得先经过他托马斯·泽维尔·考克林这一关，届时上帝就会知道，这一关有多么棘手。

“爸，听我说。她——”

他父亲朝他脸上啐了一口。

“交给你们了。”他对手下说，然后转身离开。

“找到那辆车，”乔大喊，“找到唐尼！她跟唐尼在一辆车上！”

第一记——是拳头——击中乔的下颚。第二记他很确定是警棍，击中了他的太阳穴。之后，所有的亮光都消失在黑夜中。

6

所有罪孽深重的圣人

波士顿市警察局即将面临一场公关灾难，头一个给托马斯提示的，是那个救护车司机。

他们把乔绑在木制轮床上抬进救护车车厢时，那个司机说："你们把这小子从屋顶上扔下来了？"

大雨落下的声响巨大，大家都得大喊着说话。

托马斯的助理兼司机麦克·普利警佐说："我们赶到前，他身上就有这些伤了。"

"是吗？"那救护车司机一一看着他们，雨水从他白色鸭舌帽的黑帽檐上流下来。

即使在雨中，托马斯也可以感觉到小巷里的温度在升高，他指着轮床上的儿子，说："这位先生参与了新罕布什尔那三名警员的谋杀案。"

普利警佐说："混账，现在觉得好过一点儿没有？"

那救护车司机正在检查乔的脉搏，双眼盯着自己的手表。"我看了报纸。平常大部分时间就是在做这个——坐在这辆车上，读我的报纸。这小子是那个司机。那些警察开车追着他跑的时候，开枪把另一辆警车给轰烂了。”他把乔的手腕放回胸膛上，“可枪不是他开的。”

托马斯看着乔的脸——破裂的黑色嘴唇，被打扁的鼻子，两眼肿得睁不开，一边颧骨塌陷，双眼、耳朵、鼻子和嘴角都结着黑色的血块。托马斯的血，他生的儿子。

“可是如果他没抢那家银行，”托马斯说，“他们就不会死了啊。”

“如果其他警察不用他妈的冲锋枪，他们就不会死了。”那司机关上车门，看着普利和托马斯，托马斯惊讶于他双眼中的那种嫌恶。“你们这些人大概刚把这小子打死了。问题是，**他是**杀人犯吗？”

两辆警车跟在救护车后面开走了，总共三辆车驶入黑夜。托马斯不断提醒自己把救护车上挨揍的那名男子想成“乔”。因为把他想成“我儿子”实在太令人崩溃了。他的血脉和骨肉，其中有很多血和少数肉都留在这条巷子里了。

他问普利：“你通知全境通缉阿尔伯特·怀特了吗？”

普利点点头：“还有卢米斯和彭斯，另外一个唐尼不知道姓什么，我们猜是唐尼·纪石勒，怀特的手下。”

“优先找到纪石勒。通知所有单位，他车上可能载了一个女人。”

普利用下巴一指：“在巷子前头。”

托马斯往前走，普利跟在后头。他们加入送货门旁那群警察里，托马斯避免去看他右脚边那摊乔流的血，血很多，即使淋了雨还是一片鲜红。他把注意力放在他手下的侦察组长史蒂夫·福曼身上。

“那辆车有消息了吗？”

福曼翻开他的速记本：“洗碗工说8点15分到8点30分之间，有一辆柯尔停在巷子里。之后，洗碗工说那辆车子开走了，换了这辆道奇开进来。”

托马斯带着手下赶到巷内时，那些人正想把乔拖上道奇车。

“发布全境通缉，要优先找到那辆柯尔，”托马斯说，“开车的是唐尼·纪石勒。后座可能有一个叫艾玛·古尔德的女人。史蒂夫，他是查尔斯城古尔德家的人，知道我指的是谁吗？”

“哦，知道。”福曼说。

“她是奥利·古尔德的女儿，不是博博的。”

“好。”

“派个人去她联合街的家里确认一下，说不定她还好端端睡在床上。普利警佐？”

“是，长官。”

“你见过这个唐尼·纪石勒吗？”

普利点点头：“他身高大概170厘米，体重85公斤。老戴着一顶黑色毛线帽。上回我看到他的时候，他留着长长的八字胡。十六分局有他的档案照。”

“派个人去拿。另外把他的外形描述传给所有单位。”

他看着地上的那摊血。里头有颗牙齿。

他和长子艾登多年没讲过话了，不过偶尔会接到他的来信，里面只平铺直叙一些现状，没有个人感想。他不知道他住在哪里，甚至不知道他是死是活。次子康诺，在1919年的警察罢工暴动中失明。身体上，他以惊人的速度适应自己的残缺；但心理上，他自怜自艾的倾向愈来愈严重，很快就开始酗酒。没能把自己喝死之后，他转向了宗教。但上帝对信徒的要求显然不只是一时的殉教热诚，于是他也放弃了。不久，他住进了专收盲人与肢体残障人士的艾伯茨福德学校。他们给了他一个工友的职务——一个曾担任麻州有史以来负责死刑起诉案最年轻的助理检察官，现在却在当工友——于是他就住在那里，天天擦着他看不见的地板。每隔一阵子，校方就会要他改当老师教课，但他全都推掉了，借口是自己太害羞。可是托马斯的儿子没有一个害羞的。康诺只是决定把所有爱他的人排拒在外——对他来说，爱他的就只剩他父亲了。

接下来是他的小儿子，献身犯罪事业，成天跟妓女、私酒贩子、持枪歹徒鬼混。这种生活似乎会带来魅力和富裕，其实两者都很少实现。而现在，因为他的同胞和托马斯的手下，他可能活不过这一夜了。

托马斯站在雨中，什么都闻不到，只闻到自己的恶臭。

"找到那个女孩。"他对普利和福曼说。

塞勒姆市的一名巡警看到了唐尼·纪石勒和艾玛·古尔德。等到警匪追逐结束时，总共有九辆巡逻车加入，都来自北海岸的小城镇——贝弗利、皮博迪、马布尔黑德。几个警察看到车子后座有个女人；几个没看到；其中一个宣称他看到后座有两三个年轻姑娘，后来查出他喝了酒。唐尼·纪石勒在高速中把两辆巡逻车逼出路面，两辆都撞毁了，他又朝警方开枪（不过准头很差），于是警方也还击。

晚上9点50分，唐尼·纪石勒的柯尔车在大雨中冲出路面。当时警匪双方在马布尔黑德镇淑女湾旁的海洋大道上追逐，可能是因为警察开枪幸运击中了纪石勒的轮胎，但以时速四十英里在大雨中行驶，更可能是因为轮胎太破旧而爆掉了。在那段海洋大道上，大道的部分非常少，海洋的部分却是宽阔无边。那辆只剩三个轮子的柯尔车离开路面，冲出路肩时猛地转弯，轮胎全部悬空。两面车窗被射破的车子落入八英尺外的海水中，大部分警察都还没下车，车子就完全沉没了。

一名来自贝弗利的巡警路易·伯里立刻脱掉外衣，身穿汗衫潜下水，当时很暗，虽然有人想到要把所有巡逻车的车头大灯对着海面，也还是没有用。路易·伯里潜入寒冷的海水中四次，还因此失温在医院住了一天，依然没找到车子。

次日下午刚过2点，潜水员找到了车子，纪石勒还坐在驾驶座上。一段断掉的方向盘插进他的腋下，变速杆刺入他的腹股沟。但杀死他的不是这些。那一夜警方总共开了超过五十枪，其中一枪击中他的后脑。就算没爆胎，那辆车也会落水的。

他们在车内顶部找到了一条银色发带和一根银色的羽毛，但是没有其他艾玛·古尔德存在的证据。

警方和三名黑帮分子在史泰勒饭店后方的那场交火，在发生后大约十分钟就进入了这个城市的历史迷雾。虽然没有人中枪，在整场骚动中，其实也根本没开几枪。那三名歹徒运气好，离开巷子时正好碰上人群纷纷离开餐厅，走向殖民地剧院和普利茅斯剧院。旧戏重演的《卖花女》已经在殖民地剧院连续三周票房满座，而普利茅斯剧院所演出的《西部痞子英雄》则引发了“新英格兰监护会[①]”的愤怒，他们出动了几十个人前来抗议，都是缺乏魅力、表情不满、叫嚷不休的女人，但抗议只是让这出戏更引人注目。这些女人在剧院前大声叫嚣，不光对戏院票房有利，也是黑帮分子的天赐良机。那三个黑帮歹徒拼命冲出巷子时，追出来的警察没有落后太远，但是当“新英格兰监护会”的抗议女人们看到枪，就纷纷指着尖叫又大喊。几对正要去

① 19世纪晚期到20世纪中期，书籍、舞台艺术审查制度实行期间出现的一个社会组织，成立于波士顿。

剧院的男女笨拙地猛钻到店家门口找掩护，同时，就在细雨忽然转为滂沱大雨之际，一名私家车司机开着雇主的皮尔斯银箭车猛地转弯，撞上灯柱。等到那些警察醒悟过来，三名黑帮分子已经在皮蒙特街抢了一辆车，消失在倾盆大雨的街头。

“史泰勒枪战”这个标题很有新闻性。报道一开始很简单——英雄警察和杀警歹徒枪战，制伏并逮捕一人。但事情很快就变得更复杂了。一名救护车司机奥斯卡·菲耶特指出，被逮捕的那名歹徒遭警方严重殴伤，可能活不到明天。当天晚上刚过12点，华盛顿街上的各家报社盛传着未经证实的流言，说一辆汽车高速冲入马布尔黑德的淑女湾内，不到一分钟就沉入海底，之前有人看到一名女子被锁在车内。

然后传出史泰勒枪战案的涉案歹徒之一，就是商人阿尔伯特·怀特。在此之前，阿尔伯特·怀特在波士顿社交圈拥有一个引人称羡的位置，大家知道他**可能**在制造私酒，**好像**在运销私酒，**大概**是法外之徒。每个人都理所当然地认为他在从事非法勾当，但大部分人都还相信，他并没有卷入目前危害各大城市的街头动乱中。阿尔伯特·怀特被视为一个“好”的私酒商。他只是好心提供一种无害的罪恶——穿着显眼的米白西装，可以在社交场合对着一堆人大谈他战时的英勇事迹和当警察时期的故事。但在史泰勒枪战（史泰勒饭店的老板希望各家报社能改个名字，但没有成功）发生后，这种观点消失了。警方对阿尔伯特·怀特发出逮捕令。无论最后会不会被判刑，他跟高尚人士过从甚密的日子结束了。流传在贝肯山豪宅客厅和宴会厅中的淫秽与刺激的故事，就要到此为止了。

然后是降临在托马斯·考克林副总警监身上的厄运。他一度被视为警察局长的热门人选，还很有可能进军州议会。次日晚报刊登消息，警方所逮捕并当场痛殴的歹徒，原来是考克林的亲生儿子，此时大部分读者都还能忍着不批评他教养失职；因为大家都知道，想在这样一个罪恶年代教出品行端正的孩子，是多么艰难的一件事。但是接着《波士顿观察家报》的专栏作家比利·凯勒赫披露，他在史泰勒饭店的阶梯上碰到了乔瑟夫·考克林。当天晚上打电话报警的就是凯勒赫，而且他及时赶到巷子里，看到托马斯·考克林把自己的儿子交给手下毒打。一般大众得知后都无法容忍——没把自己孩子教好是一回事，下令要人把他打到昏迷，那可就是另外一回事了。

等到托马斯被叫到警局总部去见局长时，他知道自己永远不会进驻这间办公室了。

赫伯特·威尔森局长站在办公桌后头，朝托马斯指了指一张椅子。威尔森的前任艾德温·厄普顿·柯提斯曾对波士顿警察局造成了毁灭性的破坏，他在1922年死于心脏病发后，便由威尔森接任局长。“坐吧，汤姆。”

托马斯·考克林很讨厌人家叫他“汤姆”，讨厌那种简略的性质和故作亲昵的感觉。

他坐了。

“你儿子状况怎么样？”威尔森局长问他。

“还在昏迷中。”

威尔森点点头，缓缓从鼻孔呼出一口气。“他昏迷得越久，汤姆，他就越像个圣人。”威尔森隔着桌子凝视他，“你气色很差。睡眠够吗？”

托马斯摇摇头：“自从……”他过去两夜都守在儿子的病床边，细数自己的种种罪孽，向他几乎不再相信的上帝祈祷。医师跟他说过，就算乔能醒过来，也可能已经脑部受损了。之前托马斯在盛怒中——那种炽烈的狂怒，从他老爸到老婆到三个儿子都很害怕的狂怒——命令手下用警棍围殴自己的儿子。现在他觉得自己的羞愧像一把刀，放在热炭中烧，直到钢制刀身变黑，刀缘缭绕着卷曲的黑烟，刀尖插入他胸骨下方的腹部，在他体内移动、切割，直到他陷入黑暗，无法呼吸。

“有另外那两个的消息吗，巴托罗兄弟？”局长问。

“我还以为你已经知道了。”

威尔森摇摇头：“我一早上都在参加预算会议。”

“刚刚收到电报。他们抓到保罗·巴托罗了。”

“他们是谁？”

“佛蒙特州警察局。”

“活的吗？”

托马斯摇摇头。

出于某些他们可能永远无法了解的原因，保罗·巴托罗开的汽车里塞满了火腿罐头；不但堆满了后座，连前面乘客座的置脚处都塞满了。当时他在佛蒙特州圣奥本斯（离加拿大边境大约十五英里）的南主街闯了个红灯，一名州警想把他拦下。保罗跑掉了。那个州警追上去，其他州警也加入，最后在艾诺斯堡瀑布村的一座乳牛场附近把保罗的车逼出了路面。

那是个晴朗的春日午后，警方至今仍不确定保罗下车时是否掏出了枪。可能他的手伸向了腰带。也有可能他手举得不够快。但这两兄弟曾在另一条相似的路上射杀了州警雅各布·佐伯，于是这些佛蒙特州警不敢冒险。每个警察都至少开了两枪。

“当时支援的警察有多少？”威尔森问。

“我敢说有七个。”

“那歹徒身上中了几枪？”

"我听说是十一枪，要等验尸后才能确认。"

"那迪昂·巴托罗呢？"

"应该是躲到蒙特利尔去了，或者在那附近。迪昂向来比他哥哥聪明，保罗就不太知道避风头。"

局长从桌上一小沓纸上头拿起一张，放到另外一沓上。他看向窗外几个街区外的关税大楼尖顶，一时间仿佛出神了。"你走出这间办公室时，官阶不可能再像以前一样了，汤姆。这个你明白吧？"

"是，我明白。"托马斯四下看了一圈，过去十年来，他一直渴望能入主这间办公室，如今却丝毫没有失落感。

"如果我把你降为队长，就得让你管一个分局了。"

"但你不会这么做。"

"没错。"局长身子前倾，双手交握，"现在你可以专心替你儿子祈祷了，托马斯，因为你的事业要开始走下坡路了。"

"她没死。"乔说。

他四个小时前醒过来了。托马斯在接到医师电话后，十分钟就赶到麻州综合医院，还带着他的律师杰克·德贾维斯。德贾维斯是个小个子老人，身上的毛呢西装总是那种最容易被忘记的颜色——树皮棕、湿沙灰，或是看似在阳光下晒太久而褪色的黑。他的领带颜色通常跟西装一样，衬衫的领口泛黄，偶尔戴帽子时，那帽子也总显得太大，歇在双耳顶端。杰克·德贾维斯看起来像温驯的绵羊，而且三十多年来，他大部分时间看起来都是如此，但只要认识他的人，都不会笨到相信这个假象。他是全波士顿最优秀的刑事辩护律师，遥遥领先其他人。这些年来，托马斯交给地检署起诉、罪证确凿的案子，杰克·德贾维斯至少破坏了两打。有人说，等到杰克·德贾维斯死掉上天堂后，会把他以前的当事人一个个都从地狱里救上去。

几名医师花了两个小时检查乔，在这段时间里，托马斯和德贾维斯就在走廊上等待，病房门口还有一名年轻巡警守着。

“我没办法让他脱罪。”德贾维斯说。

“这个我知道。”

“但是你放心，二级谋杀罪根本是笑话，检察官自己也知道。不过你儿子还是得坐牢就是了。”

“多久？”

德贾维斯耸耸肩：“我看是十年。”

“在查尔斯城州立监狱？”托马斯摇摇头，“那等他出狱，整个人也就完了。”

“死了三个警察呢，托马斯。”

“可人不是他杀的啊。”

“这就是为什么他不会被判死刑。如果这不是你的儿子，而是换了其他人，那你就会希望他坐二十年牢。”

“但他是我儿子。”

医师们走出病房。

其中一个停下来对托马斯说：“不知道他的脑壳是什么做的，我们猜不是骨头。”

“什么？”

“他没事。没有颅内出血，没有失去记忆，也没有语言障碍。他的鼻子和一半的肋骨都断了，另外血尿状况还会持续一段时间，不过我看不出有任何脑部损伤。”

托马斯和杰克·德贾维斯走进病房，坐在乔的病床旁边，乔肿起的黑色眼睛看着他们。

“我错了，”托马斯说，“大错特错。当然，我没有借口。”

乔张开交错着缝线的黑色双唇：“你觉得不该让他们打我吗？”

托马斯点点头：“对。”

“老爸，你对我变得心软了？”

托马斯摇摇头：“我该自己动手的。”

乔从鼻子里冒出轻笑声：“无意不敬，老爸，我很高兴是你的手下动手。要是换了你，我这条命可能就保不住了。”

托马斯露出微笑：“所以你不恨我了？”

“就我的记忆，这是十年来我头一次喜欢你。”乔想从枕头上抬起头，但没有成功，“艾玛人呢？”

杰克·德贾维斯想讲话，但托马斯摇手阻止他。他坚定地看着儿子的脸，告诉他在马布尔黑德发生的事情。

乔听了，沉默了一会儿，反复思索着，有点绝望地说：“她没死。”

“孩子，她死了。虽然那天晚上警方立刻抢救，但唐尼·纪石勒早就摆明了宁死也不愿意被活捉。她一坐上那辆车，就注定非死不可了。”

“没有尸体，”乔说，“所以她没死。”

“乔瑟夫，当初泰坦尼克号上的乘客，有半数都没找到尸体，但是那些可怜人的确是死了。”

“我不会相信的。”

“不会，还是不能接受？”

“一样。”

“差得远了。”托马斯摇摇头，“我们已经拼凑出那天夜里的一些状况了。她是阿尔伯特·怀特的情妇。她出卖了你。”

"没错。"乔说。

"然后呢？"

乔露出满面笑容："我才不在乎。我为她疯狂。"

"疯狂不是爱。"他父亲说。

"不然是什么？"

"疯狂。"

"无意不敬，老爸，我曾亲眼目睹你十八年的婚姻，那并不是爱。"

"没错，"他父亲同意，"你说得对。所以这方面我很内行。"他叹了口气，"无论是不是爱，她反正都死了。就像你妈一样，愿上帝让她安息。"

乔说："阿尔伯特呢？"

托马斯坐在床的边缘："不见了。"

杰克·德贾维斯说："不过谣传他在跟警方谈条件，要回来投案。"

托马斯转头看着他，德贾维斯点点头。

"你是谁？"乔问德贾维斯。

德贾维斯伸出手："我是杰克·德贾维斯。"

从托马斯和杰克进入病房后，乔肿起的双眼第一次睁得那么大。

"要命，"他说，"我听说过你。"

"我也听说过你，"德贾维斯说，"很不幸，全州的人都听说过你。另一方面，你父亲所做过最糟糕的决定，到头来反倒可能是你最幸运的事情。"

"怎么说？"托马斯问。

"你让手下把他给打成重伤，就让他变成了受害人。检察官不会想起诉他。他还是会起诉，但是很不情愿。”

“现在的检察总长是邦德兰，对吧？”乔问。

德贾维斯点点头：“你认识他？”

“听说过。”乔说，淤青的脸上露出恐惧。

“托马斯，”德贾维斯问，小心翼翼看着他，“你认识邦德兰吧？”

托马斯说：“对，我认识。”

凯文·邦德兰娶了个贝肯山的名门千金，生的三个女儿都出落得亭亭玉立，其中一个最近嫁入了大名鼎鼎的洛吉家族，成了社交圈的一大盛事。邦德兰拥护禁酒令不遗余力，毫无畏惧地反对各种罪恶行为。他宣称，那些罪恶都是过去七十年涌入这块伟大土地的下层阶级和劣等民族制造出来的。而过去七十年的移民，主要就是爱尔兰人和意大利人，因此邦德兰的意思并不难了解。等到几年后他要竞选州长时，他在贝肯山和后湾区的金主们就会知道他是合适人选。

邦德兰的秘书带着托马斯进入他位于科比街的办公室，离开时带上门。原本站在窗边的邦德兰转过头来，双眼不带感情地看着托马斯。

“我一直在等你。”

十年前，托马斯带人临检一家旅舍时，碰到了凯文·邦德兰。当时邦德兰身边有好几瓶香槟酒，以及一名裸体的墨西哥裔年轻男子。结果一查之下发现，那名男子除了卖淫之外，还曾是庞丘·维拉所率领的“北方联盟”的成员，正因叛国罪遭到墨西哥政府通缉。托马斯把那名革命分子驱逐出境，然后让邦德兰的名字从逮捕日志中消失了。

“好吧，现在我来了。”托马斯说。

“你把你儿子从罪犯变成被害人，真是了不起。你真这么聪明吗，副总警监？”

托马斯说：“没有人聪明到那个地步的。”

邦德兰摇摇头：“不见得，少数几个人有，你可能就是其中之一。叫他认罪吧，那个小城死了三个警察，他们的葬礼明天会登上报纸头版。如果他对银行抢劫案认罪，另外，不知道，或许还有鲁莽危害罪吧，我会建议服刑十二年。”

“十二年？”

“死了三个警察，这样算很轻了，托马斯。”

“五年。”

“什么？”

“五年。”托马斯说。

“不可能。”邦德兰摇摇头。

托马斯坐在椅子上不动。

邦德兰再度摇头。

托马斯跷起二郎腿。

邦德兰说：“听我说。”

托马斯微微昂起头。

“请容我跟你解释一两个概念，副总警监。”

“总督察。”

“什么？”

“我昨天被降职为总督察了。”

邦德兰的唇边没有露出微笑，眼中却掠过了笑意，一闪即逝。“那我原先要解释的概念，就不必多说了。”

“我没有什么概念或妄想，”托马斯说，“我是个务实的人。”他从口袋里拿出一张照片，放在邦德兰的办公桌上。

邦德兰低头看着那张照片。一扇褪色的红门，中央标示着“29号”。那是后湾区一户连栋房屋的门。刚才闪过邦德兰双眼的笑意，此时转为相反的情绪。

托马斯一根手指放在邦德兰的桌上：“只要我把照片交出去，你一小时之内就会因为嫖娼而被调职。我知道你现在正在募款准备竞选州长，我会让你的财库更充实。口袋深的人，就能打败所有对手。”托马斯戴上帽子，按了按帽顶，直到他确定戴正了。

邦德兰看着他桌上那张照片：“我会想办法的。”

“**想办法**对我来说还不够。”

“我也只是一个人。”

“五年，”托马斯说，“只能让他坐五年牢。”

两星期后，一根女人的前臂被冲上纳罕镇海滩。过了三天，林恩市海岸的一名渔夫收网时捞到一根大腿骨。验尸官判定这两根大腿骨和前臂都是属于同一个女人的——年龄二十出头，大概是北欧血统，皮肤很白，生着雀斑。

麻州地检署以携械抢劫的罪名起诉乔瑟夫·考克林，乔认罪了。他被判刑五年零四个月。

他知道她还活着。

他心里明白，这是因为另一个可能性让他受不了。他相信她还活着，因为如果不相信的话，他就会觉得自己像被剥了一层皮。

“她死了。”他从萨福克郡看守所移监到查尔斯城州立监狱前，他父亲这么告诉他。

“不，她没死。”

“你搞不清自己在说什么。”

“车子冲出路面时，没人看到她在车上。”

“在雨夜里高速行驶的车上，谁看得见？她坐在车里，孩子。那辆车冲出了路面。她掉进海里，死了。”

“除非我见到尸体。”

“那些尸体的局部还不够吗？”他父亲充满歉意地举起一只手。再度开口时，他的声音更柔和了。“你要怎么样才肯讲道理？”

“她死掉这件事没道理。我知道她还活着。”

乔说得越多，就越明白她死了。他感觉得到，就像他感觉得到她爱他，即使她出卖了他。但如果承认她死了，如果他面对这个事实，那眼前除了要去东北部最可怕的监狱蹲五年苦窑，他还剩什么？没有朋友，没有上帝，没有家人。

“她还活着，老爸。”

他父亲看了他一会儿。“你爱上她哪一点？”

“你说什么？”

“你爱上这个女人哪一点？”

乔思索着字句。最后，他结结巴巴地说出几个勉强比较适当的字句。“她在我面前的那一面，跟她平常给别人看的不一样。不知道怎么说，总之是比较柔和的那一面。”

“你是爱上了一种可能性，而不是一个人。”

“你怎么知道？”

他父亲听了昂起头：“当初生下你，本来是想填补你母亲和我之间的距离。这一点你知道吗？”

乔说：“我知道你们之间的距离。”

“那么你就知道这个计划有多失败了。我们不能改变他人，乔瑟夫。他们就是原来的样子，永远无法改变。”

乔说：“我不相信。”

“不相信？还是不愿意相信？”他父亲闭上眼睛，“活着的每一刻，都是运气。”他睁开眼睛，眼角泛红。“个人的成就，取决于你的运气——要在恰当的时间，生在恰当的地方，有恰当的肤色。要活得够久，可以在恰当的时间、在恰当的地方创造财富。没错，个人的努力和才华可以造就不同，这是很关键的，我也绝对不会有异议。但运气是所有生命的**基础**。好运或坏运。运气就是人生，人生就是运气。而且手中的运气会随时消逝。别为了一个根本不值得的女人，浪费你的力气。”

乔咬紧下颌，但他说出来的话是：“你掌握了你的运气，老爸。”

“只是有时候，”他父亲说，“但其他时候是运气掌握你。”

他们沉默相对了一会儿。乔的心脏从没跳得这么厉害过。它猛击他的胸腔，像个疯狂的拳头。他觉得自己的心脏像个外来之物，或许，像雨夜中一只迷途的狗。

他父亲看看表，又放回背心里。“刚转进州立监狱的第一个星期，大概会有个人来威胁你。最晚第二个星期就会出现。你可以从他的眼中看出他想要什么，不论他有没有说出来。”

乔觉得嘴巴好干。

“另一个人——像个大好人——会在操场里或食堂里支持你。等他把另一个人击退，他会提出在你坐牢期间保护你。乔，听我说。你要伤害的就是这个人。你要狠狠伤害他，让他再也没法恢复过来伤害你。你要毁掉他的手肘或膝盖，或者两者都是。”

乔的心脏跳到喉咙口了："然后他们就会放过我吗？"

他父亲露出紧张的微笑，看似正要点头，但笑容随即消失，也没点头。"不，不会的。"

"那怎样才能让他们放过我？"

他父亲将目光移开了片刻，下巴抖动着。等到他再度看着乔，眼中已没了泪意。"怎样都不行。"

7

它的嘴巴

萨福克郡看守所距离查尔斯城州立监狱只有一英里多一点。他们被送上巴士、脚踝锁在巴士地板上，中间所花的时间都够走路过去了。那天早上移监的有四个人——一个瘦黑人和一个俄罗斯胖子，他们的名字乔始终不知道；外加一个虚弱而颤抖的白人小鬼诺曼，还有乔。诺曼在看守所里的牢房就在乔的对面，所以两人聊过几次。诺曼入狱前在贝肯山平克尼街一家马厩里工作，不幸迷上了主人家的女儿。那个十五岁的女孩怀孕了，而现年十七岁、十二岁就父母双亡的诺曼，则因为强暴罪被判入狱三年。

他告诉乔，他一直在读他的《圣经》，准备好要为他的违法行为赎罪。他跟乔说天主会与他同在，说每个人身上都有善良的一面，在最卑贱的人身上也都还有少许，还说或许到了州立监狱那边，他会发现那边的人更善良。

乔从没见过这么惊恐的人。

当巴士沿着查尔斯河路颠簸行驶时，一名警卫再度检查他们的脚镣，他自我介绍说是汉蒙先生。他告诉四名犯人说他们的牢房在东翼，当然，那个黑人除外，他会住在南翼的黑人区。

“但不管你是什么肤色、信什么教，规则在你们身上全都适用。绝对不要直视警卫的眼睛。绝对不要质疑警卫的命令。绝对不要越过墙边的泥土路。绝对不要以不卫生的方式碰触自己或别人。乖乖坐你的牢，不要抱怨也不要使坏，这样大家就没事。”

这座监狱已经有超过一百年历史了，原来是黑色花岗岩建筑，后来又陆续加盖了红砖结构。监狱的整体形状呈十字形，中央塔楼往四边延伸出四翼。塔楼顶端是一个圆顶，二十四小时都有四名持步枪的警卫驻守，各自对着东西南北四个方向，以防犯人跑掉。监狱四周环绕着铁轨，还有从波士顿北端区一路沿河延伸到萨摩维尔市的众多制造厂、铸造厂、纺织厂。那些制造厂制造出锅炉，纺织厂制造出织品，铸造厂则散发出镁、铜和铸铁的臭气。巴士驶下山丘进入平地时，天空被一层浓浓的烟雾遮蔽。一列东方货运公司的火车鸣着笛，他们必须在平交道前等列车开过，才能穿越铁轨，走完最后的三百码路程，抵达监狱。

那辆巴士终于停下来，汉蒙先生和另一名警卫打开他们的脚镣，诺曼开始发抖，接着啜泣起来，泪水像汗水般从下巴上滴下来。

乔说：“诺曼。”

诺曼看着他。

“别哭。”

但诺曼停不下来。

乔的牢房在东翼最顶层。晒了一整天太阳，入夜后囚室还是很热。里面没有电，电力只供应走廊、食堂，以及死刑犯牢房区的电椅。囚室里面都靠点蜡烛。室内抽水马桶还没普及到查尔斯城监狱，所以囚犯大小便都是拉到木桶里。乔的牢房本来是供一个囚犯住的，但现在里头塞了四张床。他三个室友的名字分别是奥利弗、尤金、图姆斯。奥利弗和尤金是一般的小混混，分别来自瑞威尔和昆西，两人都跟希基帮做过生意。他们从来没机会跟乔接触，甚至没听说过他，但双方聊起几个名字后，他们就知道他的确是希基的手下，也就没为了给他下马威而收拾他。

图姆斯是最老也最安静的。他一头黏黏的头发，四肢肌肉发达，眼里有些什么东西不太对劲，让你不想注视。乔入狱的第一天，太阳下山后，图姆斯坐在他双层床的上铺，双腿从床缘垂下，偶尔乔会发现图姆斯茫然的眼神转向他，他也只能和它接触一下，然后若无其事地移开目光。

乔睡在奥利弗对面的下铺，那张床垫最烂，床板都凹陷了。床单很粗糙，被虫蛀得破破烂烂，闻起来像湿毛皮。他断断续续打着盹，但始终没有睡着。

次日早晨在院子里，诺曼朝他走来，两只眼睛淤黑，鼻子看起来被打断了。乔刚想问他怎么回事，诺曼便满脸阴沉，咬着下唇，一拳朝乔的脖子挥来。乔往旁边走了两步，没理会脖子的刺痛，想着要问为什么，但他没有足够的时间。诺曼逼近他，笨拙地举起双手。如果诺曼不管乔的头而去攻击他的身体，乔就完了，因为他的肋骨还没愈合，早上起床时还是痛得眼冒金星。乔滑动脚步，脚跟刮着泥土地。在他上方的高处，瞭望塔上的警卫正往西看着河流或往东看着海洋。诺曼朝他脖子的另一边挥拳，乔举起一脚朝诺曼的膝盖骨踹下去。

诺曼往后倒下，右脚弯成一个怪异的角度。他在泥土地里翻身，想用一边手肘撑起身子。乔第二次踹向他的膝盖时，半个院子的人都听得到诺曼的脚骨被打断的声音。他嘴里发出的声音不太算是尖叫，而是一种更柔和、更深沉的吹气的声音，一只被压在屋子底下的狗垂死爬行时，发出的就是那种声音。

诺曼躺在泥土地上，双臂垂在两侧，泪水从眼睛流入耳朵里。乔知道自己现在没有危险了，可以把诺曼扶起来，但这种举动会被视为软弱。于是他走开了。他穿过上午9点就已经热得难受的院子，感觉到盯着他看的眼睛多得数不清，每个人都在观望，在决定下一个测试是什么，考虑着他们要玩弄这只老鼠多久，才真的下手打死牠。

诺曼不算什么，只是个热身而已。如果这里有任何人知道乔的肋骨伤得多么严重——此时他连呼吸都痛得要死，连走路都会痛——他就活不到明天了。

之前乔看到奥利弗和尤金在西墙旁，现在他们走进人群中。在搞清状况之前，他们不想跟他有任何牵扯。于是乔走向一群不认识的人。如果他突然停下，东张西望，看起来就会很蠢。而在这里，愚蠢就等于软弱。

他走到那群人面前，在院子另一头，靠墙，但那些人也离开了。

这个情况持续了一整天——没有人要跟他说话。不论他说什么，都没人想听。

那天晚上他回到牢房，整个是空的。他那张凹凸不平的床垫放在地上。其他床垫都不见了，两张双层床也不见踪影。所有东西都搬走了，只剩那张床垫、那条粗糙的床单，还有便桶。乔回头看着正在锁门的汉蒙先生。

“其他人呢？”

“走了。”汉蒙说，然后走下楼梯。

第二夜，乔躺在那个闷热的房间里，又是几乎没睡。不光是肋骨痛，也不光是害怕而已，还要加上监狱里的臭味，以及外面工厂传来的同样强烈的臭味。牢房顶端有个小窗子。或许开这个窗子的本意，是好心想给犯人尝一点外面世界的滋味。但现在那窗子成了工厂烟雾的管道，纺织品和烧煤的恶臭都飘了进来。在囚室的高温中，当老鼠之类的有害动物沿着墙边疾跑，囚犯在夜里呻吟，乔想不出自己要怎么在这里熬过五天，更别说五年了。他失去了艾玛，失去了自由，现在他可以感觉自己的灵魂之火摇曳着，越来越黯淡。他们正要夺走他的一切。

次日，又是同样的戏码。下一天也是。无论他走近谁，对方都会走开。任何目光对上他的人，都会立刻看向别处。但他感觉得到，一等他移开目光，他们就在观察他。全监狱里的每个人都是这样——都在观察他。

同时等待着。

“在等什么？”那天晚上他问，当时正要熄灯，汉蒙先生转动着囚室的锁。“他们是在等什么？”

隔着铁栅，汉蒙先生那对毫无光亮的眼睛看着他。

“其实，”乔说，“我不知道自己得罪了谁，但我很愿意跟他把话讲清楚。如果我真得罪了某个人，那也不是故意的。所以我很愿意——”

“你在它的嘴里。”汉蒙先生说。他抬头看着自己后方上头的楼梯，“它决定把你放在舌头上转来转去，或者使劲一咬碾碎你，或者让你爬出那排牙齿掉下去。但由它决定，不是由你决定。”汉蒙先生转了转那个巨大的钥匙圈，然后钩回腰带上，“你就等着吧。”

“要等多久？”乔问。

“它要你等多久，你就等多久。”汉蒙先生走上楼梯。

下一个来攻击他的那个男孩，真的只是个孩子，全身颤抖，眼神惊惶，但并未降低其危险性。那是星期六，乔正排队要去冲澡时，那个男孩从排在他前面大约十人之处走出队伍，朝乔走来。

那男孩一脱队，乔就知道他是来找自己的，却也没办法阻止。那孩子穿着监狱的条纹长裤和外套，跟其他人一样拿着毛巾和肥皂，但右手还握着一把马铃薯削皮刀，刀锋用磨刀石磨利了。

乔走出队伍面对那个男孩，那男孩像是要继续往前，但紧接着他扔下毛巾和肥皂，站稳两脚，一拳挥向乔的头。乔假装要往他右边闪，那男孩必然是料到了，因为他朝左把马铃薯削皮刀刺向了乔的大腿内侧。乔还来不及感觉到痛，就听到那孩子又抽回刀。激怒他的是那个声音，听起来像鱼的内脏被吸进排水管里。他的皮、他的血、他的肉，都吸在了那把刀的刀锋上。

接着那男孩扑向乔的腹部，他的呼吸声刺耳，混乱的脚步忽左忽右，乔无法判断他想攻击哪里。乔上前抓住那男孩的后脑往下按。那男孩又向他刺过来，这回刺到了臀部，但软弱无力，刺得并不深，不过还是比狗咬要痛。等到那男孩又抽出刀来想再刺，乔把他往后推，让他的脑袋撞上了花岗岩墙壁。

那男孩发出一声叹息，削皮刀掉在了地上，乔为了确定，又把他的脑袋朝墙壁多撞了两次。那男孩身体一软，滑到了地板上。

乔之前从没见过他。

在医护室里，一名医师帮他清洁伤口，将臀部的伤口缝合，再用纱布紧紧包起来。那医师身上有种化学药剂气味，他叫乔这几天不要动到那条腿和那边的臀部。

“要怎么不动？”乔说。

那医师好像没听到似的继续说：“然后保持伤口干净。每天换两次纱布。”

“你有多的纱布给我吗？”

“没有。”医师说，好像很生气他怎么会问这么蠢的问题。

“那么……”

“就会完好如新了。”医师说着往后退。

他等着警卫进来，宣布他打架该遭到什么惩罚。他等着听他们说那个攻击他的男孩是死是活。但没有人跟他说任何话。就好像整件事情是他想象出来的。

熄灯时，他问汉蒙先生是否听说过他洗澡前打的那场架。

“不。”

“不，你没听说？”乔问，“或者是，不，那件事没发生？”

“不。”汉蒙先生说，然后走了。

几天后，一个囚犯跟他说话了。那人的声音没什么特别的，有点口音（乔猜是意大利腔），但过了一个星期几乎完全沉默的日子后，那声音听起来美妙无比，乔简直喉头哽咽，胸口涨满。

那是个老人，戴着一副对于他的脸来说过大的厚眼镜。乔一跛一跛地穿过院子时，那老人走向他。星期六排队冲澡时，那老人也在队伍里。乔会记得他，是因为他看起来很虚弱，你只能猜想他坐牢太久，已经被这个监狱的种种恐怖状况折磨成那副样子。

“你觉得他们会很快就派不出人来跟你打架了吗？”

他跟乔的身高相仿，头顶秃了，脑袋两侧生着短短的银发，细如铅笔的小胡子也是银色的。两腿很长，上身短而粗壮，两手很小。他的动作看起来小心翼翼，几乎是蹑手蹑脚，像个夜贼，但双眼纯真而充满希望，像个第一天上学的孩子。

“我想这种人手是用不完的。”乔说，“人选太多了。”

“你不累吗？”

“当然会累，”乔说，“但只要撑得下去，我就会撑吧。”

“你速度非常快。”

“算快，但不是非常快。”

“可是真的很快。”那老人打开一个小小的帆布包，拿出两根香烟，递了一根给乔，“你两次打架我都看到了。你速度太快，所以大部分人都没注意到你在保护你的肋骨。”

老人划了根火柴，乔停下来，让他帮忙点烟。“我没在保护什么。”

老人露出微笑：“很久很久以前，上辈子，在我来这里之前，”那老人比画着围墙和铁丝网，“我训练出几个拳击手。还有几个摔跤手。从来没赚大钱，不过碰到很多漂亮女人。拳击手吸引美女，而美女身边总是会有其他美女。”老人耸耸肩，两人继续往前走，“所以我看得出你在保护肋骨。断了吗？”

乔说：“我肋骨没问题。”

“我保证，”那老人说，“如果他们派我跟你打架，我只会去抓你的脚踝，紧紧抓住不放。”

乔低声笑了：“只抓脚踝，嗯？”

“或许还有鼻子，如果我觉得能占到便宜的话。”

乔看着他。他一定是在牢里待太久了，目睹过各种希望破灭，体验过各种堕落，如今那一切都不再困扰他，因为他在逆境中存活了下来。或者因为他只是一具生满皱纹的皮囊，没有任何利用价值，也没有威胁性。

“好吧，那就要保护我的鼻子……”乔深深吸了口烟。他都忘了难得吸到一根烟的滋味有多么美好了。“几个月前，我断了六根肋骨，另外还有些骨折和扭伤。”

“几个月前。那你只要再熬两个月就好了。”

“不会吧。真的？”

那老人点点头：“断掉的肋骨就像破碎的心——至少要六个月才会愈合。”

原来要这么久吗？乔心想。

“只要你能撑到那个时候。”老人揉揉他微微隆起的小腹，“你叫什么名字？”

“乔。”

“没人喊你乔瑟夫？”

“只有我父亲。”

那老人点点头，缓缓吐出一道烟雾。“这个地方真是毫无希望。虽然你刚来没几天，但我很确定你也有同样的感觉。”

乔点点头。

“这里会把人吃掉，连骨头都不吐。”

“你在这里多久了？”

“啊，”老人说，“我早就停止数日子了。”他抬头望着油亮的蓝天，吐掉舌头上的一根烟草，“这监狱里没有什么是我不知道的。如果你有哪里不明白，来问我就行了。”

乔很怀疑这老头其实没那么了解这个地方，但附和他也没什么坏处。“好，谢谢。很感激你的帮助。”

他们走到院子尽头了。两人转身往回走时，老人伸出一只手，揽住乔的肩膀。

整个院子的人都看着他们。

老人把烟扔在地上，伸出手来。乔握了。

“我的名字是托马索·佩斯卡托，但大家都喊我马索。你以后就归我保护了。”

乔知道这个名字。马索·佩斯卡托统治北端区和北海岸大部分的赌场和妓院。尽管在狱中，他仍能控制一大批从佛罗里达运上来的烈酒。蒂姆·希基过去几年跟他做了很多生意，常常提到跟这位老大打交道时，一定要极度小心。

“我没要求你保护，马索。”

“人生中有多少事情——无论好坏——能由我们决定要不要呢？”马索放开乔的肩膀，一手放在眉毛上方遮挡阳光。之前乔在他眼中看到的纯真，这会儿变成了狡狯。“从现在开始，喊我佩斯卡托先生吧，乔瑟夫。另外，下次见到你父亲时，把这个交给他。”马索把一张纸条塞到乔的手里。

乔看着上头手写的地址：蓝山大道1417号。就这样而已——没有名字，没有电话号码，只有一个地址。

“交给你父亲。就这一次。我只要求你做这件事。”

“那如果我不照办呢？”乔问。

马索似乎真的被这个问题搞得很困惑。他头歪向一侧看着乔，一抹淡淡的好奇微笑浮上嘴唇。那微笑扩大了，转为出声的轻笑。他摇了几下头，竖起两根手指向乔行礼，朝墙边等着他的手下走去。

在访客室，托马斯看着儿子一瘸一拐走过来坐下。

“发生什么事了？”

“有个家伙拿刀戳了我的腿。”

“为什么？”

乔摇摇头。他的手掌滑过桌面，托马斯看到底下的那张纸。他伸手覆盖着儿子的手片刻，体会着那种触感，试图回想自己为什么十多年来都没再体验过这种滋味。他拿了那张纸条，放进口袋。他看着乔深深的黑眼圈和颓丧的神情，忽然间完全懂了。

“有人要我办事。”他说。

乔抬起头，迎上他的目光。

“谁交代的，乔瑟夫？”

“马索·佩斯卡托。”

托马斯往后靠坐，问自己有多爱这个儿子。

乔看出他眼中的疑问：“别跟我说你有多干净，老爸。”

“我向来跟文明人做文明事，但你现在要求我听一群刚脱离洞穴的拉丁佬控制。”

“不是听他们控制。”

“不是吗？那这张纸上是什么？”

“一个地址。”

“只是一个地址？”

“没错。除此之外，我什么都不知道。”

他父亲点了几下头，从鼻子里呼出气来。“因为你是小孩。有个意大利佬给了你一个地址，叫你交给你的警方高官父亲，你不明白，这个地址只会代表着敌手的违禁品存放地点。”

“什么违禁品？”

“最有可能是装满了烈酒的仓库。”他父亲看着天花板，一手抚过整齐的白发。

“他说就这一次。”

他父亲朝他露出恶意的微笑：“你还真相信呢。”

他离开了监狱。

在一片化学品气味中，他沿着小径走向他的车。烟雾从工厂烟囱里冒出来，大部分时候是深灰色的，但它把天空染成褐色，把泥土染成黑色。火车沿着工厂外围咔嚓前进，出于某种奇怪的原因，令托马斯想到一群狼围着医疗帐篷绕行。

当警察这些年来，他送过至少一千人到这个监狱。其中很多死在这些花岗岩墙内。如果他们入狱前对人性还抱有幻想的话，进去后也立刻烟消云散了。这里的犯人太多、警卫太少，因此整个监狱不像个监狱，倒更像是垃圾场或动物训练场。如果你进去时是个人，离开时就会成为野兽。如果你进去时是野兽，离开时会更厉害。

他怕这个儿子太软弱了。尽管多年来不走正途，不守法，不听从托马斯或几乎任何规则，但乔瑟夫一直是三个孩子里最坦率的。即使他穿着沉重的冬大衣，你也能看透他的心。

托马斯来到小径尽头的一个紧急报案电话箱前，用连在怀表表链上的钥匙打开箱子。他看着手里那个地址。蓝山大道1417号，在马塔潘区，犹太人的地盘。这表示那个仓库大概是雅各布·罗森的，他是阿尔伯特·怀特的供货人之一。

怀特已经回波士顿了。他一天牢都没坐，大概是因为他雇了杰克·德贾维斯当辩护律师。

托马斯回头望着他儿子如今称之为家的那座监狱。这是个悲剧，但并不意外。多年来，尽管托马斯奋力反对，他儿子还是选了这条导致他入狱的路。如果托马斯用了这个电话箱，他就一辈子摆脱不了佩斯卡托帮，摆脱不了意大利人了——这个民族曾把无政府主义及其炸弹客、暗杀刺客还有黑手党带到美国来，目前根据传言，他们组织了某种所谓的“沉默联盟”，想要霸占整个私酒业。

而他还要给他们更多助力？

替他们做事？

帮他们效命？

他关上电话箱的门，把怀表放回口袋里，走向自己的车。

整整两天，他思索着那张纸条。整整两天，他向他担心再也不存在的上帝祈祷，祈求指引，也祈祷上帝保佑他那身在花岗岩墙壁内的儿子。

星期六是托马斯的休假日，他爬上梯子，给K街那栋连栋房屋的窗台重新漆上黑色镶边。这是个炎热而潮湿的下午，几朵紫色的云朝他飘来。他看着三楼一扇窗内，里头原本是艾登的房间。空了三年后，他太太爱伦拿来当缝纫室。她两年前在睡梦中过世，所以现在这个房间空着，只有一架脚踩式缝纫机，还有一个木架子，上头仍挂着两年前要缝补的衣物。托马斯把刷子蘸进油漆罐内。这里永远都是艾登的房间。

“我有点搞不清方向了。”

托马斯往下看，那名男子站在三十英尺之下的人行道上。他身穿浅蓝色的泡泡纱西装，白衬衫，打着红领结，没戴帽子。

“我能帮上什么忙吗？”托马斯问。

“我要找L街公共澡堂。”

站在梯子上，托马斯可以看到那间澡堂，不光是屋顶，而是整个红砖砌的建筑物正面。他能看到澡堂再过去的那个小潟湖，潟湖再过去就是大西洋了，一路延伸到大洋对岸他的出生地爱尔兰。

“走到街底。”托马斯指向那里，朝那男子点了个头，然后回头拿他的油漆刷。

那男子说："就在这条街底，嗯？就在那儿？"

托马斯转过来点点头，双眼看着那名男子。

"有时候，我就是没办法坚持走自己的路，"那男子说，"你碰到过这种事情吗？你知道自己该怎么做，但就是没办法坚持走下去？"

那男子一头金发，态度温和，长相英俊但很容易忘记。不高也不矮，不胖也不瘦。

"他们不会杀他的。"他愉快地说。

托马斯说："你说什么？"他把刷子扔进油漆罐里。

那男子一手放在梯子上。

只要轻轻一推，就够了。

那男人眯着眼睛，往上看托马斯，又往前看着街道。"不过他们会让他生不如死，每一天都恨不得自己死掉算了。"

"你知道我是波士顿警察局的高层。"托马斯说。

"他会想自杀，"那男子说，"当然会想。但他们会逼他活着，保证说如果他敢自杀，就会杀了你。而且，每一天，他们都会想出一个新花招玩他。"

一辆黑色的福特T型车从路边开出来，停在马路中央。那男子离开人行道，爬上车，车子往前开，在第一个路口左转。

托马斯爬下梯子，进入屋子后，很惊讶地发现自己的手臂还在抖。他老了，很老了。他不该爬到梯子上，不该坚持原则的。

老人就该尽可能保持自己的优雅，让新人把你推到一旁。

他打电话给马塔潘区第三分局的队长肯尼·当伦。托马斯以前在南波士顿的第六分局当队长时，肯尼当了他五年副手。而就像很多高阶警官一样，他的成功多亏了托马斯的提拔。

秘书帮托马斯转接后，肯尼说："今天休假日，还这么忙。"

"啊，对我们这种人来说，没有什么休假日的。"

"一点儿也没错，"肯尼说，"我能效劳什么，托马斯？"

"蓝山大道1417号，"托马斯说，"那是个仓库，本来应该是放赌场设备的。"

"但现在不是。"

"对。"

"你希望下手多重？"

"一瓶都不留，"托马斯说，他心里有什么东西发出临终的哭喊，"一滴都不留。"

8

在昏暗中

那年夏天的查尔斯城监狱，麻州当局准备处决两位著名的无政府主义者——萨科与凡赛提。无论是全球各地的抗议活动，或是最后一刻的请愿、延期、再请愿，都无法让州政府取消这项任务。自从两位犯人从诺福克郡戴德姆镇的看守所移监到查尔斯城监狱的死刑犯牢房后，等着要坐上电椅的那几个星期，乔的睡眠就老是被聚集在花岗岩墙壁外头一群群愤怒的公民打断。有时他们一整夜守在那里，唱歌，用扩音器大喊口号。有几夜乔猜他们带了火把来，为给抗议活动增添一点中世纪气氛，因为醒来时他闻到了燃烧柏油的气味。

总之，除了有几夜的睡眠被打断之外，这两个死刑犯的命运对乔或牢里其他人都没影响。只有马索·佩斯卡托除外，他被迫牺牲他惯常在监狱墙顶的夜间散步，等到风头过去。

8月下旬那个知名的夜晚，用在那两名意大利人身上的超额电流，使得监狱里其他地方的电力大减。监狱阶梯上的灯光不是闪烁着暗下来，就是完全熄灭。两名死者的尸体被送到森林丘地火化。抗议群众则逐渐减少，最后都离开了。

马索又恢复了他持续了十年的夜间习惯——在墙顶沿着厚而卷曲

的铁丝网散步，墙内有黑暗的瞭望塔俯瞰着监狱的院子，墙外是工厂和贫民窟构成的丑恶风景。

他常常带着乔一起去散步。让乔惊讶的是，自己已经成为马索的某种象征——是象征马索征服了那个高阶警官，还是象征马索帮派里的一个潜在成员，或只是个宠物，乔不知道，也没问过。何必问呢？他夜里出现在墙顶上马索的身边，就清楚表明了一个再重要不过的信息：他受到保护了。

“你觉得他们有罪吗？”有天夜里乔问。

马索耸耸肩：“那不重要。重要的是传达出来的信息。”

“什么信息？他们处决了两个可能是无辜的人。”

“信息就是这个，”马索说，“全世界每个无政府主义者都听到了。”

那个夏天，查尔斯城监狱发生了许多流血事件。乔毕生头一次相信人类天生就很野蛮，有那种狗咬狗的愚蠢劣根性，会为了自尊而自相残杀——因为被插队，因为在院子里走路时有人挡着，因为有人推你、撞你或轻轻踩了一下你的脚。

结果，事情往往演变得更复杂。

一个关在东翼的囚犯被人用满手碎玻璃拍中双眼，导致全盲。在南翼，警卫发现有个家伙的肋骨下方被刺了十几刀，从臭味判断，伤口穿透了他的肝脏，连两层楼底下的囚犯都闻到了他死亡的臭味。乔还听到劳森牢房区传来彻夜的强暴派对的声音，那个牢房区之所以叫劳森，是因为劳森家族三代——祖父、一个儿子、三个孙子——同时被关在那里过。最后一个埃米尔·劳森一度是家族中最年轻的囚犯，但向来就是最坏的，他始终没出狱。他的刑期加起来总共是114年。这是波士顿的好消息，却是查尔斯城监狱的坏消息。除了带头强暴新囚犯，埃米尔·劳森也帮任何出得起钱的人当杀手，不过谣传最近他只帮马索工作。

这场战争是为了朗姆酒。不但在监狱外头打，引起社会大众的惊恐；在狱中也打，只是这里没人在意，也没有人会同情。向来从北方进口威士忌的阿尔伯特·怀特，决定趁着马索·佩斯卡托出狱前，开始从南方进口朗姆酒。在这场怀特与佩斯卡托的大战中，蒂姆·希基是第一个阵亡的。不过到了夏天结束时，阵亡人数已经增加到一打了。

威士忌那部分，他们在波士顿、波特兰和沿着加拿大边界的乡村小路上用枪解决。运酒的货车会在诸如纽约州梅瑟纳、佛蒙特州德比、缅因州艾勒盖许这类荒僻小镇的道路上被劫走。有的货车司机只是被毒打一顿，不过有个怀特手下开车最快的司机，因为出言不逊，被迫跪在一片松针上，下巴都被轰烂了。

至于朗姆酒的战役，则是阻止对方输入。南至卡罗莱纳州，北至罗得岛州，都有运酒卡车被伏击。他们会先骗卡车在路边停下，说服司机离开驾驶室，然后怀特的手下会放火。那些朗姆酒卡车就像维京人的葬礼船般被焚烧，照得方圆几英里的夜空一片亮黄。

“他有一批库存藏在某个地方，”马索有天夜里散步时说，“他要等到新英格兰都没有朗姆酒了，才以救星的姿态把酒运过来。”

“谁会那么笨，还供货给他？”乔认识南佛罗里达州的大部分供货商。

“这么做并不笨，”马索说，“其实很聪明。要是两个人让我选，一个是像怀特那么聪明的经营者，另一个是早在沙皇失去俄罗斯之前就蹲在牢里的老头，我也会选择供货给怀特。”

“可是你到处都有耳目啊。”

老人点点头：“不过他们并不真的是我的眼睛或耳朵，所以无法连接到我的手。而掌权的是我的手。”

那天夜里，一名固定领马索薪水的警卫放假，到南端区的一家地下酒吧，离开时带着一个大家都没见过的女人。不过那女人真的很漂亮，而且绝对是妓女。三个小时后，那名警卫在富兰克林广场上被发现，他坐在一张长椅上，一道又长又深的伤口划过他的喉结。彻底死透了。

马索的刑期还剩三个月，感觉上阿尔伯特那边的人马开始有点绝望，这种绝望只是让情势变得更危险。就在昨夜，马索手下最厉害的伪造高手波伊德·侯特勒被人从市中心的艾姆斯大厦扔了下来。他尾椎骨着地，脊椎碎片像碎石般冲进他的头颅。

马索的人马则炸掉了阿尔伯特的一个交易据点作为回敬，那是位于摩顿街的一家肉店。两旁的理发店和男装店都被烧得精光，沿街停的几辆车也破了玻璃或掉了车漆。

到目前为止还不分胜负，只有一团混乱。

沿着围墙，乔和马索停下来，看着一轮巨大如天的橙色月亮升起，升到工厂烟囱和充满灰烬与黑色毒素的田野上方，马索把一张折起来的纸递给乔。

乔再也不看这些纸条了，只是又对折两次，藏在他鞋底上割出来的一道小缝里，直到下回见到父亲。

“打开吧。”马索在乔放进口袋之前说。

乔看着他，月亮照得这里仿佛白昼。

马索点点头。

乔把纸条在手里转个向，打开。一开始他不明白上头的字是什么意思：

布兰登·卢米斯

马索说："他昨天夜里被逮捕了。在费兰尼百货公司外面打人。因为他们两个都想买同一件大衣，而且因为他是个没脑袋的野蛮人。被害人有朋友，所以阿尔伯特·怀特的右手目前暂时没法回到他手腕上了。"他看着乔，月光把他的皮肤照成了橙色，"你恨他吗？"

乔说："当然。"

"很好。"马索拍了他的手臂一下，"那就把纸条交给你父亲吧。"

隔开乔和他父亲的那面黄铜金属网底下有一道缝隙，可以把纸塞到对面。乔打算把那张纸条从缝隙里推过去，却鼓不起勇气拿出纸条。

那年夏天，他父亲的脸变成了半透明的，像洋葱皮，而他手上的血管也变得过分鲜艳——鲜蓝色、鲜红色。他的双眼和肩膀变得松垮，头发变得稀疏了。整个人看起来完全符合他六十岁的年龄，甚至更老。

那个早上，他讲话时重拾了一点活力，衰弱的绿色眼珠也恢复了一点光彩。

"你绝对想不到谁要回波士顿了。"他说。

"谁？"

"你大哥艾登。"

啊，难怪。最受宠的儿子。他父亲钟爱的浪子。

"丹尼[①]要回来了，嗯？他之前都跑哪儿去了？"

---

① 乔的大哥正式名字为"艾登·考克林"，但大部分人叫他"丹尼"，只有父母和极少数人叫他"艾登"。

托马斯说："噢，他到处跑。他写了一封信来，我花了十五分钟才看完。他待过塔尔萨和奥斯汀，甚至还有墨西哥。最近他显然待在纽约。不过明天会回波士顿。"

"跟诺拉一起？"

"他没提到她。"托马斯的口气暗示乔最好也别提。

"他有说为什么要回来吗？"

托马斯摇摇头："只说他是路过。"他的声音越来越小，环顾四周，似乎很不习惯那些墙。这样大概也没错，谁能习惯呢？除非你非得待在里头不可。"你还撑得下去吧？"

"我……"乔耸耸肩。

"怎么了？"

"在努力，老爸，我在努力。"

"好吧，你也只能设法撑下去了。"

"是啊。"

他们隔着金属网看着对方，乔鼓起勇气把纸条拿到桌上，推向对面的父亲。

他父亲把纸打开，看着上头的名字。有好一会儿，乔不确定他是否还在呼吸。然后……

"不行。"

"什么？"

"不行。"托马斯把纸条推回来，又说了一次，"不行。"

"老爸，马索可不喜欢'不行'这个字眼。"

"你现在喊他马索了。"

乔没吭声。

"我不帮人谋杀的，乔瑟夫。"

“他们要求的不是这个。”乔说。他心想，**是吗**？

“你要天真到不可原谅的地步吗？”托马斯从鼻孔里呼出气来，“如果他们给你一个名字，是警方拘留的人，那么他们就是希望那个人被发现在牢房里上吊，或者因为‘企图逃跑’而背后中弹。所以，乔瑟夫，尽管你很乐意装傻，但是我要你认真听好我接下来说的话。”

乔看着父亲的双眼，很惊讶里头有那么强烈的爱和失落。很明显，他父亲正处于人生旅程的最高潮，他将说出口的话，是他一生的总结。

“我不会无缘无故取人性命。”

“即使那个人是杀手？”乔问。

“没错。”

“而且他害死了我心爱的女人。”

“你之前说你认为她还活着。”

“那不是重点。”

“是啊，”他父亲同意，“的确不是重点。重点是我不会替任何人下手谋杀，更不会帮你效忠的那位意大利恶魔去杀人。”

“我得在这里活下去，”乔说，“在**这里**。”

“那你就去做你必须做的。”他父亲点点头，绿色的眼睛比平常更明亮了，“我绝对不会因此批判你。但我不会杀人。”

“即使是为我？”

“尤其是为你。”

“那我就会死在这里了，老爸。”

“有可能，没错。”

乔低头看着桌子，木制桌面模糊了，一切都模糊了。“我很快就会死了。”

“如果你真的死了，”他父亲的声音变为低语，“我也会伤心而死。但我不会为你谋杀，儿子。为你死？可以。但为你谋杀？绝对不行。”

乔抬起头。他开口时，羞愧于自己的哽咽。“拜托。”

父亲摇摇头，很轻，很慢。

好吧，那就没什么好说的了。

于是乔站起来。

他父亲说：“等一下。”

“什么事？”

他父亲看着站在乔后方门边的那个警卫：“那个警卫，他也被马索收买了吗？”

“没错，怎么了？”

他父亲从背心里拿出怀表，把上头的链子拆下来。

“不。爸，不要。”

托马斯把表链放回口袋，怀表则推到桌子对面。

乔努力不让眼眶里的泪水流下：“我不能拿。”

“可以的。你会拿的。”他父亲隔着金属网看着他，像是看着什么东西着火，他脸上所有的筋疲力尽、所有的绝望都一扫而空。“这个表值一大笔钱，但也就只是一块金属而已。你用这个去赎你的命，听到了吗？把表交给那个意大利恶魔，买回你的命。”

乔抓住那块怀表，因为刚从父亲的口袋里掏出来，表壳还是温的，像一颗心脏般在他掌中滴答作响。

他在食堂里告诉了马索。不是有意的，事先没想到会发生。他本来以为自己还有时间。每次吃饭时，乔都跟佩斯卡托那帮人一起坐，但不是跟马索本人坐在最重要的那桌。乔平常是坐隔壁桌，同桌有主持监狱内赌局的里科·盖斯特梅耶，负责在警卫休息区地下室制造琴酒的赖瑞·康恩。这会儿乔跟他父亲会面回来后，在平常的老位子坐下，对面是里科和来自梭葛斯的伪造犯厄尼·罗兰，但马索的贴身随从希波·法西尼过来把他们两个赶走了，于是只剩乔，看着在他对面坐下的马索，左右分别是纳尔多·阿瑞安特和希波·法西尼。

“所以会是什么时候？”马索问。

“什么？”

马索露出困惑的表情，每次碰到有人重复问他什么，他都会这样。“乔瑟夫。”

乔觉得自己的胸口和喉咙发紧：“他不肯。”

纳尔多·阿瑞安特摇着头，轻声低笑起来。

马索说：“他拒绝了？”

乔点头。

马索看看纳尔多，又看看希波·法西尼。好半天没人说话。乔低头看着自己的食物，意识到它变冷了，意识到自己该赶紧开始吃，在这里如果漏掉一餐没吃，你很快就会变得虚弱。

“乔瑟夫，看着我。”

乔看着桌子对面。那张瞪着他的脸似乎愉快而好奇，像一只狼在最料想不到的地方发现了一窝刚生出来的小鸡。

“你为什么不更努力说服你父亲呢？”

乔说：“佩斯卡托先生，我试过了。”

马索朝左右看看两个手下：“他试过了。”

纳尔多·阿瑞安特微笑，露出缺了几颗的牙齿，像挂在洞穴中的蝙蝠。“试得还不够用力。”

“听我说，他给了我一个东西。”

“他……”马索一手放在耳朵后面。

“给了我一个要交给你的东西。”乔把怀表递到桌子对面。

马索打量着那个金表盖，打开来，看看里面的表面，又看了看表盖内面镌刻着的“百达翡丽”的优雅字样。他赞许地扬起双眉。

“这是1902年款，18K金。”他对纳尔多说，然后转向乔，“当初只制造了两千个，比我住的房子还值钱。一个警察怎么会有这种东西？”

“1908年侦破了一桩银行抢劫案，”乔说，重复着他艾迪叔叔说过一百遍，但他父亲从来不谈的那个故事。“发生在柯蒙广场。他在其中一名抢匪杀掉银行经理之前，先下手杀了抢匪。”

“于是那个银行经理给了他这块表？”

乔摇摇头：“是银行董事长给的。经理是他儿子。”

“所以现在他把这个表给我，要救他自己的儿子？”

乔点头。

“我有三个儿子，你知道吗？”

乔说：“是，我听说过。”

“所以我懂得为人父亲的心情，也知道父亲有多爱自己的儿子。”

马索往后靠坐，看了那块表一会儿。最后他叹了口气，把怀表放进口袋。他伸手到桌子对面，拍了乔的手三下。“等你下次见到你老头，帮我谢谢他这个礼物。”马索站起来，“然后他妈的叫他乖乖做我吩咐的事情。”

马索的手下全都站起来，一起离开了食堂。

在狱中的链条工场工作完毕，回到自己的囚室时，乔感到又热又脏，还看到三个从没见过的人在里头等着他。双层床没有搬回来，但床垫搬回来了。那三个人就坐在床垫上。他的床垫被孤立在一旁，贴着那扇高窗的墙底，离房门最远。其中两个人他很确定自己从没见过，第三个有点眼熟。那人年约三十，矮矮的，但是脸很长，下巴和鼻子一样尖，耳朵顶端也很尖。乔努力回想他在这座监狱里得知的所有名字和面孔，想到这人是埃米尔·劳森的手下巴佐·契基思，同样是无期徒刑，没有假释的希望。据说，他曾在切尔西市的一间地下室把他杀害的那名男孩的手指吃掉了。

乔的目光在每个人身上都停留很久，以显示自己不怕他们。他其实很怕。他们也回瞪着他，偶尔眨眨眼，但是都没有说话，所以乔也没开口。

那三个人后来似乎看他看累了，于是开始玩牌。筹码是骨头。小小的，鹌鹑、童子鸡或小型鸟类的骨头。他们把骨头装在小帆布袋里。那些煮到发白的骨头互相碰撞发出喀啦声。熄灯后，那三个人继续玩，除了“加码”“跟牌”和“不跟了”之外，还是都没说话。其中一个偶尔会朝乔看一眼，但目光都不会停留太久，就又回去继续玩牌。

等到楼梯上的灯也熄掉，囚室里面就完全黑了。那三个人想打完最后一手牌，但巴佐·契基思的声音在黑暗中传来：“操他妈的。”然后是卡片刮过地面的声音和骨头放回袋中的喀啦声。

他们坐在黑暗中，呼吸着。

那天夜里乔始终不清楚到底过了多长时间。他可能在黑暗中坐了三十分钟，也可能是两小时。他不知道。那三个人在他对面围坐成半圆形，他闻得到他们的气息和体臭。右边那个尤其难闻，一身陈年臭汗像是已经变成醋了。

他的眼睛逐渐适应后，可以看见他们了，深黑变成了一片昏暗。他们坐在那儿，双手抱膝，脚踝交叉，双眼定定看着他。

他们后方的一家工厂发出汽笛声。

就算乔有自制小刀，他也很怀疑自己怎么有办法一口气刺中三个人。何况他这辈子从没拿刀子刺过人，可能一个都还没刺中，刀子就被抢走，转而用来对付他了。

他知道他们在等他开口。他不知道自己怎么知道，但他就是知道。要是他开口，他们就会认为可以对他为所欲为。要是他开口，就是在乞求。就算他没要求任何事或求饶，光是跟这些人开口，本身就是一种请求了。他们会嘲笑他，然后杀了他。

巴佐·契基思的双眼是河流快结冻时的那种蓝。在黑暗中，那蓝色消失了好一会儿，最后终于显现了。乔想象着自己两根大拇指戳进巴佐的双眼，感觉到那蓝色火焰的炽热。

他们是人，他告诉自己，不是魔鬼。人是可以杀死的，即使是三个人。你只要采取行动就行了。

他望着巴佐·契基思眼珠里的两抹淡蓝色火焰，感觉到那种力量逐渐变小。他继续提醒自己，这些人没有特殊的力量，总之不会比他强，双方同样都有脑子、四肢和意志力，所以他完全有可能击败他们。

但接下来又会怎样？他能去哪里？他的牢房只有七英尺长、七英尺宽。

他必须愿意杀他们，现在就动手，抢先他们一步。等到他们倒下，再把那些该死的脖子给扭断。

即使在想象时，他也已经知道不可能了。要是对方只有一个人，而且自己出其不意抢先动手，那**可能**还有一点机会。但要跳起来成功攻击他们三个人……

恐惧一路扩散，往下到他的内脏里，往上穿过他的咽喉，像一只手捏着他的脑部。他汗流个不停，袖子里面的双手不住地颤抖。

动作从左右同时袭来。等他感觉到时，自制小刀的刀尖已经抵着他的耳膜了。他看不见那两把刀子，但看得到巴佐·契基思从他囚衣底下抽出来的那根。那是一根细细的金属棒，长度是撞球杆的一半，巴佐用刀尖指着乔的喉头时，手肘还得弯起来。他伸手到背后抽出腰带上的一个东西，乔不想看，因为他不想相信那个东西就在房间里。巴佐·契基思高高举起大头槌，对准那根长棒子的尾端。

万福马利亚，乔心想，你充满圣宠……

接下来他忘了。他小时候当过六年的祭坛童子，现在竟然忘了《圣母经》。

巴佐·契基思的眼神没变，乔看不出他的意图。他的左手抓着那根金属棒，右手抓着大头槌的槌柄。只要他手臂一挥，金属尖端就会戳进乔的喉咙，一路戳进他的心脏。

……天主与你同在。天主啊，降福给我们，和你赐予的食物……

不，不。那是晚餐前的祷词。《圣母经》不一样，应该是……

他记不得了。

我们的天父，愿你的名受显扬，宽恕我们的罪过，如同我们——

牢房的门打开，埃米尔·劳森走进来。他走向那三个人，跪在巴佐·契基思右边，朝乔昂起头。

“听说你很漂亮，”他说，“他们没骗我。”他抚摸着脸上的胡茬，“你想得出眼前有什么，是我**不能**从你身上夺走的吗？”

我的灵魂？乔心想。但在这个地方，在暗夜里，他们大概也可以夺走他的灵魂。

不过他要是敢这么回答，就完蛋了。

埃米尔·劳森说："赶快回答这个问题，不然我就挖出你的一颗眼珠喂巴佐吃。"

"想不出来，"乔说，"没有什么你夺不走的。"

埃米尔·劳森用手擦了擦地板，这才坐下来。"你要我们离开吗，离开你的牢房？"

"是，我希望。"

"佩斯卡托先生要你帮他做一件事，结果你拒绝了。"

"我没拒绝。最后的决定不是由我做主的。"

那把抵着乔喉咙的刀子在他的汗水中滑了一下，沿着他的脖子侧边划过，刮破一点皮。巴佐·契基思又把刀子转回他喉头。

"你老爸。"埃米尔·劳森点了点头，"那个警察。他应该做什么？"

什么？

"你知道他应该做什么的。"

"那就假装我不知道，回答这个问题吧。"

乔缓缓吸了口长气："布兰登·卢米斯。"

"他怎么样了？"

"他被警方拘留了，后天要提讯。"

埃米尔·劳森两手在脑后交叉，露出微笑。"而你老爸应该杀了他，可是他说不行。"

"是。"

"还是他答应了？"

"他说不行。"

埃米尔·劳森摇头："你要跟佩斯卡托那帮人说，你父亲托一个警卫传话给你，说他会解决布兰登·卢米斯。另外，他还查出阿尔伯特·怀特晚上睡在哪里。说你要把地址交给佩斯卡托老头。但只能当面给他。到目前为止，听懂了吗，帅小子？”

乔点点头。

埃米尔·劳森递给乔一个油布包起来的东西。乔打开来——另一把自制小刀，几乎像针一样细。原先是一根小螺丝起子，用来拴紧眼镜上的螺丝，现在磨尖了，尖端像玫瑰刺。乔的手掌轻轻擦过刀子，刮出一道痕。

原先抵着他耳朵和喉咙的那些刀子拿开了。

埃米尔凑近他："等到你跟佩斯卡托离得够近，可以跟他咬耳朵讲地址时，就将那把刀插进他脑袋里。"他耸耸肩，"或者他喉咙。反正能杀了他就行。"

"我还以为你是帮他做事的。"乔说。

"我替我自己做事，"埃米尔·劳森摇摇头，"有时候他们付钱找我帮忙做事，没错。现在由别人付钱。"

"阿尔伯特·怀特。"乔说。

"他就是给钱的老板。"埃米尔·劳森身子前倾，拍拍乔的脸颊，"现在他也是你老板了。"

托马斯·考克林在K街那栋家宅的后方有一小片空地，上头种了菜。多年来他辛苦维持，碰到过各种程度的成功和失败。爱伦过世的这两年，他有的就是时间，于是菜园年年丰收。他把多余的卖掉，还能赚点小钱。

多年前的7月初，乔五六岁时，曾决定帮父亲收成。之前托马斯连值了两轮班，下班后又跟老搭档艾迪·麦肯纳喝了几杯酒，因此当时正在补眠。他醒来时，听到儿子在后院说话。乔在那边自问自答，或是在跟想象的朋友说话。总之，他一定是在跟某个人说话。托马斯现在承认，那是因为乔在家里没有什么说话的对象。托马斯工作太忙，爱伦则是在乔出生前的一次流产后就爱上了鸦片酊。当时爱伦还没有成瘾的问题，托马斯是这么告诉自己的，但他心中一定有所猜疑，只是不愿意承认，因为他没问就知道，那天早上乔没人照顾。他躺在床上，听着小儿子自言自语，脚步沉重地进出走廊，然后托马斯开始好奇他是从哪里走过来的。

他爬起来，穿上睡袍，趿着拖鞋。他走过厨房，爱伦在里头拿着一杯茶坐着，双眼呆滞但露出微笑，这时托马斯推开后门。

他看到门廊时，第一个直觉是想大叫。名副其实。他想跪下来，朝天空愤怒狂吼。他的胡萝卜、欧洲防风草和西红柿——都还是绿的——躺在门廊上，头发般的根须摊在泥土里。乔手里拿着另一把收成的作物从菜园里走上来——这回是甜菜。他整个人变成了一只鼹鼠，皮肤和头发上都沾着泥土。整张脸唯一白的部分就是眼白，还有微笑时露出的牙齿，他一看到托马斯就笑了。

“嗨，爸爸。”

托马斯说不出话来。

“我在帮你，爸爸。”乔把一颗甜菜放在托马斯脚边，又回菜园要去拔。

托马斯一整年的辛劳都毁掉了，秋天的外快泡汤了，他看着儿子走到菜园继续毁掉剩下的菜，忽然打心底大笑起来，而最惊讶的莫过于他自己了。他的笑声很大，连附近树枝上的松鼠都吓得逃走了。他笑得很用力，可以感觉到门廊都在震动。

现在回想起来，他露出微笑。

最近他曾告诉这个儿子，人生就是运气。但他越老就越明白，人生同时也是回忆。点滴时刻的事后回忆，往往比发生的当时更珍贵。

出于习惯，他伸手去拿怀表，这才想起已经不在他口袋里了。他想念那块怀表，即使那块怀表的真相比传说中更复杂一点。那是老巴瑞特·史丹佛送他的礼物，这点没错。而且毫无疑问，托马斯的确冒着生命危险，救了柯蒙广场第一波士顿银行的经理小巴瑞特·史丹佛一命。另外，托马斯值勤时，用他的转轮手枪开了一枪，射中了二十六岁的抢匪莫里斯·道布森，让他当场毙命，这点也没错。

但是扣下扳机前的那一瞬间，托马斯看到了其他人没看到的——莫里斯·道布森的真正意图。首先，他告诉被挟持的人质小巴瑞特·史丹佛说道布森企图杀他，然后又告诉搭档艾迪·麦肯纳，接着是他的直属上司，再来是波士顿警察局枪击调查委员会的成员。经由他们允许后，他又把同一个故事告诉媒体和老巴瑞特·史丹佛，而老巴瑞特感激得要命，于是把当年在苏黎世由百达翡丽老板乔瑟夫·艾米尔·翡丽亲手交给他的那块怀表，送给了托马斯。这个礼物太贵重了，托马斯拒绝了三次，但老巴瑞特·史丹佛就是坚持要送。

所以他戴着那块怀表，不是因为很多人以为的光荣，而是心怀一种严肃而私密的心情。在传言中，莫里斯·道布森企图杀掉巴瑞特·史丹佛。既然当时他把枪口对着巴瑞特的喉咙，谁会怀疑这个说法呢?

但最后那一瞬间，托马斯在莫里斯·道布森眼中看到的——的确就是那么快，只有一瞬间——却是投降。托马斯站在四英尺外，拔出转轮手枪，稳稳地握在手上，手指放在扳机上，准备要按下了——非按下不可，不然当初干吗拔枪呢?——却看到莫里斯·道布森卵石灰色的双眼里掠过一抹认命的神情，接受自己要去坐牢，接受这件事结束了，于是托马斯觉得自己很不公平地被否定了。至于否定什么，一开始他也说不上来，一等他扣下扳机，他就懂了。

那颗子弹从莫里斯·道布森的左眼射入，他还没倒地就死了。发烫的子弹把小巴瑞特·史丹佛太阳穴下方的皮肤烧出一道浅痕。当那颗子弹达到当初使用的目的，托马斯明白之前否定他的是什么，而他又为什么要采取如此不可挽回的手段去修正那种否定。

当两个人拔枪相对，就是在上帝面前订下合约，唯一可以接受的结果，就是其中一个把另一个送回家去见上帝。

或者当时他是这么觉得的。

这些年来，即使他喝得烂醉，即使知道他大部分秘密的艾迪·麦肯纳就在身边，托马斯也不曾说出他在莫里斯·道布森眼中所看到的真正意图。尽管他对自己那天的行动或获赠那块怀表并不觉得光荣，但他每次出门，都一定随身带着那块怀表，因为这块怀表见证了警察这一行的重责大任——我们执行的不是人类的法律，而是自然的意志。上帝不是什么云端的白袍国王，老是一时冲动去干涉人类事务。他是冶炼中的铁，也是炼铁炉内燃烧百年的烈火。上帝的法则就是铁与火的法则。上帝就是自然，自然就是上帝，两者都不能单独存在。

而你，乔瑟夫，我最小、我任性又浪漫、我锥心之痛的孩子——现在你必须提醒最恶劣的人这些法则，不然你就会死于软弱，死于道德缺失，死于缺乏意志。

我会为你祈祷，因为当权力死灭，唯一剩下的就是祈祷了。而我已经再也没有权力了。我没法管到花岗岩围墙里头。我不能让时间减慢或停止。要命，眼前我连时间都无法判断了。

他往外看着菜园，快要收成了。他为乔祈祷。他为那些移民潮中的祖先祈祷，大部分祖先他不认得，但他可以清楚地看到他们。一波流散的佝偻灵魂，酒精、饥荒和邪恶的冲动摧残了他们。他期望他们永远安息，期望自己能有个孙子。

乔在院子里找到希波·法西尼，告诉他说他父亲改变心意了。

“果然。”希波说。

“他还给了我一个地址。”

“是吗？”胖胖的希波·法西尼站直身子，望着远处的一片空无，“谁的地址？”

“阿尔伯特·怀特的。”

“阿尔伯特·怀特住在阿什莫特山。”

“听说他最近很少过去。”

“那就把地址给我吧。”

“操你的。”

希波·法西尼看着地面，三层下巴都掉到他的条纹囚衣上。“你说什么？”

“跟马索说，我今天晚上会到墙上告诉他。”

“小子，你没有资格讨价还价。”

乔瞪着眼睛，直到希波终于把目光转过来，正眼看他。他说：“我当然有资格。”然后穿过院子离开了。

跟佩斯卡托碰面的一小时前，乔朝橡木便桶内吐了两次。他的手臂发抖，下巴和嘴唇也偶尔跟着一起抖。他的血液凝成拳头，持续敲打着他的耳膜。他拿了埃米尔·劳森给他的皮革鞋带，把那根自制小刀绑在手腕上。等到离开囚室前，他会把小刀移到两片屁股间。劳森曾强烈建议他插进屁眼里，但他想到马索的手下可能会为了任何原因逼他坐下，于是决定要么就夹在两片屁股间，否则就不带了。他打算在离开囚室前大约十分钟时移动小刀，习惯一下，不过四十分钟前，一名警卫来到他的囚室，跟他说他有访客。

天快黑了，会客时间早就结束了。

“谁？”他跟着警卫走下楼梯时问，此时他才想到那把小刀还绑在他手腕上。

“一个很懂得打通关节的人。”

“是啊，”乔说，那警卫走得很快，乔努力跟上他，“不过是谁呢？”

那警卫打开牢房区的栅门，带着乔走出去。“他说他是你哥哥。”

丹尼进入会客室前摘下帽子。进门时，他得低下头，他太高了，比大部分人都至少高出一个头。他深色头发的发际线后退了一些，耳朵上方还出现了少许灰丝。乔心里算了一下，发现他现在已经三十五岁了。还是很俊美，但那张脸比乔记忆中多了些沧桑。

他穿了深色的三件套西装，有点旧，苜蓿叶形翻领。这是谷物批发公司经理或花很多时间在路上出差的人——推销员或工会干部——穿的西装。他里头穿了白衬衫，没打领带。

他把帽子放在桌上，隔着金属网看着弟弟。

“狗屎，”丹尼说，“你不是十三岁了，对吧？”

乔注意到他哥哥的眼睛红红的。“你也不是二十五岁了。”

丹尼点了根香烟，火柴在他指间颤抖着。他手臂上有个很大的疤，中央皱皱的。“还是可以把你痛宰一顿。”

乔耸耸肩：“或许不会了。我现在很会打架。”

丹尼扬起双眉，吐出一缕烟雾。“他走了，乔。”

乔知道“他”是谁。上回在这个房间见面时，乔心里就有点知道了。但另一方面他又无法接受。不肯接受。

“谁？”

他哥哥看了天花板一会儿，目光才又转回来看他。“老爸，乔。老爸死了。”

“怎么死的？”

“要我猜？心脏病发作。”

“你……”

“怎么了？”

“当时你在场？”

丹尼摇摇头：“我晚了半个小时。我发现的时候，他身体还是温的。”

乔说：“你确定不是……”

“什么？”

“不是他杀？”

“你他妈在这里被他们搞坏脑子了啊？”丹尼看了周围一圈，“不，乔，那是心脏病发，或者是中风。”

“你怎么知道？”

丹尼眯起眼睛：“他脸上在笑。”

“什么？”

“没错，”丹尼低笑起来，“他那种淡淡的微笑，就像是他听到什么圈内笑话，或想起很久以前，我们出生之前的事情。你知道他那种笑吧？”

“是，我知道。”乔说，很惊讶听到自己又低声说，“我知道。”

“不过怀表不在他身上。”

“啊？”乔觉得脑袋晕晕的。

“他的怀表，”丹尼说，“不在他身上。我记得他从来不——”

“在我这里，”乔说，“他给我了。以防万一我碰到麻烦。你知道，在这里。”

“原来在你那儿。”

“在我这儿，”他说，觉得谎言在他胃里烧灼。他想到马索的手盖住那块怀表的画面，真想用脑袋去撞水泥墙，把脑壳给撞开。

“很好，”丹尼说，“那就好。”

“不好，”乔说，“很烂。但现在事情就是这样了。”

两个人都沉默了一会儿。墙外远处传来一家工厂的汽笛声。

丹尼说：“你知道康诺人在哪里吗？”

乔点头：“他在艾伯茨福德。”

“那个盲人学校？他在那里干吗？”

“住在那里，”乔说，“他就是有一天忽然放弃一切了。”

“好吧，”丹尼说，“受了那种伤，任何人都有可能不满。”

“他本来就爱怨天尤人，受伤之前早就是那个样子了。”

丹尼耸耸肩表示同意，他们又沉默着对坐了一会儿。

乔说：“你发现他的时候，他在哪儿？”

“你以为会在哪里？”丹尼把香烟扔在地上，一脚踩熄了，“在屋后，坐在门廊那张椅子上，你知道吧？往外看着他的……”丹尼垂下头，对空摇了一下手。

“菜园。”乔说。

9

老大的决定

即使在狱中，还是多少听得到外面的新闻。那一年运动界最热门的话题，就是纽约洋基队和他们的“杀手打线[①]”：库姆斯、科尼格、鲁斯、贾里格、穆塞尔、勒扎瑞。光是鲁斯，这一季就击出了惊人的六十支全垒打，其他五位选手的打击实力也占绝对优势，因而唯一的问题就是，他们在世界大赛中将会以多么羞辱人的差距横扫海盗队。

乔是活生生的棒球百科全书，他很想看这支强队打球，因为他知道这种阵容可能再也不会出现了。然而在查尔斯城坐牢的这些日子，也逐渐对他产生影响，谁要是把一群棒球运动员称之为“杀手打线”，他都会很轻蔑。

你要“杀手打线”，那天晚上天刚黑后他心想，我就是其中之一。通往监狱围墙顶走道的入口，是西翼最顶层F牢房区尽头的一扇门。要到那扇门，不可能不被人看到。甚至要到西翼最顶层，都得通

① 20世纪20年代晚期纽约洋基棒球队的昵称，那支球队被公认为历史上最好的队伍之一。

过三道门。过了这三道门之后，就会来到空荡的顶层牢房区。即使监狱里的囚犯人数爆满，这里的十二间牢房也一直都是空的，而且保持得比洗礼前的教堂洗礼盆还干净。

这会儿乔走在这一层的牢房区，明白了那些牢房为什么保持得那么干净——每间囚室里都有一个囚犯在拖地。囚室里的高窗跟他住的那间一模一样，露出一块四方形的天空。此时天空是一种很深的蓝，近乎黑色，乔很好奇在里头拖地的人怎么看得清楚。只有走廊上有灯光，或许再过几分钟，等到天完全黑了，警卫们会给他们提灯吧。

但这里没有其他警卫，只有一个带着他往前走，就是刚才带他去会客室又出来、走路很快的那个。走路太快早晚会害他惹上麻烦，因为监狱中规定让囚犯走在前面。如果你抢在囚犯前头走，他们就可以在后面干出各式各样的坏事。五分钟前，乔就趁机把那把小刀从手腕移到了两片屁股间。不过，他真希望自己练习过。要夹紧屁股走路，还得表现得很自然，实在不是件容易的事。

其他警卫呢？夜里马索在围墙上散步时，上头、这里的警卫都不多。倒不是每个警卫都拿佩斯卡托的钱，不过没拿钱的也绝对不会去告密。可是乔继续往前走，四下观察，确定了他所害怕的——现在这里没有警卫。随后，他仔细看了看那些正在拖地的囚犯。

杀手打线，名副其实。

他认出了巴佐·契基思，那个尖尖的脑袋，连戴着监狱发的针织帽都没法掩盖，正在第七间囚室里面推着拖把。那个身上很臭、当初拿小刀抵着乔右耳的家伙，则在第八间拖地。在第十间推着一个木桶到处拖地的则是唐姆·波卡斯基，他曾放火把自己的家人活活烧死，包括他老婆、两个女儿、岳母，更别说他关在菜窖里的那三只猫。

走到牢房区的尽头，希波和纳尔多·阿瑞安特站在通往楼梯的门边。从他们的表情看来，显然不觉得这一区的囚犯多得异常、警卫少得空前有什么好奇怪的。除了统治阶级那种自鸣得意的姿态外，他们其实面无表情。

各位，乔心想，你们最好要准备迎接改变了。

“两手举起来，”希波告诉乔，“我得帮你搜身。”

乔没有犹豫，但他很后悔没把那把小刀插进屁眼里。小小的刀柄就贴着他的尾椎底，希波可能会感觉到那里的形状异常，然后拉起他的衬衫，把那把小刀插进他身上。乔双臂举着，很惊讶自己竟然这么镇定——没发抖，没流汗，没有一点害怕的迹象。希波的双手拍了拍乔的两腿，再沿着脊椎一手从胸部，另一手从背部往下拍。希波的一根指尖擦过刀柄，乔可以感觉到刀柄往后倾斜。他夹得更紧了，知道自己的性命就决定于这种荒谬的事情——看他能把自己的两片屁股夹得多紧。

希波抓住乔的双肩，把他转过来面对自己。“张开嘴巴。”

乔照做了。

“张大一点儿。”

乔也遵从。

希波盯着他嘴里看。“他很干净。”他说，然后往后退。

乔打算穿过门时，纳尔多·阿瑞安特挡在门口。他看着乔的脸，好像看透了背后的一切谎言。

“你这条命，就跟那老头的命绑在一起，”他说，“懂了吗？”

乔点点头。他知道，无论他或佩斯卡托出了什么事，眼前纳尔多都只剩几分钟可以活了。“那当然。”

纳尔多让到一旁，希波打开门，乔走进去。门外什么都没有，只有一道铁制的螺旋梯，从底下的水泥小室通到顶端的一扇活门，这会儿门已经打开，露出夜晚的天空。乔爬到一半，从裤子里抽出那把小刀，放到条纹囚服的口袋里。当他爬到顶端时，他右手握拳，只伸出食指和中指，然后把手举出洞口，好让最近的那栋塔楼里的警卫看清楚。塔楼照出来的光扫向左边、右边，然后呈Z字形左右摇晃了几下——表示没问题了。乔爬出洞口，来到墙顶走道，看看周围，找到了马索，就站在中央瞭望塔下方十五英尺处的墙边。

他走向他，感觉到那把小刀轻轻撞着他的臀部。中央瞭望塔的唯一死角就是它正下方那块空间。只要马索待在那个地方，警卫就看不见他们。乔走到他身边时，马索正在抽他偏爱的苦味法国香烟，黄色的那种，一边望着西边的一片荒芜。

他看了乔一眼，什么都没说，只是清了清喉咙，吞吐着香烟。

他说："你父亲的事情我很抱歉。"

乔停下掏香烟的动作。夜空像一件斗篷，落下，罩在他脸上，周围的空气迅速消失，他觉得透不过气来，脑袋发晕。

即使马索有那么大的权力、那么大的本事，他也不可能知道的。丹尼之前告诉乔，他只联络了麦克·克罗利总警监——当年跟他父亲一起从基层巡逻警员干起的老同事，在史泰勒饭店那一夜之前，各方都预料他父亲将接任克罗利的总警监一职。托马斯·考克林的尸体从他们家后头运出去，上了一辆没有标识的警车，从地下室入口送进了市立停尸所。

你父亲的事情我很抱歉。

不，乔告诉自己。不。他不会知道的。不可能。

乔掏出一根香烟，放在嘴里。马索在矮墙上划了根火柴，帮他点燃，此刻马索的双眼充满仁慈。

乔说："抱歉什么？"

马索耸耸肩："任何人都不该被要求去做违反自己本性的事情，乔瑟夫，就算是为了帮助深爱的人。我们要求他的，还有要求你的，都不公平。不过在这个世界上，他妈的有什么公平可言？"

乔的心跳慢慢恢复正常，耳边和喉咙的脉搏也逐渐平稳了。

他和马索双手扶在矮墙上抽烟。神秘河上的驳船灯光掠过远处那片浓浓的夜色，如同被放逐的星星。铸造厂排放出来的废气有如一条条白蛇，朝他们旋转而来。空气又闷又热，应该快要下雨了。

"我再也不会要求你或你父亲，去做这么为难的事情了，乔瑟夫。"马索对着他坚定地点了个头，"我保证再也不会了。"

乔双眼盯着他："你会的，马索。"

"叫我佩斯卡托先生，乔瑟夫。"

乔说："我道歉。"他手指间的香烟掉在了地上，于是弯腰去捡。

结果，他双臂抱住马索的脚踝，用力一抬。

"别叫。"乔直起身子，老人的头越过矮墙，悬在半空。"你一叫，我就把你扔下去。"

老人的呼吸急促，双脚踢着乔的肋骨。

"你最好也不要再挣扎，不然我就抓不住了。"

花了好一会儿，马索的双脚才安分下来。

"你身上有武器吗？不准撒谎。"

马索的声音从墙外飘来："有。"

"有多少？"

"只有一个。"

乔放开他的脚踝。

马索挥着双手，好像那一刻他就可能学会飞翔。他胸部朝下往前滑，头部和躯干没入黑暗的夜色中。他本来可能尖叫的，但乔一手抓住马索囚服的腰带，一脚抵着矮墙的墙根，身子往后倾斜。

马索发出一连串奇怪的喘气声，音调很高，像一个被弃置在田地里的新生婴儿。

“有多少？”

好一会儿，只听到那种喘气声，然后马索开口了：“两个。”

“放在哪里？”

“剃刀在我脚踝，爪子在我口袋里。”

爪子？乔非看看不可。他空闲的那只手拍拍几个口袋，找到一处凸起。他小心翼翼伸手掏出来，乍看之下可能会误以为是一把直排梳。四根短钉焊接在一根金属棒上，而金属棒下方又焊接着四个扭曲的戒指环。

“这是要戴在手上，握拳使用的？”乔说。

“对。”

“好阴毒的武器。”

他把那钉子指节环放在矮墙上，然后在马索的一边袜子里找到了那把直剃刀，是威金森牌的，有珍珠刀柄。他把剃刀放在指节环旁边。

“觉得头晕了吗？”

一个含混的声音回答：“对。”

“我想也是。”乔调整了一下抓住腰带的那只手，“如果我张开手指，你就死定了，这点我们可以达成共识吗？”

“可以。”

“我腿上有个他妈的马铃薯削皮刀戳出来的洞，都是你害的。”

“我……我……你。”

“什么？讲清楚一点儿。”

结果说出来的是一串嗞嗞的气音："我救了你。"

"这样你才能控制我父亲。"乔用手肘顶着马索的后背，使劲往下压。老人发出一声尖叫。

"你想要什么？"马索的声音开始因为缺氧而颤抖。

"你听说过艾玛·古尔德吗？"

"没有。"

"阿尔伯特·怀特杀了她。"

"我没听说过她。"

乔把他猛地扯回来，拍拍他的背，接着后退一步，让老人喘了口气。

乔伸出一只手，弹了下手指。"怀表给我。"

马索没犹豫，立刻从裤袋里掏出怀表递过去。乔把怀表紧握在手里，滴答的震动传到他的手掌，进入他的血液中。

"我父亲今天死了，"他说，意识到自己大概讲得没什么逻辑，从他父亲跳到艾玛，又跳回他父亲。但他不在乎。他的感觉没有办法用言语表达，却又非说不可。

马索的双眼猛眨了一阵子，然后又回去揉他的脖子。

乔点点头："心脏病发。我怪我自己。"他朝马索的鞋子狠狠踢了一脚，踢得老人双掌向下撑在矮墙上。乔微笑。"不过我也怪你。妈的，非常怪你。"

"那就杀了我吧。"马索说，但语气并不强硬。他回头看了看，目光又回到乔身上。

"我接到的命令就是杀了你。"

"谁下令的？"

"劳森，"乔说，"他底下有一批人马在等你——巴佐·契基思、波卡斯基，埃米尔·劳森那一票马戏团都到齐了。至于你手下的纳尔多和希波？”乔摇摇头，“他们现在铁定被摆平了。在那道楼梯底下，有一整个猎杀组在等你，以防万一我失败了。”

马索的脸上恢复了一点以前的桀骜不驯：“你认为他们会放过你？”

这个问题乔已经想了很多：“大概吧。你们这场战争已经死了很多人。剩下没死的人里头，有点脑子的并不多。何况我认识阿尔伯特。我们有一些共同点。我想，这回算是他给我求和的机会——杀了马索，重新加入他手下。”

“那你为什么不接受？”

“因为我不想杀你。”

“是吗？”

乔摇摇头：“我想毁了阿尔伯特。”

“杀了他？”

“这点我还不确定，”乔说，“但一定要毁了他。”

马索伸手到口袋里掏出他的法国香烟，拿出一根点着，还是喘不过气来。最后他看着乔的双眼，点了点头：“我祝福你达成这个目标。”

“我不需要你的祝福。”乔说。

“我不会说服你放弃，”马索说，“不过我向来觉得复仇得不到利益。”

“跟利益无关。”

“人生每一件事都跟利益有关。利益，或继承。”马索抬头看着天空，又将目光转回来，“所以我们要怎么活着回去？”

“塔楼上的警卫，有哪个欠你很大人情吗？”

“就我们上头的那个，”马索说，“另外两个是见钱眼开的。”

“你的警卫能不能跟里头的警卫联系，让他们从两边包抄劳森的人马，来个突袭？”

马索摇摇头：“只要有一个警卫接近劳森，消息就会传到下头的人犯那里，他们就都会冲上来了。”

“好吧，狗屎。”乔缓缓吐出一口长气，四下看了看，“那我们只好用肮脏的手段了。”

马索和塔楼的警卫说话的时候，乔回头沿墙走向那扇活门。要是他会送命，大概就是这一刻了。他老疑心自己走下一步时，就会有一颗子弹飞过来射穿他的脑袋，或是击中他的脊椎。

他回头看着自己走过来的路。马索已经离开了，只剩瞭望塔和一片黑暗。没有星星，没有月亮，只有一片凝滞的黑暗。

他打开活门往下喊：“解决掉他了。”

“你受伤了吗？”巴佐·契基思朝上喊。

“没有。不过需要干净的布。”

有个人在黑暗中低笑。

“那你就下来吧。”

“你们上来。我们得把他的尸体搬走。”

“我们可以——”

“暗号是伸出右手，竖起食指和中指，两指并拢。要是有人缺了其中一根手指，就别派他上来了。”

他说完就赶紧离开了，没给对方争辩的机会。

过了一分钟，他听到第一个人爬上来。那个人的手伸出洞，遵照乔的指示竖起两根手指。瞭望塔的灯光扫过那只手，又扫回来。乔说："没问题。"

那是波卡斯基，烧死家人的那个，他小心翼翼地探出头，看着周围。

"快点儿，"乔说，"再叫其他人上来。还要两个人才拖得动他。他重得要命，而且我的肋骨断了。"

波卡斯基笑了："你刚才还说没受伤。"

"死不了，"他说，"快点儿吧。"

波卡斯基转身探向洞口："再上来两个。"

巴佐·契基思跟着上来，然后是一个兔唇的小个子。乔记得吃饭时有人指给他看过，那人叫奥顿·道格拉斯，但是乔不记得他犯了什么罪。

"尸体呢？"巴佐·契基思问。

乔指了一下。

"好吧，那我们——"

灯光照到巴佐·契基思身上，子弹随即从他后脑勺射入，再从脸部中央穿出，连带轰掉了鼻子。波卡斯基眨眨眼，接着喉咙开了个洞，一道红色水流涌出，他仰天倒下，双脚扭动着。奥顿·道格拉斯冲向洞口的阶梯，但塔楼警卫的第三发子弹像一根大槌子似的击中了他的后脑。他倒在洞口的右边，上半个脑袋没了。

乔看向灯光，三个死人溅得他满身是血。楼梯底下的人大叫着奔逃，他真希望能加入他们。这是个异想天开的计划。灯光照得他目盲的时候，他可以感觉到枪的瞄准器对准自己的胸口。子弹会是他父亲警告过他的暴力产物，不光会报应到他的父母身上，也会报应到他的子女身上。他唯一能给自己的安慰就是，这样会死得很快。十五分钟之后，他就可以跟他父亲和艾迪叔叔相聚，一起喝啤酒了。

灯光熄灭了。

有个柔软的东西扑到他脸上，接着落到他肩膀上。他眨眨眼望向黑暗，原来是一条小毛巾。

“擦擦你的脸吧，”马索说，“脏得要命。”

他擦完后，双眼也逐渐适应了黑暗，看到马索就站在几英尺外，抽着他的法国香烟。

“你认为我会杀了你？”

“想到过。”

马索摇摇头：“我是个出身恩迪科特街穷人区的意大利佬。让我去个时髦地方，我还是连叉子都不会用。我可能不高贵，也没受过什么教育，但说好的事情，我绝对不会食言。我会跟你坦白，就像你也会跟我坦白一样。”

乔点点头，看着脚边的三具尸体。“这些人怎么办？看起来我们把他们出卖得很惨。”

“操他们的，”马索说，“他们自找的。”他跨过波卡斯基，走到乔身边，“你会比你原先想的更早离开这里。到时候打算赚点钱吗？”

“那当然。”

“你的责任就是永远都以佩斯卡托家族优先，把你自己摆后头。这点你能遵守吗？”

乔看着老人的双眼，可以确定他们会一起赚很多钱，而且自己永远无法信任他。

“可以。”

马索伸出手：“那就好。”

乔擦掉手上的血，跟马索握了手。“好。”

“佩斯卡托先生！”有个人在下面喊。

“来了。”马索走向活门，乔跟在后面。“来吧，乔瑟夫。”

“喊我乔吧。只有我父亲才喊我乔瑟夫。”

“好吧。”在黑暗中走下螺旋梯时，马索说，“父子关系真有趣。就算你建立了一个帝国，变成了国王，变成美国皇帝，变成神，你还是永远活在老爸的阴影下，无法逃离。”

乔跟着他走下那道黑暗的楼梯：“也不太想逃离。”

10

探访

那天早晨，在南波士顿的“天堂之门”教堂举行过葬礼之后，托马斯·考克林在多彻斯特的雪松林墓园下葬。乔没能去参加葬礼，不过当天晚上马索收买的一个警卫帮他带了份《波士顿夜游报》，他在上面看到了相关报道。

前任市长霍尼·费兹和安德鲁·彼得斯、现任市长詹姆斯·麦克·柯利都去了。两位前任州长、五位前任检察官和两位检察长，也都出席了。

警察则来自各地——有市警局和州警局的，退休和现任的，最远的南到特拉华州，北到缅因州班戈市。有各种官阶、各种专长的。在报道附上的那张照片中，墓园另一端是蜿蜒流过的尼庞赛河，但乔几乎看不到河，因为警察们的蓝色帽子和蓝色制服占据了画面。

这就是权力，他心想。这就是一种遗产。

紧接着他想到——那又怎样?

所以他父亲的葬礼将一千人引到了尼庞赛河河畔的一处墓园。有一天，或许波士顿警察学院会有一栋托马斯·考克林大楼，或者波士顿市会出现一座考克林桥。

好极了。

但死了就是死了。没了就是没了。任何以你命名的大楼、遗物、桥梁，都不能改变这一点。

你只能活一次，所以要好好过这一辈子。

他把报纸放在自己旁边的床上。是新床垫，昨天他从狱中的链条工场回来后，这张床垫就在囚室里等着他，还有一张小桌子、一张椅子，以及一盏煤油灯。小桌子的抽屉里放着火柴和一把新梳子。

这会儿他吹熄灯，坐在黑暗中抽烟。他倾听着外头工厂传来的噪音，还有驳船在狭窄河道上彼此示警的船笛声。他打开父亲那块怀表的盖子，又关上，然后又打开。打开、关上，打开、关上，打开、关上，此时，外边工厂排放出来的化学气味爬进他的高窗。

他父亲死了。他再也不是谁的儿子了。

他是个没有过往也没有预期的人。一张白纸，对谁都没有义务。

他觉得自己像最初的移民，永远离开家乡的海岸，在黑暗的天空下驶过一片黑色大海，来到新世界。这片土地尚未成形，仿佛一直在等待。

等待着他。

等待他为这个国家命名，等待他按照自己的想象予以改造，好让这片土地拥护他的价值观，并发扬到世界各地。

他关上怀表，紧握在手中，闭上眼睛，直到他看见自己那个新国家的海岸，看见黑色天空缀满了白色的星星。星光照着他，他就快要靠岸了。

我会想念你，我会哀悼你，但现在我重获新生，真正自由了。

葬礼两天后，丹尼最后一次来探望他。

他凑向金属网，问道：“你过得怎么样，老弟？”

“正在摸索自己的路，”乔说，“你呢？”

“你知道的。”丹尼说。

“不，”乔说，“我不知道。我什么都不知道。八年前你跟诺拉和路瑟去了塔尔萨，从此我就没听到过你的消息，除了一堆传言。”

丹尼听了点点头，掏出香烟来，点了一根，慢条斯理地开了口。“我和路瑟一起在那里创业。建设工程，在黑人区盖房子。我们做得还不错。没发财，但是过得去。我还兼任警长底下的郡警，你相信吗？”

乔露出微笑：“戴着牛仔帽吗？”

“小子，”丹尼故意学着南方的鼻音腔说，“我带着转轮手枪，左右臀各有一把。”

乔大笑：“脖子上系领巾？”

丹尼也笑了：“那当然，还穿靴子呢。”

“上头有马刺吗？”

丹尼眯起眼睛摇摇头：“那就太夸张了。”

乔边笑边问：“那儿发生了什么事？听说有一场暴动？”

丹尼眼中的亮光消失了：“他们把那地方完全烧毁了。”

“塔尔萨？”

“只有黑人区。路瑟住的那一带叫绿坞。有天晚上在看守所里，白人想用私刑处死一名黑人，因为那黑人在电梯里摸了一个女孩的屁股。不过真相是，女孩跟那个黑人小子偷偷约会好几个月了。那小子要分手，她不高兴，就报案扯出那些谎话，于是我们不得不逮捕他。我们正打算因为缺乏证据而放了他的时候，全塔尔萨善良的白人市民带着绳索跑过来。随后一群黑人也跑了过来，包括路瑟。那些黑人，好吧，没想到他们带了枪，于是把那些想动用私刑的白人吓退了，不过也只有一个晚上。”丹尼用脚踩熄香烟，“第二天早晨，白人穿过铁路，让那些黑人小子见识了一下拿枪指着他们的后果。”

“于是就发生暴动了。”

丹尼摇摇头：“那不是暴动，而是大屠杀。他们看到黑人就开枪或放火——儿童、妇女、老人，都不放过。提醒你一下，开枪的都是社区的中坚人物，会上教堂做礼拜的教徒和扶轮社员。到最后，那些浑蛋还开着撒农药的飞机，朝黑人区的建筑物丢手榴弹和自制汽油弹。黑人一跑出燃烧的屋子，外边的白人就准备好一排机关枪等着。就在他妈的大街上残杀他们。几百个人被杀害。几百个，就躺在街上。看起来就像一堆堆在水里被染红的布。”丹尼双手交扣在脑后，吐了口气，“事后我去黑人区，你知道，把尸体搬上平板拖车。我忍不住一直想，我的国家在哪里？我的国家会变成什么样子？”

两个人沉默良久，然后乔说：“路瑟呢？”

丹尼举起一只手：“他没死。我最后一次看到他时，他跟老婆孩子正要去芝加哥。”他说，“乔，发生了这类……事件之后，你活下来，心里会怀着一种羞愧。我甚至无法解释。就是整个人羞愧得不得了。其他活下来的人呢？他们也有这种羞愧。你们会不敢看彼此的眼睛。大家身上都有这种羞愧的臭气，努力摸索要怎么带着这种臭气活下去。所以你铁定不想接近任何跟你一样臭的人，免得被搞得更臭。”

乔说：“诺拉呢？”

丹尼点点头：“我们还在一起。”

“有孩子吗？”

丹尼摇头：“你以为如果你当了叔叔，我会拖这么久都不告诉你？”

“丹尼，八年来我只见过你一次。我不知道你会怎么做。”

丹尼点点头，乔看到了他之前一直怀疑的事实——他大哥的内心里，有什么东西破碎了。

正当他这么想的时候，丹尼脸上掠过一抹狡猾的微笑，以前的他又回来了。“这几年，我和诺拉一直待在纽约。”

“做什么？”

“做表演。”

“表演？”

“电影。纽约都说是做表演。我的意思是，其实会有点混淆，因为很多人都会说自己在表演。但总之，没错，做电影。拍片，表演。”

“你在电影圈工作？”

丹尼点点头，精神来了。“是诺拉开始的。她在一家公司找到了工作，叫西佛影业。老板是几个犹太人兄弟，不过人很好。她帮他们做所有的记账事务，之后他们要她帮忙做些宣传工作，甚至管服装。那家公司是小公司，每个人都得当好几个人用，导演煮咖啡，摄影师帮主角明星遛狗。”

“拍电影？”

丹尼大笑：“所以，还没完，好戏在后头。她那些老板常碰到我，其中一个叫贺姆·西佛的，人很棒，很能干，他问我——听好了——他问我有没有当过替身。”

“妈的，什么叫替身？”

“你看过电影里的演员摔下马来吧？其实不是他，是替身演员。专业的。演员踩到香蕉皮，在人行道上绊了一下，跌了一跤？下回仔细看，因为那不是他。是我或其他像我一样的人。”

“慢着，”乔说，“你演过几部电影？”

丹尼想了一会儿：“我猜有七十五部吧。”

“七十五部？”乔拿出嘴里的香烟。

“大部分是短片。那就是——”

“拜托，我知道什么是短片。”

“不过你不知道替身是什么，对吧？”

乔竖起中指。

“所以，没错，我演了不少电影。还写了几个短片剧本。”

乔的嘴巴张大了：“你写了……”

丹尼点头：“小东西。几个下东城的小孩想帮一个贵妇的小狗洗澡，结果狗不见了，贵妇打电话给警察，接下来就是一堆胡闹，这一类的。”

乔的香烟差点烧到手指，他赶紧把烟扔在地上。“你写了几部？”

“到目前为止是五部，不过贺姆认为我抓到诀窍了，他要我赶紧试试写长片剧本，变成真正的剧作家。”

“什么是剧作家？”

“就是电影编剧，天才小子。”丹尼说，竖起自己的中指回敬乔。

“那么，等一下，那诺拉人在哪里？”

“加州。”

“你刚刚不是说在纽约吗？”

“**原来是**。但是西佛影业最近拍了两部成本很低的电影，结果很卖座。同时，爱迪生为了他的摄影机专利，他妈的控告了纽约电影圈的每个人，但是那些专利在加州根本不值钱。何况那里一年三百六十五天里有三百六十天是晴天，所以大家都陆续跑到那儿去了。至于西佛兄弟呢？他们觉得现在去正是时候。诺拉一个星期前先出发了，因为她现在是制片总管——她升官升得很快——另外，他们安排我三个星期后要在一部叫《佩可城保安官》的电影里当替身。我本来只是要回来告诉老爸，我又要去西岸了，他退休后或许可以来看我。因为我不知道以后还会不会有机会见到他，或是见到你。”

“我很替你高兴。”乔说，还在摇头，觉得这一切都荒谬得无法置信。丹尼的一生——拳击手、警察、工会干部、生意人、郡警、替身演员、新晋编剧——就像美国梦的写照。

“来吧。”丹尼说。

“什么？”

“等你出狱了，来加入我们。我是说真的。从马上跌下来，或者假装中弹，跌出糖做的假玻璃窗，就能赚钱。其他时间就躺在游泳池旁晒太阳，还能钓个刚入行的女明星。”

一时之间，乔可以想象——另一种人生，一个蓝色水面的梦境，蜂蜜色皮肤的女人，棕榈树。

“老弟，很快的，搭火车只要两星期就到了。”

乔又大笑，想象着那个画面。

“那是好工作，”丹尼说，“如果你愿意过去加入，我可以训练你。”

乔依然保持笑容，摇了摇头。

“那是正经工作。”丹尼说。

“我知道。”

“你可以不用再待在这里，过着提心吊胆的日子。”

“那不是重点。”

“那重点是什么？”丹尼似乎真的很好奇。

“夜晚，有它自己的一套规则。”

“白天也有规则。”

“啊，我知道，”乔说，“但我不喜欢那些规则。”

他们隔着金属网凝视彼此许久。

“我不懂。”丹尼轻声说。

“我知道你不懂。”乔说，“你，你相信那些好人和坏人的说法。一个人欠债还不出来，放高利贷的人就把他的一条腿打断，银行家则为了同样的原因把他赶出家门。你认为两者不一样，说银行家只是做他的工作，那个放高利贷的违法。但我喜欢那个放高利贷的，因为他不会假装自己是什么高贵的人，而且我认为那个银行家应该去坐牢。我不想过那种乖乖缴税、在公司野餐时帮老板端柠檬水、买人寿保险的生活。等到老一点儿、胖一点儿，我就可以加入后湾区的男性社交俱乐部，跟一群浑蛋在会所的贵宾室里抽雪茄，谈我的壁球赛和小孩的成绩。最后死在办公桌上，棺材还没入土，办公室门上的名字就被刮掉了。”

“但人生就是这样啊。”丹尼说。

“那只是**一种**人生。你想照他们的规则玩？请便。但我说他们的规则是狗屎。我说这世上没有别的规则，只有自己创造的规则。”

他们再度隔着金属网默默望着彼此。整个童年时期，丹尼都是乔心目中的大英雄。要命，根本就是他的神。现在神也只是个凡人，靠着从马上摔下来、假装被枪击中谋生。

“哇，”丹尼轻声说，“你真的长大了。”

“是啊。”乔说。

丹尼把香烟塞回口袋，戴上帽子。“可惜啊。”

在监狱里，那一夜三个怀特的手下因为“企图逃狱”而在屋顶被射杀后，佩斯卡托算是取得了优势。

然而，小冲突仍持续发生，而且双方的恨意更加恶化了。接下来六个月，乔得知这场大战并没有真正结束。即使他和马索以及监狱里其他佩斯卡托的手下已经巩固了权力，还是无法判断这个警卫或那个警卫是不是收了钱要转而对他们不利，或者这个囚犯或那个囚犯能不能相信。

米基·贝尔在院子里被一个家伙用小刀刺中，后来才知道，那家伙是唐姆·波卡斯基的妹夫。米基没死，不过余生小便都会有问题。监狱外传来的消息说，科尔文警卫一直在怀特的一个同伙悉德·梅奥那边下注。科尔文最近老是输。

怀特底下的一个小喽啰霍利·柏雷托因过失致死罪被判入狱五年，他一进来就老在食堂嚷嚷着改朝换代。他们只好把他从楼上扔下去。

有几个星期，乔都会有两夜或三夜睡不着，因为恐惧，或因为他想把所有问题想清楚，或因为他的心脏一直在胸腔里狂跳，好像想冲出来。

你告诉自己说你不会发疯。

你告诉自己说这个地方不会吞掉你的灵魂。

但你告诉自己最重要的话是，**我会活下去**。

我会走出这里。

无论代价是什么。

1928年春天的一个早晨，马索出狱了。

“下回你见到我，”他对乔说，“就是会客日了。我会在网子的另一头。”

乔握了他的手：“保重。”

“我找了律师在研究你的案子。你很快就会出去了。机灵点儿，小子，可别丢了小命。”

乔试图从那些话中得到抚慰，但他知道如果那些都只是空话，那么他的刑期感觉上就会有两倍长，因为他会怀抱着希望。等马索离开这个地方，他很可能轻易把乔抛在脑后的。

或者他可以给他足够的诱因，好让乔在狱中帮他办事，但根本不打算在他出狱后雇用他。

无论是哪种情形，乔都无能为力，只能等着看事情怎么发展。

马索一出狱，立刻惊动各方。原来在狱中闷烧的火，到了外头更是有如浇上了汽油。小报所谓的“谋杀的五月”，让波士顿头一次看起来像是底特律或芝加哥。马索的手下仿佛碰到了狩猎季开放，大肆攻击阿尔伯特·怀特的赌场、制酒厂、卡车，以及他们的人马。而这的确也是狩猎季节。一个月之内，马索就把阿尔伯特·怀特逼得逃离波士顿，少数没死的手下也赶紧跟着溜掉了。

在狱中，他们的饮用水像是被注入了一股和谐的力量。砍砍杀杀停止了。1928年接下来的时间里，再也没有人被从楼上丢下去，或在食堂排队时被自制小刀刺中。乔知道和平真的降临查尔斯城监狱的那一刻，是他和阿尔伯特·怀特手下两个坐牢的制酒好手达成协议，要继续在狱中做他们的老本行。很快地，警卫们开始把琴酒偷渡运出查尔斯城监狱，那玩意儿质量太好了，外头甚至给它取了个浑名“刑法典”。

自从1927年夏天走进监狱大门以来，乔第一次可以睡得安稳。这段和平也让他终于有了时间，可以悼念他父亲和艾玛。之前他忍着没有进行这个哀悼的过程，是因为有其他人在计划对付他，他得全力应付，怕哀悼会害自己分心。

1928年下半年，上帝对他最残忍的戏弄，就是在他睡觉时派艾玛来找他。他感觉到她一腿缠绕在他胯下，闻到她耳后擦的香水味，睁开眼睛看到她离自己只有一英寸，唇上感觉到她呼出的气息。他双手从床垫上举起，手掌抚摩着她赤裸的背部。然后他的眼睛真的睁开了。

没有人。

只有一片黑暗。

于是他祈祷。他恳求上帝让她活着，就算他再也见不到她也没关系。请让她活着。

但是，上帝啊，无论是死是活，能不能求求你，别再派她来到我梦中？我不能一再失去她。那太难受了。太残酷了。天主啊，乔恳求，请你慈悲一些吧。

但上帝并不照办。

乔监禁在查尔斯城监狱期间，艾玛持续来探访他——而且往后还会持续。

他父亲从没来梦中探访。但乔感觉得到他，那是他在世时从来没有过的感觉。有时乔坐在自己的双层床上，把怀表打开又关上，打开又关上，想象着若不是被那些陈年的罪孽和干涸的期望阻挠，两人可能会有什么样的对话。

跟我谈谈我妈吧。

你想知道些什么？

她是什么样的人？

容易害怕的女孩，非常容易害怕的女孩，乔瑟夫。

她怕什么？

怕那些东西。

那些东西是什么？

她不了解的一切。

她爱我吗？

以她自己的方式。

那不是爱。

对她来说，那就是爱。别把她的死看成是丢下你不管。

那我该怎么看这件事？

看成她是为了你而撑下去，否则，她很多年前就会丢下我们不管了。

我不想念她。

说来好笑，我倒是想念她。

乔看着黑暗。**我想念你。**

你很快就会看见我了。

乔把监狱里的制酒、运送作业，以及付各种保护费的流程制度化之后，就有很多时间用来阅读。他几乎看完了监狱里的所有藏书，这可不容易，因为兰斯洛·哈德森三世捐了很多书。

兰斯洛·哈德森三世是大家记忆中唯一曾在查尔斯城监狱服刑的有钱人。但兰斯洛所犯的罪太过分又太公然了——他把出轨的妻子凯瑟琳从他们位于贝肯山四层楼连栋房屋的屋顶，丢进底下刚好路过的1919年国庆节游行行列中——就连波士顿的名门贵族都放下他们的骨瓷餐具思量许久，决定如果要把他们的一分子扔给土著生吞活剥，那么这就是一个时机。兰斯洛·哈德森三世因为过失杀人罪在查尔斯城坐了七年牢。如果这不算苦役，那么漫长的七年时间也够难熬了，只有送进监狱的书可以让他减轻这种痛苦，不过条件是他出狱时得把书留下来。乔读了至少一百本哈德森的藏书。你会知道那些书原来是他的，因为在书名页的右上角，他会用小而潦草的字迹写着：“原属兰斯洛·哈德森财产。操你的。”乔阅读了大仲马、狄更斯、马克·吐温的小说，还看了马尔萨斯、亚当·斯密、马克思与恩格斯、马基雅维利、《联邦党人文集》，以及巴斯夏的《经济学谬论》。他阅读哈德森的藏书之余，也阅读各种找得到的书——大部分是廉价小说和西部小说——还有任何监狱看得到的杂志和报纸。他变成了某种意义上的专家，擅长猜出字里行间躲避审查制度的弦外之音。

有回浏览一份《波士顿夜游报》，他看到一篇有关圣雅各布大道东海岸巴士总站火灾的报道。一根老旧的电线走火，火花落进巴士站。没多久，整栋建筑就陷入火海。他看着那些火灾后废墟的照片，觉得喘不过气来。他放着毕生储蓄的那个置物柜，包括在皮茨菲尔德的银行抢劫案分到的六万两千元，都在一张照片的角落。置物柜歪倒下来，上头压着一根横梁，那些金属被烧得一片乌黑。

乔无法判定哪个更糟糕——是觉得无法再呼吸，还是觉得要从气管吐出火来。

那篇报道说，车站完全烧毁了。什么都没救出来。乔很怀疑。有一天，等他出狱后有时间，他要去追查东海岸巴士公司的哪个员工提早退休，而且谣传在国外过得很阔气。

在此之前，他需要一份工作。

那个冬天的尾声，有天马索来探访乔时，说他的上诉进度很快，同时也提出要雇用他。

“你很快就会离开这里了。”马索隔着金属网告诉他。

“我无意不敬，”乔说，“有多快？”

“夏天之前。”

乔露出微笑：“真的？”

马索点点头：“但是收买法官不便宜。得打通一堆关节。”

“那当初我没杀你，现在就算扯平了吧？”

马索眯起眼睛。他现在可体面了，穿着羊绒大衣和羊毛西装，翻领上还插了一朵白色康乃馨，搭配他的丝质白帽。“听起来是笔不错的交易。顺带讲一声，我们的朋友怀特先生，在坦帕市搞得鸡飞狗跳。”

“坦帕？”

马索点点头：“他在这里还有几个据点，我没办法完全消灭，因为纽约帮也有股份，他们表明我眼下不能给他们难看。他在我们的路线上运朗姆酒，我也没办法。但因为他在坦帕那边侵入我的领土，纽约那票人就允许我动他了。”

“什么程度的允许？”乔问。

“不要杀掉他就行。”

“好吧。那你打算怎么做？”

“不是我打算怎么做，而是你打算怎么做，乔。我要你去接管那边。”

“可是坦帕是归卢·奥米诺管的啊。”

“他很快就会决定不要再费这个心了。”

“什么时候会决定？”

“大约你到那里的十分钟前吧。”

乔想了一下：“坦帕，嗯？”

“那里很热。”马索说。

“我不怕热。”

“你绝对没感受过那种热。”

乔耸耸肩。老头向来习惯夸张。“去了那里，我得有个信得过的人。”

“我就知道你会这么说。”

“是吗？”

马索点点头：“我都搞定了。六个月后，这个人就会在那边等着你。”

“你从哪里找来的？”

“蒙特利尔。”

“六个月？”乔说，“这事情你计划了多久？”

“自从卢·奥米诺把我的一部分利润装进他的口袋，而阿尔伯特·怀特跑去挖走剩下的利润的时候。”他身子往前凑，“乔，你南下到坦帕，把状况整顿好了，这辈子都可以过得像国王。”

“所以如果我去接手，我们就是对等的合伙人了？”

“不是。”马索说。

“可是卢·奥米诺是跟你对等的合伙人。”

“看看他现在的下场。”马索毫无掩饰，隔着金属网望着乔。

“那我能分到几成？”

“两成。”

“两成五。”乔说。

“好吧。”马索亮着眼睛说，显然如果是三成他也会答应的，“不过你最好值这个价码。”

PART 2

伊博市

1929-1933

11

全城最棒的

马索首度提出要乔接管他西佛罗里达州的事业时，曾经警告过他那里很热。但在1929年8月的一个早晨，当乔踏上坦帕联合车站的月台，还是对迎面而来的热浪没有心理准备。他穿了一套夏季薄款毛料格伦花格纹西装，背心已经收进行李箱内，当他站在月台上，等着脚夫帮他搬行李下车时，外套已经搭在手臂上，领带也拉松了。等到抽完一根烟，他全身已经被汗水浸透。下车前他本来把毡帽摘下了，担心热气会害得发油融化，沾到帽子的丝料衬里，但胸部和手臂不断冒汗，他又把帽子戴回头上，免得太阳晒得头皮发痛。

白色太阳高挂在天上，把云朵一扫而空，天空干净得仿佛云从来不曾存在过（或许在这边的确如此，乔不知道）。不光是太阳，还有那种丛林的湿气，他觉得自己仿佛被裹在一个钢丝球中，被扔进一锅油里，而且每隔一分钟，炉内的温度就会又往上调高一格。

其他走下火车的男人都像乔一样，把西装外套脱掉了；有些人还脱了背心和领带，卷起了袖子。有的人戴着帽子，有的人摘下来扇风。女人们则戴着宽边的天鹅绒帽、钟形女帽，或是宽前檐女帽。有些人不慎选了更沉重的质料和帽子，身穿绉纱连身裙和丝质披巾，看起来不太开心。她们脸部发红，精致梳理过的发型坍塌或卷曲，有几个脑后的发髻都披散到颈背了。

你可以轻易分辨出当地人——男人戴着平顶宽边草帽，身穿短袖衬衫和华达呢质料的长裤。他们脚上是最时兴的双色皮鞋，颜色比火车乘客们穿的要鲜艳。女人则戴着草编宽边垂檐帽，身上的衣服式样非常简单，很多是白色的，就像经过他面前这位姑娘穿的，平凡无奇的白色裙子和白色开襟上衣，而且还有点破旧。不过，上帝啊，乔心想，衣服底下的那具身躯——在薄薄的衣料底下移动，像是违法者要在清教徒发现之前赶紧逃出城。乔心想，那是幽暗而丰饶的天堂，遮住了动作如流水般顺畅的四肢。

炎热的天气想必害他比平常迟缓，因为那个女人发现了他正在看她，这种事他在波士顿从来不会被抓到的。不过那个女人——是个黑白混血儿，说不定甚至是黑人，他无法判断，但肤色确实很深，是深古铜色——谴责地看了他一眼，继续往前走。或许是因为天气太热，也或许是坐了两年牢，乔的视线无法从她穿着薄衣的身躯上移开。她的臀部有如音乐般懒洋洋地起伏，背部的骨头和肌肉也随之和谐律动。上帝啊，他心想，我坐牢坐太久了。她又硬又黑的头发在脑后盘成一个发髻，但是有一绺松开落在颈子上。她回头狠狠看了他一眼。他赶紧趁目光射来之前低下头，像个九岁的小男孩被人逮到在校园里拉一个小女孩的马尾。然后他纳闷自己干吗觉得羞愧。她回头看了，不是吗？

他再度抬头看时，她已经消失在月台另一端的人潮中。**你不必怕我，**他想告诉她。**你永远不会让我心碎，我也永远不会让你心碎。我已经不会再心碎了。**

过去两年，乔不但已经逐渐接受艾玛的死，也接受了自己不可能再爱上另一个女人。有一天，他可能会结婚，但那将是个理智的安排，以提高自己在这一行的地位，同时让自己有继承人。他喜欢这个字眼——**继承人**。（劳动阶级拥有的是儿子，成功人士拥有的是继承人。）同时，他会去嫖妓。或许刚才狠狠瞪他的那个女人，就是个假正经的妓女。若是如此，他就一定要尝尝她的滋味——一个漂亮的黑白混血妓女，正适合一个犯罪王子。

等到脚夫把行李都搬下车后，乔给他的小费钞票也已经染上周遭的湿气了。之前他只知道有个人会来火车站接他，却始终忘了问起那个人要怎么认他。他缓缓转身，想找个看起来很不体面的男人，结果却看到那名黑白混血女子回头沿着月台走向他。另一绺头发从她的太阳穴边垂下，她一手把头发从颧骨处撩开，另一只手臂挽着一名拉丁男子的胳膊，那男子戴着平顶宽边草帽，黄褐色丝质长裤打着长而鲜明的褶边，无领白衬衫的扣子扣到顶端。天气这么热，那男人的脸上却毫无汗水，他的衣服也是一片干燥，连紧扣在喉结之下的衬衫顶端也不例外。他移动时跟那名女子一样，都带着微微摇晃的节奏，那种韵律在他的小腿和他的脚踝上，甚至在他轻快地从月台上弹起的步伐中。

他们走过乔旁边时讲着西班牙语，又急又轻，那女子很快瞥了乔一眼，快得他怀疑是自己想象出来的，但他觉得不是。那男子指着前方月台上的什么东西，用西班牙语迅速说了几句，然后两个人低声笑了，走过他旁边。

他正要转身，再找找看谁会来接他，忽然有个人猛地把他抱起来，仿佛他轻得就像一袋脏衣服。他低头看着抱住他腹部的那两只粗壮的手，闻到一股混合了生洋葱和名牌香水“阿拉伯酋长”的熟悉气味。

他被放回月台上，转身看到他的老朋友，这是他们在皮茨菲尔德可怕的那一天分手之后，第一次见面。

“迪昂。”他说。

当年胖乎乎的迪昂，如今更魁梧了。他穿了一件香槟色、四颗扣子的条纹西装。粉紫色的衬衫是白色领子，跟血红底、黑条纹的领带形成鲜明的对比，脚上穿了黑白双色尖头系带鞋。如果找个眼睛不好的老人，要他在一百码外指出月台上的黑帮分子，他颤抖的手指一定会指向迪昂。

“乔瑟夫。”他拘谨而正式地说。他的圆脸上露出一个大大的笑容，又把乔抱离地面，这回是从正面抱，而且双臂箍得很紧，乔有些担心自己的脊椎。

“很遗憾你父亲的事。”他低声说。

“很遗憾你哥哥的事。”

“谢谢，”迪昂说，带着一种奇异的开朗，“都怪那些罐头火腿。”他放下乔，露出微笑，“早知道就帮他买两头猪了。”

他们在热气中步下月台。

迪昂接过乔手中的一个手提箱：“老实告诉你，当初左撇子道纳在蒙特利尔找到我，说佩斯卡托帮要我来替你工作，那时我还以为是骗局。但接下来他们说你跟那老头一起在坐牢，我心想，如果这世上有人能迷倒那个恶魔，那就非我的老搭档莫属了。”他粗壮的手臂揽住乔的肩膀，“能跟你重逢，真是太棒了。”

乔说：“很高兴在外头呼吸自由的空气。”

“查尔斯城那里……”

乔点点头：“或许比传说中还糟。不过我找到了勉强过下去的办法。”

“我相信。”

停车场里的阳光更强烈了，从碎贝壳地和汽车上反射出来，乔一手遮在眉毛上，但没什么帮助。

“天啊，”他对迪昂说，“你还穿了三件套西装。”

“秘诀在这里，”迪昂说着来到一辆玛蒙34型汽车旁边，把乔的手提箱放到碎贝壳地上，“下回去百货公司时，把所有合身的衬衫全买下来。我一天要换四件。”

乔看着他的粉紫色衬衫：“这种颜色的你找得到四件？”

“有八件呢。”他打开后车门，把乔的行李放进去，“只要走几个街区就到了，不过天气这么热……”

乔伸手要开乘客座旁的门，但迪昂抢先了。乔看着他：“你别闹了。”

“现在我是你的手下，”迪昂说，“乔·考克林老大。”

“少来了。”乔觉得很荒谬，他摇摇头，爬上车。

他们驶离火车站时，迪昂说：“伸手到座位底下。你会找到一个老朋友。”

乔照办了，摸出来一把萨维奇点三二口径自动手枪。握柄上有印第安人头像，枪管三英寸半。乔把枪放进长裤右边的口袋，告诉迪昂他需要枪套，有点不高兴迪昂竟没有想到要带一个来。

“你要我的吗？”迪昂说。

“不用了，”乔说，“不要紧。”

“我的可以给你。”

“不用了，”乔说，觉得要花点时间才能习惯当老大，“我只是想赶紧要一个。”

“天黑之前，”迪昂说，“不会再晚了，我保证。”

这里的车阵移动得很慢，就像其他的一切。迪昂开着车驶入伊博市[1]，天空不再是一片死白，而是被工厂冒出来的烟染成一种红褐色调。雪茄，迪昂解释，构成了这一带街坊。他指着那些砖造建筑物和高高的烟囱，以及比较矮小的建筑物——有些只是霰弹枪木屋[2]，前后门都开着——里头的工人正躬身坐在桌前卷雪茄。

他迅速念出一堆西班牙文名字——艾尔·瑞罗荷和古耶斯塔班-雷、布斯蒂略、赛莱斯蒂诺·维加、艾尔·帕莱索、拉·皮拉、拉·特罗查、艾尔·纳兰哈尔、裴尔费多·加西亚。他告诉乔，所有工厂里最受人尊敬的职位就是朗读者，他会坐在工坊中央的一把椅子上，朗读伟大的小说给辛苦的工人们听。他解释说，雪茄工人的西班牙文叫tabaquero；那些小工坊是chinchals，英文称为鹿眼；而烟囱飘出来的食物气味则大概是bolos或empanadas。

“你听听，”乔吹了声口哨，“讲起来溜得像西班牙国王。”

“在这一带非讲不可，”迪昂说，“还有意大利语。你最好温习一下。”

“你们会讲意大利语，我大哥也会，不过我从来没学会过。”

“嗯，希望你还是跟以前那样学得很快。我们之所以在伊博发展，是因为这个城市其他地方都不会来烦我们。据他们所知，我们只是肮脏的西班牙裔和肮脏的意大利佬，只要我们别制造太多噪音，雪茄工人也别再罢工，闹得老板们报警，搞得大家伤脑筋，那么他们就随便我们。”他转上第七大道，显然是一条主要干道，人行道旁是加了护墙板的两层楼建筑物，有宽阔的露台和锻铁棚架和砖造或灰泥的

---

① 伊博市（Ybor City）位于坦帕市中心的东北部地带，虽名为“市”，其实只是一个区域。伊博市因雪茄制造而兴起，是传统的拉丁区，向来以多元种族与文化著称。

② 霰弹枪木屋（shotgun shack）指的是一种正面狭窄、侧面很长的房屋构造。屋内没有走廊，房间一个接一个排成长条形。此建筑形式于南北战争末期出现，随即传遍美国南方各地。

正面，让乔回想起两年前他在新奥尔良度过那个失忆的周末。大道中央有电车轨道，乔看到一辆有轨电车从几个街区外驶过来，车头消失了一会儿，然后在热浪中重新出现。

“你会以为我们都处得很好，”迪昂说，“其实不见得。意大利人和古巴人都不跟其他人打交道。可是黑古巴人恨白古巴人，而白古巴人觉得黑古巴人只是黑鬼，两者又都瞧不起其他族裔。所有的古巴人都恨西班牙人。西班牙人认为古巴人是一群高傲的蠢货，打从1898年美国解放他们之后，就忘了自己的身份。古巴人和西班牙人都瞧不起波多黎各人，而人人又都贬低多米尼加人。意大利人只尊敬那些搭船从意大利来的人，美国佬有时还真以为谁在乎他们的想法。”

“你真的称我们是美国佬？”

“我是意大利人啊，”迪昂说，左转进入另一条宽阔的大道，不过这条路没铺柏油，“在这一带，当意大利人很光荣的。”

乔看到蓝色的墨西哥湾，还有港口的船只和高高的起重机。他闻得到盐、浮油、低潮的气味。

“坦帕港。”迪昂说着比了个炫耀的手势，他开车沿着红砖街道往前，路上不时有冒着柴油废气的堆高机挡着路，还有起重机高高吊着两吨重的栈板经过他们头顶，包着栈板的绳网影子投在他们的风挡玻璃上。汽笛响声传来。

迪昂停在一个下凹的装卸货区上方，两人下车，看着底下的工人拆开一大捆印着“危地马拉，埃斯昆特拉”的粗麻布袋。从气味判断，乔知道有些装了咖啡，有些装了巧克力。六个男人立刻把货物卸下，刚才那辆起重机吊着绳网和空栈板后退，男人们则穿过一道门消失了。

迪昂带着乔走向梯子，开始往下爬。

“要去哪里？”

“去了就知道。”

到了装卸货区底部，那些男人已经关上门。他和迪昂站在一片泥土地上，闻起来有各种曾在坦帕阳光下卸过的货品气味——香蕉、菠萝和谷物；石油、马铃薯、煤气和醋；火药；臭烂的水果和新鲜的咖啡，脚下的泥土被踩得吱嘎响。迪昂手扶着梯子对面的水泥墙，手往右推，墙也跟着右移，一道门忽然从缝隙里冒出来，但乔站在两英尺外，看不到缝隙在哪里。迪昂在门上敲两下，等了一会儿，嘴唇默数着，然后又敲了四下。门里传来一个声音：“谁啊？”

“壁炉。”迪昂说，门开了。

里头是一条走道，细窄得就像门里等着的那个人，他穿的衬衫原来可能是白的，但已经长年被汗水染黄了，下身是棕色丹宁布长裤，脖子上围了一条方巾，头上戴着牛仔帽，一把转轮手枪插在长裤的腰带上。那牛仔朝迪昂点了个头，让他们进去，又把墙推回原处。

迪昂走在前面，走廊窄得他双肩都擦过墙面，乔跟在后头。一盏暗淡的灯从上方一条管子上悬下来，每隔约二十英尺有一盏灯泡，半数都不亮了。乔很确定他看见了走道尽头的那扇门，他猜大概是在五百码之外，也可能是他想象出来的。他们在烂泥中跋涉，头顶往下滴水，在地上形成一个个小水洼，迪昂解释说，这些隧道常常淹水，有时早上会在里头发现死掉的醉鬼，都是因为前一天蠢得想跑进去偷偷打个盹。

“真的？”乔问。

“真的。知道更糟的是什么吗？有时他们还会被老鼠啃得乱七八糟。”

乔看看周围：“这大概是我这一整个月听过最恶心的事情了。”

迪昂耸耸肩继续走，乔看看墙壁上下，又看向前方的走道。没有老鼠。还没发现。

“皮茨菲尔德银行抢来的那些钱。”迪昂边走边说。

乔说：“很安全。”在他们上方，他听得到电车轮子的哐当声，接着是缓慢而沉重的蹄声，他想应该是一匹马。

“在哪里很安全？”迪昂回头看他。

乔说：“他们怎么知道的？”

上方传来几声喇叭声，还有一具引擎加速的声音。

“知道什么？”迪昂说，乔注意到他的头更秃了，黑色的头发两侧依然油光浓厚，但往上变得稀疏了。

“要在哪里偷袭我们。”

迪昂再次回头看他：“他们就是知道啊。”

“他们不可能‘就是知道’。那个地方我们观察了好几个星期。警方绝对不会追到那边去，因为没有理由——那里没人住，也没有什么东西需要保护。”

迪昂的大头点了点：“好吧，反正不会是从我这里知道的。”

“也不是从我这边知道的。”乔说。

快到隧道尽头了，那是一道拉丝金属门，上头有个铁嵌锁。街道上的声音转为遥远的银器叮当声与瓷盘堆叠声，还有侍者走来走去的匆忙脚步声。乔从背心里掏出他父亲的怀表，按开来：中午12点。

迪昂从他宽大的长裤里拿出一个很大的钥匙圈，先开了门上的几道锁，拉开门闩，再打开嵌锁。他把那把钥匙拆下来，递给乔：“你收着。以后用得到的，相信我。”

乔把钥匙放进口袋。

“这是谁的地方？”

“原来是奥米诺的。”

“原来？”

“啊，你看了今天的报纸吗？”

乔摇摇头。

“奥米诺昨天晚上被射了几个洞。”

迪昂开了门，他们爬上一道梯子，来到一扇没锁的门前。他们开了门，进入一个潮湿的巨大房间，里头是水泥地、水泥墙。沿墙放着几张桌子，桌上的东西一如乔的预期——发酵槽和抽出器，曲颈甑和本生灯，烧杯、大桶和滤勺。

“用钱所能买到的最好设备，”迪昂说，指着固定在墙上的几个温度计，上头有橡皮管连接到各个蒸馏器，“你想要淡一点的朗姆酒，就要分离出76摄氏度到86摄氏度的部分。这一点真的很重要，免得有人，你知道，喝你的酒喝死了。这些宝贝绝对不会犯错，它们——”

“我知道怎么制造朗姆酒，”乔说，“事实上，阿迪，坐了两年牢之后，随便你说什么材料，我都知道怎么从里边榨出酒来。就算是你那该死的鞋，我大概都有办法蒸馏出酒来。不过我在这里没看到的，是制造朗姆酒最基本的两种东西。”

“哦？”迪昂说，“什么东西？”

“糖蜜和工人。”

“我之前该提的，”迪昂说，“这方面我们碰到问题了。”

他们经过一间空的地下酒吧，又对着另一扇关起的门讲了“壁炉”而进入，来到了东棕榈大道一家意大利餐厅的厨房。过了那个厨房后，他们进入用餐室，找了一张靠近街道的桌子，旁边有一个很高的黑色电扇，看起来很沉重，像是要出动三个男人外加一头公牛才搬得动。

“我们的配送商最近没把货送来。”迪昂打开餐巾，塞进衣领里，抚平了罩住领带。

“看得出来，”乔说，“为什么？”

“我所听到的是，运输的船一直在沉船。”

“你刚才说配送商是谁？”

“一个叫盖瑞·L.史密斯的。”

“艾尔·史密斯？”

“不，”迪昂说，“L。中间名的缩写。他坚持讲的时候要加。”

“为什么？”

“南方的规矩。”

“不是浑蛋的规矩？”

“也有可能。”

侍者送来菜单，迪昂点了两杯柠檬水，跟乔保证说会是他这辈子喝过最好的。

“我们干吗还要配送商？”乔问，“为什么不能直接跟供货商打交道？”

“这个嘛，供货商有很多，而且全是古巴人。史密斯去对付古巴人，省得我们麻烦。他也负责对付南方各州。”

“运输商。”

迪昂点点头，此时侍者送来了他们的柠檬水。“没错，从这里到弗吉尼亚州的各地黑道。他们把酒运到佛罗里达州东岸去，然后沿岸北上。”

“可是那些货的损失量也一直很大。”

“是啊。”

“沉了那么多船，有那么多卡车出事，不光是运气背吧？”

“是啊。”迪昂又说，显然他也想不出能说什么。

乔喝了柠檬水，不确定这是自己喝过最好的，就算是，那也只是柠檬水而已。要他对柠檬水感到多兴奋，实在很难。

“你做了我信里建议的那些事情吗？”

迪昂点点头：“完全照做了。”

“结果有多少跟我预料的相同？”

“比例很高。”

乔看了一下菜单，想找他认得的菜。

“试试烩牛膝吧，”迪昂说，“全城最棒的。”

“跟你在一起，什么都是‘全城最棒的’。”乔说，“柠檬水、温度计都是。”

迪昂耸耸肩，打开自己的菜单：“我的品位好嘛。”

“就吃这个吧。”乔说。他合上菜单，截住侍者的目光。“我们好好吃一顿，然后去找盖瑞·L.史密斯。”

迪昂仔细看着手上的菜单：“没问题。”

盖瑞·L.史密斯办公室外的接待室桌上，放着那天早上的《坦帕论坛报》。卢·奥米诺的尸体坐在一辆汽车上，车窗被击碎，座位上染了血。在黑白照片里，死者看起来照例很不体面。标题是：

知名黑道人物遇害

“你跟他熟吗？”

迪昂点点头：“挺熟。”

“你喜欢他吗？”

迪昂耸耸肩：“他不是那种烂人。有两次见面时他在剪脚指甲，不过去年圣诞节他送了我一只鹅。”

“活的？”

迪昂点点头：“没错，活到我带回家为止。”

“为什么马索想除掉他？”

“他没告诉你？”

乔摇摇头。

迪昂耸耸肩：“他也没告诉我。”

有好一会儿，乔什么都没做，只是听着时钟滴答声和盖瑞·L.史密斯的秘书翻着一本《影剧杂志》厚硬的纸页。那秘书叫罗小姐，剪了露出耳朵的波浪卷鲍伯短发，身穿银色无袖对襟衬衫，一条黑色丝领带垂过胸前，像是应验了乔的祈祷。她坐在椅子上几乎不动的模样——只是微微蠕动——搞得乔把报纸合上，拿着给自己扇风。

老天，他心想，我真需要找个人上床了。

他身子再度前倾：“他有家人吗？”

“谁？”

“谁。”

“卢？有啊。”迪昂皱眉，“你问这个干什么？”

“只是好奇而已。”

“他大概也会在他们面前剪脚指甲。他们会很高兴以后不用再帮他扫那些指甲屑了。”

秘书桌上的对讲机响了起来，一个尖细的声音说：“罗小姐，请那两个小伙子进来。”

乔和迪昂站起来。

“小伙子。”迪昂说。

“小伙子。”乔说，甩甩两手，抚平头发。

盖瑞·L.史密斯一嘴小牙齿，像玉米仁，而且几乎一样黄。他见两人进门时露出微笑，罗小姐在后头关上门，但他没站起来，微笑也不太热诚。在他办公桌后方，百叶帘遮掉了大部分的天光，但还有几丝透进来，让整个房间带着一种黄褐色的亮光。史密斯一身南方绅士的穿着——白西装、白衬衫，外加一条细细的黑领带。他带着一种困惑不解的模样看着他们落座，乔认为那是恐惧。

“所以你是马索的新大将。”史密斯把桌上一个雪茄盒朝他们推，“请自便。全城最棒的雪茄。”

迪昂咕哝了两声。

乔摇摇手表示不要，但迪昂动手拿了四根雪茄，三根放在口袋里，第四根咬掉尾端，吐在手里，然后放在桌子边缘。

“什么风把两位吹来的？”

“我奉命要稍微了解一下卢·奥米诺的业务。”

“但不是永久性的。”史密斯说，点燃了自己的雪茄。

“怎么说？”

“你是接替卢的。我那样说，是因为这里的人喜欢跟认识的人打交道，但是没人认识你。没有不敬的意思。”

“那你建议谁来接手呢？”

史密斯想了一下：“瑞奇·波捷塔。”

迪昂听了抬起头：“波捷塔连带一只狗去撒尿的本事都没有。”

“那就德尔莫尔·希尔斯吧。”

“也是个白痴。”

“那么，好吧，我可以接手。”

“这个主意不坏。”

盖瑞·L.史密斯摊开双手：“只要你们觉得我是适合的人选。”

“有可能，但是我们得知道，为什么前三批货都被劫走了。”

“你的意思是去北边的那些？”

乔点点头。

“运气不好嘛，”他说，“我只能这么说。这种事难免的。”

“那为什么不改路线？”

史密斯拿出一支笔，在一张纸上写了几笔。“这个想法不错，你是考克林先生，对吧？”

乔点点头。

“很好的想法。我一定会考虑的。”

乔看了他一会儿，看着他在透进百叶帘、照着他脑袋的光线中抽着雪茄，看得史密斯开始露出困惑的表情。

“那供货的船为什么这么不稳定？”

“啊，”史密斯轻松地说，“都是那些古巴人。我们根本控制不了。”

“两个月前，”迪昂说，“一个星期有十四趟船过来，三个星期后是五趟，上星期连一趟都没有。”

“那又不是搅拌水泥，”盖瑞·L.史密斯说，“每次只要加上三分之一的水，就能得到同样的浓稠度。我们有不同的供货商，他们的行程安排都不一样，而且他们那边的蔗糖供货商搞不好在闹罢工，或者开船的驾驶员生病了。”

“那还有别的供货商啊。”

"事情没那么简单。"

"为什么？"

史密斯一副厌倦的口气，好像被要求跟一只猫解释飞机的力学原理。"因为他们都要让同一帮人抽成。"

乔从口袋里拿出一个小笔记本，翻开。"你说的是苏亚雷斯家族吗？"

史密斯看着那本笔记本："是啊，第七大道那家'热带保留区'餐厅是他们的。"

"所以他们是唯一的供货商。"

"不，我刚才说过了。"

"说过什么？"乔眯起眼睛看着史密斯。

"我是说，他们的确供应一些货给我们，不过还有很多其他供货商。比如有个跟我来往的，恩内斯托？有只木头假手的老家伙。你相信吗？他——"

"如果其他供货商都听一个供货商的，那就表示只有这个独家供货商了。他们定出价格，大家只好乖乖照付，对吧？"

史密斯只是恼怒地叹了口气："我猜是的。"

"你猜？"

"事情就是没有那么简单。"

"为什么？"

乔等着。迪昂等着。史密斯又点了雪茄："还有其他供货商。他们有船，他们有——"

"他们是底下的转包商，"乔说，"如此而已。我想跟最源头的承包商打交道。我们得尽快跟苏亚雷斯家的人碰面。"

史密斯说："不行。"

“不行？”

“考克林先生，你不了解伊博市做事的方式。我负责跟艾斯特班·苏亚雷斯和他姐姐打交道。我跟所有中间人打交道。”

乔把桌上的电话拖到史密斯的手肘边：“打给他们。”

“你没听懂我的话，考克林先生。”

“不，我听懂了。”乔轻声说，“拿起电话来，打给苏亚雷斯姐弟，跟他们说我和这位同事今天晚上会去‘热带保留区’吃晚饭，我们真的很希望他们能把最好的桌子留给我们，另外，等我们吃完饭，希望能跟他们谈几分钟。”

史密斯说：“你何不先花两天，了解一下这里的做事习惯呢？然后，相信我，你会回来谢谢我没打这个电话。到时候我们再一起去找他们，我保证。”

乔伸手到口袋，掏出一些零钱放在桌上。然后是他的香烟，他父亲的怀表，接着是他那把点三二手枪，放在吸墨纸前，指着史密斯。他从烟盒里拿出一根，看着史密斯拿起电话，要求接外线。

乔抽着烟，史密斯朝电话里讲西班牙语，迪昂翻译了一点，随后史密斯挂断电话。

“他帮我们订了9点的座位。”迪昂说。

“我帮你们订了9点的座位。”史密斯说。

“谢谢。”乔跷起二郎腿，“苏亚雷斯家是姐弟档，对吧？”

史密斯点点头：“没错，艾斯特班和伊薇丽亚·苏亚雷斯。”

“现在呢，盖瑞，”乔说着，捻起脚踝袜子上的一根线，“你**直接**帮阿尔伯特·怀特做事吗？”他拿着那根线，松手，让线掉到盖瑞·L.史密斯的地毯上，“或者你们之间，还有个我们不知道的中间人？”

“什么？”

“我们在你的酒瓶上做了记号，史密斯。”

“什么？”

“只要是你蒸馏的酒，我们都会做记号，”迪昂说，“两个月前开始的。在右上角标了几个小点。”

盖瑞朝乔露出微笑，好像他从没听过这回事。

“那些中途被劫走的货？”乔说，“几乎每一瓶最后都出现在阿尔伯特·怀特的酒吧里。”他把烟灰点进史密斯桌上的烟灰缸里，“你要不要解释一下？”

“我不明白。”

“你不……”乔两条腿都放到地上。

“不，我的意思是，我不……什么？”

乔伸手要拿枪：“你明白得很。”

盖瑞微笑，又收起笑，然后再度微笑。“不，我不明白。嘿。嘿！”

“你一直在跟阿尔伯特·怀特通风报信，把我们往东北边的货运状况告诉他。”乔将那把点三二的弹匣退出来，大拇指摸着顶端那颗子弹。

盖瑞又说了一次：“嘿！”

乔低头看了看准星，对迪昂说：“枪膛里还有一颗。”

“里头应该随时都要留着一颗。以防万一。”

“什么万一？”乔把那颗子弹撬出膛室，用手抓住，放在桌上，尖端指着盖瑞·L.史密斯。

“不知道。就是那些你预料不到的事情。”

乔把弹匣又插回握柄。拉动滑套让一颗子弹上膛，然后把枪放在膝上。“来这里之前，我让迪昂开车经过你房子。你的房子很漂亮。迪昂说那一带叫海德公园？”

“对，没错。”

“真有趣。”

“什么？”

“我们波士顿也有个海德公园。”

“啊，那是很有趣。”

“嗯。不是多好笑什么的，只是有趣，算是吧。”

“是啊。”

“灰泥吗？”

“你说什么？”

“灰泥。是灰泥材料的，对吧？”

“嗯，是木造架构，不过没错，外头涂了灰泥。”

“啊，所以我搞错了。”

“不，你没说错。”

“你刚才说是木造的。”

“框架是木造的，不过外头，表面，那个，没错，那是灰泥。所以你，没错，就是那个——一栋灰泥房子。”

“你喜欢吗？”

“啊？”

“那栋木造架构的灰泥房子，你喜欢吗？”

“现在有点大了，因为我的孩子都……”

“什么？”

“长大了。他们都搬出去了。”

乔用那把点三二的枪管搔搔后脑：“你得打包了。”

“我不——”

“或者雇个人来帮你打包。”他朝电话的方向抬了抬眉毛，“他们可以把东西送到你的落脚处。”

史密斯想回到十五分钟前，当时他还有掌控一切的幻觉。“落脚处？我不会离开啊。”

乔站起来，伸手到西装口袋里。“你跟她上床吗？”

“什么？谁？”

乔的大拇指往后指着房门：“罗小姐。”

史密斯说：“什么？”

乔看着迪昂：“他们是床友。”

迪昂站起来：“毫无疑问。”

乔从口袋里掏出两张火车票：“她真是人间极品。跟她上床就像是瞥见了上帝。上过床之后，你会觉得一切都没问题。”

他把火车票放在两人之间的桌上。

“我不在乎你带谁走——你老婆、罗小姐，要命，两个都带或两个都不带。但是你要搭11点东海岸线的火车离开。今天夜里。盖瑞。”

史密斯大笑，很匆促的一声。“我不认为你知道——”

乔狠狠赏了盖瑞·L.史密斯一耳光，力道大得他跌出椅子，脑袋撞到暖气片。

他们等着史密斯从地板上爬起来。他扶正椅子，坐在上头，现在面无血色，但一边脸颊和嘴唇上都有了血。迪昂掏出手帕，丢到他胸口。

“你要是不搭上那班火车，盖瑞，”乔把他的子弹从桌上拿起来，“我们就把你塞到火车底下。”

他们走向车子时，迪昂说：“你那话是认真的？”

“对。”乔又烦躁起来，但是不太确定为什么。有时他就是忽然觉得心情低落。他很想说这些突如其来的坏心情是坐牢之后才发生的，其实打从他有记忆以来就不时会这样。有时没有原因也没有预警。但眼前，或许是因为史密斯提到有孩子，而乔不喜欢想到自己刚才羞辱的这个男人也有自己的生活。

“那，如果他没搭上那班火车，你就打算杀了他？”

也或许只因为他是个天生会有阴暗心情的阴暗男人。

“不。”乔停在车旁等，“替我们工作的人会动手。”他看着迪昂，“难不成我是他妈的小喽啰？”

迪昂帮他开了车门，乔爬进车里。

12

音乐与枪

乔曾要求马索让他住在旅馆里。刚到的第一个月，他不想为了工作之外的事情操心——包括下一顿要去哪里吃饭，洗床单和洗衣服，浴室里头那家伙要多久才会出来。马索说要安排他住在坦帕湾饭店，乔觉得听起来不错，只是有点无趣而已。他猜那是个品位中庸的旅馆，床铺得很像样，平淡但还能吃的食物，以及扁塌的枕头。

结果，迪昂把车子停在一栋湖畔宫殿前，乔把想法说出来，迪昂说："大家也的确这么称呼这里——普兰特的宫殿。"亨利·普兰特盖这家饭店，就像他在佛罗里达的诸多建设一样，目的都是为了诱惑过去二十多年成群涌来的土地投资客。

就快开到饭店门口时，一列火车挡住了他们的路。不是玩具火车，虽然他打赌这边也会有，而是一列长达四分之一英里的越洲火车。乔和迪昂简直像坐在停车场里，看着那列火车吐出有钱男人、有钱女人，和他们的有钱孩子。等待的时候，乔数了一下，那家饭店有超过一百面窗子。红砖墙的顶楼有几面老虎窗，乔猜是套房。还有四根比老虎窗还高的尖塔耸立着，指着亮白的天空——就像是把俄罗斯的冬宫搬到了排干了水的佛罗里达湿地上。

一对穿着浆白衣裳的阔气夫妇下了火车，接着是他们的三个保姆和三个阔气孩子。紧跟在后的是两个黑人脚夫，推着行李推车，上头高高堆着几个大行李箱。

“晚一点再过来吧。”乔说。

“什么？”迪昂说，“我们可以把车停在这里，把你的行李提过去。让你——”

“晚一点再过来吧。”乔看着那对夫妇慢悠悠地走进饭店，好像从小就住在比这里大两倍的地方，“我不想排队等。”

迪昂的表情像是还想说什么，接着只是轻叹一声，把车子掉头往回开，经过几条小木桥和一座高尔夫球场。路上碰到一对老夫妇坐在人力车上，车夫是一个身穿白色长袖衬衫和白长裤的小个子拉丁男子。小小的白色路标指出了推圆盘游戏场、泛舟处、网球场、赛马场的位置。他们经过那座高尔夫球场，乔没想到在这种大太阳下，里头的草会那么绿。而且他们看到的大部分人都穿白衣服、拿着阳伞，连男人都不例外。他们的笑声在空气中听起来干燥而遥远。

他和迪昂开到拉法叶大道，进入市中心。迪昂告诉乔，苏亚雷斯姐弟常回古巴，很少有人不认识他们。谣传伊薇丽亚结过婚，丈夫死在1912年的蔗糖工人叛变中。又有谣传说，这个故事只是为了掩护她的女同性恋倾向。

“艾斯特班呢，”迪昂说，“在这边和那边都有很多公司。很年轻，比他姐姐年轻多了。可是很聪明，他父亲当年就跟伊博本人做生意，当时——”

“等一下，”乔说，“这个市是因为一个人而得名的？”

“是啊，”迪昂说，“文森·伊博。是个雪茄大亨。”

“这个，”乔说，“才真叫权势。”他看着车窗外，望向东边的伊博市，远看很漂亮，让乔再次想起新奥尔良，不过要比新奥尔良小很多。

“不知道，”迪昂说，“考克林市？”他摇摇头，“不太对劲。”

“是啊，”乔同意，“那考克林郡呢？”

迪昂低声笑了：“你知道，这倒是不坏。”

“听起来不错，对吧？”

“你坐了两年牢，脑袋大了多少？”迪昂问。

“随你说吧，”乔说，“没野心的胆小鬼。”

“那考克林国呢？不，等一下，考克林洲。”

乔大笑起来，迪昂笑得更厉害，拍着方向盘，乔很惊讶地发现自己有多么想念朋友，如果这个星期结束前他得下令杀掉这个朋友，又会令自己多么伤心。

迪昂沿着杰弗逊街驶向法院和政府大楼。他们碰上了塞车，车子里面又开始热了。

“接下来要做什么？”乔问。

“你要海洛因吗？吗啡？可卡因？”

“为了忏悔，全都没碰了。”

迪昂说：“好吧，如果你想碰的话，老大，在这里最适合了。佛罗里达坦帕市——南方的非法迷幻药中心。”

“商业公会知道吗？”

“知道，他们痛心疾首。总之，我会提起是因为——”

“噢，还有原因呢。”

“我偶尔会有这些玩意儿。”

“那就尽管继续讲，请便。”

“艾斯特班手下有个家伙，叫阿图洛·托瑞斯，上星期因为可卡因被逮捕了。通常他进去半小时就能出来，可是现在有联邦的人马在城里东查西查。国税局的人，夏天刚开始的时候就带着几个法官跑过来，正想找几个人当祭品。于是阿图洛要被驱逐出境了。”

“我们干吗关心这件事？”

“因为他是艾斯特班手下最好的酒师。在伊博这一带，只要你看到瓶塞上有托瑞斯名字缩写的朗姆酒，一瓶就要两倍价钱。”

“他预计什么时候会被驱逐出境？”

“大概两小时之后。”

乔用帽子盖住脸，跨坐在座位上。他忽然觉得很累，因为搭了长途火车，因为炎热的天气，因为想到有钱白人穿着昂贵白衣服的炫目画面。“到了再叫醒我。”

见过法官后，他们走出法院，准备去礼貌性地拜访一下坦帕市警察局的厄文·费吉斯局长。

警察局总部就位于佛罗里达大道和杰克森街交叉口，乔的方向感还不错，知道自己以后每天从饭店到伊博市工作时，都得经过这里。在这方面，警察就像天主教小学里的修女——总是会让你知道她在监视你。

“他要你过去找他，”他们走上总部门口的阶梯时，迪昂解释，“免得他还要去找你。”

“他是什么样的人？”

“就是警察，”迪昂说，“警察都是浑蛋。除此之外，他还可以。”

费吉斯的办公室里到处摆着照片，里头都是同样的三个人——一个老婆，一个儿子，还有一个女儿。全都是苹果红色的头发，迷人极了。两个孩子的皮肤完美无瑕，像是天使帮他们擦洗干净的。局长跟乔握了手，直视他的双眼，请他坐下。厄文·费吉斯个子不高，也不是大块头或肌肉发达那一型的。他身材修长，个子偏小，一头灰发剪得很短。他看起来就像是那种只要你对他好，他也会对你好的人，但如果你把他当傻子耍，那就等着他加倍奉还吧。

“我不想问你做哪方面的生意，免得侮辱你，”他说，“你也就不必跟我撒谎，免得侮辱我了。公平吧？”

乔点点头。

“你父亲真的是警官？”

乔点点头：“没错。”

“那你就明白了。”

“明白什么？”

“这个，”他手指在自己的胸口和乔的胸口之间来回比了一下，“是我们活着的方式。但是其他的一切呢，”他指着周围的照片，“那是我们活着的原因。”

乔点点头：“两者永远不相遇。”

费吉斯露出微笑：“听说你也受过教育。”他瞄了迪昂一眼，“在你那一行，这种人可不多。”

“在你那一行也不多。”迪昂说。

费吉斯微笑，歪歪头表示承认。他柔和的目光盯着乔。“我搬到这里之前，本来是军人，后来当过联邦执法官。我这辈子杀过七个人。”他说，丝毫没有引以为荣的意味。

七个？乔心想。上帝啊。

费吉斯局长的目光还是很柔和、镇定。“我杀他们，是因为工作需要。杀人不会带给我乐趣，而且老实说，我晚上常常会想到他们的脸。但如果我明天为了保护这个城市必须杀第八个，我会双手稳定、两眼清晰地去取人性命。懂了吗？”

“懂了。”乔说。

费吉斯局长站在他桌子后方墙上一张市地图旁，用一根手指绕着伊博市缓缓画了一圈。“如果你就在这个范围做生意——南到第二大道，北到二十七大道，东到三十四街，西到内布拉斯加大道——那我们就大概可以相安无事。”他一边眉毛朝乔扬起，“你觉得怎么样？”

“很好。”乔说，很好奇他要兜多久圈子才肯讲出价码。

费吉斯局长从乔的双眼中看出了他的疑问，他自己的眼睛微微暗下来。“我不收红包。要是我收了，我刚刚讲过的那七个人里头，有三个就不会死了。”他绕出来坐在桌子边缘，声音压得很低，“对于这个城市的事务如何运作，我并不抱幻想，考克林先生。如果你私下问我对禁酒令的看法，我会愤怒得像是快要沸腾的茶壶。我知道我手下很多警察收钱而包庇一些事情。我知道这个城市已经被腐败淹没。我知道我们住在一个堕落的世界。但千万别只因为我呼吸着腐败的空气、身边都是腐败的人，就误以为可以贿赂我。”

乔寻找着他脸上夸大、骄傲或自我夸耀的痕迹——他认为“白手起家”的人，通常都会有这些弱点。

但他找不到，只有平静的勇气。

乔判定，绝对不能低估费吉斯局长。

“我不会犯这个错的。”乔说。

费吉斯局长伸出一只手，乔握了。

“谢谢你今天过来，小心晒伤。”一丝幽默闪过费吉斯的脸，

“我担心，你的皮肤可能会着火。”

“很荣幸认识你，局长。”

乔走向门口。迪昂打开门，一个充满活力的十来岁女孩气喘吁吁地站在那里。是那些照片中的女孩，美丽的苹果发，粉金色的皮肤完美无瑕，简直像发出柔和光芒的太阳。乔猜她十七岁，她的美令他无法言语，乔一时之间愣住了，话卡在喉咙里，他犹豫着，只是说：“这位是……”但那不是会唤起你肉欲的美。而是更纯洁的东西。厄文·费吉斯局长女儿的那种美，是你不会想掠夺，而是想祝福的美。

“爸爸，”她说，“对不起。我不知道你有客人。”

“没关系，萝瑞塔。这两位绅士正要离开。注意一下你的礼貌。”他说。

“是的，爸爸，对不起。”她转身对着乔和迪昂微微屈膝行礼，“两位，我是萝瑞塔·费吉斯。”

“萝瑞塔小姐，我是乔·考克林。很高兴认识你。”

乔轻轻握住她的手时，有一股很奇怪的冲动，好想单膝跪下。那种冲动跟着他一整个下午。她那么清新，那么精致，要养育这么一个娇贵的女孩，一定很辛苦。

那天傍晚，他们在“热带保留区”餐厅吃晚餐，座位是在舞台右侧的一张桌子，视野绝佳，可以清楚地看到舞者和乐队。现在时间还早，乐队——一个鼓手、一个钢琴师、一个小喇叭手，还有一个伸缩喇叭手——精神饱满，但还没完全发挥。那些舞者穿的衣服跟连身衬裙差不多，白得像冰，配着各式各样的同色发饰。其中两个舞者戴着亮片发带，羽毛从额头中央往两边伸展。其他舞者戴了银色的发网，上头以半透明珠子编出玫瑰花图样和流苏。他们跳舞时一手叉腰，另一手往上指或指着观众。他们的挑逗和舞动都恰到好处，既不会冒犯到女性顾客，又确保男性顾客一个小时后会再回来。

乔问迪昂，他们的晚餐是不是城里最棒的。

迪昂叉起古巴式烤猪肉和炸木薯片，露出微笑。“全国最棒的。”

乔也微笑：“我得承认，是不错。”乔点了古巴式炖牛肉丝佐黑豆和黄米饭。他吃得盘底朝天，恨不得盘子再大一点。

侍者领班过来跟他们说，餐厅老板正等着他们过去喝咖啡。乔和迪昂跟着那领班走过白瓷砖地板，经过舞台，穿过一道深色天鹅绒帘幕，进入一条由朗姆酒桶的白橡木板构成的走廊，乔很好奇他们是不是在墨西哥湾沿岸收购了两三百桶酒，只为了做出这条走廊。那他们一定不止买了两三百桶，因为办公室里头也是以同样的木板构成的。

里面很凉快。地上铺着深色石材，天花板的横梁上吊着铁制风扇，时而喀啦啦时而吱嘎嘎地作响。蜂蜜色百叶透气窗的条状木片外，夜晚的无数蜻蜓发出嗡嗡声。

艾斯特班·苏亚雷斯身材修长，淡茶色的皮肤完美无瑕，浅黄色的眼珠像猫眼，后梳的头发颜色像他茶几上那瓶深色的朗姆酒。他身穿晚宴服外套，打着丝质黑领结，带着一脸开朗笑容迎向他们，握手坚定有力。他安排他们围坐在铜制茶几旁的两张翼背扶手椅上。茶几上有四小杯古巴咖啡、四个玻璃水杯，那瓶苏亚雷斯特选陈年朗姆酒则放在一个柳条篮里。

艾斯特班的姐姐伊薇丽亚从座位上站起来，伸出一只手。乔弯腰握住她的手，嘴唇轻轻拂过，闻到她皮肤上有一股姜和锯木屑味。她年纪比弟弟大得多，皮肤紧致，长下巴，颧骨很高，几乎相连的浓眉像一条蚕，外凸的大眼睛仿佛深陷在眼窝里，想逃却又逃不掉。

大家落座后，艾斯特班问："两位的晚餐还好吧？"

"非常好，"乔说，"谢谢。"

艾斯特班帮大家倒了朗姆酒，举起杯子。"敬我们的合作关系硕果累累。"

大家都喝了。乔惊讶于酒的顺滑和醇厚。那滋味像是花了超过一小时蒸馏，又花了超过一星期发酵的。老天。

"这酒太出色了。"

"这是十五年的，"艾斯特班说，"根据以前西班牙人的法令，淡一点的朗姆酒比较高级，但我向来不认同。"他说着摇摇头，两边脚踝交叉起来，"当然了，我们古巴人也接受这个观念，因为我们相信所有的东西都是淡一点比较好——头发、皮肤、眼睛。"

苏亚雷斯姐弟是淡色皮肤，显然是西班牙人的血统，不是非洲人的。

"没错，"艾斯特班看透了乔的心思，"我姐姐和我不是下层阶级出身。但不表示我们赞成古巴的社会秩序。"

他又啜了一口朗姆酒，乔也跟进。

迪昂说："要是能把这个酒卖到北边去，就太好了。"

伊薇丽亚笑了起来，笑声尖锐而短促。"那要等到你们政府肯再把你们当成人看待。"

"别那么急，"乔说，"到时候，我们可就都失业了。"

艾斯特班说："影响不到我姐和我。我们有这家餐厅，还有两家在哈瓦那，一家在迈阿密的西礁岛。我们在卡德纳斯还有个甘蔗庄园，在马里亚瑙有个咖啡庄园。"

"那为什么还要做这行呢？"

艾斯特班耸耸肩："钱。"

“你的意思是，为了赚更多钱。”

他说着举起杯子：“除了——”他的手在房间里画了半圈，“这些东西之外。还有很多东西要花钱的。”

“胃口还真大。”迪昂说，乔瞪了他一眼。

此时乔才注意到办公室的西墙上挂满了黑白照片——大部分是街景，几家夜店门口，几个人物，还有两个破败的村子，好像风一吹就会垮掉。

伊薇丽亚跟着他的眼光望过去：“我弟弟拍的。”

乔说：“是吗？”

艾斯特班点点头：“回家乡的时候拍的。摄影是我的嗜好。”

“嗜好，”他姐姐嘲弄地说，“我弟弟的照片上过《时代》杂志呢。”

艾斯特班只是不好意思地耸耸肩。

“拍得很好。”乔说。

“哪天或许我会拍你，考克林先生。”

乔摇摇头：“我对拍照的想法，恐怕跟印第安人一样。”

艾斯特班苦笑起来：“谈到抓走灵魂，我听说奥米诺先生昨天夜里过世了，真遗憾。”

“是吗？”迪昂问。

艾斯特班轻笑了一声，轻得几乎就像是吐了口气。“而且几个朋友告诉我，最后一次有人看到盖瑞·L.史密斯，是他跟他太太在前往纽约列车的豪华卧铺车厢里，他的情妇则在另一个车厢。据说他的行李看起来收拾得很匆忙，不过还是很多。”

“有时改变一下风景，能让一个人的生命重新得到活力。”乔说。

“你就是这样吗？”伊薇丽亚问，“你来伊博，就是为了展开新的人生？”

“我来是为了朗姆酒的纯化、蒸馏、运销。但如果收到货物的时间不稳定，我就很难做好了。”

“我们控制不了每艘小船、每个关税员、每个码头。”艾斯特班说。

“当然控制得了。”

“我们控制不了潮汐。”

“开到迈阿密的船，就不会被潮汐拖慢速度。”

“到迈阿密的船不关我的事。”

“我知道。”乔点点头，“那是耐斯特·法摩萨的势力范围。他跟我的同事保证说，今年夏天的海面平静又稳定。我知道耐斯特·法摩萨说话很可靠的。”

“那你的意思是，我说话不可靠了。”艾斯特班又给每个人倒了朗姆酒，“你提起法摩萨先生，也是刻意想让我担心，万一你和我合不来，他就可能抢走我的供应路线。”

乔从桌上拿起酒杯，喝了一口。“我提起法摩萨——上帝啊，这个朗姆酒真是太完美了——是为了证明我的观点：今年夏天海上风平浪静。而且我听说，是平静得异常。我不会口是心非，苏亚雷斯先生，我也不会打哑谜。去问盖瑞·L.史密斯就知道了。现在我想去掉所有中间人，直接跟你打交道。这么办的话，你可以涨一点价。我会买下你供应的所有糖蜜和糖。我还建议你和我合资，设立一个更好的蒸馏厂，比现在第七大道上那些养肥老鼠的旧蒸馏厂都要好。我不光是接手奥米诺的职责，还接收了他口袋里的市议员、警察、法官。这些人很多都不会跟你讲话，因为你是古巴人，不论你出身阶级有多高。但通过我，你就有了渠道。”

“考克林先生，奥米诺先生有通往这些法官和警察的渠道，唯一原因就是他有史密斯先生替他出面。那些人不光是拒绝跟古巴人打交道，也拒绝跟意大利人打交道。对他们来说，我们全是拉丁人，全都是深肤色的狗，当工人很好，其他就没什么用处了。”

“幸好我是爱尔兰人，”乔说，“我相信你认识一个叫阿图洛·托瑞斯的。”

艾斯特班的眉毛轻扬了一下。

“我听说他今天下午要被驱逐出境。”乔说。

艾斯特班说：“我也听说了。”

乔点点头：“为了表示诚意，我已经安排让阿图洛一个小时前被释放了，我们说话的这会儿，他大概就在楼下。”

一时之间，伊薇丽亚平坦的长脸因为惊讶而拉得更长了，甚至还很开心。她看了艾斯特班一眼，她弟弟点了个头。伊薇丽亚绕到他办公桌前打电话。他们等着，又喝了点朗姆酒。

伊薇丽亚挂了电话，回到座位上。“他在楼下吧台。”

艾斯特班往后靠坐，伸出两手，双眼看着乔。“我想，你是希望我们把糖蜜独家供应给你吧。”

“不必独家，”乔说，“但是你不能卖给怀特帮，或是他们组织底下的人。其他跟他们或跟我们无关、独立做小买卖的人，可以照样做生意。反正这些人最后都会被我们纳入旗下的。”

“而为了交换，我就可以利用你跟政客和警察的渠道。”

乔点点头：“还有法官。不光是现在有的，以后还会有更多。”

“你今天联系的这个法官，是联邦指派的。”

“而且他在奥卡拉市跟一个黑人女子生了三个孩子，这事情要是让他老婆和胡佛总统知道了，一定会很惊讶。”

艾斯特班看了他姐姐许久，才把目光又转回乔身上。“阿尔伯特·怀特是个好顾客。跟我们做生意有一阵子了。”

“做了两年。”乔说，“自从有人在东二十四街一间仓库割断克莱夫·格林的喉咙之后。”

艾斯特班抬起眉毛。

“苏亚雷斯先生，我从1927年3月开始坐牢。在牢里除了做功课，我也没别的事可做。我提供你的东西，阿尔伯特·怀特办得到吗？”

“办不到，”艾斯特班承认，“可是如果不再供货给他，就会引起一场大战，这种事我可惹不起。真希望两年前就认识你。”

“你现在认识我了，”乔说，“我会提供你法官、警察、政客，还有一个中央集权的制酒模式，这样我们就可以均分所有利润。我已经除掉了我组织里最弱的两个环节，也留下了你本来要被驱逐出境的王牌制酒师。我做了这一切，好让你考虑结束对佩斯卡托帮的禁运，因为我认为，你之前对我们传达了一个消息。而我来这里是要告诉你，我听到那个消息了。如果你需要什么就告诉我，我会想办法。但你也得把我需要的给我。”

艾斯特班又跟他姐姐交换了一个眼色。

“有些东西，你可以帮我们弄来。”她说。

“说吧。”

“不过那边戒备森严，非得打上一仗才行。”

“好吧，”乔说，“我们会弄到的。”

“你连是什么都还不知道。”

“如果我们弄到了，你愿意跟阿尔伯特和他那帮人断绝往来吗？”

“没问题。”

“就算会引发流血。”

“非常可能会引发流血。”艾斯特班说。

“没错，”乔说，“非常可能。”

艾斯特班哀叹一声，又想了一会儿，整个房间充满哀伤。随后他把哀伤全数吞了回去。“如果你办到我的要求，阿尔伯特·怀特就再也看不到一滴苏亚雷斯的糖蜜或朗姆酒。一滴都不会有。”

“那蔗糖呢？他可以跟你买吗？”

“不行。”

“成交。”乔说，“你需要的是什么？”

“枪。”

“行。列出你要的枪款。”

艾斯特班伸手到办公桌上，拿来一张纸。他调整了一下眼镜，看着纸上的字。“勃朗宁自动步枪、自动手枪，还有点五零口径机关枪加三脚支架。”

乔看着迪昂，两人低声笑了起来。

“还有别的吗？”

“还有，”艾斯特班说，“手榴弹，以及箱型地雷。”

“什么是箱型地雷？”

艾斯特班说：“在那艘船上。”

“什么船？”

“军用运输舰，”伊薇丽亚说，“七号码头。”她头朝后墙歪了一下，“距离这里九个街区。”

“你要我们去突袭一艘军舰。”乔说。

“没错，”艾斯特班看看表，“两天之内，拜托，不然船就要离开了。”她把一张折起来的纸递给乔。乔打开，感觉到自己心中有一处空洞，想起自己曾拿着折起的纸条交给父亲。他花了两年时间告诉自己，杀死父亲的不是那些纸条。有些夜里，他几乎相信了。

古巴圈，早上8点

“你明天早上去那儿，”艾斯特班说，“会碰到一个女人，叫格蕾西拉·科拉莱斯。你就听她和她搭档的命令。”

乔把那张纸放进口袋：“我不听女人命令的。”

“如果你想把阿尔伯特·怀特赶出坦帕，”艾斯特班说，“就得听她的命令。”

13

心中的洞

迪昂载着乔二度来到那家饭店，乔说他还没决定今晚要不要住在这里，叫迪昂先别离开。

那个接待员打扮得像马戏团里的猴子，身穿红色天鹅绒礼服，头戴同色的土耳其毡帽，从游廊里一棵棕榈盆栽后头冲出来，从迪昂手里接过行李箱，带着乔进饭店，迪昂则回到车上等。乔来到大理石面的柜台登记入住，职员是一个庄重的法国人，笑容耀眼，两只眼睛呆滞得像玩偶，他递给乔一支金色钢笔，让他在登记册上签名。乔拿到了一把黄铜钥匙，上头系着红色天鹅绒短绳。短绳的另一端是沉重的四方形金牌，上头标示着房间号码：509。

结果是一间套房，面对着外头的湖，里面的床像南波士顿那么大，还有精致的法国椅子和一张法国书桌。套房里有自己的浴室，很好，比他在查尔斯城的牢房还大。那个接待员告诉他插头在哪里，示范如何打开房里的灯和天花板上的电扇；又来到雪松木衣橱旁，告诉乔可以把衣服挂在里面。接着他向乔展示每个房间都有的收音机，让乔想到艾玛和史泰勒饭店那个盛大的开幕酒会。他给了接待员小费，把他赶走，然后在一张精致的法国椅子上坐下来，抽烟望着窗外黑暗的湖水，还有这个庞大饭店的倒影。一块块四方形的亮光斜照在黑暗的水面上，他很想知道他父亲此刻看到了什么，艾玛又看到了什么。他们看得到他吗？他们看得到过去和未来，或是远超出他想象的广阔世界吗？或者他们什么都看不到？因为他们死了，化为尘土，只是装在棺材里的骸骨而已，而艾玛甚至尸骨不全。

他很怕一切就只是这样。还不光是害怕而已。坐在那张荒谬的椅子上，望着窗外黑色水面上那些斜斜的黄色窗子，他明白了。人死了并不会去到更好的地方；这里才是更好的地方，因为你没死。天堂不在云端，而在你肺里的空气中。

他看着房间里高高的天花板，大床上方的枝形吊灯，还有跟他大腿一样厚的窗帘，他真恨不得挣脱这副躯壳。

“对不起，”他向父亲低语，即使他知道父亲听不见了，“事情不该是——”他又看了房间里一圈，“不该是这样的。”

他拧熄了香烟，离开房间。

除了伊博市之外，坦帕完全是白人的天下。在二十四街，迪昂指了几处街道上方的标示木牌给他看，上面标明只限白人进入。十八大道的一家杂货店挂着“狗与拉丁人不准进入”的标识，哥伦布大道的一家药店在门的左边挂了“拉丁人勿进”，右边则挂了“狗勿进”。

乔看着迪昂：“这样你们受得了？”

“当然受不了，可是又能怎样？”

乔接过迪昂传给他的随身小酒瓶，喝了一口，又传回去。“这里一定找得到石头。”

开始下雨了，但气温一点也没下降，雨水感觉上更像是汗水。此时已经接近午夜12点，但似乎变得更热了，毛毯似的湿气笼罩着一切。乔换到驾驶座，让引擎空转着，与此同时，迪昂跑去砸破了那家药店的两扇窗，然后赶紧跳上车，开回伊博。迪昂解释说，意大利人住在十五街和二十三街之间靠北这一带。浅肤色的西班牙人住在第十街和十五街之间。至于黑肤色的西班牙人，则住在十二大道西段、第十街以西，大部分的雪茄工厂都在那一带。

他们沿着一条荒芜小路往前走，找到一家地下酒吧。道路经过瓦优雪茄工厂，消失在一片红树林和落羽杉中。那酒吧就在道路的尽头，只不过是在沼泽上以木桩架高的一栋霰弹枪式木屋。河沿岸的树上拉着一道绳网，网子罩住了木屋和屋旁的廉价木桌，还有后头的阳台。

木屋里面在演奏音乐。乔从来没听过这种音乐——他猜是古巴伦巴，但这声音更吵也更危险，舞池里的人看起来不像是在跳舞，倒更像是在性交。里头几乎每个人都是有色人种——有几个美国黑人，大部分是古巴黑人——至于那些褐皮肤的，则并没有古巴或西班牙上层阶级那种印第安血统的五官特征。他们的脸比较圆，头发比较粗硬。半数的人都认识迪昂。酒保是个老女人，没问就给了他们一瓶朗姆酒和两个玻璃杯。

“你是那个新来的老大？”她问乔。

“应该是吧，”乔说，“我叫乔。你是……”

“菲丽丝。”她伸出干燥的手让他握，“这是我的店。”

“很不错。店名叫什么？”

“菲丽丝小店。”

“有道理。”

“你觉得他怎么样？”迪昂问菲丽丝。

“太漂亮了，”她看着乔说，“该有人把你弄丑一点儿。”

“我们会努力的。”

“好吧。”她说，转身去招呼其他顾客了。

他们拿着酒瓶到后头阳台，放在一张小餐桌上，然后坐在桌旁的摇椅上。两人望着绳网外头的沼泽，此时雨停了，蜻蜓又开始满天飞舞。乔听到灌木丛间有个沉重的东西在移动，另一个同样沉重的东西就在阳台底下移动。

“爬行类。”迪昂说。

乔赶紧两脚离地：“什么？”

“短吻鳄。”迪昂说。

“你在唬我吧。”

“没有，”迪昂说，“真的是鳄鱼，会扯断你的腿。”

乔两脚抬得更高了：“妈的，我们跑到一个有鳄鱼的地方来干吗？”

迪昂耸耸肩：“这里到处都是鳄鱼，躲不掉的。随便一个有水的地方，里面就有十只，用大眼睛观察着。”他扭动手指，瞪大眼睛，“等着蠢北方佬踩进去。”

乔听到下方那只爬走了，又哗啦啦爬进红树林。他不知道该说什么。

迪昂低声笑了：“反正别下水就是了。”

“也不要靠近水。”乔说。

“没错。”

他们坐在阳台上喝酒，看着最后一批雨云逐渐飘走。月亮又出来了，照得迪昂的脸清清楚楚，就像坐在室内一样。乔发现迪昂盯着他看，于是他也盯回去。好一会儿两个人都没开口，但乔觉得两个人无声地展开对话了。终于把事情说开，他松了口气，他知道迪昂也松了口气。

迪昂拿起那杯便宜的劣质朗姆酒，喝了一大口，用手背擦擦嘴。“你怎么知道是我？”

乔说：“因为我知道不是我。”

“也可能是我哥啊。”

“愿他安息，”乔说，“但你老哥没聪明到能出卖人。”

迪昂点点头，看了自己的鞋子一会儿。“那是福气。”

“什么？”

“死掉。”迪昂抬眼看着他，“我哥是我害死的，乔。你知道我这样活着是什么滋味吗？”

“大概知道。”

“你哪里会懂？”

“相信我，”乔说，“我就是懂。”

“他大我两岁，”迪昂说，“但我才是大哥，你懂吗？我应该照顾他的。我们刚开始出来混的时候，到处去砸报摊，当时保罗和我，还有个弟弟赛皮，你还记得吗？”

乔点点头。好笑，他好多年没想起那个小鬼了。“有小儿麻痹症那个。”

迪昂点头：“死了，八岁的时候。我妈从此就变了个人。当时我跟保罗说，你知道，我们没办法救赛皮，那是上帝决定的。但我们呢？”他两手交握成拳，大拇指相扣，凑近嘴唇，“我们要保护对方。”

他们身后的木屋里传来跳舞人群和贝斯发出的低沉砰响。前方的沼泽里冒出蚊子，像一波波尘土，朝月亮飞去。

“那现在怎么办？你从监狱里指名，让他们去蒙特利尔找到我，大老远把我弄到这里来，给我一份好工作。为的是什么？”

“你为什么要这么做？”乔问。

“因为他要求我。”

“阿尔伯特？”乔低声说。

“不然还有谁？”

乔闭了一会儿眼睛。他提醒自己放慢呼吸。“他要你害我们全部被抓？”

“没错。”

“他给你钱吗？”

“妈的，才没有呢。他说要给，但我才不要拿他的臭钱。操他妈的。”

“你现在还替他做事？”

“不了。”

“我怎么知道你有没有撒谎，阿迪？”

迪昂从靴子里拿出一把弹簧刀，放在桌上，随后是两把点三八口径的长管手枪，一把点三二口径的短管手枪，又掏出一根警棍和一个指节铜环套，朝乔摊开空空的手掌。

“我走了之后，”他说，“你在伊博打听一下，有个叫布鲁斯·布伦的家伙。有时候在第六大道那一带会看到他。他走路很滑稽，讲话很滑稽，不知道自己以前是个大亨。他以前是阿尔伯特的手下，才六个月之前。很有女人缘，买了不少好西装。现在他到处流浪，拿个杯子讨零钱，尿在自己身上，连鞋带都没法自己绑。你知道他还是大亨的时候，做的最后一件事是什么吗？在棕榈大道上的一家地下酒吧，他跑来找我，说：‘阿尔伯特要找你谈谈，你不去就走着瞧。’于是我选了‘走着瞧’，砸烂了他的脑袋。所以呢，不，我再也不帮阿尔伯特做事了。只帮他做那么一回而已。你去问布鲁斯·布伦就知道。”

乔喝着那杯可怕的朗姆酒，一声都没吭。

“你要自己来，还是找别人动手？”

乔看着他的眼睛：“我会自己动手杀你的。”

“好吧。”

“如果我要杀你的话。”

“看是要怎么样，赶快决定吧。我会很感激的。”迪昂说。

“我他妈才不在意你感不感激，阿迪。”

现在轮到迪昂沉默无言了。他们后方的脚步声和贝斯声变小了。越来越多汽车离开，沿着泥土路朝那家雪茄工厂开出去。

“我爸走了，”最后，乔终于开口了，“艾玛死了。你哥也死了。我两个哥哥流散到别处。狗屎，阿迪，你是少数几个我还认识的人。如果失去了你，他妈的还有谁了解我？”

迪昂凝视着他，成串泪珠滑下他的胖脸。

“所以你不是为了钱出卖我，”乔说，“那是为了什么？”

“你会把我们全都害死，”最后迪昂终于说，垂头吸着气，“都怪那个妞儿。你变得不像你自己了，连在银行那天都是。你会害我们陷入没法脱身的大麻烦。我哥会第一个死，因为他动作慢，乔。他不像我们。我猜，我猜……”他又吸了几口气，“我猜这么一来，我们就会去坐一年牢。当初谈好的条件是这样。阿尔伯特认识一个法官。我们都会被判一年，所以抢银行的时候，从头到尾我们都没拔枪。一年。够让阿尔伯特的那个女人忘了你，或许你也会忘了她。”

“上帝啊，”乔说，“这一切都是因为我迷上了阿尔伯特的女朋友？”

“一碰到她，你和阿尔伯特就像飞蛾扑火。你自己不知道，但只要碰到她的事情，你就昏头了。我永远也搞不懂怎么回事。她跟其他姑娘根本没两样。”

“不，”乔说，“她不一样。”

“怎么个不一样？有什么是我没看到的？”

乔喝完杯里的朗姆酒：“在遇到她之前，我都不知道自己心里有这么个弹孔。”他碰碰自己的胸膛，“就在这里。我本来都不知道，直到她出现，填满了那个洞。现在她死了，那个洞又出现了，变得像牛奶瓶那么大，而且越来越大。我只希望她活过来，填满那个洞。”

迪昂凝视着他，脸上的泪干了。“在我们看来，乔，她就是那个洞。”

乔回到饭店，夜班经理从柜台后面绕出来，递给他一沓留言条。都是马索发来的。

“你们有没有24小时接线员？”乔问他。

“当然有，先生。”

他回到房间，拨了电话，接线员接通了线路。位于波士顿北岸的一部电话响起，马索拿起应答。乔吸着雪茄，告诉他这漫长的一天发生的事。

“一艘船？”马索说，“他们想让你突袭一艘船？”

“是军舰，”乔说，“是的。”

“另一件事呢？你找到答案了吗？”

“找到了。”

“所以……”

“出卖我的不是迪昂。”乔脱掉衬衫，扔在地板上，“是他的哥哥。”

14

爆炸

“古巴圈”是伊博最新成立的社交联谊会所。第一个同类型社团是西班牙人于19世纪90年代在第七大道设立的“西班牙中心”。到了世纪之交，一群北方西班牙人脱离了“西班牙中心”，在第九大道和内布拉斯加大道交叉口成立了“阿斯图里亚斯[1]中心”。

“意大利俱乐部”则在第七大道，距离“西班牙中心”两个街区，两个地址都是伊博很昂贵的黄金地段。而古巴人则符合他们卑微的地位，把会所设立在一个冷门得多的地点。“古巴圈”位于第九大道和十四街的交叉口，对面是一家裁缝店和一家药店，两者都不是什么体面的店，会所隔壁就是席瓦娜·帕迪雅的妓院，上门的顾客是雪茄工人而不是经理，所以常有人动刀打架，而且这里的妓女蓬头垢面又常常生病。

迪昂和乔在路边停车时，一个妓女穿着前一晚的皱巴巴的连身裙，从两户之外的一条小巷走出来。她走过他们旁边，抚平自己衣裳的荷叶边，看起来虚弱又苍老，需要喝上一杯。乔猜她大约十八岁。

① 阿斯图里亚斯（Asturias）是西班牙西北部沿海的一个地区，现为一自治区。

跟在她后头走出巷子的那个男人穿着西装，头上戴着白色平顶宽边草帽，往相反的方向走去，吹着口哨，乔忽然有一股非理性的冲动，很想下车追上那个男人，抓着他的脑袋去撞十四街上那些红砖建筑物。撞到他的血从耳朵里流出来。

“那是我们的？”乔歪着下巴朝那家妓院点了个头。

“我们有股份。”

“那我就要说，我们的姑娘不能在巷子里办事。”

迪昂看着他，以确定他是认真的。“好吧，我会去处理的，乔老大。现在能不能专心在我们要办的事情上？”

“我很专心啊。”乔对着后视镜检查了一下领带，然后下车。才早上8点，乔走上人行道，脚掌就能感觉到底下的热度，他穿的可是好鞋子。天气热得让人更难思考了，可是乔现在需要思考。其他很多人更强硬、更勇猛，也更会使枪，但他的聪明不输任何人，他觉得自己有一搏的机会。不过，如果有人把这该死的热气关掉，也会有所帮助。

专心。专心。你就要面对一个你得处理掉的麻烦。你要怎么拿到美国海军的六十箱武器，又不会被他们杀掉或搞得残废？

他走上古巴圈会所前的阶梯时，一个女人走出门迎接他们。

其实，乔的确想到一个办法，可以拿到那些武器，但现在他忽然忘光了，因为他看着那个女人，而那个女人也看着他，两人都认出对方了。就是他昨天在火车站月台上看到的那个女人，皮肤颜色像黄铜，一头浓密的长发比乔所见过的任何东西都要黑，或许只有她的眼睛除外，那对同样黑的眼珠这会儿正盯着他走近。

“考克林先生？”她伸出一只手。

“是的。”他握住她的手。

“格蕾西拉·科拉莱斯。”她抽回手，“你们迟到了。”

她带着他们进屋，穿过一片黑白瓷砖地板，走向一道白色大理石阶梯。这里凉快多了，高高的天花板、深色的木头镶板，还有瓷砖和大理石，都让热气可以晚几个小时透进来。

格蕾西拉·科拉莱斯背对着乔和迪昂说：“你们是波士顿来的，对吧？”

“没错。”乔说。

“波士顿男人都会在火车月台上色眯眯地看女人吗？”

“我们尽量不拿这个当职业。”

她回头看着他们：“那样很粗鲁。”

迪昂说：“我其实是意大利人。”

“又一个粗鲁的地方。”到了楼梯顶，她带着他们穿过一间舞厅，舞厅墙上挂着各路古巴人聚集在这个房间内的照片。有些照片是摆好姿势拍的，有的则是跳舞之夜进行得正热闹时侧拍的，手臂在空中挥动，臀部翘起，裙子旋转。他们走得很快，乔觉得在一张照片里看到了格蕾西拉。他不能确定，因为照片里的女人在大笑，头往后仰，头发放下来。眼前他无法想象这个女人的头发放下来。

过了舞厅，是一个撞球间，乔开始觉得有些古巴人过得很不错，接下来是图书室，里头有厚厚的白窗帘和四把木椅。等着他们的那名男子满脸笑容迎上前来，握手坚定有力。

是艾斯特班。他握了他们的手，好像他们昨夜没见过似的。

“我是艾斯特班·苏亚雷斯。很高兴两位光临。请坐，请坐。”

他们坐了。

迪昂说：“有两个你吗？”

“抱歉，你说什么？”

“我们昨天晚上跟你在一起一小时。可是你现在跟我们握手，好像我们是陌生人似的。”

“这个嘛，昨天晚上你们看到的是‘热带保留区’餐厅的老板。今天早上你们看到的是古巴圈的记录秘书。”他一脸微笑，好像一个老师在迁就两个可能要留级的小学生。“总之，”他说，“谢谢你们的帮忙。”

乔和迪昂点点头，但是什么都没说。

“我有三十个人，”艾斯特班说，“不过我估计还需要三十个。你们可以找多少——”

乔说：“我们不保证提供人手。其实我们什么都不**保证**。”

“是吗？”格蕾西拉看着艾斯特班，“我被搞糊涂了。”

“我们来是要听听你们的计划。”乔说，“至于我们是不是参与，就要看情况了。”

格蕾西拉在艾斯特班旁边坐下：“拜托，不要装得一副你们还有选择的样子。你们是黑帮分子，要混下去得靠一种产品，而这种产品只有一个人能提供。如果你们拒绝我们，就没有人供货给你们了。”

“如果是这样，”乔说，“那我们就要开战了。而且我们会赢的，因为我们人多，而你，艾斯特班，你没有人手。我查过了。你要我冒着生命危险，帮你对抗美国军队？我宁可赌赌看，在坦帕街上跟几十个古巴人对抗。至少我知道自己是为了什么而战。”

“为了利润。”格蕾西拉说。

乔说：“那是我们谋生的方式。”

“那是犯罪的方式。”

“那你又是靠什么谋生的？”他身子前倾，双眼看了房间里一圈，“坐在这里，数你有几张东方地毯吗？”

“我是卷雪茄的工人，考克林先生，在小路雪茄厂。每天早上10点到晚上8点，我都坐在一张木头椅子上卷烟叶。你昨天在月台上色眯眯看着我的时候——”

“我没有色眯眯看着你。”

“那是我两星期来第一次休假。我不工作的时候，就在这里当义工。”她朝他苦笑，“所以别被那件漂亮衣服给骗了。”

她今天穿的衣服，比昨天那件还要破烂。一件棉质荷叶边连身裙，吉普赛腰带从中间垂下，款式过时至少一年了，或许两年，而且洗过又穿过太多次，让衣服褪成一种不太白也不太褐的色调。

“这个地方是靠捐款买来的，”艾斯特班平静地说，“也是靠捐款运作下去的。古巴人星期五晚上出门玩的时候，想去一个可以盛装出席的地方，一个感觉上回到哈瓦那的地方，一个有格调的地方。”他弹了一下手指，“在这里，没有人会叫我们西班牙佬或泥巴人。我们可以任意讲我们的语言，唱我们的歌，朗诵我们的诗。”

“那很好。你可否告诉我，为什么我应该帮你诗意地突袭一艘海军运输舰，而不是干脆毁掉你们整个组织？”

格蕾西拉听了，双眼发出怒火，张嘴要说话，艾斯特班一手放在她膝盖上，阻止了她。“你说得没错——你大概可以毁掉我的组织。但这么一来，除了两栋房子之外，你能得到什么？我的运输网络，我在哈瓦那的联络人，还有我在古巴所有的人脉——他们绝对不会跟你合作的。所以，你真的要为了两栋房子和几箱陈年朗姆酒，就杀掉这只下金蛋的金鹅吗？”

乔以微笑面对他的微笑。他们开始了解彼此了。虽然还没到彼此尊重的地步，但是有这个可能。

乔竖起大拇指往后一指：“走廊里那些照片是你拍的？”

“大部分。”

“你真是多才多艺啊，艾斯特班。”

艾斯特班把手从格蕾西拉膝盖上收回，往后靠坐。“考克林先生，你了解古巴的政治状况吗？”

“不了解，”乔说，“我也不需要了解。那对我的工作没有帮助。”

艾斯特班脚踝交叉：“那尼加拉瓜呢？”

“如果我没记错的话，几年前我们在那边镇压了一场叛乱。”

“那些武器就是要送到尼加拉瓜，”格蕾西拉说，“而且他们没有叛乱。贵国只不过是决定占领他们的国家，就像占领我们的国家一样。”

“引用了普拉特修正案[①]。”

她听了扬起眉毛：“你还是个有学问的黑帮分子？”

“我不是黑帮分子，而是法外之徒。”他说。其实他现在已经不太相信这个说法了。“而且过去两年除了阅读，我也没什么事好做。那么，海军为什么要运枪到尼加拉瓜？”

“他们在那里设立了一所军事训练学校，”艾斯特班说，“用来训练那些国家的军人和警察，教他们镇压农民的最佳方法，包括尼加拉瓜、危地马拉，当然了，还有巴拿马。”

乔说：“所以你们要从美国海军手里偷走武器，再重新分配给尼加拉瓜的反叛军？”

“我的战斗不在尼加拉瓜。”艾斯特班说。

---

① 普拉特修正案（*The Platt Amendment*），1901年3月2日由美国总统威廉·麦金莱签署，起初只是美国陆军拨款法案的补充条款，后来作为附录写入了古巴宪法。该修正案导致了古巴与美国之间的不平等关系。

“那你是要用来武装古巴的反叛军？”

艾斯特班点了点头：“马查多[①]不是总统，他只是个有枪的贼。”

“所以你要偷我们军队的武器，给你们的军队？”

艾斯特班又是轻轻一点头。

格蕾西拉说：“这让你觉得困扰吗？”

“困扰个屁。”他看着迪昂，“会困扰你吗？”

“你们有没有想过，”迪昂问格蕾西拉，“如果你们可以维持好自己国家的治安，或许选个好领袖，不要宣誓就职五分钟后就用六种方法掠夺你们，那我们就不必一直占领你们了？”

格蕾西拉直直瞪着他：“我想，要不是我们有一种你们想要的经济作物，你们就永远不会听说有古巴这个地方。”

迪昂看着乔：“我干吗在乎啊？听听他们的计划吧。”

乔转向艾斯特班：“你们的确有个计划，对吧？”

艾斯特班的双眼首次出现被触怒的表情：“我们有个人，他晚上会被叫到船上去。他会在靠前方的隔间制造一个小事故，然后——”

“什么样的小事故？”迪昂问。

“火灾。等他们去救火时，我们就到甲板下的货舱，把武器搬出来。”

“那个货舱会上锁吧？”

艾斯特班朝他们露出自信的微笑：“我们有剪线钳可以对付。”

“你看过那个锁吗？”

---

① 马查多（Gerardo Machado，1871—1939），古巴独立战争领导者，1925年至1933年间任古巴总统。

“听人形容过。”

迪昂身子前倾：“可是你不知道那是什么材质的锁。说不定你的剪线钳没法剪断。”

“那我们就开枪把锁轰掉。”

“这样就会惊动去救火的人，”乔说，“而且可能会有跳弹，炸死哪个人。”

“我们会搬得很快的。”

“要搬六十箱的步枪和手榴弹，能有多快？”

“我们会有三十个人。外加你们的三十个人，如果你们提供的话。”

“他们船上会有三百个人。”乔说。

“但不是**古巴人**。美国军人是为他们自己的光荣而战，但**古巴人**是为自己的国家而战。”

“老天。”乔说。

艾斯特班笑得更得意了：“你怀疑我们的勇气吗？”

“不，”乔说，“我是怀疑你们的智慧。”

“我不怕死。”艾斯特班说。

“我怕。”乔点了根香烟，“就算不怕死，我也宁可为了更好的理由而死。一箱步枪要两个人才搬得动。这表示六十个人得在一艘失火的军舰上来回搬两趟。你认为有可能吗？”

“我们两天前才知道这艘军舰的事情，”格蕾西拉说，“如果有更多时间，我们就可以找更多人，拟出更好的计划。但那艘军舰明天就要离开了。”

“未必。”乔说。

“什么意思？”

“你说你们可以把一个人弄上那艘军舰。”

“对。”

“这表示你们里头已经有个内应了吗？”

“为什么？”

“上帝啊，因为我他妈的在问你，艾斯特班，你们是收买了一个船员吗？”

“对。”格蕾西拉说。

“他的职责是什么？”

“轮机室。”

“那他会帮你们做什么？”

“把一个引擎弄故障。”

“所以你们外头的人，是个机械工？”

艾斯特班和格蕾西拉点点头。

“他上船来修引擎，引发火灾，然后你们就去突袭那个放武器的货舱。”

艾斯特班说：“没错。”

“这个计划的前半部分还不坏。”乔说。

“谢谢。”

“别谢我。如果前半个计划不坏，就表示后半个计划很差。你们打算什么时候动手？”

“今天晚上，”艾斯特班说，“10点。月色应该很暗才对。”

乔说：“半夜，最理想的应该是凌晨3点。大部分人都睡了。不必担心有人逞英雄，目击者也少。我想这是你的人能安全离开那艘船的唯一机会。”他双手在脑后交扣，又想了一会儿，“你的那个机械工，是古巴人吗？”

“是。”

“肤色有多黑？”

艾斯特班说：“我不懂这有——”

“比较像你还是比较像她？”

“他的肤色很淡。”

“所以冒充西班牙人也过得去？”

艾斯特班看着格蕾西拉，又转回来看乔。“那当然。”

“这一点为什么很重要？”格蕾西拉问。

“因为等到我们对美国海军做了那件事之后，他们会记得他的。而且他们会追杀他。”

格蕾西拉说：“那我们要对美国海军做什么事？”

“首先，就是在那艘军舰上炸出一个洞。”

那颗炸弹不是花点小钱在街角跟无政府主义者买的、里面装了一堆钉子和钢垫圈的土炸弹，而是一个更精密、更细致的武器，或者卖的人是这么说的。

圣彼得斯堡市的中央大道有一家佩斯卡托的地下酒吧，里头有个酒保叫谢尔登·布德雷。他三十来岁时，有好些年都在帮海军拆除炸弹。1915年，美军占领海地太子港期间，他因为通信设备问题而在当地失去了一条腿，这件事他到现在还很愤怒。他帮他们做了一个很棒的爆炸装置——一个钢制的四方盒子，大小就像装童鞋的盒子。他告诉乔和迪昂，里头放了滚珠轴承、黄铜门把手，还有足够的火药，可以在华盛顿纪念碑上炸穿一个大洞。

“一定要把这玩意儿摆在引擎正下方。”谢尔登把包了褐色纸的炸弹放在吧台上，推向他们。

“我们不光是要炸掉引擎而已，”乔说，“还想把船身炸开。”

谢尔登吸着他的上排假牙前后摇晃，双眼看着吧台，乔明白自己的话对他是一种侮辱，于是没再说话。

“不然你们以为会怎样？”谢尔登说，“一个像汽车那么大的引擎爆炸了，当然会炸穿船体，掉进坦帕湾啊。”

“可是我们不希望炸掉整个港口。”迪昂提醒他。

“这就是她美妙的地方。”谢尔登拍拍那个包裹，“她很专注，不会喷得到处都是。只要她发作时别站在她面前就行了。”

“那，呃，她有多容易爆炸？”乔问。

谢尔登双眼充满深情：“用槌子敲她一整天，她也不会生气。”他抚摸着褐色包装纸，像在抚摸一只猫的脊椎，“把她丢到空中，落下来时你也不必逃开。”

他兀自点点头，嘴里念念有词，乔和迪昂互相交换了一个眼色。如果这家伙脑子不是完全正常，那他们就等于是要把一个不定时炸弹放上车，穿过坦帕湾开回伊博去。

谢尔登竖起一根手指：“还有一个小警告。”

“什么意思？”

“一个你们应该知道的小细节。”

“那是什么？”

他露出充满歉意的笑容：“负责引爆的那个人，最好跑得很快。”

从圣彼得斯堡开回伊博的那段路有二十五英里长，乔走得步步惊心。车子的每个颠簸、每个跳动，都让他们心惊胆战。底盘所发出的每个喀啦声，都像是死亡的前奏。他和迪昂始终不谈自己有多害怕，因为不必开口，那种恐惧充满他们的双眼，充满车内，让他们的汗水发出金属味。大部分时间他们都只看着前方，驶过甘狄大桥时，他们的目光偶尔转向海湾，看着毫无生气的蓝色海水尽头那道亮白的海岸线。鹈鹕和白鹭从大桥的栏杆上飞起，鹈鹕常常飞到一半忽然定住，然后仿佛中枪似的直直落下。它们会投入水面又飞起，嘴里衔着一条扭曲变形的鱼，随即一张嘴，不管那条鱼有多大，都会瞬间消失。

迪昂开着车，驶过一个坑洞，再是一道撑住桥梁路面的金属支架，接着又是一个坑洞。乔闭上眼睛。

太阳映在风挡玻璃上，隔着玻璃吐出热火。

迪昂开到桥的另一端，柏油路转为碎贝壳和碎石子铺成的路，双线道也转为单线道，路面忽然变成了高低不平、软硬不等的拼贴物。

“我的意思是……”迪昂说，可是接下来又没话了。

他们颠簸着开了一个街区，然后在车阵中停下来，乔努力压抑着跳下车、抛弃迪昂、丢开这整个计划的冲动。哪个脑袋正常的人，会载着一颗他妈的**炸弹**在路上跑？哪个人？

精神错乱的人。想死的人。认为幸福只是安抚人心之谎言的人。但乔见识过幸福，他知道幸福的滋味。而现在他冒着再也不能体验幸福的危险，运送一件威力足以把三十吨引擎炸得穿透钢制船身的爆炸物。

一旦爆炸，就什么都不剩了。没有汽车，没有衣服。他的三十颗牙齿会飞散到坦帕湾内，就像丢进喷泉里的铜板。要是运气好，他们或许能找到一段指节，寄回波士顿，下葬在他雪松林墓园的家族墓地里。

最后一英里路是最可怕的。他们下了甘狄大桥，沿着一条与铁轨平行的泥土路行驶，道路的右半边在热气中崩塌，到处都是裂缝。闻起来一股霉味，好像有什么东西爬进那堆温热的烂泥中，死在里头，而且会待在那儿直到变成化石。他们驶入一片高高的红树林，软地上到处都是水洼和深洞。在这片地带开了两分钟后，他们来到了丹尼尔·德苏扎的木屋，他是帮里最会制作隐藏机关装置的工匠。

他帮他们做了个底部有夹层的工具箱。他按照乔的吩咐，把那个工具箱弄得很脏，弄得不光是有润滑油脂味、泥土味，还有一股陈旧的气味。不过放在里头的工具都是一流的，而且保存得很好，有些还用油布包起来，全都刚清理过，上了润滑油。

在那个只有一个房间的木屋内，他们站在餐桌旁，看丹尼尔示范如何打开那个夹层。他怀孕的老婆脚步蹒跚地经过他们旁边，走向屋外的厕所，他的两个孩子拿着两个破布缝成的粗糙玩偶在地板上玩。乔注意到地板上有一个床垫是小孩的，另一个床垫是大人的，两个床垫上面都没有床单或枕头。一只杂种狗晃进来又晃出去，不断嗅着。到处都是苍蝇，还有蚊子。丹尼尔·德苏扎检查着谢尔登的炸弹，是出于无聊好奇或纯粹发神经，乔看不出来，因为他已经麻木了，站在那里等着要去见上帝。只见德苏扎用一根螺丝起子戳进那个炸弹，他太太又回到屋子，去打那只狗。两个孩子开始为了一个破布玩偶打起架来，尖叫个不停，直到德苏扎狠狠瞪了她太太一眼。她放开狗，开始揍两个孩子，拍打着他们的脸部和颈部。

两个小孩震惊又愤慨地哭号起来。

“你们弄到的这玩意儿，做得真不错，”德苏扎说，“非常了不起。”

两个孩子里比较小的那个，是个五岁左右的男孩，此时停下不哭了。之前他惊愕又愤怒地哭号个不停，这会儿忽然就像火柴熄灭般完全停止，脸上也没了表情。他从地上捡起一把父亲的扳手，朝那只狗的头侧敲过去。那狗吠叫着，看起来像是要朝那男孩扑去，但接着又退缩了，然后匆忙溜出木屋。

“我要么就揍死那只狗，要么就揍死那个小鬼，”德苏扎说，目光始终不曾离开工具箱，“总有一个。”

乔跟他们的炸弹客曼尼·布斯塔曼特碰面，地点在古巴圈会所的图书室，里头除了乔之外，每个人都在抽雪茄，连格蕾西拉也不例外。窗外的街道上，情形也一样——九到十岁的小孩走在路上，嘴里衔着有他们手臂那么粗的雪茄。每回乔点燃他细瘦的穆拉德牌香烟，就觉得整个城市都在嘲笑他，但他抽雪茄会头痛。不过那天晚上，看着图书室里大家头顶上褐色的浓厚烟雾，他觉得自己今后得习惯头痛。

曼尼·布斯塔曼特本来是哈瓦那的土木工程师。很不幸，他儿子在哈瓦那大学就读时，加入了公开反对马查多政权的学生联盟。后来马查多关闭了哈瓦那大学，废除了学生联盟。有一天太阳下山后几分钟，几个穿着军装的人来到曼尼·布斯塔曼特家里。他们逼着他儿子跪在厨房，朝他脸部开枪，接着又射杀了曼尼的老婆，因为她骂他们是禽兽。曼尼则被关进牢里。后来出狱时，大家建议他最好离开古巴。

那天晚上10点，曼尼在图书室内把这些告诉乔。乔猜测，曼尼此番用意是要向他保证自己的奉献精神。乔不怀疑他的奉献精神，而是怀疑他的速度。曼尼身高一米五八，五短身材，爬完一道楼梯，就气喘吁吁。

他们正在查看那艘军舰的平面图。那艘船第一次进港时，曼尼上船保养过引擎。

迪昂问，海军为什么没有自己的工程师。

“他们有，”曼尼说，“可是如果有机会，他们就会找个转……专家，来看看那些旧引擎。这艘船已经二十五岁了。原来是一艘……”他弹着手指，跟格蕾西拉迅速讲着西班牙语。

“一艘豪华客轮。”格蕾西拉对着大家说。

“没错。”曼尼说。他又迅速跟她讲西班牙语，讲了一整段。他讲完后，她解释说那艘船是在大战时期卖给海军的，后来被当成了医疗船，最近又改为运输船，船上官兵有三百人。

“轮机室在哪里？”乔问。

曼尼又跟格蕾西拉说，由她翻译。这样其实反倒快得多。

“在船尾，底层。”

乔问曼尼：“如果你半夜被叫上船，会碰到什么人？”

他开口本来要跟乔说话，但又转向格蕾西拉，问了一个问题。

“警察？”她说，皱起眉毛。

他摇摇头，又跟她说了些话。

“啊，”她说，“是的，我懂了。”她转向乔，“他的意思是海上的警察。”

“海岸巡逻队。”乔说，看着迪昂，“你对付得了吗？”

迪昂点点头：“对付得了？太绰绰有余了。”

“好，你通过海岸巡逻队那一关，”乔对曼尼说，“进入轮机室。最接近的寝室在哪里？”

“上一层甲板的船头。”曼尼说。

“所以，你附近唯一的人员，就是两个工程师了？”

“没错。”

“那你要怎么把他们弄出去呢？”

坐在窗户边的艾斯特班说：“我们有可靠的消息来源，那个主工程师是个酒鬼。就算他会去轮机室，顶多也只是看一下，不会待太久的。”

“那万一他待着不走呢？”迪昂问。

艾斯特班耸耸肩："那就临场发挥吧。"

乔摇头："不能靠临场发挥。"

曼尼伸手从靴子里掏出一把珍珠握柄的单发小型手枪，把他们都吓了一跳。"如果他不走，我会料理他的。"

迪昂离曼尼比较近，乔朝他翻了个白眼。

迪昂说："那个给我。"然后抢走曼尼手上的小型手枪。

"你有朝任何人开过枪吗？"乔说，"杀过人吗？"

曼尼往后靠坐："没有。"

"很好。因为今天晚上你也不会破例。"

迪昂把枪扔给乔。他接住了，举在曼尼面前。"我不在乎你杀了谁，"他说，但不确定这是不是实话，"可是如果他们搜你身，就会发现这把枪。然后他们会特别仔细地搜你的工具箱，发现那个炸弹。曼尼，你今天晚上的首要任务，就是不要把事情搞砸。你觉得自己可以办到吗？"

"可以，"曼尼说，"可以的。"

"如果主工程师一直待在轮机室，你就修好引擎，然后离开。"

艾斯特班离开窗边："不行！"

"行，"乔说，"行。这是对抗美国政府的叛国行动。你明白吗？我可不想被逮到，送去吊死。要是有什么没照计划走，曼尼，你就下船，我们再想别的办法。不要——看着我，曼尼——不要临场发挥，懂了吗？"

曼尼终于点头。

乔指着他脚边帆布袋里的炸弹："这玩意儿的引信非常非常短。"

"我知道。"曼尼说，一滴汗珠滑下眉毛，他用手背揩掉，"我完全投入这件任务了。”

好极了，乔心想，他的身体不但超重，还过热。

“这一点我很欣赏，”乔说，看了格蕾西拉的双眼一会儿，看到她眼中有担忧，他猜自己的眼睛大概也透露了同样的神情，“不过，曼尼，你不但得投入这件事，还得活着离开那艘军舰。我这么说不是因为我心肠好或关心你。我心肠不好，也不关心你。而是如果你被杀掉，他们发现你是古巴人，我们的计划就会当场完蛋。”

曼尼向前倾身，手指间夹的雪茄粗得像槌子的握柄。“我希望我的国家自由，希望马查多死掉，还希望美国离开我们的家园。我再婚了，考克林先生。我有三个孩子，全都不到六岁。我有个心爱的太太，上帝原谅我，我爱她胜过死去的那个。我老了，宁可当个软弱的活人，也不要当个勇敢的死人。”

乔露出感激的笑容：“那你就是去送这个炸弹的不二人选。”

美国军舰“仁慈号”重达一万吨。这是一艘长四百英尺、宽五十二英尺、垂直型船首的排水型船舰，有两根烟囱和两根船桅。主船桅上头有一个瞭望台，乔觉得那玩意儿属于盗匪在公海上横行的时代。烟囱上头有两个褪色的红十字，加上船身的白漆，都表明了这艘船以前是艘医疗船。这艘船看起来操劳过度、破破烂烂，但一身白色在黑色海面和夜空中发出光泽。

乔、迪昂、格蕾西拉、艾斯特班在麦凯街尾端一座谷物圆筒仓上方的狭窄金属通道上，望着停泊在七号码头的那艘军舰。这一带聚集了十二座圆筒仓，六十英尺高，当天下午嘉吉粮商的运输船才把谷物运来，储存在这里。他们收买了守夜人，叫他明天告诉警察，把他绑起来的是西班牙人，这之后迪昂用警棍敲了两记，把他给敲昏，好让一切看起来更逼真。

格蕾西拉问乔怎么想。

“什么怎么想？”

“我们的机会。”格蕾西拉的雪茄又长又细。她站在高空通道上，朝栏杆外吐出烟圈，看着烟雾飘过水面。

“想听老实话吗？”乔说，“小得接近零。”

“可这是你的计划。”

“而且是我所能想出来最好的计划。”

“计划感觉上很不错。”

“这是赞美吗？”

她摇摇头，不过他好像看到她嘴角微微牵动。“这只是陈述事实。如果你吉他弹得很好，我会老实告诉你，但还是不喜欢你。”

“因为我色眯眯地看过你？”

“因为你太自大了。”

“哦。”

“就像所有美国人一样。”

“那你们古巴人是怎样的？”

“自尊心强。”

他微笑：“根据我在报纸上看到的，你们一样懒惰、爱生气、存不了钱，而且幼稚。”

“你觉得这是事实？”

“不，”他说，“我认为假设整个国家或整个民族是什么样子，通常都他妈的很蠢。”

她吸了口雪茄，看了他一会儿。最后，她又把目光转回去看着那艘军舰。

岸边的灯光把天空的下缘染成一片带着灰白的红色。水道之外，坦帕市在朦胧中入眠。远远的地平线上方，闪电的细线宛如在世界的皮肤上刻出白色的弯曲血管。那突来的微弱光芒照出了深紫红色的浓云，一团团像是敌军压境。中间一度有架小飞机飞过正上方，天空中出现四盏小灯、一具小引擎，就在上头一百码之处，有可能完全合法，但很难想象凌晨3点会有什么正当理由。更别说乔来到坦帕没几天，实在没碰到几件合法的活动。

“你今天晚上跟曼尼说，你不在乎他是死是活，是真心话吗？”

他们现在看得到曼尼了，沿着码头走向军舰，手里拎着工具箱。

乔两肘靠在栏杆上：“差不多吧。”

“一个人怎么会变得这么冷酷无情？”

“其实不需要太多练习。”乔说。

曼尼在登船的跳板前停下，那里有两个海岸巡逻队的警察。他举起双臂，其中一个拍打着搜他的身，另一个打开工具箱。那人仔细检查过最上面一层，接着把那层拿起来，放在旁边的地上。

“如果计划成功，”格蕾西拉说，“你就将接管全坦帕的朗姆酒配销。”

“其实，是半个佛罗里达州。”乔说。

“你的权力会很大。”

“我想是吧。”

“那么，你就会变得更自大了。”

“嗯，”乔说，“有这个可能。”

那个警察停止搜查曼尼，垂下双手，接着走向他的伙伴，两个人一起看着工具箱里，开始商量，两个人低下头，其中一个手放在臀部的点四五手枪上面。

乔看着旁边的迪昂和艾斯特班。他们两个都僵住不动，伸长了脖子，双眼盯着那个工具箱。

现在两个巡逻队的警察命令曼尼过去，他走到两名警察之间，也低头看。其中一个人指了一下，曼尼伸手到工具箱内，拿出两瓶朗姆酒。

“狗屎，”格蕾西拉说，“谁叫他贿赂他们的？”

“不是我。”艾斯特班说。

“他在耍花招，”乔说，“妈的好极了，真了不起。”

迪昂拍了矮墙一下。

“我没叫他这样。”艾斯特班说。

“我还特别交代过他不要这样，”乔说，“我说，‘不要临场发挥’。不能——”

“他们收下了。”格蕾西拉说。

乔眯起眼睛，看到两个警察把酒瓶各自塞进外套里，然后退到一旁。

曼尼关上工具箱，走上登船的跳板。

一时之间，圆筒仓屋顶上一片死寂。

然后迪昂说：“我刚才吓得魂都要飞了。”

“这招奏效了。”格蕾西拉说。

“他上船了，”乔说，“不过接下来他还得把任务完成，然后下船。”他看看他父亲的怀表：3点整。

他望着迪昂，对方也看穿他的心思。“我想十分钟前，他们开始在那个酒吧闹事了。”

他们等着，那个窄道上的金属在8月的太阳下晒了一整个白天，到现在还有余温。

五分钟后，甲板上一部电话的铃声响起，一名巡逻队警察走过去接了起来。过了一会儿，他跑过登船跳板，拍拍他同伴的手臂。两个人沿着码头跑向几码外的军用侦察车，上车后沿着码头行驶了一段，接着左转，驶进伊博，赶往十七街那家夜店，迪昂的手下正在那里，跟大约二十名海军士兵打群架。

“到目前为止，”迪昂朝乔微笑，“我承认。”

“承认什么？”

“一切都完全按照计划进行。”

“到目前为止。”乔说。

他旁边的格蕾西拉吸着雪茄。

突然，一声轰然的闷响传来。声音听起来不大，但金属通道随之摇晃了一会儿，他们都张开双臂，好像同时站在同一辆脚踏车上。仁慈号军舰抖动着，周围的海水泛出涟漪，波动的海水拍打着码头。船身上出现了一个钢琴大小的洞，冒出有如钢丝的浓密灰烟。

烟越来越密、越来越黑，乔看了一会儿，看到洞后有个黄色的圆球，像心脏般跳动。他一直盯着看，又看到黄球中出现了红色的火焰，随后红黄两色被烟雾遮蔽。烟雾现在变成黑色了，充满了水道，染黑了后方的城市，染黑了天空。

迪昂大笑，乔望着他，迪昂继续大笑着摇头，然后又朝乔点了个头。

乔知道那个点头是什么意思——这就是他们成为法外之徒的原因。为了这样的时刻，保险推销员、货车司机、律师、银行出纳、木匠、房地产经纪人永远不会知道的时刻。在这个世界，没有护网——没有什么能接住你或保护你。乔看着迪昂，想起他们十三岁那年第一次去鲍登街砸毁报摊后，自己心里的感想：**我们大概会死得很早**。

但他们这种在夜间讨生活的人，当你走到人生尽头、即将迈向另一个未知的世界时，回头再看最后一眼，有几个人能说，**我曾经破坏过一艘一万吨重的运输舰**？

乔又看了看迪昂，低声笑了起来。

“他一直没出来。”格蕾西拉站在他旁边，看着军舰，它现在几乎完全被烟雾笼罩了。

乔没说话。

“曼尼。”她说，其实她不必说的。

乔点点头。

“他死了吗？”

“不知道。”乔说，但他心里想的是：希望如此。

15

他女儿的眼睛

黎明时，海军士兵们已经把武器搬下船，堆在码头上。那些板条箱沐浴在晨光中，上头结的露珠逐渐蒸发为水汽。几艘小一些的船开到岸边，海军士兵们下了船，后面跟着军官，所有人都看着军舰上炸出来的那个洞。坦帕市警局在岸边拉起了封锁线，乔、艾斯特班、迪昂在线后的人群中徘徊，听说了那艘军舰已经沉入墨西哥湾底，不知道是不是能打捞上来。据说海军已经从佛罗里达州东北角的杰克逊维尔市派出一艘有起重机设备的大型驳船，要来打捞看看。至于船上的武器，海军方面正在设法调一艘军舰过来载运。但在此之前，得先把武器找个地方储存。

乔离开码头边，走进第九大道的一家小餐馆，跟格蕾西拉会合。他们坐在室外的石柱廊下，望着一辆电车沿着街道中央的轨道哗啦啦驶过来，在他们面前停下。几个乘客上车，几个乘客下车，电车又哗啦啦开走了。

“有没有查到他的下落？”格蕾西拉问。

乔摇摇头：“不过迪昂在那边守着，还派了两个人混在人群里，所以……”他耸耸肩，啜着他的古巴咖啡。他一整夜没睡，前天夜里也没睡多少，但只要有古巴咖啡喝，他就觉得自己可以连续撑一个星期。

“他们在这玩意儿里面放了什么？可卡因？”

格蕾西拉说：“只有咖啡。”

“那就像是说，伏特加只不过是马铃薯汁。”他喝完咖啡，把杯子放回碟里，“你想念那边吗？”

“古巴？”

“是啊。”

她点点头：“很想念。”

“那你为什么要待在这里？”

她望着窗外的街，仿佛马路对面就可以看到哈瓦那。“你怕热。”

“什么？”

“你，”她说，“你老是在扇风，用手，或是用帽子。我看到你老抬头看着太阳皱眉头，好像想叫太阳快点下山。”

“我都不知道有那么明显。”

“你现在就这样。”

她说得没错。他现在就拿着帽子在脑袋旁边扇风。“这种热法？有人会说就像住在太阳上面。我要说这就像住在太阳里面。基督啊。你们在这里怎么有办法正常过日子？”

她往后靠坐在椅子上，漂亮的褐色颈项弯成弧形，靠着铸铁椅背。“我永远不会觉得太热。”

“那你就是疯了。”

她大笑，他看到笑声涌出她的喉咙。她闭上双眼。“你怕热，可是又跑到这里来。”

“是啊。”

她睁开眼睛，歪头看着他。“为什么？”

他怀疑——不，他很确定——他以前对艾玛的感觉是爱。那是爱。所以格蕾西拉·科拉莱斯在他心中撩起的，就是欲望了。但这种欲望不同于他之前碰到过的任何一种。他这辈子见过那么黑的眼珠吗？她的一举一动中都有种慵懒——从走路，到抽雪茄，到拿起一支铅笔——很容易想象她慵懒地紧贴着他的身子，带着他进入她时，在他耳边发出一声长叹。她身上的那种慵懒不是懒惰，而是精确。时间无法拘束它；相反，它会让时间延长，符合她的期望。

难怪他小时候读教会学校时，那些修女会那么严厉地斥责欲望和贪婪之罪。欲望和贪婪比癌症更能控制你，杀掉你的速度要快两倍。

“为什么？”他说，一时之间根本不知道他们谈到哪里了。

她好奇地望着他：“是啊，为什么？”

“一份工作。”他说。

“我来到这里，也是同样的理由。”

“来卷雪茄？”

她直起身子点点头：“这里的薪水比哈瓦那要好太多了。我大部分都寄回家里。等到我丈夫出狱，我们会再决定住在哪里。”

“啊，”乔说，“你结婚了。”

“没错。”

他看到她眼中有一丝胜利的喜悦，或者那是他想象出来的？

“可是你丈夫在坐牢。”

格蕾西拉又点点头：“但不是因为你做的那些事。”

“我做了哪些事？”

她手朝空中晃了一下：“你那些肮脏的小小犯罪活动。”

“啊，原来我是在做这些。”他点点头，“我还一直不知道呢。”

“亚当是为了更崇高的信念奋战。”

“那这样要判几年？”

她的脸暗下来，玩笑结束了。“他被拷打，要他供出自己的同谋是谁——就是我和艾斯特班。可是他不肯说。无论他们怎么折磨他。”她张着嘴巴，双眼中的亮光让乔想起昨夜看到的闪电，“我寄钱不是寄回自己家，因为我没有家。我是寄给亚当的家人，好让他们能把他救出来，送回我身边。”

他所感觉到的只是欲望吗？还是他没法解释的某种东西？或许是他太累了，加上坐了两年牢，加上天气太热。或许是这样吧，大概是。然而，他被某部分的她深深吸引了，那种感觉一直挥之不去，他怀疑那部分的她已经破损不堪，既害怕又愤怒，但同时又抱着希望。在她的内核里，有什么东西打动了他。

“他很幸运。”乔说。

她张开嘴巴，之后发现没什么可以反驳的。

“非常幸运。”乔站起来，在桌上摆了几个硬币，“现在该去打那个电话了。”

他们在伊博东区一家破产的雪茄工厂后头打了那个电话。两人坐在空荡办公室里灰尘遍布的地板上，乔拨着号码时，格蕾西拉站在他身后，最后看了一眼纸上那些字，那是他昨天半夜12点左右用打字机打出来的。

“市区版编辑部。”电话另一头的那名男子说，乔把话筒递给格蕾西拉。

格蕾西拉说：“昨天夜里我们战胜了美国帝国主义。你知道仁慈号军舰爆炸的事情吗？”

乔听得到那名男子的声音。“是的，是的，我知道。”

“那是我们安达卢西亚民族联盟做的。我们发誓，还要直接攻击所有海军士兵和美国武装部队，直到古巴回到真正的主人，也就是西班牙人民手中。再见。”

“等一下，等一下。海军士兵。请问要攻击他们——”

“等到我挂掉这个电话的时候，他们已经全都死光了。”

她挂断电话，看着乔。

“这样应该可以让事情动起来了。”他说。

乔回到码头边，正好看到护送武器的卡车陆续驶入码头。搬运人员大约每五十人一组，迅速把货物搬上车，一边扫视着港边的屋顶。

随后，那些卡车一辆接一辆开走，一离开码头就立刻分散，每辆卡车上载着大约二十名海军士兵，第一辆开向东边，第二辆开向西南边，第三辆开向北边，诸如此类。

“有曼尼的消息吗？”乔问迪昂。

迪昂面色凝重地朝他点了个头，指了一下，乔的目光穿过人群和一箱箱武器，看到了。就在码头边缘，平放着一个帆布尸袋，腿部、胸部、颈部都绑紧了。过了一会儿，一辆白色厢型车开到，把那具尸体搬上车开走，后面还跟着一辆海岸巡逻队的车护送。

过了没多久，码头上最后一辆卡车也轰隆隆发动引擎。车子掉了个头，停下，排挡的刺耳嘎嘎声伴随着海鸥的尖啸，然后朝着那些条板箱倒车。一名海军士兵跳下车，打开后车厢门板。剩下的少数仁慈号士兵开始排成纵队前进，每个都带着勃朗宁自动步枪，大部分皮套里还插着手枪。一名准尉在码头上等待，看着那些士兵在登船的跳板旁集合。

萨尔·乌索是佩斯卡托帮在南坦帕运动下注总站的一名工作人员，他悄悄走过来，递给迪昂几把钥匙。

迪昂把他介绍给乔，两个人握了手。

萨尔说："车子停在我们后面大约二十码。加满油了，制服放在座位上。"他上下打量迪昂，"你恐怕不太像啊，先生。"

迪昂拍了一下他脑袋的一侧，不过出手不重。"那边状况怎么样？"

"到处都是警察。不过他们在找西班牙人。"

"那古巴人呢？"

萨尔摇摇头："城里可被你们闹得鸡犬不宁了。"

海军士兵们集合完毕，那名准尉对他们发号施令，指着码头上的条板箱。

"该走了，"乔说，"很高兴认识你，萨尔。"

"我也很高兴，先生。我们回头见了。"

他们离开人群，在萨尔讲的地方找到那辆卡车。那是一辆两吨重的平板拖车，有钢制车斗和钢制栏架，上面罩着防水帆布。他们跳上前座，乔把排挡打到一挡，摇摇晃晃驶上十九街。

二十分钟后，他们在41号公路靠边停下。那里有一片森林，里头的长叶松很高，乔从来想不到树能长得那么高，还有一些低矮的灌木和沼泽松，底层则是密密麻麻的矮棕榈和悬钩子植物和矮栎。从气味判断，他猜东边有一片沼泽。格蕾西拉正在等他们，她身旁那棵树被最近的一场风暴拦腰吹断了。她换了衣服，现在穿着一件俗丽的黑色纱网晚礼服，下摆边缘是锯齿形的，上头缝了金色珠子和黑色小亮片，开得低低的领口露出她的乳沟和胸罩边缘，看起来就像个派对结束许久之后还游荡在外的女郎，在光天化日之下，不小心走入这片荒野地带。

乔隔着风挡玻璃看她，没下车。他能听到自己的呼吸声。

“我可以帮你做这件事。”迪昂说。

“不行，”乔说，“我的计划，我的责任。”

“换了别的事，你就不会介意交给别人做。”

他转头望着迪昂：“你的意思是，我爱做这件事？”

“我看过你们看对方的眼神，”迪昂耸耸肩，“也许她喜欢来硬的。也许你也喜欢。”

“你他妈的在胡说什么——我们看对方的眼神？你认真看自己的工作就好了，不要看她。”

“恕我直言，”迪昂说，“你也一样。”

狗屎，乔心想，只要让一个人确定你不会杀他，他就会跟你顶嘴。

乔下了车，格蕾西拉看着他走过来。她自己已经做了一部分工作——礼服在左边肩胛骨旁被撕开了一道口子，左边胸部有几道抓伤，下唇也被咬破流血了。他走近时，她用手帕沾沾嘴唇。

迪昂也下了车，乔和格蕾西拉的目光都转向他。他举起萨尔·乌索刚才放在座位上的那套制服。

“去办你的事吧，”迪昂说，“我要换衣服了。”他低声笑着，然后走到卡车背后。

格蕾西拉举起右手：“你的时间不多了。”

忽然间，乔不知道要怎么抓她的手，感觉上很不自然。

“快点儿。”

他伸手，抓住她的。他从没碰过这么粗糙的女人的手。掌根因为长年卷雪茄而生着硬茧，细瘦的手指硬得像象牙。

“现在吗？”他问她。

“最好是现在。”她说。

他左手抓住她手腕，右手紧扣住她的肩膀，然后指甲沿着她的手臂往下划。划到手肘后，他松开手指，吸了口气，他觉得脑袋像是塞满了潮湿的报纸。

她用力抽回手，看着手臂上的抓伤。“你得弄得逼真一点。”

“看起来很逼真啊。”

她指着自己的二头肌。“这些刮伤都是粉红色的，而且只刮到手肘就没了。你得抓流血才行，傻孩子，而且要一路刮到我的手腕。你还记得吗？”

“我当然记得，”乔说，“那是我计划的。”

“那就好好做。”她朝他伸出手臂，“用力刮得深一点。”

乔不确定，但他觉得自己听到了卡车后头传来的笑声。这回他用力抓住她的二头肌，指甲用力抠进刚刚划过的痕迹里。格蕾西拉不像她讲话时那么勇敢。她的双眼在眼眶里滚动，肌肉颤抖着。

“狗屎。对不起了。”

“快点儿，快点儿。”

她双眼盯着他，他的手沿着她手臂内侧往下刮，划出了一道道血痕。刮过手肘时，她咬着牙嘶嘶吸气，转动手臂，让他的指甲继续划过前臂，划到手腕上。

他松开她的手，她立刻举手给了他一巴掌。

“天，”他说，“又不是我喜欢这么做的。”

“那是你说的。”她又给了他一巴掌，这回扇过了他的下巴下方和脖子上端。

“嘿！我满脸都是被你打得红肿的痕迹，可就通不过警卫室那一关了。”

“那你就阻止我啊。”她说，又伸手朝他打。

他往旁边一闪，躲开了这一掌，因为她已经事先警告了。然后他做了双方之前讲好的事情——当然说的比做的容易，还非得她两掌打得他火冒上来，他反手给了她一耳光，手背上的指节狠狠击中她的脸。她被打得上半身往旁边一偏，头发盖住了脸，她停止了动作，呼吸沉重。等到她又转正身子，脸已经转为红色，右眼周围的皮肤抽动着。她朝路边的一丛矮棕榈吐了口口水。

她不肯看他：“接下来我自己弄就行了。”

他想说句话，但想不出该说什么，于是转身绕回卡车前座，迪昂坐在乘客座望着他。他打开车门时，又停下来回头看她。“我真不想这么做。”

“可是，”她说，又朝路上吐了一口，“这是你的计划。”

在路上，迪昂说：“嘿，我也不喜欢打女人，不过有时候是女人自己讨打。”

“我打她又不是因为她做了什么。”乔说。

“是啊，你打她是为了帮她拿到一批勃朗宁自动步枪和汤普森冲锋枪，好让她送回去给她古巴的朋友们。”迪昂耸耸肩，“这是个狗屎任务，所以我们得做狗屎事情。她要你弄到那些枪，你就想出一个办法去弄。”

“还没弄到呢。”乔说。

他们最后一次停在路边，让乔换上他的制服。迪昂一手敲着驾驶室后方的车壁说：“四周都是狗的时候，每个人都要安静得像猫一样，懂了吗？”

卡车后方传来众人一致用西班牙语说“是”的声音，接下来他们唯一听到的，就是树林间始终不歇的虫叫声。

“准备好了吗？”乔问。

迪昂拍拍旁边的车门：“我每天早上一起床就准备好了，老哥。”

这个国民警卫队的军械库位于坦帕市外，就在希尔斯伯勒郡北端。四周是一片荒凉的风景，遍布的柑橘园、池杉湿地、帚莎草田野，都被太阳晒得干枯发脆，随时等着起火焚烧，把整个州烧成一片冒烟的黑色。

大门口有两个警卫看守，一个带着柯尔特点四五手枪，另一个带着一把勃朗宁自动步枪，正是他们打算偷走的那种。带手枪的警卫瘦瘦高高，一头硬刺般竖起的深色短发，脸颊凹陷得像个老头，或是一口烂牙的年轻人。拿着勃朗宁自动步枪的那个小子则年轻得像是刚脱离尿布期，有一头橙褐色头发和呆滞的双眼。黑色青春痘像胡椒似的撒满他的脸。

他不是问题，但那个高瘦的警卫让乔有些担心。他看起来太难搞又太灵敏。他会慢条斯理看着你，才不管你有什么想法。

“你们就是船被炸掉的那些人？”他的牙齿一如乔之前的猜测，果然发灰又歪斜，有几颗还往里歪，像是洪水泛滥过的墓园里的墓碑。

乔点点头：“船身被炸出一个大洞。”

那瘦高个儿目光掠过乔，看着后头的迪昂。“狗屎，胖哥，你们上回安全检查是付了多少钱才通过的？”

那个矮的走出警卫室，勃朗宁自动步枪懒洋洋地夹在手臂底下，枪管斜斜横过臀部。他开始沿着卡车侧边走，嘴巴半张着，好像在期待下雨。

站在门旁那瘦高个儿说："胖哥，我刚刚问了你问题。"

迪昂露出愉快的笑容："五十块。"

"你们就付了这些钱？"

"没错。"迪昂说。

"真是捡了个大便宜。那你们到底是付给谁？"

"什么？"

"你们付钱的那个人，叫什么名字、什么军阶？"那人说。

"布洛根三等士官长。"迪昂说，"怎么？你想加入吗？"

那人眨眨眼睛，朝他们露出冷冷的微笑，但什么都没说，只是站在那儿，笑容逐渐消失。"我是不收贿赂的。"

"没关系。"乔说，紧张得快要受不了了。

"没关系？"

乔点了点头，忍着没有笑成个傻瓜，以向那家伙显示自己有多和善。

"我知道没关系。我知道。"

乔等着。

"我知道没关系，"那家伙重复道，"难不成你还以为我需要你的意见？"

乔什么都没说。

"我可不需要。"那小子说。

卡车后方忽然传来砰砰响声，那人回头找他的搭档，目光又转回来看乔身上时，乔那把萨维奇点三二口径手枪已经抵着他的鼻子了。

那小子双眼直盯着枪管，嘴巴沉重而缓慢地呼吸着。迪昂下了卡车，绕到那小子旁边，拿走他的手枪。

“像你这样一嘴烂牙的人，”迪昂说，“就不该批评别人的缺点。像你这样一嘴烂牙的人，就应该闭上嘴巴。”

“是的，长官。”那小子低声说。

“你叫什么名字？”

“波尔金，长官。”

“波尔金，”迪昂说，“我和我的伙伴晚一点儿再来讨论今天要不要让你活。如果我们的决定对你有利，你会知道，因为那样你就不会死了。如果我们的决定对你不利，你就该接受教训，知道对人要和气一点儿。现在把你他妈的两手放在背后。”

首先从卡车后方下来的，是佩斯卡托帮的人——四个人穿着夏天的西装，打着花领带。他们推着那个橙褐色头发的小子在前面走，萨尔·乌索用那小子的步枪指着他的背部，那小子哽咽着说他不想今天死掉，不要今天。接着下车的是古巴人，大约有三十个，大部分人穿着腰间系带的白色长裤和白色宽下摆的衬衫，乔觉得很像睡衣。他们全都带着步枪或手枪。有一个拿着一把大砍刀，还有一个双手拿着两把大匕首。艾斯特班领着他们，身上穿了墨绿色的紧身军装上衣和同色长裤，乔猜那是中南美革命军的野战制服。他带着手下走过来，朝乔点了个头，然后大家分散开来，包围了这栋建筑物的背后。

“里头有多少人？”乔问波尔金。

“十四个。”

“怎么会这么少？”

“不是放假日。如果你周末来的话，”他双眼又恢复了一点残忍，“就会碰到很多人了。”

“我相信。”乔爬下卡车，“不过呢，波尔金，现在我只要对付你就成了。”

看到三十个武装的古巴人涌入军械库走廊时，唯一抵抗的是一个巨人。乔猜他身高有一九八厘米，说不定更高。大头、长下巴，宽宽的肩膀像横梁。他冲向三个古巴人，尽管交代他们不要开枪，他们还是开枪了。但是没射中那个巨人，差了二十英尺，倒是射中了另一个冲到巨人后方的古巴人。

那个古巴人中枪时，乔和迪昂就在他后方。他像一个保龄球瓶似的，旋转后倒在他们面前。乔大喊：“停止射击！”

迪昂也用西班牙语大叫：“停止射击！停止射击！”

他们停止了，乔不确定他们是否只是暂停下来，帮他们老旧的步枪重新上膛。那巨人刚才快开枪时蹲下身子，这回重新站直了，乔抓起刚才中枪那个人的步枪，握着枪管举起来，往他脑袋侧边挥过去。那巨人撞到墙上、弹出来，又朝乔冲过来，挥舞着双手。乔换了个方向握住手里的步枪，枪托闪过那巨人乱挥的双臂，击中他的鼻子。乔听到那人鼻梁骨断掉的声音，接着枪托扫过他的脸，颧骨也断了。那巨人倒地，乔扔下步枪，从口袋里掏出手铐。迪昂过来抓住那巨人一只手腕，乔抓住另外一只，两个人联手把他双手铐在背后。那巨人不断沉重地呼吸，地上积了一摊血。

“你不会死吧？”乔问他。

“我要杀了你。”

“听起来还不会死。”乔转向那三个乱开枪的古巴人，“再找个人来，把这家伙搬进牢里。”

他看着刚才中枪的那个古巴人。他蜷缩在地上，张着嘴巴喘气。听起来声音不太妙，看起来也不妙——脸色苍白，腹部流了太多血。

乔才在他身边跪下，那小子就死了。他睁大双眼，眼珠往上转，又往右转，好像在努力回忆他老婆的生日或是自己的钱包掉在了哪里。他侧躺着，一手笨拙地压在身子底下，另一手放在脑后。他的衬衫往上翻开，露出了腹部。

那三个开枪害死他的人拖着巨人经过旁边，各自画了个十字。

乔帮那小子合上眼皮。他看起来很年轻。可能满二十岁了，也可能只有十六岁。乔帮他翻过身子，让他仰天躺着，然后帮他把双臂交叉在胸前。就在他的双手下方，紧贴着最下方的肋骨相接之处，暗红色的血从一个十美分硬币大小的洞里流出来。

迪昂和手下让那些国民警卫队的队员面对着墙站好。迪昂下令要他们脱掉制服。

那死掉的小子手上有个婚戒，看起来是锡做的。他身上哪里大概有张老婆的照片，但乔不打算找出来。

他还掉了一只鞋子。一定是中弹时掉的，但尸体附近都没看到。迪昂和手下押着国民警卫队的人穿着内衣裤经过旁边时，乔在走廊里四下看了一圈，想找那只鞋。

还是没看到。可能压在这小子身体底下。乔考虑过把他翻过来察看——找到那只鞋似乎很重要——但他得赶紧回到大门口，还得换上另一套制服。

他把那小子的衬衫翻下来遮住腹部。他觉得，无动于衷的诸神正在冷眼旁观，看着他把那小子留在那里，一只脚穿了鞋，另一只脚没穿，躺在自己的血泊里。

五分钟后，一辆卡车载着武器停在大门口。驾驶的那名海军士兵看起来很年轻，不会比刚死掉的那个小子老，不过坐在驾驶座旁的是一位三十来岁的士官，那张脸饱经风霜。他臀部插着一把柯尔特点四五手枪，握柄底部都用得褪色了。只要看一下他的淡色眼珠，乔就知道，如果刚才那三个古巴人在走廊上攻击的是他，最后躺在地上、盖着裹尸布的就会是他们三个了。

他们递过来的身份证件显示，他们分别是奥威特·普拉夫一等兵和华特·柯瑞狄克士官。乔把他们的证件和柯瑞狄克刚才给他的签名公文一起递还。

柯瑞狄克头一歪，没伸手接。“那个公文是要给你们单位存盘的。”

“对。”乔缩回手，朝他们露出带着歉意的笑容，可是没太过分，“昨天夜里在伊博有点太开心了。你知道怎么回事的。”

“不，我不知道。”柯瑞狄克摇头，“我不喝酒。那是犯法的。”他看着风挡玻璃外，“要我们倒车到卸货口吗？”

“对，”乔说，“你们要是愿意的话，可以帮我们把货搬下来，我们再搬进去。”

柯瑞狄克看了一眼乔的肩章：“下士，我们接到的命令，是要把武器送到并存放好。等一下我们会一路押着武器入库。”

“好极了。”乔说，“倒车到那个卸货口吧。”他打开大门时，朝迪昂使了个眼色。迪昂跟旁边的“左撇子”道纳说了些话——道纳是他们带来的四个手下里最聪明的一个——然后转身走向军械库。

乔、左撇子，以及其他三个帮里的手下，都穿着下士制服，他们一起跟着卡车来到卸货口。他们当初挑左撇子，是因为他的聪明和冷静。挑其他三个——寇马托、法撒尼、帕罗内——则是因为他们讲英文没有口音。大致上看来，他们就像是周末才要服役的国民警卫队士兵，不过穿过停车场时，乔注意到帕罗内的头发实在太长了，即使国民警卫队的军纪比较宽松。

他这两天几乎都没睡，现在每走一步、每思索一下，都感觉到了缺乏睡眠带来的后果。

卡车倒车到卸货口时，乔看到柯瑞狄克盯着他，不知道对方只是天生疑心，还是自己真有什么不对劲。然后乔才想到，吓得胃里翻腾起来。

他擅离岗哨了。

大门口没人看守。没有任何士兵会这样，就连宿醉的国民警卫队员都不可能。

他回头看了一眼，以为会看到那边空荡无人，以为柯瑞狄克会掏出点四五朝他背部开枪，以为警铃声会轰然响起，但结果，他看到艾斯特班·苏亚雷斯直挺挺站在警卫室里，穿着下士制服。除了那对好奇的双眼外，其他一切看起来完全像个军人。

艾斯特班，乔心想，我才刚认识你，但我真想亲吻你的脑袋。

乔转回头看卡车，发现柯瑞狄克没再盯着他瞧了。这会儿他在座位上转动身子，对着旁边的驾驶员说话。那名一等兵踩了刹车、关掉引擎。

柯瑞狄克跳出驾驶室，朝卡车后方大声发号施令，等到乔走过去，那些海军士兵已经出了卸货口，把后挡板放下。

柯瑞狄克拿了一面写字板交给乔："第一页和第三页签缩写，第二页签全名。要写我们在三小时到三十六小时之间把这些武器移交给你们了。"

乔签了"阿尔伯特·怀特，美国国民警卫队下士"，又在另外两页签了缩写，然后交还了写字板。

柯瑞狄克看看左撇子、寇马托、法撒尼、帕罗内，又转回来看着乔。“五个人？你们只有五个人？”

“之前通知说你们会带人手来的。”乔指着卸货口的那十来个海军士兵。

“跟陆军一个德性，”柯瑞狄克说，“碰到辛苦活儿就往外推。”

乔在阳光下眨了眨眼睛：“所以你们才会迟到——因为工作太辛苦了？”

“你说什么？”

乔摆出防卫的姿态，不是他被惹火了，而是因为不这样的话，看起来会很可疑。“你们半个小时前就该到的。”

“十五分钟，”柯瑞狄克说，“我们路上耽搁了。”

“被什么耽搁了？”

“我看不出这关你什么事，下士。”柯瑞狄克走近一步，“不过，老实告诉你吧，我们被一个女人给耽搁了。”

乔回头看看左撇子和其他手下，笑了起来。“女人有可能很麻烦。”

左撇子也低声笑了，其他人跟着笑起来。

“好吧，好吧。”柯瑞狄克举起一只手微笑，表示他加入了这个玩笑，“这个女人，各位，是个美人儿。对不对，普拉夫大兵？”

“是啊，长官。的确是个美女。我敢说，尝起来滋味也不错。”

“对我来说有点儿太黑了，”柯瑞狄克说，“可是她忽然出现在马路中央，被西班牙男朋友打得全身是伤。幸好他没割她，他们西班牙人都很喜欢动刀。”

“你们就把她留在原地？”

“还留了一个海军士兵给她。等到把这些武器卸货完毕，我们回程再去载他。”

“很合理。”乔说，然后往后退。

柯瑞狄克可能稍微放松了一点，但他毕竟还是处于戒备状态，双眼留意着周遭的一切。乔只好紧黏着他，两人各自抓着一边绳索提把，合搬一个板条箱。他们沿着卸货区的走廊步向库房时，透过走廊上的窗子，可以看到隔壁的走廊和再过去的办公室。迪昂已经把所有浅色皮肤的古巴人都安排在那些办公室里了，每个人都在打字机前胡乱打着字，或是拿着话筒贴在耳朵上假装打电话。即使如此，他们搬第二趟经过走廊时，乔忽然想到，那个办公室的每个人都是黑发，一个金发或褐发的都没有。

他们走路时，柯瑞狄克的双眼都看着那些窗子，到目前为止，他还没发现隔壁走廊刚才上演过一桩武装攻击事件，还死了一个人。

“你在国外哪里服役过？”乔问他。

柯瑞狄克眼睛依然看着窗子：“你怎么知道我去过国外？”

弹孔，乔心想。那些擅自开枪的古巴人一定在墙上留下了弹孔。“你看起来就像是见识过战场行动的人。”

柯瑞狄克将目光转回来，看着乔。“你看得出谁打过仗？”

“今天看得出来，”乔说，“总之，从你身上看得出来。”

“我今天差点儿朝那个路边的西班牙女人开枪。”柯瑞狄克轻声说。

“真的？”

他点点头：“昨天夜里差点把我们给炸死的，就是西班牙人。另外，我带来的这些士兵都还不知道，但西班牙人威胁要对我们所有人不利，说今天要让我们全都去送死。”

“我没听说。”

“因为事情还在保密。”柯瑞狄克说，“所以刚才在41号公路中央，看到一个西班牙姑娘挥手要我们停下时，我心想，妈的，就一枪射中那婊子的胸口吧。”

他们来到库房，把那板条箱堆在左边的第一排上面。接着让到一边，站在炎热的走廊上，柯瑞狄克掏出手帕擦擦前额，两人看着海军士兵们陆续把最后一批板条箱搬过来。

“我本来想开枪的，但她有我女儿的眼睛。”

“谁？”

“那个西班牙姑娘。我派驻在多米尼加的时候，有了那个女儿。我没见过，但她妈妈每隔一阵子就寄照片来。她跟大部分加勒比海女人一样，有那种黑色的大眼睛。我今天在那个姑娘脸上看到了同样的眼睛，于是把手枪插回皮套了。”

“你已经掏出枪了？”

“掏到一半。”他点点头，“我已经握在手上了，你知道。为什么要冒险呢？把那婊子给宰了。在这里，白人朝那种女人开枪，顶多也就是挨上级一顿骂。可是……”他耸耸肩，“我女儿的眼睛。”

乔什么都没说，他耳边响起血液的咆哮声。

“我派了一个小子去下手。”

“什么？”

柯瑞狄克点点头：“我们手下的一个小子，应该是赛勒斯吧。他急着想打仗，但眼前没机会。那西班牙女人看到他眼里的表情，就拔腿跑了。不过赛勒斯就像那种猎浣熊犬，在靠近亚拉巴马州边界的沼泽地里长大。应该很容易就能找到她。”

“你们要把她带到哪里？”

“不会去哪里。她攻击我们啊，小子。反正是她的族人。赛勒斯会怎么高兴怎么来，剩下的就留给鳄鱼了。”柯瑞狄克把雪茄塞进嘴里，划了根火柴。他眯眼看着火焰对面的乔。“另外你猜对了，小子，我打过仗。杀过一个多米尼加人，还有很多海地人。隔了几年，我又用一把汤普森冲锋枪杀了三个巴拿马人，因为当时他们都缩在一起，祈祷我不会杀他们。老实告诉你一件事，其他的说法都别信。”他点燃雪茄，把火柴往后一扔，“杀人还挺好玩的。”

16

黑帮分子

一等海军的人离开，艾斯特班就冲到停车场找了一辆车。乔换掉了制服，迪昂把卡车倒车到卸货口，那些古巴人开始把库房里的板条箱又搬出来。

“这里你可以应付吧？”乔问迪昂。

“应付？我们完全搞定了。你去救她吧，我们一小时后在那个地方会合。”

艾斯特班开着一辆敞篷的军用侦察车停下，乔跳上去，他们开向41号公路。不到五分钟，就看到那辆运输卡车在前面半英里处，轰隆隆沿着一条路行驶，那条路又直又平，简直看得到尽头的亚拉巴马州。

“如果我们看得到他们，”乔说，“那他们也看得到我们。”

“很快就看不到了。”

那条路在他们左边，周围都是矮棕榈树丛，穿过一条铺着碎贝壳的公路，又进入灌木和矮棕榈丛生的地带。艾斯特班左转，车子弹跳起来。那是一条碎石泥土路，而且半数泥土都是烂泥。艾斯特班开得心急又鲁莽，完全感觉得出来。

“他叫什么名字？”乔说，“死掉的那个小子？”

“吉列尔莫。”

乔还清楚记得那小子眼睛被合上的模样，他不希望看到格蕾西拉也这样。

“我们不该把她留在那儿的。”艾斯特班说。

“我知道。”

“我们早该想到，他们可能会留下一个人对付她。”

“我知道！”

“我们应该留个人陪她一起等，躲在旁边。”

“妈的，我知道！”乔说，“现在说这些有什么用？”

艾斯特班猛踩油门，车子飞过路面一个坑洞，在另一头重重落地。乔担心那辆车会翻过去，砸烂他们该死的脑袋。

可是他没叫艾斯特班开慢一点儿。

“我们小时候就认识了，当时我家农场里的狗可能还比我们高。”

乔什么都没说。左边的松林里出现一片沼泽。道路两旁掠过落羽杉和胶皮枫香树，还有一些乔还来不及看清的植物，绿色和黄色模糊成一片，像一幅画。

“他们家是随季节迁移的流动农工，你真该去看看他们每年住几个月的那个村子。美国人不知道，那才真叫穷。我父亲发现她很聪明，就跟她父母要求雇她当见习女仆。但其实我父亲是帮我雇一个朋友。当时我没有朋友，只能跟马和牛做伴。”

他们又在路上颠簸了一下。

“你挑现在跟我说这些，时机还真奇怪。”乔说。

“我爱过她。”艾斯特班说，声音大得盖过引擎声，“现在我爱的是别人，但有很多年，我觉得我爱上了格蕾西拉。”

他转过头来看着乔，乔摇摇头往前指。“看路吧，艾斯特班。”

又是一个颠簸，这回两个人都震得屁股抬离座位，然后又落回去。

“她说过她做这些是为了她丈夫吗？”谈话有助于控制恐惧，让乔感觉不那么无助。

“哼，”艾斯特班说，“他不算丈夫，不算个男人。”

“他不是革命分子吗？”

这回艾斯特班啐了一口：“他是个盗贼，是个……是个……estafador。你们英文说是骗子，对吧？他一副革命分子的模样，会吟诗，她就爱上他了。为了这个男人，她失去了一切——她的家人，她从来就不多的钱，还失去了所有的朋友，只剩下我。”他摇摇头，“她连他在哪里都不知道。”

“我还以为他在坐牢。”

“已经出狱两年了。”

又一个颠簸。这回车子往旁边斜着飞起，乔那一边的后侧车翼板扫过一棵小松树，然后车子又落回地面。

“可她还是继续给他家里寄钱。”乔说。

“他们跟她撒谎。说他逃狱了，说他躲在丘陵地带，尼维斯·墨雷洪监狱的一帮秃鹰在追杀他，马查多的爪牙也在追杀他。他们跟她说她不能回古巴见他，否则两个人都会有危险。其实除了他的债主，根本没有其他人在追杀他。但你不能把这些告诉格蕾西拉；只要一讲到他，她就什么都听不进去。”

“为什么？她是个聪明的女人。”

艾斯特班迅速瞥了乔一眼，耸耸肩。“人都宁可相信那些比真相好听的谎言。她也不例外。只不过她的谎言比较大。”

他们错过了那个岔路，但乔眼角瞥到了，赶紧叫着停车。艾斯特班踩了刹车，车子滑行了二十码才终于停下。他倒车，转入那条岔路。

“你杀过几个人？”艾斯特班问。

“一个都没有。”乔说。

“可你是黑帮分子。”

乔看不出有什么必要去说自己不是黑帮分子，而是法外之徒，因为他再也不觉得有差别了。“黑帮分子不见得都会杀人。”

“不过你一定愿意杀人。”

乔点点头：“跟你一样。”

“我是生意人。我提供人们想要的一种产品。我不杀人。”

“你是武装的古巴革命分子。”

“那是我追求的崇高目标。”

“但为了这个目标，就会有人死。”

“那是有差别的，”艾斯特班说，“我杀人是有理由的。”

“什么理由，他妈的理想吗？”

“一点儿也没错。”

“那是什么理想，艾斯特班？”

“没有人应该支配别人的人生。”

“好笑，”乔说，“法外之徒杀人，也是为了同样的理由。”

她不在那里。

他们离开松树林，驶向41号公路，没有格蕾西拉的影子，也没看到那个被留下来猎杀她的海军士兵。什么都没有，只有炎热的天气、蜻蜓的嗡嗡声，以及白色的道路。

他们往下开了半英里，又掉头回到泥土路，往北开了半英里。等到他们再往回开，乔听到一个声音，他觉得是乌鸦或鹰隼类的啼声。

“关掉引擎，关掉引擎。”

艾斯特班照办了，两人在那辆没有车顶的军用侦察车上站起身，望着马路和松树，还有更远处生着落羽杉的沼泽，以及跟马路同样亮白的天空。

什么都没有，除了蜻蜓的嗡响之外——现在乔怀疑这个声音永远不会停止，无论是早上、中午或晚上，永远听得到，仿佛耳边有一条列车刚通过的铁轨。

艾斯特班往后坐回去，乔也要坐下，又忽然停住。

他觉得好像在东边看到了什么，就在他们刚才开过来的那个方向，有什么东西——

“那里。”他指着，此时她正好从一片松树后面跑出来，没朝他们的方向跑，乔这才明白她太聪明了，不会这么做。要是她朝他们这里跑过来，就得全速冲过五十码矮棕榈和没长大的松树。

艾斯特班又发动引擎，他们驶下路肩，开入一道水沟，又回到路面。乔紧抓着风挡玻璃顶端，这时，听到了枪响——那清脆的响声小得出奇，即使他们附近一片空旷。乔身处有利位置，但还是看不到枪手在哪里，不过他看得到沼泽，知道她是要朝沼泽跑。他用脚碰了艾斯特班一下，手朝左边指指，就在他们行进方向稍微偏西南之处。

艾斯特班转动方向盘，乔忽然瞥见一抹深蓝色，只是一闪，随后看到那名男子的头，听到他的枪声。就在前头，格蕾西拉跪进沼泽里，乔看不出她是绊倒了还是中枪了。他们已经跑出了硬土地，那名枪手就在右边。艾斯特班驶入沼泽后减速，乔跳下车。

那感觉就像是跳到了月球上，只不过这个月球是绿色的。落羽杉像一颗颗巨大的蛋，从浑浊的绿色水中升起，古老的榕树衍生出十来根，甚至更多根树干，有如宫殿守卫般挺立。艾斯特班驶向右边，乔看到格蕾西拉从两棵落羽杉之间冲向左边。他觉得有个什么沉重的东西爬到了脚上。这时，他听到步枪开火的声音，这回近得多。那颗子弹擦过刚才格蕾西拉藏身的那棵落羽杉，扯下了一片树皮。

那个年轻的士兵从十英尺外的一棵落羽杉后面走出来。他的身高和体形跟乔差不多，一头颇为鲜艳的红发，脸很瘦。他把斯普林菲尔德步枪举在肩膀上，一眼盯着瞄准器，枪管指着那棵落羽杉。乔举起他的点三二自动手枪，吐出一口长气，朝十英尺外的那名士兵开火。那士兵的步枪猛地往上一扭一转，看起来十分怪异，乔以为自己只射中了那把步枪。接着，步枪落入茶色的水中，那个年轻人也随之倒下，扑通一声，他跌坐在水里，血从左腋下涌出，把水染黑了。

“格蕾西拉！”他喊道，“我是乔。你没事吧？”

她从那棵树后往外窥看，乔点点头。艾斯特班开着军用侦察车绕到她后面，她爬上去，车子又朝乔开过来。

乔捡起步枪，低头看那个海军士兵。他坐在水里，双臂搭在膝盖上，垂着头，仿佛只是在歇气。

格蕾西拉爬下军用侦察车。事实上她是半跌出来、半踉跄着扑向乔的。他伸手抱住她，把她扶正，感觉到她的身体在不住抖动，仿佛一直有人用赶牛棒刺她。

那个士兵抬头看着乔，嘴巴张开吸着气。“你是白人。”

“对。”乔说。

“那你干吗射我？”

乔看看艾斯特班，又看看格蕾西拉。“如果我们把他留在这里，他两分钟之内就会被吃掉。所以我们要么就带他走……”

随着那士兵的血持续流入绿色的沼泽中，他能听到更多鳄鱼的动静了。乔说：“所以我们要么就带他走……”

“他知道她的长相，看得太清楚了。”

“我知道。”乔说。

格蕾西拉说：“他把这当成一场游戏。”

“什么？”

“追杀我。他像个小女孩似的，一直笑个不停。”

乔看着那个士兵，那士兵也看着他。这小子眼睛深处有恐惧，但他身上的其他部分只有桀骜不驯和蛮勇。

“如果要我哀求你，那你就搞错了——”

乔朝他脸上开枪，穿出的子弹把一片蕨类溅成粉红色。几只鳄鱼期待地挥动尾巴。

格蕾西拉忍不住轻喊一声，乔也差点叫出来。艾斯特班看着他的双眼点点头，乔明白那个意思是道谢，因为这件事非做不可，但没有人想做。要命，乔不敢相信自己真的动手了，他站在枪声的余音和火药味中，一缕烟雾从那把点三二的枪管中冒出来，不会比香烟冒出的烟雾更浓。

一个死人躺在他脚边。从某种基本的意义上说，这个人死去，只因为乔当年出生了。

他们没再吭声，各自爬上侦察车。仿佛得到允许一般，两只鳄鱼立刻去攻击尸体——一只像过胖的狗迈着规律的蹒跚步伐走出红树林；另一只则滑行过水域和侦察车轮胎旁的那些睡莲叶。

车子离开时，那两只鳄鱼已经同时来到尸体旁。一只攻击手臂，另一只则咬住腿。

回到松林，艾斯特班沿着沼泽边缘往东南边开，跟道路平行，但没有开上去。

乔和格蕾西拉坐在后座。那一天，鳄鱼和人类并非这片沼泽里唯一的掠食者：一只山狮站在水边，舐着红褐色的水。它身上的色泽就跟某些树一样，要不是他们从二十码外经过时它正好抬头，乔可能根本就不会看见它。那只山狮至少五英尺长，潮湿的四腿优雅又健美。它的下腹部和喉咙是乳白色的，当它打量着车子时，湿湿的毛皮冒出水汽。乔和它晶莹的双目对望，那眼睛一如太阳般古老、金黄、无情。一时之间，在极度疲倦中，他觉得自己脑海里听到了它在说话。

你跑不赢这个。

这个是什么？他想问，但艾斯特班转动方向盘，他们离开了沼泽边缘，猛烈弹跳着碾过一段倒下树木的树根，等到乔再看时，那只山狮不见了。他扫视着树丛，想再看一眼，但再也没看到它的踪迹了。

"你看到那只大猫了吗？"

格蕾西拉瞪着他。

"山狮啊。"他说，张开双臂比画着。

她眯起双眼，像是担心他可能中暑了，然后摇摇头。她整个人一塌糊涂——身上的伤看起来大部分都不是皮肉伤。他之前打过她脸上的地方，现在当然肿起来了，又被蚊子和鹿蝇叮得很惨，不但如此，还有火蚁，在她的双脚和小腿处留下了环绕着红晕的白色脓包。她的礼服在肩膀和左臀处都撕破了，下摆也扯得破破烂烂。她的鞋子不见了。

"你可以收起来了。"

乔循着她的视线，才发现自己右手还握着那把枪。他拨上了保险，收进背后的枪套里。

艾斯特班转上41号公路，用力踩下油门，车子颤动了一下，往前疾驰而去。乔望着碎贝壳铺成的路面迅速往后退去，望着无情的天空中无情的太阳。

"他会杀了我的。"她湿湿的头发披散在脸上和颈部。

“我知道。”

“他追杀我，就像一只松鼠在找午餐。他一直说，‘宝贝，宝贝，我会射一颗到你腿上，宝贝，然后占有你。’这个‘占有你’的意思是不是……”

乔点点头。

“如果你饶他一命，”她说，“我就会被逮捕。接着你也会被逮捕的。”

他点点头。他看着她膝盖上的蚊虫咬伤，随后，目光上移，经过她的礼服，看进她眼里。她也看了他一会儿，这才别开眼睛。她望着车外经过的一片柳橙园。过了一会儿，她又转回来看着他。

“你认为我感觉很糟吗？”他问。

“看不出来。”

“其实不会。”他说。

“也不应该。”

“我也不觉得感觉好。”

这大概就总结了一切。

我再也不是法外之徒了，他心想。我是个黑帮分子。而这是我的帮派。

在那辆军用侦察车的后座上，柑橘的辛香气息再度被沼泽的臭味压过，她和他相对凝视了整整一英里，两个人都没再说话，直到抵达西坦帕。

17

关于今天

回到伊博，艾斯特班开到格蕾西拉住处楼下的那家小餐馆，放他们两个人下车。乔陪格蕾西拉回到二楼的房间，艾斯特班则和萨尔·乌索把车子开到南坦帕去丢掉。

格蕾西拉的房间很小，但非常整洁。一张铸铁床漆成了白色，跟固定在墙上的白瓷洗脸盆和更上方的椭圆镜子同色。那个破烂的松木衣橱看起来比这栋建筑物还要古老，但一尘不染，也没有发霉，乔本来以为在这种气候里是不可能的。一扇窗子俯瞰着十一大道，遮光板拉下了，好让房间保持清凉。她有个更衣屏风，跟衣橱一样是表面粗糙的松木做的，她指了指，要乔面对窗子，自己则走到屏风后头。

“现在你是国王了。”她说。他拉起遮光板，看着窗外的大道。

“什么？”

“你独占了朗姆酒市场。你会变成国王。”

“或许算王子吧。”他承认，“不过还是得对付阿尔伯特。”

“我怎么觉得你已经想出办法了呢？”

他点起香烟，坐在窗台边缘。“计划都只是做梦而已，要等实现了才算数。”

“这是你一直想要的吗？”

“对。”他说。

“那么，恭喜了。”

他回头看她。那件肮脏的晚礼服搭在屏风上，她的肩膀裸露着。“你的口气好像并不真心。”

她指了指，要他转回去。“我是真心的。这是你想要的，你达到目标了。在某种意义上，这是令人钦佩的。”

他低声笑了起来：“在某种意义上。”

“但是你现在有权力了，要怎么运用呢？我想这是个很有趣的问题。”

“你觉得我不够强？”他又回头看她，她没再禁止，因为她已经穿上一件短衬衫了。

“我不知道你够不够残酷。”她的黑色眼珠很清澈，“如果你够残酷，那就惨了。”

“有权力的人不见得就要残酷。”

“不过通常都是。”她低头穿上裙子，“现在你看过我换衣服，我也看过你杀人，可以问你一个私人问题吗？”

“当然可以。”

“她是谁？”

“谁？”

她直起身，头又从屏风后冒出来。“你爱的那个。”

“谁说我爱哪个人了？”

“我说的。”她耸耸肩，“女人懂这种事情。她在佛罗里达吗？”

他微笑，摇摇头：“她走了。”

“离开你了吗？”

“死了。”

她眨眨眼睛，然后盯着他看，想确定他不是在唬人。等到她明白不是时，她说：“我很遗憾。”

他改变话题：“抢到那些枪，你觉得满意吗？”

她双臂搭在屏风上：“非常满意。等到终结马查多统治的那一天到来——会有那么一天的——我们就会有一个……”她弹着指头，想不出那个词，她看着他，“帮帮我。”

“一个军火库。”他说。

“没错，军火库。”

“所以你们的武器不止这一批。”

她点头：“不是第一批，也不会是最后一批。等到时机到来，我们就会准备好的。”她从屏风后走出来，穿着雪茄女工的标准装束——领口有系绳的白衬衫，罩着黄褐色裙子，“你觉得我做的事情很愚蠢。”

“一点也不。我觉得很高贵。只不过那不是我追求的目标。”

“那你追求的是什么？”

“朗姆酒。”

“你不想当个高贵的人？”她竖起大拇指和食指，两指靠得很近，“会有一点点想吧？”

他摇摇头：“我对高贵的人一点儿都不排斥，我只是发现他们很少活过四十岁。”

“黑帮分子也是啊。”

“那倒是真的，”他说，“可我们在更好的餐厅吃饭。”

她打开衣橱，挑了一双白色平底鞋，坐在床缘开始穿。

他还站在窗边："我们姑且说，有一天你们革命成功了。"

"好。"

"会有什么改变吗？"

"人民就会改变了。"她穿上一只鞋。

他摇摇头："世界会改变，但人类，不，人类还是差不多。所以即使你们换掉了马查多，很可能取代的人更糟糕。同时，你有可能残废或是——"

"可能会死。"她弯腰穿上另一只鞋子，"我知道结局大概会是怎样，乔瑟夫。"

"叫我乔吧。"

"乔瑟夫，"她说，"我可能会死于一个为了钱而出卖我的同志。我可能会被丧心病狂的人抓住，就像今天那个一样，或甚至更糟。他们会折磨我，直到我的身体再也受不了。到时候我的死不会有什么高贵之处，因为死从来就不高贵。你会哭，会哀求，死的时候屎尿都会流出来。那些杀你的人会大笑，朝你的尸体吐口水。然后我很快就会被遗忘。就好像……"她又弹起了手指，"就好像我从来不曾存在过。这些我都知道。"

"那你为什么还要去做？"

她站起来，抚平裙子。"我爱我的国家。"

"我也爱我的国家，但是——"

"没有但是，"她说，"这就是你和我的不同。你的国家是你从那面窗子看出去可以看到的东西，对吧？"

他点点头："差不多。"

"我的国家则是在这里。"她拍拍自己的胸口，然后轻敲太阳穴，"而且我知道，我的国家不会因为我的努力而感激我。她不会回报我的爱。不可能的，因为我不光是爱她的人民、建筑物和气味。我还爱她这个概念。这个概念是我编造出来的，所以我爱上的是一种虚无。就像你爱那个死去的女孩一样。”

他想不出该说什么，只是看着她走到房间另一头，把她在沼泽穿过的那件礼服从屏风上拿下来。他们离开房间时，她把衣服递给他。

“帮我烧掉，好吗？”

那些枪被规定运到哈瓦那西边的比那尔德里奥省。下午3点，在圣彼得斯堡的波卡谢加湾，五艘捕石斑船载着武器陆续离开。迪昂、乔、艾斯特班、格蕾西拉到场目送那些船出海。乔原先那套西装已经在沼泽毁掉了，他换上了自己最薄的一套西装。之前他把旧西装和格蕾西拉的礼服一起烧掉时，她就站在旁边看，但现在的她，已经逐渐脱离落羽杉沼泽中的猎物状态了。她坐在码头灯下的长椅上，不断打着瞌睡，但谁要她到车上休息，或是提议送她回伊博，她都不肯。

等到最后一艘捕石斑船的船长跟他们握了手，起航离去，他们站在那儿面面相觑。乔这才发现，他们不知道接下来要做什么。你怎么有办法超越过去两天？天空转红。沿着崎岖的海岸线，有一丛红树林漂过，一艘帆船上的帆布或油布在温热的海风中颤抖。乔看看艾斯特班，又看看靠着灯柱闭着眼的格蕾西拉，然后看着迪昂。一只鹈鹕从上方扑下来，嘴喙比肚子还要大。乔看着那些船，它们现在离得很远了，从这个距离看，大小就像圆锥纸帽。他开始大笑。他停不下来。迪昂和艾斯特班就在他后头，三个人同时大笑起来。格蕾西拉遮住脸一会儿，然后也开始笑，乔注意到，她其实是边哭边笑，像个小女孩似的掩着脸，从手指间往外偷看，最后才终于放下双手。她又哭又笑，两手反复梳理头发，用她的衬衫领子擦脸。他们走到码头边缘，大笑变成低笑，之后逐渐停歇。他们看着水面在红色天空下转为紫色。那些船开到地平线，然后一艘接一艘滑过去，消失了。

那天接下来的事情，乔大半不记得了。他们来到马索的一家地下酒吧，位于十五大道和内布拉斯加大道交叉口一家兽医诊所后头。艾斯特班安排人送了一桶在樱桃木酒桶中熟成的深色朗姆酒，叫所有参与劫枪的人来共享。很快，佩斯卡托帮的人就跟艾斯特班的革命分子们混熟了，随后，女人们穿着丝绸礼服、头戴亮片帽子到来。舞台上的乐队开始演奏，整个酒吧立刻热闹非凡。

迪昂同时跟三个女人跳舞，以惊人的灵巧把她们甩到他宽阔的背后或是钻过他粗短的双腿间。然而真要谈舞艺，艾斯特班才是人群中的艺术家。他的双脚轻巧移动，宛如一只爬在高处树枝上的猫，但又完全掌控着全局，因而乐队很快就开始专门配合他的节奏，再也不管其他的了。他让乔想起影星瓦伦蒂诺[①]在那部电影里饰演的斗牛士——极其阳刚又优雅。很快，酒吧里有一半的女人都想跟他共舞，或者共度一夜。

“我从没见过男人跳舞跳得这么好。”乔跟格蕾西拉说。

她坐在一个卡座的角落里，他则坐在座位前头的地板上。她弯腰在他耳边说话。“他刚到这里时，就是靠这个吃饭的。”

“什么意思？”

“那是他的工作，”她说，“在市中心当陪舞的舞者。”

“你在唬我吧。”他歪着头，往上看着她，“有什么是这家伙不擅长的？”

---

① 这里指的是意大利裔美国影星鲁道夫·瓦伦蒂诺（Rudolph Valentino），1921年，他因主演《启示录四骑士》一炮走红，成为无数观众心目中的“拉丁情人”。

她说："他本来是哈瓦那的职业舞者。非常优秀。虽然始终不是最顶尖的，但演出的邀约一直很多。他就是靠跳舞赚钱，才读完法学院的。"

乔嘴里的酒差点儿喷出来："他还是律师？"

"对，在哈瓦那。"

"他跟我说他是在农场里长大的。"

"没错。我们家是替他们工作的。我们家是，呃——"她看着他，又想不起来英文该怎么说了。

"流动农工？"

"是这个词吗？"她皱起脸望着他，喝得跟他一样醉了，"不，不，我们是佃农。"

"你父亲跟他父亲租地，收成后用作物付田租吗？"

"不是。"

"那是佃农。我祖父在爱尔兰就是佃农。"他想表现得清醒、博学，但在眼前的状况下很吃力，"流动农工是随着收成季节不同，到不同的农场工作。"

"啊，"她说，对他的说明不太高兴，"你好聪明，乔瑟夫。什么都懂呢。"

"是你要问的，姑娘。"

"你刚才用西班牙语叫我'姑娘'吗？"

"我相信是的。"

"你的发音好烂。"

"你讲爱尔兰人的盖尔特语，发音一样烂。"

"什么？"

他挥挥手表示算了："我会慢慢改进的。"

“他父亲很了不起。”她的双眼发亮，“他让我住到他们家，给我单独的卧室，有干净的床单。我跟着一个家教学英文。我，一个乡下小孩。”

“那他父亲要求你怎么回报呢？”

她看着他的双眼：“你真恶心。”

“这个问题很合理啊。”

“他什么都不要求。或许他因为自己帮这个乡下女孩所做的一切，心里很得意，但也就是这样而已了。”

他举起一只手：“对不起，对不起。”

“你老在最好的人身上，找他们最坏的一面，”她说，摇着头，“又在最坏的人身上，找他们最好的一面。”

他想不出该怎么回答，于是耸耸肩，让沉默和酒精发挥作用，好让气氛回复到比较柔和的状态。

“来吧，”她滑出卡座，“来跳舞。”她拉着他的双手。

“我不跳舞的。”

“今天晚上，”她说，“每个人都跳舞。”

他让她拉着自己站起来，即使他痛恨跟艾斯特班同场跳舞，或者，别那么夸张，连跟迪昂同场跳舞他都觉得丢脸。

果然，迪昂公然嘲笑他，但他已经醉得不在乎了。在格蕾西拉的带领下，很快，他就找到了一种自己可以跟上的节奏。他们跳了好一会儿，拿着一瓶苏亚雷斯黑朗姆酒传来传去轮流喝。中间，他一度发现眼前有两个格蕾西拉的影像交叠——其中一个她像绝望的猎物般拼命跑过落羽杉沼泽，另一个她则在他两三英尺外跳舞，扭动臀部，摇晃肩膀和头部，同时把酒瓶凑近嘴唇。

他为这个女人杀人。也为自己杀人。但有个问题他一整天都想不出答案，那就是——自己为什么要朝那个水兵赛勒斯的脸开枪。你那样做一定是因为你很愤怒，否则朝他胸口开枪就得了。但乔把他的脸轰烂了。那是针对个人的。当他忘情地看着她摇晃的身影时，这才明白，他会那样做，是因为他在那士兵眼中清楚地看到，这个人瞧不起格蕾西拉。因为她是褐色皮肤，强暴她也不是罪，只是在享受一种战利品而已。当赛勒斯强暴之时，不论她是死是活，对他都没有差别。

格蕾西拉双臂高举到头上，一手抓着酒瓶，手腕交叉，前臂如蛇般交互扭动着，淤青的脸上弯出一个歪斜的笑容，眼皮半垂。

“你在想什么？”

“想今天。”

“今天怎么样？”她问，接着就从他的眼神里看出来了。她垂下双臂，把酒瓶递给他，两个人离开跳舞区中央，又回到桌边站着喝朗姆酒。

“我不在乎他，”乔说，“我想我只是希望有别的办法。”

“没有别的办法。”

他点点头：“所以我不后悔自己所做的，只是很遗憾这件事发生了。”

她拿走他手上的酒瓶：“要感谢一个冒险救你一命的人，该怎么做？”

“冒险？”

她用手背擦擦嘴巴：“是啊，要怎么感谢？”

他朝她昂起头。

她看着他的眼神，大笑着说：“换个办法吧，小伙子。”

“说谢谢就好了。”他从她手里拿过酒瓶，喝了一口。

“谢谢。”

他做了个姿态夸张的手势，朝她一鞠躬，整个人就倒进她怀里。她尖叫着猛拍他的头，帮他站直了身子。两个人踉跄着走到桌旁坐下时，都笑得喘不过气来。

“我们永远不会成为情人。”她说。

“为什么？”

“我们爱的是别人。”

“这个嘛，我爱的人已经死了。”

“我爱的人可能也死了。”

“哦。”

她摇了几次头，醉意浓重。“所以，我们爱上了鬼魂。”

“是啊。”

“所以，我们也变成鬼魂了。”

“你醉了。”他说。

她大笑指着桌子对面：“你才醉了呢。”

“我没话说。”

“我们不会成为情人的。”

“你说过了。”

他们第一次做爱，是在她位于小餐馆楼上的房间，感觉就像一次撞车。他们狠狠碾压彼此的骨头，从床上掉下来，撞翻了一张椅子。当他进入她时，她牙齿咬住他的肩膀，用力得都咬出血来。只花了擦干一个盘子的时间，事情就结束了。

第二次是半小时后，她把朗姆酒倒在他胸前，舔掉，他也依样回敬，两人不慌不忙，熟悉彼此的节奏。她说过不接吻的，但结果就像一开始说他们不会成为情人一样。他们试过慢慢吻、用力吻，还试过只用嘴唇啄吻，以及只碰舌头的吻。

令他惊讶的是他们所拥有的欢愉。乔这辈子跟七个女人上过床，但以他对“做爱”定义的了解，他只跟艾玛做过。尽管跟艾玛的性爱向来无所顾忌且偶有灵感迸发，但艾玛总是保留一部分的自己。他会不小心发现她身在其中，却冷眼旁观。而完事后，她总是更退缩到自己上了锁的盒子里。

格蕾西拉则毫无保留，因此受伤的可能性很高——她会抓他的头发，用卷雪茄的双手用力掐他的脖子，他甚至担心会被掐断。她还会咬他，咬得很深、很用力。但这些都是她包纳他的方式，对乔来说，整个行动推到最极致，就像是其中一方会消失，仿佛他早晨会独自醒来，她已经融入他体内，或是相反，他融入了她体内。

等到他那天早晨真的醒来，想到自己竟有这样的傻念头，不禁微笑。她睡在他旁边，背对着他，头发乱糟糟披在枕头和床头板上。他不知道自己是不是该溜下床，抓起衣服离开，免得无可避免地谈到他们喝了太多酒、脑袋不清楚的事情。免得彼此更后悔。但他没有溜掉，而是轻轻吻了吻她的一边肩膀。她迅速翻过身来，压住他。于是他判定，就算要后悔，也等过了今天再说吧。

“这会是个专业的安排。”他们坐在楼下的小餐馆吃早餐时，她这么跟他解释。

“怎么说？”他吃着吐司面包，忍不住一直微笑，像个白痴。

“我们会填补彼此的这个……”她也笑了，一边想着用词，“这个需要，直到来日……”

“来日？”他说，“你的家教把你教得很好。”

她往后一靠：“我的英文很好。”

“我同意，我同意。除了把危及说成危险，其他的都算完美。”

她坐直身子：“谢谢指教。”

他继续笑得像个白痴：“这是我的荣幸。所以填补彼此的这个，呃，需要，直到什么时候？”

“直到我回到古巴，跟我的丈夫团聚。”

“那我呢？”

“你？”她叉起一片炒蛋。

“是啊。你回到丈夫身边。那我得到了什么？”

“你成为坦帕国王。”

“王子。”

“乔瑟夫王子，”她说，“也不坏，但恐怕不太适合你。而且当王子的人不是应该很有爱心吗？”

“哪里有矛盾？”

“黑帮分子是只顾自己的。”

“还有自己的帮派。”

“没错。”

“这也算是一种爱心。”

她看了他一眼，眼神介于困惑和厌恶之间。“你是王子还是黑帮分子？”

“不知道。我愿意把自己想成一个法外之徒，但现在我不确定那会不会只是幻想。”

“在我回古巴之前，你就是我的法外王子。你觉得怎么样？”

“我很乐意当你的法外王子。我有什么责任？”

“你必须回馈。”

“好吧。”在这一刻，就算她要求他捐出胰腺，他也会答应的。

他隔着桌面望着她："我们从哪里开始？"

"曼尼。"她的黑色眼珠忽然变得严肃，盯着他瞧。

"他有家人，"乔说，"一个老婆和三个女儿。"

"你还记得。"

"当然记得。"

"你说过你不在乎他是死是活。"

"当时我可能说得夸张了一点。"

"那你会照顾他的家人吗？"

"照顾多久？"

"一辈子。"她说，好像这是个完全合理的答案，"他为你献出了性命。"

他摇头："请恕我直言，他献出性命是为了你们，还有你们的理想。"

"那么……"她拿着一片吐司，停在下巴尾端。

"那么，"他说，"为了你们的理想，一等我有了钱，就会很乐意送一袋钱去他们家。这样你高兴了吧？"

她朝他微笑，咬下吐司。"很高兴。"

"那我一定去办。顺便说一声，大家都叫你格蕾西拉吗？"

"不然叫我什么？"

"不知道。格雷西？"

她扮了个鬼脸，好像坐到了一块热炭上。

"格蕾齐？"

又是鬼脸。

"埃拉？"他又问。

"为什么有人会做这种事？格蕾西拉就是我爸妈给我的名字

啊。”

“我爸妈也给我取了名字。”

“然后被你砍成一半。”

“我叫乔（Joe），”他说，“就等于西班牙文的荷西（José）。”

“我知道那是什么意思。”她说着吃完了最后一口，“但荷西指的是乔瑟夫（Joseph），而不是乔。大家应该喊你乔瑟夫。”

“你讲话就像我老爸。他坚持喊我乔瑟夫。”

“因为那才是你的名字啊。”她说，“你吃得好慢，像只鸟似的。”

“我听到了哦。”

她抬起双眼，看着他背后，他回头看到阿尔伯特·怀特走进门。他一点也没老，但是比乔记忆中更柔和了，腰间开始有了银行家的肚子。他还是喜欢白西装、白帽子，还有白色鞋罩。还是步态从容，好像全世界只是一个为了取悦他而建的游乐场。他身边跟着彭斯和布兰登·卢米斯，走过来时拿了把椅子。他的手下也跟着进来了，把椅子放在乔的桌边，坐下来——阿尔伯特坐在乔旁边，卢米斯和彭斯坐在格蕾西拉两侧，他们一脸镇定，盯着乔看。

“有多久了？”阿尔伯特说，“两年多一点吧？”

“两年半。”乔说，喝了口咖啡。

“你说了算，”阿尔伯特说，“坐牢的是你，而且我知道坐牢的犯人算日子最认真了。”他伸手越过乔的手臂，从他盘子里抓起一根香肠，吃了起来，像在啃一只鸡腿，“你为什么不伸手拿枪？”

“或许我没带。”

阿尔伯特说：“不，说实话吧。”

“我想你是生意人，阿尔伯特，这个地方有点太公开了，不太适合进行枪战。”

“我不同意。”阿尔伯特草草看了一下店内，“我觉得完全没问题啊。光线好，视线没有障碍，也不会太吵。”

餐馆老板是个五十来岁的神经质古巴女人，现在看起来更神经质了。她感觉得出这几个男人之间的能量在流动，她希望这股能量赶紧从窗子和门流出去。一对浑然未觉的老夫妇坐在她旁边的柜台，还在争论今晚是去坦帕戏院看电影，还是到“热带保留区”餐厅听蒂多·布罗卡的演奏。

除此之外，整个餐馆里没有其他人了。

乔看看格蕾西拉。她的双眼睁得比平常大，喉咙中央出现了一条他从没见过的血管，在搏动。除此之外，她似乎很镇定，双手和呼吸都很平稳。

阿尔伯特又吃了一口香肠，然后靠向她。“宝贝，你叫什么名字？”

“格蕾西拉。”

“你是肤色淡的黑人，还是肤色深的西班牙人？我看不出来。”

她朝他微笑：“我是奥地利人。不是很明显吗？”

阿尔伯特狂笑起来，拍大腿又拍桌子，就连那对老夫妇都转过来看他们了。

“啊，这个好笑。”他对卢米斯和彭斯说，“奥地利。”

那两个手下没搞懂。

“奥地利啊！”他说，朝两人伸出双手，其中一手还拿着香肠。“算了。”他转回头，“所以，奥地利人格蕾西拉，你的全名是什么？”

“格蕾西拉·多明加·马爱拉·科拉莱斯。”

阿尔伯特吹了声口哨：“还真是让嘴巴忙不过来呢，不过我敢说你有很多嘴巴忙不过来的经验，对不对，宝贝？”

“不要。”乔说，“就是……阿尔伯特。不要。这件事别扯上她。”

阿尔伯特嚼着最后一截香肠，一边转过来面对乔。“过去的经验显示，我不太擅长那样，乔。”

乔点点头：“你来这里想要什么？”

“我想知道，为什么你在狱中什么都没学到。都在忙着跟男人搞吗？你出来了，南下跑到这里，才两天就想来惹我？他们把你变得有多他妈的愚蠢啊，乔？”

“或许我只是想吸引你的注意。”

“那你就做得太成功了。”阿尔伯特说，“今天我开始听到我的酒吧、我的餐厅、我的撞球间传来消息，从这里到萨拉索塔，我势力下的每家店都说他们再也不付钱给我了，要改付给你。所以很自然地，我就去找艾斯特班·苏亚雷斯谈。结果他身边的武装警卫忽然变得比美国造币厂还要多，根本懒得见我。你以为你找了一帮意大利佬，还有，听说是黑鬼？”

“古巴人。”

阿尔伯特·怀特又伸手拿了乔一片吐司。“你就以为可以把我赶走？”

乔点点头：“我想我已经把你赶走了，阿尔伯特。”

阿尔伯特摇摇头：“一等你死了，苏亚雷斯姐弟就会乖乖回到我旗下，那些经销商也一定会的。”

“如果你真要我死，早就动手了。你来，是要跟我谈判的。”

阿尔伯特摇摇头：“我真的要你死，不是来跟你谈判的。我只是要让你看看我改变了。我变得比较柔和了。我们会从后门出去，留下那个姑娘。一根头发都不会碰，她可以放心。”阿尔伯特站起来，扣好大肚子上的西装扣，调整了一下帽檐，“你要是敢闹，我们就把她带走，把你们两个都杀了。”

“原来这就是你的提议？”

“没错。”

乔点点头，从外套口袋里掏出一张纸，放在桌上，抚平。他抬眼看着阿尔伯特，开始念出纸上列的名字：“彼得·麦卡菲提、戴维·凯瑞根、吉拉德·缪勒、迪克·基伯、费格斯·邓普西、阿奇巴德——”

阿尔伯特抽走乔手上的那张纸，看完剩下的。

“你找不到他们，对吧，阿尔伯特？你最得力的这些手下，都没接你的电话，或是去按门铃没人应。你一直告诉自己说是巧合，但你知道这是屁话。我们找到他们了，每一个都是。还有，阿尔伯特，我真不想告诉你这件事，不过他们不会回到你身边了。”

阿尔伯特低声笑了起来，那张原先红润的脸，现在白得像象牙。他看着彭斯和卢米斯，又笑了一会儿。彭斯跟着他笑，但卢米斯一脸病容。

“先撇开你帮里的人手不谈吧，”乔说，“你怎么知道我在这里？”

阿尔伯特瞥了格蕾西拉一眼，脸上又恢复了一点血色。“你很容易猜——跟着女人就是了。”

格蕾西拉咬紧下巴，但是没吭声。

“这台词不错，”乔说，“不过除非你知道我昨天晚上在哪里——你不知道，因为没人知道——否则你不可能跟踪我到这里来的。”

“你猜对了。”阿尔伯特举起双手，“我是用了别的方法。”

“比如跟我帮里的人打听？”

阿尔伯特双眼掠过笑意，然后一眨眼消失了。

“那个人叫你在餐馆里抓我，而不是在街上？”

阿尔伯特的眼中再无笑意，光彩尽失。

“他跟你说，如果你到咖啡店抓走我，我就会因为顾虑那个姑娘，不会反抗？甚至跟你说，我有一袋现金藏在海德公园区的一个住处，会带你去拿？”

布兰登·卢米斯说：“开枪杀了他，老大。现在就开枪。”

“你应该一进门就开枪的。”

“谁说我不会的？”

“我说的。”迪昂说，从卢米斯和彭斯身后走过来，点三八口径的长管手枪指着他们两人。萨尔·乌索走进前门，左撇子道纳跟在后头，两个人都大晴天穿着防水风衣。

餐馆老板和柜台的那对老夫妇现在真的惊慌起来了。老先生不断拍着胸口。餐馆老板用拇指拨着手上的念珠，双唇拼命念念有词。

乔问格蕾西拉：“你能不能过去说一声，说我们不会伤害他们？”

格蕾西拉点点头，站起来离席。

阿尔伯特对迪昂说：“所以，背叛就是你的人格特征了，嗯，胖小子？”

“我只背叛一次，你他妈的蠢货，”迪昂说，“你这回相信我的鬼话之前，应该先好好想一下，我去年是怎么修理你那个手下布伦的。”

"我们街上还有几个人？"乔问。

"四辆车坐满了。"迪昂说。

乔点点头："阿尔伯特，我不想在这间餐馆里杀人，但不表示我不会，只要你给我半个理由就行。"

阿尔伯特微笑起来，像往常一样得意，即使他人数吃亏，火力也吃亏。"我们连四分之一个理由都不会给你。够合作了吧？"

乔啐在他脸上。

阿尔伯特的眼睛眯得像两颗胡椒粒。

有好一会儿，餐馆里没人动。

"我要伸手拿我的手帕。"阿尔伯特说。

"你敢伸手拿东西，我们就立刻开枪。"乔说，"妈的，用袖子擦。"

阿尔伯特照办了，微笑的双眼充满杀意。"所以你要么杀了我，要么把我赶出城。"

"没错。"

"哪个？"

乔看着餐馆老板和她手上的念珠，看着她旁边站的格蕾西拉，她手放在那老板肩上。

"我今天不想杀你，阿尔伯特。你没枪也没资金去开启一场战争，而且你要花上好几年才可能建立新联盟，对我造成威胁。"

阿尔伯特坐下，一副轻松模样，像是在拜访老朋友。乔还是站着。

"你打从在小巷那一晚，就开始在计划这个了。"他说。

"一点儿也没错。"

"告诉我，这至少有一部分是为了生意，没有私仇成分。"他说。

乔摇摇头："完全就是报私仇。"

阿尔伯特听了点点头："你想谈谈她吗？"

乔感觉格蕾西拉的双眼望着他，迪昂也是。他说："不太想。不了。你操她，我爱她，然后你杀了她。剩下还有什么好说的？"

阿尔伯特耸耸肩："我是真的爱她，超出你的想象。"

"我想象力丰富得很。"

"没那么丰富。"阿尔伯特说。

乔观察阿尔伯特的表情，得到的感觉跟他当初在史泰勒饭店地下室送货走廊上一样——阿尔伯特对艾玛的感情跟他一样深。

"那你为什么杀了她？"

"我没杀她，"阿尔伯特说，"是你杀了她。从你跟她上床的那一刻开始。波士顿有千百个姑娘，你帅小子追谁都不是问题，但你偏偏要抢我的女人。你给一个男人戴绿帽，就只有两条路——不是她被宰，就是你被宰。"

"可是你没宰我，而是宰了她。"

阿尔伯特耸耸肩，乔清楚地看到，他至今依然很痛苦。老天，他心想，她到今天还是掌握了我们两个。

阿尔伯特看了餐馆里一圈："你们帮主把我赶出波士顿，现在你又把我赶出坦帕。这是你们计划好的？"

"差不多吧。"

阿尔伯特指着迪昂："你知道他当年在皮茨菲尔德出卖了你？所以害你坐了两年牢？"

"没错，我知道。嘿，阿迪。"

迪昂双眼仍盯着彭斯和卢米斯："怎么了？"

“喂两颗子弹到阿尔伯特脑袋里。”

阿尔伯特双眼瞪大，餐馆老板轻喊一声，迪昂举枪走过去。萨尔和左撇子露出他们风衣底下的汤普森冲锋枪，指着卢米斯和彭斯。迪昂用枪抵着阿尔伯特的太阳穴。阿尔伯特紧闭起眼睛，举起双手。

乔说：“等一下。”

迪昂停下了。

乔稍微提起裤管，蹲在阿尔伯特面前。“你仔细看迪昂的双眼。”

阿尔伯特抬头看了。

“阿尔伯特，那对眼睛里，有对你的任何感情吗？”

“没有。”阿尔伯特眨眼，“没有，我没看到。”

乔对迪昂点了个头，迪昂拿开了对着阿尔伯特脑袋的枪。

“你是开车过来的吗？”

“什么？”

“你是开车到这里的吗？”

“对。”

“很好。你出去就开着你的车，往北开出佛罗里达州。我建议开到佐治亚，因为现在我已经控制了亚拉巴马州、密西西比州海岸，还有这里到新奥尔良之间的所有城镇。”他对阿尔伯特露出微笑，“而且下星期我要去新奥尔良开会。”

“我怎么知道你不会派人在路上等我？”

“要命，阿尔伯特。我当然会派人在路上。事实上，他们会一路跟着你离开佛罗里达州。对不对，萨尔？”

“所有车都加满油了，考克林先生。”

阿尔伯特看了一眼萨尔的汤普森冲锋枪：“我怎么知道他们不会

在半路杀掉我们？”

“你不会知道，”乔说，“但如果你不立刻离开坦帕，永远不回来，我就他妈的保证你看不到明天。而我知道你希望能看到明天，因为到时候，你就会开始计划你的复仇。”

“你为什么要留我这条命？”

“好让大家知道我抢走了你的一切，你却没种阻止我。”乔站起身，“我要让你活着，阿尔伯特，因为你会生不如死。”

18

不是任何人的孩子

过得好的那几年，迪昂跟乔说过："运气随时会用光的。"

说了不止一次。

乔总是回答："有好运，也有坏运。"

"只不过你的好运持续太久了，"迪昂说，"没人记得你有过坏运。"

他给自己和格蕾西拉盖了一栋房子，位于第九大道和十九街交叉口。他雇了西班牙和古巴劳工，意大利人负责大理石工程，还从新奥尔良找来了好几个建筑师，以确保房子的种种设计能融合拉丁风味与新奥尔良的法国区情调。他和格蕾西拉跑了好几趟新奥尔良，在法国区仔细巡游以寻找灵感，也在伊博街道上长时间漫步游览。最后设计出来的房子，结合了希腊复古式和西班牙殖民式风格。正面以红砖砌成，有灰白的水泥阳台和锻铁栏杆，窗户是绿色的，加上了遮光板。从街上看，整栋房子近乎朴素，而且很难看出到底有没有人住。

但进了屋子，宽敞的房间有挑高的红铜色天花板，高高的拱廊面对着一个庭院、一个浅水池，花园里栽种了欧薄荷、堇菜，金鸡菊和欧洲丛榈并排而生，灰泥墙上爬满了常春藤。冬天时，九重葛花伴随着卡罗莱纳黄素馨怒放；到了春天，则换成了深红如血橙的厚萼凌霄花。循着石砌小径绕过庭院中的喷泉，经过拱顶的凉廊，来到一道盘旋的阶梯，进入砌着灰白色砖墙的室内。

这个家的所有门都至少有六英寸厚，上头装了黑色铁制的羊角铰链和门闩。乔帮忙设计了三楼那个有拱形天花板的会客厅，以及一个俯瞰着屋后小巷的平顶阳台。那只是一处多余的阳台，他常常忘记它的存在。因为家里已经有环绕着屋子其他各处的二楼阳台，而三楼的铸铁游廊又宽得像马路。

一旦乔开始忙，就停不下来。有幸获邀参加格蕾西拉慈善募款会的客人，总是不禁把注意力放在三楼的会客厅，或是一楼有宽敞楼梯的华丽大厅，或是进口的丝质窗帘、意大利主教椅、拿破仑三世时代的穿衣镜和附属灯台、来自佛罗伦萨的大理石壁炉架，或是从艾斯特班建议的一家巴黎画廊买来的镀金框油画。有的墙面是裸露的奥古斯塔方砖，有的墙面贴着蜡光纸或印了花纹，还有的以灰泥制造出流行的裂纹效果。屋子前侧铺着拼花地板，后侧则是石头地板，好让屋内保持凉爽。夏天时，桌椅都罩着白棉布套，枝形吊灯外头还罩着纱网，以防止昆虫飞进去。主卧室大床和浴室的爪足浴缸上方都有蚊帐垂挂下来，一天结束时，乔和格蕾西拉常带着一瓶葡萄酒在里面相聚，听着下方街道传来的喧哗声。

格蕾西拉因为富裕而失去了朋友。大部分都是她在雪茄工厂的同事，以及早年在古巴圈会所一起当义工时认识的人。他们并不是忌妒格蕾西拉的暴富和好运（虽然少数人的确如此），而是怕去她家时会不小心碰坏或打破什么昂贵的东西。他们在她家总是坐立不安，而且很快就没有共同话题可聊了。

在伊博，大家都称这栋房子是“市长官邸”，但乔要到至少一年以后才知道，因为大家都是背着他偷偷讲。

同时，他和苏亚雷斯姐弟的合伙关系，则在一个极不稳定的行业里创造出了令人欣羡的稳定性。乔和艾斯特班在第七大道的地标戏院建了一座蒸馏酒厂，随后又在罗梅洛饭店的厨房后头建了一座，保持得很干净，生产顺利。他们把所有家庭式小店纳入旗下，给他们更高的抽成和更好的产品，连原本阿尔伯特·怀特旗下的酒馆也不例外。他们买了速度更快的船，又把他们所有卡车和运输汽车的引擎更换一新。他们买了一架双人座水上飞机，以掩护墨西哥湾地区的运输。飞机驾驶员是前墨西哥革命分子法鲁柯·迪亚兹，很有才干却也很疯狂。他一脸年代久远、深如指尖的痘疤，一头又白又油的长发像是湿意大利面，不断游说乔在乘客座安装一把机关枪，说是“以防万一”。乔指出，他是单独飞行，碰到万一也没人可以操作机关枪。法鲁柯于是答应妥协，只装了枪架，没装机关枪。

陆地运输的部分，他们买通了南部和东海岸的所有路线，乔的推断是，如果他们付过路费给南部各州的黑帮，这些黑帮就会买通各地的警察，那么他们被逮捕并损失货物的比例就会下降三成到三成五。

结果下降了七成。

在乔和艾斯特班手上，他们的营业额立刻从一年一百万暴增为一年六百万。

这期间，全球金融危机持续恶化，一天又一天，一月又一月，冲击越来越强烈。人们需要工作，需要住处，也需要希望。当这些都被证实不可得时，他们就转而求助于杯中物。

恶习可以对抗经济萧条。

当时其他方法都几乎失效了。乔不受经济萧条影响，但他也跟其他人一样，被这个国家过去几年的急速衰退弄得不知所措。从1929年的股市崩盘开始，一万家银行倒闭，一千三百万人失业。胡佛总统在竞选连任时，还一直大谈隧道尽头的亮光，但大部分人都已经判定，那个亮光源自迎面一列高速行驶的火车，就要冲过来碾死他们。最后胡佛孤注一掷，针对最富有的人开刀，把最高所得税率从25%调高为63%，也因而失去了他仅存的支持者。

在大坦帕地区，经济状况反常地飞升，造船业和罐头工厂蓬勃发展。但伊博却完全不是这么回事。雪茄工厂开始倒闭，速度比银行还快。卷雪茄机器取代了人工。收音机代替了朗读人。便宜的香烟成为全国最新的合法恶习，雪茄销售量暴跌超过五成。十来家工厂的工人举行罢工，却只是眼睁睁看着自己的努力被受雇暴徒、警察、三K党镇压。意大利人成群离开伊博。西班牙人也开始搬走。

格蕾西拉也失去了工作。乔欣然接受——好几个月以来，他都希望她能辞掉小路雪茄工厂的工作。她对他的组织太有价值了。她会去接那些刚搭船抵达坦帕的古巴人，看他们需要什么，送他们到社团会所、医院或古巴人开的旅馆。如果她看到适合乔那边的人才，就会去跟对方提起有这么个独特的工作机会。

此外，因为她慈善家的天性，加上乔和艾斯特班洗钱的需要，乔买下了大约百分之五的伊博市。他买下两家倒闭的雪茄厂，重新雇用所有工人，又把一家倒闭的百货公司改为学校，把一家破产的水管供货商改为免费诊所。他把八栋空荡的建筑物改成地下酒吧，不过从街上看，全都像是门面的样子：一家男装店，一家烟草店，两家花店，三家肉商，还有一家希腊简餐店，后来让每个人大为惊讶的是——尤其是乔自己——这家希腊简餐店经营得非常成功，乔他们还得把餐厅厨师的其余家人从雅典接来，又在往东七个街区处开了另外一家姐妹餐厅。

格蕾西拉很想念那个雪茄工厂。她想念当年和同事一起说笑聊天，想念朗读人用西班牙语讲述她最喜欢的小说，想念一整天都说母语。

尽管她每天晚上都住在乔为他们盖的那栋大宅里，她还是留着那家餐馆楼上的房间。不过据乔所知，她只是去那边换衣服而已，而且也不常去。乔帮她买了一大堆衣服，塞满了他们家的一个衣柜。

每次乔问她为什么不多穿那些衣服，格蕾西拉都会说："那是你帮我买的衣服。我喜欢自己买。"

但她其实从来就没钱买，因为她所有钱都寄回古巴了，不是寄给她那个窝囊废丈夫的家人，就是寄给反马查多运动的朋友。艾斯特班有时也会代表她回古巴，既是去募款，也是参加他当地新夜店之类的开幕宴会。他会带着好消息回来，说他们的运动又有了新的希望，但经验告诉乔，等他下次回去，这个希望就又会破灭了。艾斯特班也会拍很多照片回来——他的目光愈来愈犀利，使用相机像是一个伟大的小提琴家挥舞琴弓。他成为拉丁美洲叛乱圈子内的大人物，他的名声有很大一部分是因为破坏了美国军舰仁慈号。

"你手上有个非常困惑的女人。"他上次从古巴回来后，这么告诉乔。

"这个我知道。"乔说。

"你了解她困惑的原因吗？"

乔给两人各倒了一杯苏亚雷斯特选陈年朗姆酒："不，我不了解。我们买得起任何东西，想做什么都可以。她可以拥有最精致的衣服，在最好的店做头发，到最棒的餐厅——"

"只要能让拉丁人进去。"

"那是当然。"

“是吗？”艾斯特班在椅子上前倾，双脚放在地上。

“我要说的重点是，”乔说，“我们赢了。我们可以放松，她和我。我们可以一起变老了。”

“你认为这就是她想要的——成为有钱人的太太？”

“大部分女人不就想要这个吗？”

艾斯特班露出奇怪的笑容：“你有回跟我说过，你不像大部分黑帮分子是穷人出身。”

乔点点头：“我们家并不有钱，但是……”

“不过你们家有栋好房子，从来没挨过饿，也供得起你上学。”

“没错。”

“那你母亲快乐吗？”

乔老半天没吭声。

“我想那就是不快乐了。”

最后，乔终于说：“我的父母似乎更像是远房亲戚。但是格蕾西拉和我，我们不是那样的，我们随时都在交谈。我们——”他压低嗓门，“我们随时都会上床。我们真的很喜欢在一起。”

“所以呢？”

“所以为什么她不肯爱我？”

艾斯特班大笑：“她当然爱你了。”

“她都不肯说。”

“谁在乎她说不说？”

“我在乎，”乔说，“而且她不肯跟那窝囊废离婚。”

“这一点我就没办法解释了，”艾斯特班说，“我活一千年也无法理解那个浑蛋哪点吸引她。”

“你最近见过他吗？”

"每回我走进哈瓦那旧城区最烂的那个街区，就会看到他坐在一家酒吧里，在用她的钱喝酒。"

我的钱，乔心想。是我的钱。

"那边还有人在找她吗？"

"她还在黑名单上头。"艾斯特班说。

乔想了一下："不过只要花两个星期，就能帮她弄到假证件，对吧？"

"那当然。说不定更快。"

"那我就可以送她回去，她可以看看这个浑蛋坐在酒吧里，然后她会……她会怎么样，艾斯特班？你觉得这样她会跟他离婚吗？"

他耸耸肩："乔瑟夫，听我说。她爱你。我认识她一辈子了，也看过她谈恋爱。可是你？哗。"他睁大眼睛，用帽子朝脸扇着风，"那是她从来没有过的感受。而且你千万别忘了，她花了过去十年，把自己定义为革命分子，现在她醒来，发现自己真正想要的是把那一切都抛在脑后——她的信仰，她的国家，她的使命，还有，没错，她愚蠢的丈夫——去跟一个美国黑帮分子在一起。你以为她能轻易跟自己承认这件事吗？"

"为什么不能？"

"因为这么一来，她就得承认她是在咖啡馆里搞革命，是个假货。她不会承认的。她只会加倍奉献在革命事业上，同时对你保持一点距离。"他摇摇头，陷入沉思，抬头望着天花板，"这些话一说出声，听起来还真是疯狂。"

乔揉揉脸："一点儿也没错。"

有两年，一切都进展得很顺利——在他们这一行能维持这么久，可真是难得一见——直到罗伯特·德鲁·普鲁伊特来到坦帕。

星期一乔和艾斯特班谈完之后，迪昂进来跟他说，RD抢了他们另一家夜店。大家叫罗伯特·德鲁·普鲁伊特为RD，自从他八个星期前出狱，来到伊博讨生活之后，就成为每个人的隐忧。

“为什么不能找出这个浑蛋，把他给做了？”

“三K党可不会高兴。”

近来三K党在坦帕势力庞大。他们向来力主禁酒，不是因为他们自己不喝——其实他们喝，而且常常喝——而是因为他们相信，酒精会让有色人种有权力的幻觉，导致不同种族间的私通；此外他们认为，饮酒是天主教徒的阴谋，要把脆弱的种子散播到真正的信仰实践者身上，以达到天主教接管世界的目的。

三K党是在股市崩盘之后才进入伊博的。一旦经济恶化，就开始有绝望的人相信那种“白人至上”的观念。以“末日的火与硫黄”宣教的牧师，看到传教帐篷里的听众增加，也是同样的道理。人们迷失又害怕，但三K党私刑的绳索碰不到银行家或股票经纪人，于是转而寻找离家比较近的目标。

他们找到的，就是长年有劳工抗争记录和革命性思想的雪茄工人。三K党终止了罢工潮。每回罢工者聚集，三K党就会冲入会议，对着所有人开枪。他们在一名罢工者家的草坪上烧了一个十字架，又以燃烧弹攻击十七街另一个罢工者的房子，还强暴了两个从雪茄工厂走路回家的女工。

罢工于是停止了。

RD·普鲁伊特去瑞福镇的州立监狱农场坐两年牢之前，本来就是三K党，所以没理由认为他出狱后不会立刻重新归队。他抢的第一家酒吧，是位于二十七街一家小杂货店背后的小酒馆，隔着铁路的正对面是一栋霰弹枪式木屋，谣传就是当地由凯文·波瑞加指挥的三K党总部。RD打开那家酒吧的钱箱时，他指着最靠近铁轨的那面墙说：“我们都被监视了，所以最好不要找警察。”

乔听说后，就知道这个人是智障——地下酒吧被抢了，哪个笨蛋会报警？但他的三K党背景让乔迟疑，因为三K党正等着像乔这样的人出面。他是天主教徒北方白佬，跟拉丁人、意大利人、黑人合作生意，同居的是一个古巴女人，而且赚钱是靠贩卖魔鬼的朗姆酒——三K党最恨的事情，都集中在他身上了。

事实上，他很快就明白过来，他们正是想逼他出面。三K党的基层士兵可能是一群近亲交配的白痴，只在三流小学受过四年级的教育，但他们的领袖通常会聪明一点儿。凯文·波瑞加是当地的罐头厂老板兼市议员，除了他之外，谣传这个团体还包括第十三巡回法院的富兰克林法官、十来个警察，甚至还有《坦帕观察家报》的发行人霍普·休伊特。

在乔看来，另一个更加重大的麻烦是：RD的姐夫是绰号“鹰眼厄文”的厄文·费吉斯，此人更正式的身份是坦帕市警察的局长。

自从他们1929年认识后，费吉斯局长曾找乔去问过几次话，只是为了表明他们关系的敌对本质。乔会坐在他的办公室里，有时厄文会请他秘书送柠檬水给他们喝，乔会看看他办公桌上的照片——漂亮的老婆，两个苹果色头发的孩子，儿子迦勒酷似他老爸，女儿萝瑞塔则还是那么美，乔每次看到她都头脑糊涂。她是希尔斯伯勒高中的返校节女王，从小就在当地戏剧圈赢遍了各种奖项。所以当她毕业后到加州好莱坞发展时，没有人觉得惊讶。就像所有人一样，乔也等着随时看到她登上大银幕。她身上有一种吸引人的光，可以让周围的人像飞蛾似的扑向她。

被自己完美生活的照片包围着的厄文不止一次警告乔说，如果让他们警方发现任何他涉及仁慈号爆炸案的凭据，他们一定会把他抓起来。而且，谁知道联邦调查局会怎么对付他——或许把他吊死。除此之外，只要乔、艾斯特班和他们的人马别踏入白色坦帕，厄文就随他们去。

但现在RD·普鲁伊特在一个月内抢了四家佩斯卡托帮的地下酒吧，摆明了就是要逼乔反击。

“关于这小子，四个酒保的说法都一样，”迪昂说，“说他凶残得病态。从他身上看得出来。下次或下下次，他一定会杀人的。”

乔在监狱中认识很多这样的人，通常只有三个对付的方法：一是想办法让他们帮你工作；二是想办法让他们不理你；三是杀了他们。乔当然不想让RD帮他工作，RD也不可能听命于天主教徒或古巴人，所以就只剩第二个和第三个办法了。

2月的一个早晨，他在“热带保留区”餐厅跟费吉斯局长碰面。那天温暖而干燥，乔此时已经知道，从10月底到第二年4月底，这里的气候几乎完美无比。他们喝着咖啡，里头加了一点苏亚雷斯特选陈年朗姆酒，费吉斯局长看向窗外的第七大道，眼神带点渴望，在椅子上有点坐不住。

最近他身上隐隐冒出一种绝望的气息，像是努力不要溺死。仿佛有第二颗心脏在他耳朵、在他喉咙、在他眼睛后方跳动，跳得双眼有时都突出来。

乔不知道这个人的生活出了什么差错——也许他老婆跑了，也许他爱的某个人死了——但显然最近有什么在啃噬他，夺走了他的精力，也夺走了他的那种确信。

他说：“你听说佩雷斯工厂要关了吗？”

“狗屎，”乔说，“他们有多少工人，四百个？”

“五百。又多了五百个人没有工作，五百双闲下来的手等着要做魔鬼的勾当了。但是，狗屎，这阵子就连魔鬼也不雇人了。所以他们没有什么事情忙，只会喝酒、打架和抢劫，搞得我的工作更难做了，但至少我还有工作。”

乔说：“我听说杰布·保罗的干货店也要关了。”

“我也听说了。这个城市还没有名字的时候，他们就开了那家店。”

“真可惜。”

“一点儿也没错，可惜极了。”

他们喝着咖啡，RD·普鲁伊特从街上慢慢晃过来。他身穿黄褐色灯笼裤、大翻领西装外套，头戴白色高尔夫球帽，脚蹬双色牛津鞋，像是正要去打后九洞高尔夫球。他下唇衔着一根牙签。

他一坐下，乔就从他脸上清楚地看到了那种东西——恐惧。那种恐惧栖息在他的双眼深处，从他的毛孔里悄悄渗出来。大部分人看不出来，因为这种恐惧穿着憎恨和坏脾气的外衣，很容易被误以为是愤怒。但乔在查尔斯城监狱里研究过两年，发现狱中最坏的人，往往也是最害怕的——怕被发现他们是懦夫，或更糟糕，怕被发现他们自己也是受害者——加害的是其他坏人或畏怯者。他们害怕有人会来毒害他们，也怕有人会来把他们加害他人的毒药夺走。这种恐惧就像水银般，在他们的眼中流动，你必须在第一次见面、第一分钟就看出来，否则就再也见不到了。在初见的那一刻，他们还没把自己武装好，所以你有机会看到那只恐惧的动物冲回自己的洞穴。乔就悲哀地看到，RD·普鲁伊特的那只动物大得像只野猪，这表示他加倍恐惧，因此就会加倍凶残，也加倍不讲理。

RD坐下来时，乔朝他伸出一只手。

RD摇摇头："我不跟天主教徒握手的。"他微笑，两掌对着乔抬起，"没有冒犯的意思。"

"我没被冒犯。"乔的手没收回，"如果我说，我半辈子都没去教堂了，会有帮助吗？"

RD低声笑了，还是摇摇头。

乔收回手，往后坐好。

费吉斯局长说："RD，外头都在传，说你在伊博又开始干你的老本行了。"

RD看着他的姐夫，无辜地睁大眼睛。"怎么说？"

"听说你去抢劫一些地方。"费吉斯说。

"什么样的地方？"

"地下酒吧。"

"啊，"RD说，双眼忽然缩小并暗淡下来，"这就表示，这些地方在守法的城市是不存在的？"

"没错。"

"这就表示，这些地方是**非法**的，所以应该关门啰？"

"没错，"费吉斯说，"就是那些地方。"

RD摇着他的小脑袋，又恢复一脸天使般无辜的表情。"这事儿我完全不知道。"

乔和费吉斯交换了一个眼色，乔感觉两人都在忍着不叹气。

"哈哈，"RD说，"哈哈。"他指着两个人，"我只是在跟你们玩。你们也心里明白的。"

费吉斯局长头往旁歪了一下，指的是乔。"RD，这位生意人是要来跟你谈生意的。我则是来建议你跟他合作。"

"你的确心里明白，是吧？"

"那当然。"

"那我是在玩什么？"RD问。

"你只是在开玩笑。"乔说。

"没错。你懂了。你懂了。"他朝费吉斯局长微笑，"他懂了。"

"那么，好吧。"费吉斯说，"所以大家都是朋友。"

RD朝着他们夸张地翻白眼："我可没这么说。"

费吉斯眨了几次眼："无论如何，我们都了解彼此的状况了。"

"这个人，"RD用食指指着乔的脸，"是个私酒贩子，还跟黑鬼私通。我们该给他涂上柏油，黏上羽毛，而不是跟他做生意。"

乔对着那根食指微笑，考虑着把它抓下来砸在桌上，再把指节扳断。

但还没来得及这么做，RD就收起食指说："我只是开个玩笑！"讲得很大声，"你开得起玩笑，对吧？"

乔什么都没说。

RD把手伸过桌面，用拳头轻拍乔的肩膀。"你开得起玩笑？嗯？嗯？"

乔看着桌子对面，那可能是他毕生所见最友善的脸孔，对你满怀善意的祝福。他一直盯着那张脸，直到看见那只恐惧的动物冲过RD病态又友善的双眼。

"我开得起玩笑。"

"只要你自己不变成玩笑，对吧？"RD说。

乔点点头："我朋友跟我说，你是'巴黎人'酒馆的常客。"

RD眯起眼睛，似乎在努力回想那个地方。

乔说："我听说你很喜欢他们的'法国七十五'调酒。"

RD扯了一下裤管："如果是呢？"

"那么我会说，你应该不要只当常客。"

"那要当什么？"

"股东。"

"股份是多少？"

"酒馆的收入分给你一成。"

"你愿意？"

"当然了。"

"为什么？"

"就算是我对野心的尊重吧。"

"就这样？"

"而且我看得出你的才干。"

"这个嘛，我的才干应该不止值一成。"

"那你觉得值多少？"

RD的脸变得像小麦田般柔和优美："我觉得是六成。"

"这是城里最成功的夜店之一，你想拿店里的六成收入？"

RD点点头，开心又满不在乎。

"那是因为你做了什么？"

"你给我六成，我的朋友可能就不会对你那么不友善了。"

"你的朋友是谁？"乔问。

"六成。"RD说，好像第一次开口似的。

"孩子，"乔说，"我不会给你六成的。"

"我不是你孩子，"RD和善地说，"不是任何人的孩子。"

"你老爸松了一口大气。"

“什么？”

“一成五。”乔说。

“揍死你。”RD用气音说。

至少乔认为他是这么说的。乔说：“什么？”

RD摩挲着下巴，用力得乔都能听到胡茬刮擦的声音。他双眼盯着乔，眼神空白却又很明亮。“你知道，这安排听起来好像挺合理的。”

“什么安排？”

“一成五。不能给两成吗？”

乔看向费吉斯局长，又回来看着RD。“我觉得一成五已经很大方了，因为这份工作对你没有任何要求，你甚至不用露脸。”

RD又搔搔他的胡茬，低头看了桌子一会儿。最后他终于抬起头来，露出最天真的笑容。

“你说得没错，考克林先生。这个条件很合理。我非常乐意答应。”

费吉斯往后靠坐，双手放在平坦的腹部。“我听了真高兴，罗伯特·德鲁。我就知道我们可以达成共识。”

“没错。”RD说，“那我要怎么拿我那份？”

“每个月第二个星期二，晚上7点到那家店去拿就行了。”乔说，“找经理西恩·麦卡平。”

“相安？”

“够接近了。”乔说。

“他也是天主教徒吗？”

“是女的，另外，我没问过她是不是天主教徒。”

“西恩·麦卡平。巴黎人。星期二晚上。”RD双掌拍了一下桌子，站起来，“好吧，这真是太棒了。不客气，麦考林先生。厄文。”他朝两人抬了下帽子，离开时比了个半挥手、半敬礼的动作。

有整整一分钟，两人都没说话。

最后乔在椅子上稍微转身，问费吉斯局长：“那家伙的脑袋有多笨？”

“笨得像猪头。”

“我怕的就是这个。你认为他真的会接受这个协议吗？”

费吉斯耸耸肩：“走着瞧。”

RD首度去巴黎人领钱时，西恩·麦卡平把钱交给他，他也道了谢。他问她的名字怎么拼，听完后夸赞这名字好听，说期待日后能长久合作，还在吧台喝了杯酒，对每个碰到的人都很亲切。然后他走出店门，上了自己的汽车，开出去经过瓦优雪茄工厂，去菲丽丝小店，就是乔刚到伊博那天去喝过酒的地方。

RD·普鲁伊特丢进菲丽丝小店的那颗炸弹，其实不太算是炸弹，不过也不必是。店里的主厅太小了，连个高个子男人要拍手，手肘都可能撞到墙壁。

没有人送命，不过有个叫库伊·科尔的鼓手被炸断了左手大拇指，再也不能打鼓了。另外有个十七岁的女孩开车去接她父亲回家，结果失去了一只脚。

乔派了三个二人组出去找那个疯子浑蛋，但RD·普鲁伊特很难找。他们找遍了全伊博，接着扩大到西坦帕，然后是全坦帕，但都找不到他。

一个星期后，RD走进东城另一家乔的地下酒吧，那地方几乎只有古巴黑人常客。当时乐队演奏得正热烈，店里的气氛正热闹。RD

缓缓走近舞台，开枪射中伸缩喇叭手的膝盖，又射中了歌手的肚子。他丢了个信封到舞台上，随后从后门离开。

信封上写着要给“操黑鬼的乔瑟夫·考克林先生”。里头的信纸上只有两个字：

六成

乔去罐头厂拜访凯文·波瑞加。他带着迪昂和萨尔·乌索一起去，进了厂房后方的办公室，这里俯瞰着水泥地板的闷热厂房。几十个女人穿着连身裙和围裙，头上包着同花色的头巾，站在弯曲的输送带旁。波瑞加隔着落地窗监视那些女工。乔和手下进去时，他没有起身，整整一分钟都没看他们。随后，他在椅子上转动，露出微笑，大拇指往玻璃上一指。

“我忍不住老盯着一个新来的，”他说，“你们觉得呢？”

迪昂说：“等到你上了车，开出停车场，新车就变成旧车了。”

波瑞加抬起一边眉毛：“有道理，有道理。各位，我能效劳什么？”

他从办公桌的雪茄盒里拿了一根雪茄，但是没请其他人抽。

乔跷起二郎腿，拉平裤脚上的一道皱褶。“我们想问问，你是不是能帮忙跟RD·普鲁伊特讲点道理。”

波瑞加说：“没几个人成功过。”

“虽然可能性不大，”乔说，“我们还是想试试看。”

波瑞加咬掉雪茄的一端，吐在垃圾桶里。“RD是成年人了。他又没来问我意见，所以我要是去跟他说什么，就太不尊重他了。即使我赞成你们的理由。另外，我很好奇，你们的理由是什么？”

乔等着，直到波瑞加隔着火焰看向自己，然后是隔着烟雾。

“这是为了他好，”乔说，“RD必须停止跑到我的俱乐部开枪，他应该跟我碰个面，好好商量。”

“俱乐部，什么俱乐部？”

乔看看迪昂和萨尔，没说话。

“桥牌俱乐部？”波瑞加说，“扶轮社？我是大坦帕扶轮社的社员，我不记得见过你——”

“我是以成人的态度来跟你谈点事情，”乔说，“可是你他妈的想跟我玩游戏。”

凯文·波瑞加双脚放在办公桌上：“我想玩游戏？”

“你派这小子来找我麻烦。你知道他够疯，敢跟我对抗。但你这样只会害他送命。”

“我派谁？”

乔从鼻子里吸了一口长气：“你是这里三K党的大头目。很好，有你的。但你认为我们能有今天，是因为会容忍你这种做罐头的杂种和你的朋友们来欺负我们吗？”

“呵，小老弟，”波瑞加疲倦地低笑一声说，“如果你认为我们只是那样，那就大错特错了。我们里头有镇文书官和法警、狱警和银行家，还有市警察、郡警察，甚至还有一个法官。而且我们已经决定了，考克林先生。”他书桌上的双脚放回地上，“我们决定榨干你，还有你的西班牙佬朋友和南欧佬朋友，否则就把你赶出城。如果你笨到要跟我们对抗，我们就会把地狱之火淋在你和你爱的所有人身上。”

乔说：“所以你用来威胁我的，就是一大堆比你更有权力的人？”

“没错。”

“那我何必跟你谈呢？”乔说，然后朝迪昂点点头。

凯文·波瑞加只来得及说声“什么”，迪昂就走到办公室另一头，朝他脑袋开了一枪，脑浆溅得那片大玻璃窗上到处都是。

迪昂把凯文·波瑞加掉到胸口的雪茄拿起来，塞进他嘴里，又把手枪上的消音器拆下来，放进风衣口袋，嘴里发出嘶嘶声。

“这玩意儿好烫。”

萨尔·乌索说：“你最近变得像个小娘儿们似的。”

他们离开办公室，下了金属楼梯来到一楼的厂房。他们进来时把帽檐压低到前额，套上浅色风衣，罩住里面的华丽西装，这样所有工人就只看到几个黑帮分子打扮的人，而且没看多久。他们离开时也一样。要是工厂里有人认出他们，也一定会知道他们不好惹，一定会推说没看清。

乔坐在费吉斯局长位于海德公园家宅的前门廊上，手上拿着他父亲的怀表，心不在焉地打开盖子又关上，打开又关上。这是一栋典型的平房，有着工艺美术风格的装饰。褐墙褐瓦加上蛋壳白的门窗边框。前门廊是用宽宽的山核桃木板建造的，上头摆着几张藤制桌椅，还有同样漆成蛋壳白的秋千。

费吉斯局长开着汽车回来，下车后走上屋前的砖砌小径，两旁是修剪完美的草坪。

“跑到我家来了？”他跟乔说。

“省得你还要找我去局里。”

“我干吗找你去？”

“有手下告诉我，说你在找我。”

“啊，对了，没错。”费吉斯来到门廊，两脚在台阶上踏了一会儿，“是你朝凯文·波瑞加的脑袋开枪吗？”

乔眯眼抬头看着他：“凯文·波瑞加是谁？”

“那我问完了。”费吉斯说，“要不要喝啤酒？无酒精啤酒，但是还不错。”

“那就太谢谢了。”

费吉斯进了屋子，带着两瓶无酒精啤酒和一只狗出来。啤酒很凉，狗很老，是一只灰色的寻血猎犬，柔软的下垂耳朵就像芭蕉叶那么大。它趴在门廊上，位于门与乔之间的位置，睁着双眼打鼾。

乔谢过费吉斯的啤酒之后，又说：“我得联络RD。”

“我也猜到了。”

“如果你不帮我，事情结果会怎么样，你也知道。”乔说。

“不，”费吉斯局长说，“我不知道。”

“结果会有更多尸体，流更多血，更多报纸报道关于‘雪茄城屠杀’之类的消息。结果你会丢掉工作。”

“你也是。”

乔耸耸肩：“或许吧。”

“差别在于，你丢掉工作时，脑袋还会吃颗子弹。”

“如果他离开，”乔说，“战争就结束了，一切会重返和平。”

费吉斯摇摇头：“我不会出卖我的小舅子。”

乔往外看着马路。这是一条美好的砖砌道路，两旁有几栋漆得很漂亮的整齐的平房，一些有开放式门廊的老旧南方风格家宅，街道最前端还有两栋正面外突的褐石建筑。街上的栎树都又高又大，空气中有栀子花香。

“我不想这么做。”

“做什么？”

“你逼我接下来要做的事。”

“我可没逼你做任何事，考克林。”

“有，”乔轻声说，“你有。”

他把第一张照片从西装外套内侧口袋里拿出来，放在费吉斯局长旁边的门廊上。费吉斯知道自己不该看。他就是知道。一时之间，他的下巴照样歪向右边。但接着，他头转回来，低头看着乔放在他门廊上、和前门只有两步距离的照片，他的脸立刻变得一片死白。

他抬头看乔，又低头看看照片，迅速别开目光。乔使出最致命的绝招。

他把第二张照片放在第一张旁边：“她没成功打入好莱坞，厄文。她只到了洛杉矶。”

厄文·费吉斯迅速瞥了第二张照片，那一眼足以让他双眼刺痛。他紧闭起双眼，低声说：“这样不对，这样不对。”一遍又一遍。

他哭了。其实是呜咽。他双手捂住脸，低着头，背部起伏着。

等到费吉斯停止，抬起头，那只狗过来躺在他旁边，头抵着他大腿外侧抖了抖身子，张着嘴巴。

“我们帮她找了个特别的医师。”乔说。

费吉斯垂下双手，红红的双眼充满恨意望着乔。“什么样的医师？”

“戒除海洛因成瘾的医师，厄文。”

费吉斯竖起一根手指：“绝对不准再喊我的教名。以后只准叫我费吉斯局长，明白吗？”

“不是我们害她变成这样的，”乔说，“我们只是找到了她，带她离开了那里，那地方真的很不好。”

“然后想出该怎么用来获利。”费吉斯指着她女儿的照片，里面还有三个男人、金属项圈和链子，“你们这些人就是会拿着照片去兜售，才不管里头是我女儿或其他人。”

“我不做这种事的，”乔说，他知道这话听起来多么没有说服力，“我只做朗姆酒生意。”

费吉斯用掌跟擦了眼睛，又看着他们。“从朗姆酒赚来的利润，用来收买其他的黑道组织。请不要坐在这里，假装不是那么回事。你就开价吧。”

“什么？”

“我要付出什么代价，你才肯把我女儿的下落告诉我。”他转头看着乔，“告诉我，告诉我她在哪里。”

“她在一个好医师那里。”

费吉斯握拳用力捶了一下门廊。

“在一间戒毒诊所里。”乔说。

费吉斯又捶了一下地板。

“我还不能告诉你。”乔说。

“要等到什么时候？”

乔看着他，沉默许久。

最后费吉斯终于站起身，那只狗也跟着他站起来。他走进纱门，乔听到他在拨电话。他开口说话时，音调比平常更高，也更沙哑。“RD，你得跟这小子再碰一次面，这事儿没的商量。”

在门廊上，乔点了根香烟。几个街区外，霍华大道上传来遥远的车喇叭声。

“对，”费吉斯对着电话说，“我也会去的。”

乔捻起舌头上的一根烟草，让微风吹走。

“你不会有事的。我发誓。”

他挂了电话，在纱门里站了一会儿，才又推开门，跟那只狗一起回到门廊。

“他会在长船礁岛跟你碰面，就是盖了那栋丽思饭店的地方，今天晚上10点。他叫你单独一个人去。”

“好。”

“我什么时候能知道她在哪里？”

“等我和RD碰面后活着离开。”

乔走向他的汽车。

“你自己动手。”

他回头看费吉斯：“什么？”

“如果你要杀他，那就当个男子汉，亲自扣扳机。去叫别人做你没种做的事情，算不上光荣。”

“大部分事情都算不上光荣。”乔说。

“你错了。我每天早上醒来，看着镜子里的自己，知道自己走在正确的道路上。你呢？”费吉斯让那问题悬在空中。

乔打开车门，正要上车。

“等一下。”

他回头看着门廊上的费吉斯，他现在已经不太像个人了，因为乔偷走了他身上很重要的一部分，而且要带着离开了。

费吉斯痛苦的双眼看着乔的西装口袋，声音颤抖。“你还有其他照片吗？”

乔可以感觉到，口袋里的那些照片像长了脓疮的牙龈般难受。

“没有。”他上了车，开走了。

19

没有更美好的时光

约翰·瑞龄是马戏团经理，也是萨拉索塔的大赞助人，他在1926年于长船礁岛盖了这座丽思卡尔顿饭店，随之忽然碰到现金周转问题，于是把它留在了这里。饭店矗立在一个小海湾内，背对着墨西哥湾，一个个房间里没有家具，墙壁和天花板的交接处还没装上冠状线板。

乔刚搬到坦帕时，曾沿着海岸线来回十几趟，寻找违禁品的卸货点。他和艾斯特班有些船载运糖蜜进入坦帕港，而且整个坦帕已经被他们掌握，因而每十趟船只会损失一趟的货物。不过他们也会花钱雇一些船，载着装瓶的朗姆酒、西班牙茴香酒，以及渣酿白兰地，从哈瓦那运到中佛罗里达州西岸。这让他们不必在美国本土进行蒸馏的过程，也就省下了一个费时的步骤，但这么一来，那些船就得面对更大范围的禁酒令执法者，包括税务人员、联邦调查局探员，以及海岸防卫队。而无论法鲁柯·迪亚兹是多疯狂又多厉害的飞行员，他也只能看到执法者接近，无法阻止他们。（这就是为什么他老是游说他们，在飞机上除了那个机关枪座之外，还要多加一挺机关枪和一个枪手。）

除非乔和艾斯特班决定向海岸防卫队和联邦调查局公然宣战，否则这一片墨西哥湾沿岸外分布的岛屿——长船礁岛、卡西礁岛、午睡礁岛——就是躲藏或暂时储存货物的完美地点。

这些岛屿也是进行围捕的绝佳处所，因为进出这些岛屿只有两个方法，一个是开船，另一个是过桥。只有一座桥。如果执法人员包围，用扩音器喊话，探照灯大亮，你又没办法飞离那个岛屿，你就得去坐牢了。

多年来，他们曾有十来次暂时把货物堆在这个丽思饭店。不是乔自己，不过他听说过这个地方的故事。瑞龄盖好了房子的骨架，甚至装好了铅管设备，铺好了底层地板，接着他就丢下离开了。只留下整栋西班牙地中海风格的建筑耸立在那儿，三百个房间，大得不得了，如果把所有房间都点上灯，大概从哈瓦那就能看到。

乔提早一个小时到达那儿。他随身带了一把手电筒，之前交代过迪昂帮他挑一把好的，结果这把的确不差，只是常常得关掉休息，否则灯光会逐渐变暗，开始闪烁，之后就完全熄灭了。乔得关掉后过几分钟再打开，然后从头重复一次这个过程。他站在黑暗里等待，眼前是三楼一个黑暗的大房间，他相信本来是要当餐厅的，此时他忽然想到，人类就像手电筒——发光，变暗，闪烁着死灭。这个想法病态又幼稚，但在开车来这里的一路上，他变得越来越病态，或许还有点幼稚，因为他在生RD・普鲁伊特的气，而且他知道RD只是一长串人之中的一个。他不是例外，而是通则。如果乔今天晚上成功除掉他这个问题，另一个RD・普鲁伊特很快就会出现了。

因为这一行是不合法的，因此必然是肮脏的。肮脏的行业会吸引肮脏的人。心胸狭窄和生性残酷的人。

乔走出房间，来到白色石灰岩所建的游廊，倾听着海浪的声音，倾听着瑞龄进口的大王椰子树叶在温暖的夜间微风中沙沙作响。

禁酒派正在节节败退；全国都在反对宪法第十八条修正案的禁酒令。禁酒时代即将告终。或许还会再拖个十年，也可能两年内就结束了。无论拖多久，死亡讣告已经写好，只是尚未发布而已。乔和艾斯特班已经买下墨西哥湾沿岸和东海岸的进口公司，手上的现金都快花光了，但等到酒精开放合法的第一天早上，他们只要一声令下，所有的营运就可以立刻转换轨道，迎接新的一天。他们旗下的每家蒸馏厂都已准备就绪，运输公司目前专门运送玻璃器皿，装瓶厂则都在接汽水公司的生意。等到戒酒令废除的第一天下午，他们就会开跑，准备拿下美国16%到18%的朗姆酒市场。

乔闭上眼睛，吸入海风，想着自己达到那个目标之前，不知道还要对付几个RD・普鲁伊特。其实是，他不了解RD这种人，他们想在某种竞赛中击败这个世界，但这个竞赛只存在于他们的脑袋里，而且毫无疑问，这场战斗至死方休，因为死亡是唯一的恩典，也是他在这世间唯一能找到的平静。或许让乔心烦的不光是RD和他的同类人，而是你不得不终止他们。你得跟他们一样跪在污垢里。你得拿照片给厄文・费吉斯这样的好人看，照片里是他长女，脖子上拴着链子，后头有个男人在上她，手臂上的一条条毒品注射痕就像被太阳晒干的袜带蛇。

他没必要把第二张照片交给厄文・费吉斯看，但他还是这么做了，因为这样可以让事情办得更快。在他抱着远大雄心的这一行，让他越来越担心的是，每回他为了应急而出卖掉自己一点，下回就变得更容易了。

前几天晚上，他和格蕾西拉出门到里维耶拉小店喝了杯酒，接着去哥伦比亚餐厅吃晚餐，接着到缎天夜总会看了一场表演。跟着他们的是萨尔・乌索，他现在是乔的全职司机。左撇子道纳开车在后面跟着照看，因为那天迪昂有事。里维耶拉小店的酒保因为急着在格蕾西拉到桌边前帮她拉开椅子，中途绊倒而跪在地上。在哥伦比亚餐厅时，女侍把一杯饮料洒在他们桌上，有些流到了乔的长裤上，结果侍者总管、经理，最后是餐厅老板都来跟他们道歉。于是乔不得不努力说服他们不要开除那个女侍。他说她不是有意的，说她的服务在其他各方面都无懈可击，还说他们很幸运，每次去都是她负责服务。（服务。乔痛恨这个字眼。）当然，那女侍的三个上司答应不开除她，但他们去缎天夜总会的路上，格蕾西拉提醒他：不然他们当着乔的面能说什么？下星期再去看看她是不是保住了这份工作吧。到了缎天夜总会，里头客满了，但乔和格蕾西拉还没来得及转身回到车上，经理佩普就冲过来，保证说有四个客人刚结了账。乔和格蕾西拉看着两名男子走向一张坐了四个人的桌子，朝那两对男女咬耳朵，然后推着他们的手肘催他们离开。

就座后，乔和格蕾西拉都好一会儿没说话。他们喝着饮料，看着乐团。格蕾西拉看了店里一圈，又往外看了看站在汽车旁的萨尔，他双眼始终没离开他们。她望着那些假装没在看他们的顾客和侍者。

她说："我变成雇用我父母的那种人了。"

乔什么都没说，因为他能想到的任何回答都是谎言。

他们逐渐迷失了，开始只在白天生活。那是重要人士活跃的时间，保险推销员和银行家工作的时间，市民会议召开以及主街游行时挥舞小旗子的时间，在白天，你会为了自己的故事出卖自己的真相。

但天黑之后，在黄色暗淡街灯下的人行道边，在小巷中，在废弃空地上，有人在乞讨食物和毯子。你经过他们旁边，又会在下一个街角碰到他们的孩子。

事实上，他喜欢自己的故事胜于自己的真相。在他自己的真相中，他是个次等又卑贱的人，老是格格不入。他还是有波士顿口音，不知道怎么打扮才合宜，而且他老是有太多别人觉得“好笑”的想法。真正的他是个被吓坏的小男孩，就像一副星期天下午的老花镜，总是被父母遗忘，两个偶尔对他有点亲切的哥哥总是一声不响地来到或离去。真正的他是一个住在空荡屋子里的孤单小男孩，等着有个人来敲他的卧房门，问他是不是安好。

相反，他的故事是个黑道王子的故事。有全职的司机和保镖，有财富又有成就。只因为他想要座位，就会有人离座让给他。

格蕾西拉说得没错——他们已经变成当年雇用她父母的那种人了。不过，他们是更好的版本。而她那当年穷得吃不饱的父母，也一定会这么期盼的。你不能跟有钱人斗。你唯一能做的，就是自己也变成有钱人，有钱到他们也得来求你。

他离开游廊，再度进入饭店。他打开手电筒，看到那个宽敞的大房间，上流社会的人在里面喝酒、吃饭、跳舞，还做其他各种上流人士会做的事。

上流人士还会做其他什么事？

一时之间，他想不起来。

人们还会做什么事？

他们会工作，只要找得到工作。就算找不到，他们还是要养家。他们要开车，只要负担得起保养费和汽油。他们会去看电影，听收音机，或者看表演。他们还会抽烟。

那有钱人呢？

会赌博。

在一片强光中，乔看得见那个情景。当全国其他人都在排队领救济的浓汤、到处乞讨零钱时，有钱人还是一样有钱。而且无所事事，很无聊。

他行走其中的这个大房间，这个从来没能成为餐厅的地方，其实根本不是餐厅，而是个赌场。他可以看到中央有轮盘，靠南墙是骰子桌，靠北墙是扑克桌。他看到地上铺着波斯地毯，天花板水晶吊灯的垂饰灿烂有如红宝石和钻石。

他离开那个房间，沿着主走廊往前走。他经过的会议室变成了表演厅——一个有大乐团，另一个有轻歌舞剧，第三个有古巴爵士，或许甚至有个电影院。

还有饭店房间。他上到四楼，看着那些俯瞰着墨西哥湾的房间。老天，真是令人惊叹。每层楼都有自己的仆役长，站在电梯旁恭候顾客到来，为各层客人二十四小时提供各种服务。每个房间当然都会有收音机。还有天花板风扇。或许还有他听说过的那种法国式马桶，会往上朝你的臀部冲水。另外还有随叫随到的按摩师，十二小时客房服务餐点，三个服务台职员。他又往下，要走回二楼。手电筒得休息了，于是他关掉，他现在知道楼梯在哪里了。到了二楼，他找到跳舞厅。就在二楼的中央，上方有个巨大的圆顶，在温暖的春日夜晚，闲逛到这里，可以看其他拥有无尽财富的人，在穹顶所绘的星星之下跳舞。

他看得再清楚不过的是，有钱人会来到这里，为了这座饭店的豪华炫目和精致优雅，也为了有机会冒险对抗被操纵的赌局。赌局被操纵的程度，就像他们数世纪以来操纵穷人那样。

而他会纵容它、鼓励它，并从中获利。

没有人——就连洛克菲勒、杜邦、卡内基，或J.P.摩根这些富豪都不可能——击败庄家。除非他们自己就是庄家。而在这个赌场里，唯一的庄家就是乔。

他摇了摇手电筒，然后打开。

出于某些原因，他很惊讶地发现他们在等他——RD·普鲁伊特和另外两个男人。RD穿着僵硬的黄褐色西装，打着黑色条纹领带，脚穿黑皮鞋。他的裤脚太短，露出底下的白色袜子。他带来的那两个小子看起来像走私烈酒的，身上有玉米味、酸麦芽浆味，还有甲醇味。他们没穿西装，只穿了短领衬衫，打了短领带，羊毛长裤上是吊裤带。

他们的手电筒转向乔，乔忍着没眨眼。

RD说："你来了。"

"我来了。"

"我姐夫呢？"

"他没来。"

"也好。"他指着右边那个小子，"这位是卡佛·普鲁伊特，我堂弟。"又指指左边那小子，"另外这位是他表弟，哈洛·拉布特。"他转向他们，"两位，这位就是杀了凯文的人。小心点儿，他可能会决定把你们都杀掉。"

卡佛·普鲁伊特把步枪举到肩膀上。"不太可能。"

"这个家伙？"RD沿着舞厅往旁边跨步，指着乔，"他贼得很。你一旦没看好枪，我保证它就会落入他手中。"

"啊，"乔说，"废话少说。"

"你说话算话吗？"RD问乔。

"要看话是跟谁说的。"

"所以你一定没照我的吩咐，不是单独来的吧。"

"对，"乔说，"我不是单独来的。"

"好吧，那他们在哪里？"

"狗屎，RD，我要是告诉你，那就不好玩了。"

“我们刚才看着你走进来，”RD说，“我们坐在这里三个小时了。你提早一个小时来，以为可以占到我们的便宜吗？”他低笑，“所以我们知道你是一个人来的。你听了高兴吗？”

“相信我，”乔说，“我不是一个人来的。”

RD带着枪走向乔，直到舞厅中央。

乔随身带来的弹簧刀已经抽出来了，他今天特地戴了腕表，弹簧刀柄的底部就塞在表带底下。他唯一要做的就是一抖手腕，刀子就会落入他的掌心。

“我不想要六成。”

“我知道。”乔说。

“那么，你知道我想要什么吗？”

“不知道，”乔说，“要我猜吗？我猜是要回到以前的老样子。接近答案了吗？”

“近得发烫呢。”

“但是不可能回到以前了，”乔说，“这就是我们的问题，RD。我在牢里待了两年，别的什么都没干，除了阅读。你知道我发现了什么吗？”

“不知道。不过你会告诉我的，对吧？”

“发现我们总是会搞砸。我们总是会互相残杀，或是去强暴、偷窃，或是被做掉。我们一直就是这种人，RD。没有什么‘老样子’，没有更美好的时光。”

RD说：“嗯哼。”

“你知道这地方可以怎么样吗？”乔说，“你想到我们可以把这里用来做什么吗？”

“不知道。”

“打造出全美国最大的赌场。”

“不会有人允许赌博的。”

“我不同意，RD。整个国家都陷入了不景气，银行一直倒，城市纷纷破产，很多人都失业了。”

“因为我们选了一个共产党当总统。”

“不，”乔说，“其实呢，差得远。但我不是要跟你辩论政治，RD。我是要告诉你，禁酒令即将结束，因为——”

“在一个敬畏神的国家，禁酒令是不会结束的。”

“会，就是会。因为这个国家需要过去十年没拿到的关税、进口税、配销税、跨州输送税，还有，狗屎，各式各样随你讲——可能高达几十亿的税收损失。而他们会要求我，以及像我这样的人——比如你——合法卖出几百万的酒，好帮他们拯救这个国家。这就是为什么，同样的道理，他们也会让这个州赌博合法化。只要我们收买了适当的郡政委员、市议员、州参议员，我们就可以开赌场，而你也可以参与了，RD。”

“我才不想参与跟你有关的事情。”

“那你来这里做什么？”

“来当面告诉你，先生，你是癌症。你会是把这个国家搞垮的瘟疫。你和你的黑人婊子女朋友，还有你肮脏的西班牙人朋友和肮脏的意大利人朋友。我要拿下巴黎人，不是六成，而是全部。然后呢？我要拿下你所有的店，我要拿走你的一切。说不定顺便去你那栋漂亮的房子，尝尝那个黑人姑娘的滋味，再割断她的喉咙。”他回头看着自己带来的那两个小子，大笑起来，又转回头来看着乔，“你还没搞清楚怎么回事，不过你就要离开这个城市了。你只不过是忘了收拾行李。”

乔看着RD明亮、凶残的双眼，望进最深处，看到里头没有光亮，只有凶残。那双眼睛仿佛属于一只被打得太凶、饿得太惨、性情又太乖戾的狗，它对这个世界唯一能回报的，就是露出它的牙齿。

在那一刻，他怜悯他。

RD·普鲁伊特看到了乔眼中的怜悯，他眼中涌上了一股汹涌的愤慨。还有一把刀。乔看到那把刀出现在他的双眼里，当他低头看着RD的手时，那把刀已经插进了乔的肚子里。

乔抓住RD的手腕，很用力，所以RD没法把刀子往上下左右移动。乔自己的刀子哗啦掉在地板上。RD奋力想挣脱乔的手，两个人都狠狠咬紧牙齿。

“我制住你了，”RD说，“我制住你了。”

乔放开RD的手腕，双掌底部朝着RD胸口猛拍，推得他稍稍后退。那把刀滑出来，乔倒在地板上，RD大笑，那两个小子也跟着笑。

“制住你了！”RD说，朝乔逼近。

乔看着自己的血从刀子上滴下来。他举起一只手。“等一下。”

RD停住：“每个人都会这么说。”

“我不是在跟你说话。”乔抬头望向黑暗，看到穹顶上的群星，“好，动手吧。”

“那你是在跟谁说话？”RD说，慢了一步，老是慢了一步，这大概可以解释他为什么会有那种愚蠢的残酷。

迪昂和萨尔·乌索打开他们今天下午安装在圆顶上的探照灯。那就像是一轮接近秋分的满月，忽然从层层乌云之后跳出来，照得整个跳舞厅一片亮白。

当子弹如雨点般降下，RD·普鲁伊特、他的堂弟卡佛、卡佛的表弟哈洛跳起了墓地狐步舞，仿佛他们忽然剧烈地咳嗽，同时要跑过一片热炭。最近摸熟了汤普森冲锋枪的迪昂，在RD·普鲁伊特的身体上射出两道交叉的X记号。等到他们停火时，那三个人的尸体碎片在整个舞厅飞溅得到处都是。

乔听到楼梯上传来的脚步声，他们正在跑下楼。

进入舞厅时，迪昂对萨尔大喊："去叫医师来，去叫医师来。"

萨尔的脚步声跑远了，迪昂则跑到乔旁边，撕开他的衬衫。

"啊，乖乖。"

"怎么了，很严重？"

迪昂脱掉外套，再脱下自己的衬衫，卷成一团按住伤口。"你撑着点儿。"

"很严重？"乔又问了一次。

"不太妙，"迪昂说，"你觉得怎么样？"

"两脚发冷，肚子里发烫。其实呢，我很想大叫。"

"那就叫吧，"迪昂说，"反正这里也没别人。"

乔叫了。声音大到自己都吓了一跳。声音在整个饭店回荡着。

"好过一点了吗？"

"猜猜怎么着？"乔说，"没有。"

"那就别再叫了。好吧，他马上就来了，我是说医师。"

"你们带了医师来？"

迪昂点点头："他在船上。萨尔应该已经打了信号灯。他很快就会赶到码头了。"

"那就好。"

"他刀子刺中你的时候，你为什么没叫？我们在上头他妈的看不见你啊，就只能在那边一直等你打暗号。"

"不知道，"乔说，"不让他满足好像很重要。啊，上帝啊，好痛。”

迪昂握住他的手，乔紧紧抓着不放。

“如果你不打算用刀刺他，干吗让他那么接近你？”

“那么什么？”

“那么接近你，拿着刀？应该是你刺他才对。”

“我不该把那些照片给他看的，阿迪。”

“你把照片给他看了？”

“不。什么？不。我是说费吉斯。我不该这么做的。”

“基督啊。为了把这只他妈的疯狗除掉，我们非得那么做啊。”

“那样的代价不对。”

“但那就是代价。你不能因为那个代价，就让这个浑蛋用刀刺你。”

“好吧。”

“嘿，清醒点儿。”

“别再拍我的脸了。”

“那你就别再闭上眼睛了。”

“我要建造一个很棒的赌场。”

“什么？”

“相信我。”乔说。

20

我的爱人

五个星期。他在医院躺了五个星期。先是在十四街的冈萨雷兹诊所，跟古巴圈会所在同一个街区；后来又以罗德里戈·马丁内斯的化名，搬到往东十二个街区外的阿斯图里亚斯中心医院。古巴人可能跟西班牙人不和，西班牙南部人又可能跟北部人不和，他们所有人都对意大利人和美国黑人不满，但要是谈到医疗，伊博是个互助的共同体。这里的每个人都知道，要是在坦帕的白人区，就算他们心脏有个洞，医院也还是会优先治疗另一个指甲根长了肉刺的白人。

格蕾西拉和艾斯特班组织了一个医疗小组治疗乔——一个古巴外科医师帮他动第一个剖腹手术，一个西班牙胸腔医学专家在第二、第三、第四次手术时负责监督腹壁重建，另外有个顶尖的美国药学医师帮忙施打破伤风疫苗，并控制吗啡的用量。

所有的初步治疗，包括伤口冲洗、消毒、检查、清创、缝合，都是在冈萨雷兹诊所完成的，但他住在那里的消息传了出去，第二天夜里，三K党的午夜骑士就出现了，他们骑马沿着第九大道跑来跑去，火炬的油腻恶臭飘进诊所的铁窗里。乔没被吵醒——刺伤后的头两个星期，他只勉强有一点模糊的记忆——他后来复原的那几个月，格蕾西拉会把一切细节告诉他。

那些三K党的骑士离开时，沿着第七大道对空鸣枪，一路轰然离开伊博，迪昂派了一些人跟在后头——每两个人骑一匹马。就在天亮之前，一些不明攻击者进入大坦帕与圣彼得斯堡地区八名当地人的家里，把男主人打得半死，有些还当着家人的面。其中一家住在庙台市的女主人想调停，结果被棒子打得双臂骨折。还有一家住在埃及湖的儿子试图阻止，结果被绑在一棵树上，让蚂蚁和蚊子叮咬。受害者中最有名的就是牙医师维克特·托尔，谣传他取代了凯文·波瑞加，成为当地三K党的领袖。托尔医师被绑在他的汽车引擎盖上，躺在自己的血泊中，闻着自己的屋子被烧毁的气味。

这一招有效遏止了三K党在坦帕市的势力长达三年，但当时佩斯卡托家族和考克林苏亚雷斯帮无从知道，所以他们丝毫不敢大意，把乔转到了阿斯图里亚斯中心。在这家医院里，他们在乔的体内插入一根外科引流管，以防止内出血，第一个医师一直找不到出血的源头，于是他们找来第二个医师，是个温和的西班牙人，拥有格蕾西拉这辈子所见过最美的手指。

此时，乔已经几乎没有出血性休克的危险了——这是腹部刀伤致死的头号原因。第二号原因则是肝脏损伤，而乔的肝脏完好无缺。医师们很久以后才告诉他，这多亏了他父亲的怀表，表盖上头多了一道刮痕。当初RD那把刀先擦过怀表的表面，稍稍改变了方向，才让他肝脏没有受损。

当初第一个赶到场的医师，尽力检查了乔的十二指肠、直肠、结肠、胆囊、脾脏、末端回肠的损伤，可是那时环境条件太过困难。在那栋废弃建筑的肮脏地板上，他先让乔的状况稳定下来，然后上船穿越坦帕湾回伊博。等到他们把他送入开刀房时，已经过了一个多小时了。

第二个检查乔的医师怀疑，刀子穿透腹膜时，由于角度的关系伤到了脾脏，于是又对乔进行了第二次剖腹手术。这位西班牙医师猜得没错。他修补了乔脾脏上的小伤口，清除掉开始在他腹壁形成溃疡的有毒胆汁，不过某些伤害已经造成。于是，不到一个月内，乔又不得不进行了两次手术。

第二次手术后，乔醒来时看到有人坐在他的床尾。他的视线很模糊，空气都像是变成了纱布。但他看得出大大的头和长长的下巴，还有一条尾巴。那尾巴砰砰敲击着盖在他腿上的毯子，然后他看清那是一只山狮。乔的喉咙发紧，浑身冒汗。

那山狮舔舔自己的上唇和鼻子。

它打了个哈欠，乔真想闭上眼睛，不看那些曾用来咬断骨头、撕裂皮肉的华丽白牙齿。

它闭上嘴，黄色的双眼再度看着他，然后把前爪放在他肚子上，走向他的头部。

格蕾西拉说："什么大猫？"

他抬头看着她的脸，在满头大汗中眨眨眼。当时是早晨，流入窗子的清凉空气带着山茶花的香味。

几次手术终于都结束后，医师禁止他性交三个月。也不准碰酒类、古巴食物、甲壳类、坚果和玉米。他和格蕾西拉本来担心不做爱会害两人疏远，结果却相反。到了第二个月，他学会了另一种满足她的方式，那就是用嘴，这一招是他多年来不小心发现的，以前只用过两三次，现在成了他取悦她的唯一方法。他跪在她面前，双手捧着她的臀部，以嘴封住通往她子宫的入口，那入口让他同时觉得神圣又罪恶、豪奢又滑溜，他感觉自己终于找到值得下跪的东西了。如果他必须放弃传统上认为男女之间应该如何付出与接受的成见，才能换得他埋头在格蕾西拉双腿间所感觉到的那种纯净与效益，他真恨不得自己几年前就抛开那些成见。她一开始的抗议——不，不能这样；男人不做这种事的，我得先洗个澡，你不可能喜欢那个滋味的——逐渐变成近乎上瘾。因为在她可以报答他之前的最后那个月，乔才发现他平均每天要用嘴满足她五次。

等到医师们终于对他撤除禁令，他和格蕾西拉把第九大道家宅上的遮光窗板全部关上，在二楼的冰橱里装满了食物和香槟，足足两天只待在他们的天篷床上或爪足浴缸里。第二天的黄昏，他们躺在红色的暮光中，面对街道的遮光板已经又打开了，天花板的吊扇吹干他们的身体，格蕾西拉说："以后不会有另一个了。"

"另一个什么？"

"另一个男人。"她手掌抚摸着他遍布疤痕的腹部，"你是我的男人，直到我死。"

"是吗？"

她张开的嘴贴着他的脖子，呼出气来。"是的，是的，是的。"

"那亚当呢？"

听到丈夫的名字，她眼中露出轻蔑。这是他第一次看到。

"亚当不是男人。你，我的爱人，你才是男人。"

"你当然是彻头彻尾的女人了，"他说，"基督啊，我真是被你迷倒了。"

"我也被你迷倒了。"

"好吧，那么……"他看了房间里一圈。他等这一天等了好久，真盼到了，却又不知道该如何是好。"你在古巴永远没办法离婚，对吧？"

她点点头："就算我可以正大光明回去，教会也不会准许我离婚的。”

“所以你永远都是他的妻子。”

“名义上。”她说。

“但是名义算什么？”他说。

她大笑：“我赞成。”

他把她拉到自己上方，目光从她褐色的躯体上移到她褐色的眼睛，用西班牙语说：“你是我的妻子。”

她双手擦着眼睛，一丝带泪的笑逸出嘴唇。“你是我的丈夫。”

“永远。”

她温暖的双掌放在他胸口，点点头。“永远。”

21

照亮我的路

生意还是持续蒸蒸日上。

乔开始为买下丽思饭店的事情打通关节。约翰·瑞龄愿意卖掉建筑物，但不肯卖地。于是乔带着自己的律师跟瑞龄的律师洽谈，看能否找出一个双方都能接受的办法。最近他们双方研究出一份九十九年的租约，却又卡在郡政府的空间权上。乔有一组政治掮客负责收买萨拉索塔郡的调查员，另一组在州首府塔拉哈西对州级的政客下功夫，还有第三组人马在华府，去对付那些常进出佩斯卡托家族所投资的妓院、赌场、鸦片窟的国税局官员和参议员。

他的第一个成功，是让宾果游戏[①]在潘尼拉斯郡合法。接着把全州宾果合法化的提案排入备审程序，预定在州议会的秋季会期召开听证会，可能最早会在1932年初投票表决。他在迈阿密的朋友（那个城市要容易收买得多）已经设法让戴德郡和布劳沃德郡的彩池投注赌博合法，使得州政府的态度更软化。乔和艾斯特班曾冒险帮他们在迈阿

① bingo，一种拼字游戏，通常在游戏厅中进行。玩者均持有一张数字卡，第一个凑齐庄家喊出的全部或一组数字者胜出。

密的朋友买了一块地，现在那块地变成了赛马场。

马索曾搭飞机来察看那座丽思饭店。他最近刚治疗完癌症，但只有他本人和医师才知道是哪种癌。他宣称自己治疗的状况很好，但头秃了，身体也很虚弱。甚至有人私下说他脑袋变糊涂了，不过乔看不出任何迹象。马索很喜欢这块产业，也喜欢乔的想法——如果要打破赌博禁忌，那么现在，趁着禁酒令凄惨地在他们面前崩溃，就是绝佳的时机。他们因为饮酒合法化所损失的钱，会直接进入政府的口袋，但在合法赌场和赛马场被抽走的税，可以从众多笨得跟庄家对赌的人身上赚回来。

那些政治掮客也开始回报，说乔的预感看起来没错。整个国家都已经准备让赌博合法化了。整个州、整个国家都缺钱。乔派出去的人带着各式各样保证——赌场税、饭店税、餐饮税、娱乐税、房间税、酒类执照税，外加所有政客都很爱的超额收益税。任何一天，只要赌场当天的进账超过八十万元，就会缴百分之二的超额收益税给州政府。但其实，只要赌场的收入一接近八十万，他们就会短报收入。不过那些睁大眼睛想捞好处的政客不需要知道这点。

到了1931年末，他口袋里已经有两个资浅参议员、八个众议员、四个资深参议员、十三个州议员、十一个市议员，还有两个法官。他也收买了以前的三K党对手：《坦帕观察家报》的总编辑霍普·休伊特，他开始刊登社论和新闻报道，质疑说没有道理让这么多人挨饿，因为佛罗里达州的墨西哥湾沿岸有这么一家一流的赌场，可以雇用所有失业的人，让他们有钱买回被银行没收的房子，因此可以让律师们脱离领济贫食物的队伍，去完成种种赎回房屋的买卖契约，而律师们则需要文书人员帮忙拟定法律文书。

乔开车送马索去搭回程火车时，老人说：“这个事情，不管你需要什么，都尽管放手去做。”

“谢了。”乔说，“我会的。”

“你在这里做得很不错。”马索拍拍他一边膝盖，“别以为我不会列入考虑。”

乔不知道他的工作成果要列入什么考虑。他在这儿从烂泥堆里建立起一片天地，而马索跟他说话的口气，却好像他只是帮忙找到一家可以勒索的杂货店。也许那些关于老人脑子不管用的谣传，并不是空穴来风。

“啊，”快到联合车站时马索说，“我听说你还剩一个麻烦家伙没对付，是真的吗？”

乔还想了两秒钟才明白：“你指的是那个不肯让我们抽成的私酒贩子？”

“没错，就是那个。”马索说。

那个私酒贩子名叫特纳·约翰·贝尔金。他和三个儿子在帕梅托市卖自家蒸馏的私酒。特纳·约翰·贝尔金无意损及任何人，他只想卖酒给那些光顾了一辈子的老顾客，在自家后头的房间经营一些赌博，在同条街的另一栋房子提供一些妓女。但他无论如何都不肯加入佩斯卡托帮旗下。不肯付抽成，不肯卖佩斯卡托的产品，什么都不肯，只想照着他向来的老样子，还有之前他父亲、他祖父的老样子——早在当年坦帕市还叫布鲁克堡、死于黄热病的人口是衰老而死的三倍时——做自己的生意。

“我正在对他下功夫。”乔说。

“我听说你已经对他下了六个月功夫了。”

“三个月。”乔承认。

“那就除掉他吧。”

汽车停下，马索的私人保镖赛普·卡伯奈帮他打开车门，站在大太阳底下等他出来。

“我有几个人在想办法。”乔说。

“我不希望你让人去想办法，我要你结束这件事。必要的话，亲自去处理掉。”

马索下了车，乔送他上了火车，目送他离开，虽然马索说不用了。乔其实是想亲眼看到马索离开，非看到不可，这样他才能确定自己又能再度放轻松，再度呼吸。马索一来，就像是有个叔叔到你家住了几天，从不离开屋子。更糟的是，这叔叔还以为他是在帮你。

马索离开几天后，乔派两个人去吓唬特纳·约翰，结果反倒被他吓唬回来，他把一个人揍得住进医院，而且没靠儿子或武器帮忙。

一个星期后，乔去找特纳·约翰。

他叫萨尔在车上等着，自己站在特纳·约翰那栋铜顶木屋前的泥土路上，门廊一边都坍掉了，只有一个可口可乐的冰柜放在另一头，又红又亮，乔怀疑每天都有人擦它。

特纳·约翰的儿子们是三个壮硕的小伙子，身上除了棉质长内裤没穿戴太多别的，连鞋子都没穿（不过有一个穿了件红色毛衣，上头还沾了些头皮屑），他们给乔搜了身，拿走了他的萨维奇点三二手枪，接着又搜了一遍。

然后，乔进了木屋，隔着一张桌脚没放稳的木桌，跟特纳·约翰对面而坐。他想调整一下桌子，没成功，于是放弃了，然后问特纳·约翰为什么要打他的手下。特纳·约翰又高又瘦，面容严肃，眼睛和头发的颜色都跟身上的褐色西装一样，他说因为他们来的时候，眼神摆明是要来威胁他的，所以没必要等到他们开口。

乔问他知不知道，这表示乔为了面子就得杀了他。特纳·约翰说他也猜到了。

“那么，”乔说，“你为什么还要这么做？为什么不付一点保护费就算了？”

“先生，”特纳·约翰说，“你父亲还在吗？”

“不，他过世了。”

“不过你还是他的儿子，对吧？”

“没错。”

“就算你有二十个曾孙子女，你也还是他儿子。”

那一刻，突来的激动情绪让乔猝不及防。他不得不在眼神泄露之前别开眼睛。“是啊，没错。”

“你希望他以你为荣，对吧？希望他把你当个男人？”

“是啊，”乔说，“那是当然。”

“好吧，我也一样。我有个好老爸。他偶尔打人，都是我自找的，而且从不会在他喝了酒之后。大部分时候，都是因为我打呼噜，他就打我的脑袋。我是打呼噜冠军，我老爸累得像狗一样的时候，就会受不了。除了这一点，他是大好人一个。我们当儿子的，总希望自己的父亲能看着自己，觉得他的种种教导在你身上扎了根。就是现在，我老爸正在看着我说：‘特纳·约翰，我可没教你付钱给一个没跟你一道辛苦干活儿、只想白捞的人。’”他摊开遍布疤痕的双掌给乔看，“你想要我的钱，考克林先生？那你最好跟我们父子一起酿酒，帮我们照顾农场、耕田、照顾庄稼、挤牛奶。你懂了吗？”

“懂了。”

“除此之外，就没什么好谈的了。”

乔看看特纳·约翰，然后抬头看天花板。“你真觉得他在看你？”

特纳·约翰露出满嘴银牙：“先生，我知道他在看我。”

乔拉开裤裆拉链，拿出他几年前从曼尼·布斯塔曼特那里没收来的单发小型手枪，指着特纳·约翰的胸口。

特纳·约翰缓缓吐出一口长气。

乔说：“一个人既然决心要好好做一件事，那就该做完，是吧？”

特纳·约翰舔舔下唇，双眼始终盯着那把枪。

“你知道这是什么样的枪吗？”乔问。

“这是娘儿们用的掌心雷。”

“不，”乔说，“这是把会让你后悔的枪。”他站起来，“在帕梅托这边，随你怎么做都行。懂我的意思吗？”

特纳·约翰眨了几次眼，表示肯定。

“可是别让我看到你的商标或产品，出现在希尔斯伯勒郡或潘尼拉斯郡。萨拉索塔也不行，特纳·约翰。这点我们讲清楚了吧？”

特纳·约翰又眨眼。

“我得听到你说出来。”乔说。

“讲清楚了，”特纳·约翰说，“我跟你保证。”

乔点点头：“你父亲现在怎么想？”

特纳·约翰目光经过枪管，往上到乔的手臂，然后看进他眼里。“他在想，他差点儿又得忍受我打呼噜了。”

正当乔忙着推动赌博合法化和买下饭店的事情之时，格蕾西拉则开设了自己的旅舍。乔所追逐的是上流社会的豪客，格蕾西拉则为失去父亲和丈夫的人提供住处。这几年男人们就像战时一般纷纷离开家人，已经成为全国的耻辱。他们离开贫民木屋和寄宿旅舍，或者就像在坦帕的状况，离开他们的霰弹枪木屋，出门说要去找牛奶，或讨香烟，或因为听说有工作可做的谣言，然后再也没回家。没有男人的保护，女人们有时成为强暴的受害者，或被迫从事最底层的卖淫工作。突然失去父亲或可能也失去母亲的儿童，则流落街头和暗巷，往后的下落少有好消息。

有天晚上，乔坐在浴缸里，格蕾西拉来找他。她带来两杯咖啡加朗姆酒，脱掉衣服，滑进水里，坐在他对面，问乔说，她能不能用他的姓。

“你想跟我结婚？”

“不能在教堂，没办法。”

“好吧……”

“可是我们算是结婚了，对吧？”

“没错。”

“所以我想在自己的名字后头加你的姓。”

“格蕾西拉·多明加·马爱拉·罗沙里欧·玛丽亚·康赛塔·科拉莱斯·考克林？”

她扇了他手臂一记：“我的名字没那么长。”

他靠过去亲她一下，又往后坐正身子。“格蕾西拉·考克林？”

“对。”

他说：“这是我的荣幸。”

“啊，”她说，“很好，我买了一些房子。”

“你买了一些房子？”

她看着他，褐色的双眼无辜得像小鹿的眼睛。“三栋，连在一起的。就是以前佩雷斯雪茄厂旁边那一排。”

“在棕榈大道上？”

她点点头：“我想在那里，收容被抛弃的妇女和他们的孩子。”

乔不惊讶。最近除了那些女人之外，格蕾西拉很少谈别的话题。

“那你拉丁美洲政治的崇高理想呢？”

“我爱上你了。”

“所以呢？”

“所以你限制了我的行动能力。”

他大笑：“是吗？”

“很严重呢。”她微笑，“有可能行得通的。或许哪天我们甚至可以从中获利，让它成为世界各地的模范。”

格蕾西拉以前梦想着土地改革，还有农民权利和财富公平分配。她以前相信本质上的公平，而乔认为这个概念老早就不存在于地球上了。

“我不知道什么是世界各地的模范。”

“为什么不可能呢？”她跟他说，“一个公平的世界。”她朝他泼泡泡，好显示自己是半开玩笑的，但其实她很认真。

“你的意思是，每个人都能满足自己生活所需，成天围坐在一起唱歌，还有微笑？”

她把肥皂泡沫弹到他脸上：“你明知道我的意思。一个美好的世界。为什么不可能？”

“真贪心。”他说，举起双手，“看看我们住的地方。”

“可是你有回馈。你去年把我们四分之一的钱捐给了冈萨雷兹诊所。”

“他们救了我的命啊。”

“前年你还盖了那栋图书馆。”

“这样他们才能买我想读的书啊。”

“可是那里头所有的书都是西班牙文的。”

“不然你以为我要怎么学会西班牙文？”

她一脚跷在他肩膀上，用他的头发搔着自己脚底外侧的一块痒处。她的脚停在那儿，他吻了一下，发现自己再度处于这种时刻，体验到一种全然的宁静状态，难以想象天堂怎么比得上——她的声音在他耳边，她的情谊装在他口袋，她的脚在他肩上。

“我们可以做点好事。”她说，垂下视线。

“没错。”他说。

“尤其是在经历过这么多不好的事之后。”她轻声说。

她看着自己胸部底下的肥皂泡沫，迷失在思绪中，整个人出神了。看起来，她随时都会起身去拿毛巾。

“嘿。”他说。

她抬起眼皮。

“我们不是坏人。或许我们也不是好人。不清楚。我只知道我们都很害怕。”

“谁很害怕？”她说。

“谁不害怕？整个世界都很害怕。我们告诉自己说，我们相信这个神或那个神，相信这个来生或那个来生，或许我们真的相信，但同时我们又都想着，‘如果我们错了呢？如果只有这辈子呢？狗屎，那我最好给自己弄一栋大房子和一辆大车，还有一大堆漂亮的领带夹跟珍珠握柄的手杖——’”

她大笑起来。

“‘还有一个可以洗我屁股和腋下的厕所。因为我需要这些东西。’”说到这里他也低声笑了，但笑声逐渐消失，“‘不过，等一下，我相信上帝。只是为了安全起见。不过我也相信贪婪。只是为了安全起见。’”

“所以原来一切就是这样——因为我们害怕？”

“我不知道一切是不是这么回事，”他说，“我只知道我们都很害怕。”

她捞起肥皂泡沫，像一条披巾似的围在脖子上，点点头。“我希望能做点事情。”

“我知道。听我说，你想救那些女人和他们的孩子？很好。我就是爱你这点。但有一些坏人，他们会想阻止那些女人逃离他们的掌握。”

“我知道。”她语调毫无起伏，等于是在告诉他：如果他以为她不知道，那就太天真了。“所以我需要你的几个手下。”

“几个？”

“先给我四个吧。不过，我的爱人，”她朝他微笑，“我要你手下最凶悍的。”

也是在这一年，厄文·费吉斯局长的女儿萝瑞塔回到了坦帕。

她父亲陪着她下了火车，两人紧挽着手臂。萝瑞塔全身从头到脚都穿戴着黑色，好像在服丧，从厄文紧挽着她手臂的模样看来，或许她真的在服丧。

厄文把她关在海德公园的家中，一整个秋天都没人看见他们两个。厄文去洛杉矶接她时就请了假，回来后请假时间又继续延长。他太太带着儿子搬出去了，邻居说他们唯一听到过从他们家传出来的声音，就是在祈祷。不过也有人争辩说是在念经。

10月底他们走出屋子时，萝瑞塔穿了一身白。那天晚上，在一场五旬节教派的帐篷布道会上，她宣布她穿白色完全不是自己的决定，乃是耶稣基督的决定，而她的余生将奉献给耶稣的教诲。那天晚上，在招潮蟹湾原的布道会帐篷里，萝瑞塔登上舞台，讲述恶魔的酒精、海洛因和大麻导致她堕入了罪恶世界，放纵的私通导致卖淫，又导致了更多的海洛因，以及那些罪孽又堕落的夜晚。她知道耶稣不让她记得那些夜晚，免得她羞愧得自杀。但他为什么要她活下去？因为他希望她向坦帕、圣彼得斯堡、萨拉索塔、布雷登顿的罪人们说出他的真理。如果他觉得有必要，她要把这消息传遍佛罗里达州，甚至传遍全美国。

和众多曾站在布道会帐篷里的演讲者不同的是，萝瑞塔演讲的内容里没有末日的火与硫黄。她声音从不提高，事实上，她的语调轻柔到很多信众都得身体往前倾。她偶尔会往旁边看父亲一眼——自从她回来后，费吉斯就变得颇为严厉而难以接近——她会语调悲伤地讲述一个堕落的世界。她并不宣称自己了解上帝的旨意，只说她听到基督悲叹自己的子民堕落至此。这个世界有太多良善可以拯救，太多美德可以收割，只要播下善德的种子。

“很多人说，这个国家很快就会回到放纵饮酒的绝望中，丈夫们因为朗姆酒而殴打妻子，因为黑麦威士忌而染上性病，因为琴酒而懒惰、丢掉工作，而银行也会没收更多人的房子，让这些人流落街头。别怪罪银行。别怪罪银行，”她低声说，“怪罪那些从罪恶中获利的人，怪罪那些兜售肉体、以酒精消磨人的意志而从中获利的人吧。怪罪私酒商和妓院老板，还有容许他们在这美好城市与上帝眼前散播污秽的人们吧。为他们祈祷，然后请求上帝指引。”

上帝显然指引一些坦帕的善良市民去突袭几家考克林-苏亚雷斯帮的夜店，拿斧头砍破装朗姆酒和啤酒的木桶。乔得知消息后，就和迪昂去找了一个住瓦瑞科的钢桶匠，把所有酒馆里的木桶都放进钢桶里。谁上门来砍桶子，谁就活该手肘脱臼。

有一天，乔正坐在他雪茄出口公司的办公室里——这家完全合法的公司每年都要赔上一大笔钱，业务是把顶级烟草出口到爱尔兰、瑞典、法国这些雪茄从未流行的国家——厄文和他女儿走进前门。

厄文对乔迅速点了个头，但不肯看他的眼睛。自从乔把他女儿的那些照片拿给他看过之后，这两年他就一次都没有看过乔的眼睛，乔估计他们在街上遇见过至少三十次了。

“我家萝瑞塔有话要跟你说。”

乔抬头看着那个穿着白衣裳的年轻美人，还有她明亮、湿润的双眼。“是的，小姐。请坐。”

“我宁可站着，先生。”

“那就随你吧。”

“考克林先生，”她说，十指紧扣放在身前，“家父说，你以前心底是个好人。”

“我还不知道那个人离开了呢。”

萝瑞塔清清嗓子：“我们知道你的慈善行为。也知道你选择一起居住的那位女人所做的善事。”

“我选择一起居住的女人。”乔说，只是想说说看。

“是的，没错。我们知道她在伊博社区，甚至在大坦帕地区，做了很多慈善工作。”

“她有名字的。”

“但是她所做的善事，本质上非常短暂。她拒绝所有宗教方面的联系，完全拒绝尝试接受真主。”

“她的名字是格蕾西拉。而且她是天主教徒。”乔说。

“除非她公开接受天主，让天主指引她的善行，否则无论她的用意多么良善，她还是在协助魔鬼。”

“哇，”乔说，“这一点你完全把我搞糊涂了。”

她说：“幸运的是，我没搞糊涂。尽管你做了那么多好事，考克林先生，但你知我知，都不能抵消你的罪孽，还有你对天主的疏远。”

“怎么会呢？”

“你从其他人的非法嗜好中牟利。你利用他人的软弱，他人对懒惰和贪食的需要，以及对色欲行为的需要，从中牟利。”她朝他露出忧伤而温柔的微笑，“但你可以摆脱这些的。”

乔说：“可是我不想。”

“其实你很想。”

“萝瑞塔小姐，”乔说，“你好像是个不错的人。我也知道自从你开始布道之后，殷格斯牧师的会众增加到三倍。”

厄文举起五根手指，眼睛还是看着地上。

“啊，”乔说，“对不起，所以会众是翻了五倍。老天。”

萝瑞塔始终保持微笑。那笑容温柔而忧伤，其中表明：你还没说出口，她就已经知道了一切，而且她认为那些话毫无意义。

“萝瑞塔，”乔说，“我所贩卖的产品太受大家喜爱，所以禁酒令几年内就会废除了。”

“不会的。”厄文说，紧咬着下巴。

“或者，”乔说，“就是会。不论会不会，禁酒令是名存实亡了。实施禁酒令本来是想用来控制穷人，结果失败了。实施禁酒令本来是要让中产阶级更勤奋，结果中产阶级反倒对酒更好奇了。过去十年大家喝掉的酒，创下了历史新高，这都是因为人们想要喝酒，并不希望被禁止。”

“可是，考克林先生，”萝瑞塔理性地说，“同样的话也可以拿来说私通。人们想要私通，并不希望被禁止。”

“也不应该被禁止。”

“你说什么？”

“不应该禁止他们，”乔说，“如果有人想私通，我看不出有什么迫切的理由要阻止，费吉斯小姐。”

“那如果人们想跟动物一起睡觉呢？”

“会吗？”

“抱歉，你说什么？”

“人们会想跟动物一起睡觉吗？”

“有些人会。如果照你的做法，他们的病态就会传染给大家。”

“喝酒和私通，跟动物能扯上什么关系？恐怕我看不出来。”

“这并不表示就没有关系。”

现在她坐下来，双手依然在膝上紧扣。

“当然就是没有关系，”乔说，“我的意思正是这样。”

“那只是你的意见。”

“你对上帝的信仰，有人也会说那只是你的意见。”

“所以你不信上帝了？”

“不，萝瑞塔，我只是不信你的上帝而已。”

乔的视线转到厄文·费吉斯的身上，他可以感觉到他强忍着怒火，但一如往常，厄文不肯看他的眼睛，只是瞪着自己交扣成拳的双手。

“但是上帝相信你，”她说，“考克林先生，你将放弃你邪恶的道路。我就是知道。我可以从你身上看出来。你会忏悔，奉耶稣基督之名受洗。而且你会成为一位伟大的先知。这点我看得很清楚，就像我在坦帕这里，看到的是一座山丘上的无罪城市。另外，没错，考克林先生，在你开玩笑之前，我要说明，我知道坦帕没有任何山丘。”

“是啊，一座也没有，就连附近远一点的地方也没有。”

她露出真正的微笑，在他记忆中，几年前他在汽水贩卖处或莫林药妆店的杂志区偶尔巧遇她时，她脸上就是这样的微笑。

然后那微笑再度转变为忧伤、僵硬的版本，她双眼发亮，伸出戴着手套的手，越过茶几伸到他面前，他握了，心里想着那被手套遮住的毒品注射疤痕。这时，萝瑞塔·费吉斯说：“我会把你从邪恶之路拉回来，考克林先生。这点你可以相信。我从骨子里有这个感觉。”

“只因为你感觉到，”乔说，“并不表示就会成真。”

“也不表示不会。”

“这点我承认。”乔抬头看着她，“那么在证据不足的状况下，你为什么不能承认，我的意见也可能是对的呢？”

萝瑞塔又露出忧伤的微笑：“因为那些意见是错的。”

对乔、艾斯特班、佩斯卡托家族来说，很不幸的是，当萝瑞塔愈来愈受欢迎，她的观点也愈来愈站得住脚。才短短几个月，她的布道就开始让赌场计划陷入危机。一开始，很多公开议论她的人只把她当个笑柄，或是惊讶于种种环境把她变成现在的样子——警察局长的女儿跑到好莱坞，回来脑子坏掉了，手臂上有毒品注射痕，很多土包子还误以为是圣伤。接下来，议论的主调变了，不光是因为谣传萝瑞塔将会出现的布道会夜晚，布道帐篷附近的道路上塞满汽车和徒步的人群，也因为一般市民逐渐接触到了她。萝瑞塔非但不会逃避一般大众的目光，还会主动接近大家。不只是在她所住的海德公园那一带，也在西坦帕、坦帕港，以及她喜欢去喝咖啡的伊博——喝咖啡是她唯一的恶习。

白天不布道时，她很少谈宗教。她总是很礼貌，总是立刻问候对方或对方亲人的健康。她从不忘记别人的名字。即使她经历了那艰难的一年“试炼”（她如此称呼），因而显得苍老，但她还是个大美人。而且是明显的美国美人——丰满的嘴唇跟她的头发一样是酒红色的，真诚的蓝色眼睛，光滑的皮肤白得就像早晨牛奶瓶上头漂浮的那层鲜奶油。

1931年，欧洲爆发金融危机，把全世界都卷入旋涡，也消灭了金融复苏的残余希望。这一年的年底，萝瑞塔开始会在布道时晕倒。这些晕倒事前毫无征兆，也并不戏剧化。她会谈到酒精或欲望或赌博（最近越来越常谈）的毒害——总是以一种平静的、微微颤抖的声音——还有上帝向她显现的坦帕景象，这个城市被自身的罪恶烧黑，化为一片缭绕着烟雾的荒原，土地焦黑，昔日的屋宅烧成一堆堆冒烟的木炭。她还提醒大家有关《圣经》中罗得的妻子[①]的传说，恳求大家不要回头看，绝对不要回头，而是要往前看着一座光辉的城市，那城市里住着深爱耶稣的白色人种，身穿白衣服，住在白色房子里。她要大家祈祷，坚决地抛弃背后那个罪恶的城市，好让自己的子女引以为荣。在布道中途，她的眼珠会左右转，身体也随之左右摇晃，随后就忽然倒地。有时她还会抽搐，有时美丽的嘴唇会流出少许唾沫，但大部分时候，她看起来就像是睡着了。有人认为（但只有在最下层的圈子里），她的人气如此高涨，一部分是因为她俯卧在舞台上的模样太美了，身上穿着薄薄的白色绉纱衣裳，薄得让你可以看到她小小

---

① 《旧约圣经》记载，耶和华决定毁灭罪恶之城索多玛和蛾摩拉，毁灭前，两名天使通知城内仅有的义人罗得一家，要他带着家人逃离，不可回头看或停留。但罗得之妻在途中忍不住回头看，当场变成一根盐柱。

的、形状完美的胸部，还有完美无瑕的苗条双腿。

当萝瑞塔这样倒在舞台上，本身就是上帝存在的证据，只有上帝才能造出如此美好、如此脆弱，却又如此有力的东西。

于是她激增的崇拜者把她的种种诉求视为针对某个人，尤其是针对当地某个黑帮分子，此人正要以赌博的祸害蹂躏家园。很快地，国会议员和市议员纷纷回报乔的政治掮客说“不行”，或者“我们需要更多时间考虑各种变量”。但他们并没有把乔的钱归还。

机会之窗正在迅速关上。

如果萝瑞塔·费吉斯早点死——但一定要弄得很像真的是“意外”——那么在一段哀悼期之后，赌场的计划就能够开花结果。她这么爱耶稣，乔告诉自己，让她去见上帝，也是帮了她。

所以他知道自己应该做什么，非做不可，却迟迟不下令。

他去看她布道。去的前一天就开始不刮胡子，打扮得像是农具推销员或是饲料店老板——干净的工装裤，白衬衫，条纹领带，深色帆布运动外套，外加一顶干草编的牛仔帽，拉低到眼睛上方。他让萨尔开车载他到殷格斯牧师传教帐篷的营地边缘，然后沿着一条松树夹道的窄泥土路走过去，来到了群众的后方。

营地紧贴着一个池塘，池塘边以木板搭建起一个小舞台，萝瑞塔站在上面，她父亲在她左边，牧师则在她右边，两个男人都低着头。萝瑞塔正在谈最近的一个灵视或梦境（乔到得太晚，没听到是哪个）。衬着背后黑暗的池塘，她一身白衣和软白帽，在黑夜里看来很显眼，就像午夜天空的一轮明月，让星星尽皆失色。她说，有一家三口——父亲、母亲、小婴儿——来到一个陌生的地方。父亲是生意人，被派到这里，公司交代他要在火车站里面等司机，不要冒险走到外头。但那个火车站很热，他们大老远来到这里，很想看看这个新地方的模样。他们走出火车站，立刻被一只黑得像煤炭的黑豹攻击。这家人还没意识到发生什么事，黑豹的牙齿就扯破了他们的喉咙。那个父亲临死前倒地，看着黑豹大啖他妻子的血，此时另一名男子出现，开枪射杀了那只黑豹。这个人告诉垂死的生意人，说他就是公司雇用要来载他们一家的司机，他们唯一要做的，就只是等他来就好。

但他们没等。他们为什么不等？

对耶稣也是这样，萝瑞塔说。你能等吗？你能抗拒那些会把你家人扯得四分五裂的世俗诱惑吗？你能找到方法保护你所爱的人，让他们不要变成野兽的牺牲品，直到我们的救世主上帝回来吗？

“或者你太软弱了？”萝瑞塔问。

“不！”

“因为我知道在我最黑暗的时刻，我很软弱。”

“不！”

“我很软弱，”萝瑞塔喊道，“但他赐给我力量。”她指着天空，“他充满我的心。但我需要你们帮我完成他的愿望。我需要你们的力量，好继续宣扬他的话，行他的事，防止黑豹吃掉我们的孩子，以无尽的罪污染我们的心。你们愿意帮助我吗？”

群众纷纷说“愿意”“阿门”和“啊，愿意”。当萝瑞塔闭上双眼开始摇晃，群众睁开眼睛往前涌。萝瑞塔叹息时，大家也跟着呻吟。当她跪下，大家倒抽一口气。等到她侧身倒在地上，他们一致吐出气来。他们朝她伸手，但完全没有朝舞台走得更近一步，好像某种无形的屏障挡在舞台前。他们伸手想碰触某种不是萝瑞塔的东西。他们朝它呼喊，承诺愿意付出一切。

萝瑞塔是它的门户，借着这个入口，他们进入了一个没有罪恶、没有黑暗、没有恐惧的世界。在那个世界里，他们再也不孤独。因为你有了上帝，有了萝瑞塔。

“今天晚上，”迪昂在乔家里三楼的会客厅内跟他说，“她非走不可。”

“你以为我没考虑过吗？”乔说。

“考虑不是问题，”迪昂说，“动手做才是问题，老大。”

乔脑中浮现那家丽思饭店，窗户内的灯光流泻到黑暗的海上，音乐在柱廊间流动，飘过墨西哥湾，同时传来骰子喀啦掷在赌台的声音，群众为赢家欢呼，而他会穿着燕尾服，主持这一切。

过去几个星期来，他反复问过自己，现在他又问了一次：一条人命算什么？

盖房子或是铺铁轨期间，总会有人死。全世界各地，每天都有人因为触电或其他工伤意外而死。为了什么？为了建造出某些好建筑或好机构，日后会雇用其他同胞，让他们能养活家人。

而萝瑞塔的死，又怎么会有差别呢？

“就是有。”他说。

“什么？”迪昂盯着他。

乔带着歉意举起一只手：“我做不到。”

“我可以。”

乔说：“如果你加入了我们这一行，决定在夜里生活，你就知道后果是什么，或者你绝对应该知道。可是那些夜里睡觉的人呢？那些白天忙着工作、耕田的人呢？他们没加入我们这一行。这表示他们犯了错，不会受到像我们这样的惩罚。”

迪昂叹气：“她害我们整个计划都快泡汤了。”

“我知道。”乔很庆幸日落了，会客室里面一片黑暗。如果迪昂可以清楚看到他的双眼，他就会知道乔的想法有多么不坚定，只差一点就要跨过那条永远不回头的线了。上帝啊，她不过是一个女人而已。“可是我决定了。任何人都不准碰她一根寒毛。”

“你会后悔的。”迪昂说。

乔说：“胡扯，不会的。”

一个星期后，约翰·瑞龄的手下要求碰面，乔知道事情完了。就算不是完全结束，也一定得搁置好一阵子了。整个国家都准备要解除禁酒令，大家又可以怀着热情和喜悦尽情喝酒了；但是坦帕，在萝瑞塔·费吉斯的影响之下，却倒向了另外一边。如果在喝酒这件事情上——只差总统签个名，就会合法化——他们都没法赢过她，那么赌博合法化就更是没指望了。约翰·瑞龄的手下告诉乔和艾斯特班，说他们的老板决定暂时还不要卖掉丽思饭店，先等经济好转以后，再来考虑。

那次会面是在萨拉索塔。乔和艾斯特班离开后，两人开车过桥到长船礁岛，站在那里望着墨西哥湾上那座发着微光的饭店建筑，想着差一点就能把这里打造成另一个地中海了。

“它本来有机会成为一个很棒的赌场。”乔说。

“还会有其他机会。风向会再转回来的。”

乔摇摇头：“不见得。”

22

不要消灭圣灵的感动

萝瑞塔·费吉斯和乔最后一次相见，是在1933年初。当时大雨下了一个星期。那天早上，多日来第一个无云的晴日，伊博街道上的雾气浓重，仿佛天地翻转。乔沿着棕榈大道旁的木板道慢慢走着，心不在焉。萨尔·乌索陪着走在街道另一边的木板道，左撇子道纳则开着车在马路上缓慢随行。乔才刚确定马索要再来的流言是真的，这是一年之内的第二次了，而马索没亲自告诉他这件事，让他觉得很不对劲。除此之外，今天早上的报纸注销了消息，刚当选总统的罗斯福打算一上任就要签署卡伦–哈里森法案[①]，实际终结禁酒令。乔本来就知道禁酒令会废除，但他心里一直没有准备好。如果连他都没有准备好，可以想象堪萨斯城、辛辛那提、芝加哥、纽约、底特律这些私酒大城里头的私酒贩子有多么措手不及。他今天早上坐在自己的床上，本来想好好细读那篇报道，判断罗斯福到底会在哪个星期或哪个月签署，结果分心了，因为格蕾西拉正在吐，把昨天晚上吃的西班牙海鲜

---

① 卡伦–哈里森法案（*Cullen–Harrison Act*），由美国总统富兰克林·罗斯福于1933年3月签署，自此，售卖酒精含量在3.2%以下的饮料不再受到禁止。

饭迅速吐了出来。她的胃本来很好，但最近经营三个庇护所和八个不同的募款团体，把她的消化系统都破坏掉了。

“乔瑟夫，”她站在门边，用手背擦擦嘴，“我们可能得面对一件事了。”

“什么事，宝贝？”

“我想我有孩子了。”

有好一会儿，乔还以为她是把庇护所里面收留的流浪儿带回家了。他看了她左臂部一下，才恍然大悟。

“你……”

她微笑：“怀孕了。”

他下了床，站在她面前，不确定自己是不是该碰她，因为害怕会把她弄碎。

她双臂绕上他的脖子：“没事的，你就要当爸爸了。”她吻他，双手抚摸着他脑后，那里的头皮微微刺痛。其实他全身都在刺痛，好像醒来发现自己换了一身新的皮肤。

“你说点话啊。”她好奇地看着他。

“谢谢。”他说，因为想不出其他话了。

“谢谢？”她大笑，又吻他，嘴唇紧贴着他的，“谢谢？”

“你会是一个很棒的母亲。”

她前额抵着他的：“你会是一个很棒的父亲。”

只要我活着，他心想。

而且他知道，她也正在想着同一件事。

所以那天早上他有点没胃口，也没先看一下窗内，就踏入了尼诺咖啡店。

这家咖啡店里只有三张桌子，对于一家咖啡这么好的店家来说，这简直是一种罪行，其中两张还被三K党人占了。圈外人看不出来他们是三K党，但乔看一眼就知道了——克莱蒙特·多佛和朱·阿特曼和布鲁斯特·恩果斯这几个比较年长的聪明家伙占了一张桌子；另一张桌子则是朱利叶斯·斯坦顿、海利·刘易斯、卡尔·乔·克鲁森、查理·贝利，全是低能儿，该把他们放火给烧了，而不是让他们去烧十字架。但是，就像很多根本不知道自己有多蠢的蠢货，他们个个残忍又无情。

乔一走进门，就知道那些人不是埋伏在这里要突袭他。从那些人的眼里，他看得出他们看到他时很惊讶。他们只是来这里喝咖啡，或许再恐吓一下老板付点儿保护费。萨尔就在外头，但毕竟不是在里头。乔把西装外套拨到背后，手就放在那里，离他的枪只有一英寸，同时看着这一帮人的领袖恩果斯，他是服务于路兹交流道第九消防站的消防员。

恩果斯点了个头，唇上浮起一抹淡淡的微笑，双眼扫了一下乔身后靠窗的第三张桌子。乔也跟着看过去，结果坐在那里的是萝瑞塔·费吉斯，正目睹着眼前所发生的一切。乔的手离开臀部，让西装外套回到原位。坦帕湾圣母就坐在五英尺之外，不会有人引发枪战的。

乔也朝恩果斯点了点头，恩果斯说："那就下回吧。"

乔顶了一下帽子致意，转向门口要走，此时萝瑞塔说："考克林先生，请坐吧。"

乔说："不，不，萝瑞塔小姐。你看起来正在享受宁静，我还是不打扰了。"

"我坚持。"她说。此时，老板娘卡门·阿瑞纳斯来到桌边。

乔耸耸肩，脱下帽子。"老样子，卡门。"

“是的，考克林先生。那您呢，费吉斯小姐？”

“我还要一杯，麻烦了。”

乔坐下来，帽子放在膝盖上。

“刚刚那些绅士们不喜欢你吗？”萝瑞塔问。

乔发现她今天没穿白色。她身上的洋装是浅粉橘色的。在大部分人身上，你不会注意到，但纯白色已经等同于萝瑞塔·费吉斯，所以看到她穿其他颜色，就有点像是看到她裸体。

“反正这阵子他们不会请我去家里吃星期天的晚餐。”乔告诉她。

“为什么？”她身体前倾，此时卡门把他们的咖啡送来。

“我跟有色人种睡觉，跟有色人种一起工作，跟有色人种很亲近。”他回头看了一眼，“我还讲漏了什么吗？”

“除了你杀掉我们四个成员的事吗？”

乔朝另外两张桌子点头致谢，又转回头来对着萝瑞塔。“啊，还有他们认为，我杀掉了他们四个朋友。”

“你有吗？”

“你没穿白色。”他说。

“几乎是白色的了。”她说。

“你的那些……”他想着该用什么字眼，却想不出更好的，“那些拥护者，有什么反应呢？”

“不知道，考克林先生。”她说，开朗的声音中没有一丝虚假，平静的眼神中没有一丝绝望。

那些三K党员站起来，从他们旁边走过，每个人都设法撞到乔的椅子或踢到他的脚。

“下回见啦，”多佛对乔说，然后朝萝瑞塔顶了下帽子致意，“再见。”

他们走出去，于是只剩下乔和萝瑞塔，还有昨夜的雨水从阳台檐沟滴下来，落到木板道上的声音。乔喝着咖啡，审视着萝瑞塔。自从两年前她再度走出家宅时，双眼就失去了昔日锐利的亮光；而她哀悼自己死亡的一身黑衣，也被重生的白衣所取代。

“我父亲为什么那么恨你？”

“我是个罪犯。而他当过警察局长。”

“但是当时他倒是喜欢你。我高中时，他有回还指着你跟我说，‘那位是伊博市长。他维持这里的和平。’”

“他真的这么说过？”

“真的。”

乔又喝了点咖啡：“我想，那是比较纯真的时光吧。”

她也喝着自己的咖啡：“所以你做了什么，才会招来他的憎恨？”

乔摇摇头。

现在换她审视他，度过了漫长而不安的一分钟。她在他眼中寻找线索时，他也看着她，没有避开。她一直寻找，逐渐恍然大悟。

“当初他会知道我在哪里，就是因为你。”

乔没说话，下巴咬紧又放松。

“就是你。”她点点头，往下看着桌子，“你手里有什么？”

她瞪着他，又过了一段不安的时间，他才回答。

“照片。”

“你给他看了。”

“给他看了两张。”

“你总共有几张？”

“好几打。”

她又低头看着桌子，旋转着咖啡碟上的杯子。“我们都会下地狱。”

“我不认为。”

“是吗？”她又旋转着咖啡杯，“这两年我布道、在台上昏倒、向上帝献出我的灵魂，你知道我明白了什么真理吗？”

他摇摇头。

“我明白了，这里就是天堂。”她指着窗外的街道，还有他们头上的屋顶，“我们现在就在天堂里。”

“感觉怎么这么像地狱？”

“因为全被我们搞烂了。”她脸上又重新浮现出甜美而宁静的笑容，“这里是乐园，堕落的失乐园。”

她失去了信仰。乔很惊讶自己竟如此哀伤。出于一些他无法解释的原因，他本来一直抱着期望，如果有任何人真能直接跟全能的上帝沟通，那就会是萝瑞塔。

“可是你当初刚开始的时候，”他问她，“是真的相信，对吧？”

她清晰的双眼和他对望：“当时我那么肯定，一定是得到天启了。我感觉自己的血变成了火。不是焚烧的火，而是一种恒定的暖意，从不消退。我想，那种感觉就像我小时候。觉得安全、被爱，而且十分确定人生一直会是这样。我会永远有我的爸爸和妈妈，整个世界就跟坦帕一样，每个人都知道我的名字，都会祝福我。但等到我长大了，到加州去，等到我所相信的一切都变成谎言，等到我明白自己并不特别，也并不安全，”她转动自己的手臂，让他看上面的毒品注射痕迹，“我就很难接受。”

“可是你回来之后，经过你那些……”

“试炼？”她说。

“对。”

“我回来后，我爸把我妈赶出去，把我身上的魔鬼打走，教我再度跪着祈祷，不要计较自己能得到什么。他要我谦卑地祈祷，以罪人的身份祈祷。于是那火焰回到我身上，我跪在我从小睡到大的床旁边，跪了一整天。第一个星期我没怎么睡。火焰找到我的血液，找到我的心脏，我再度感到确定了。你知道我有多想念那种感觉吗？想念的程度超过任何毒品、任何爱、任何食物，或许甚至超过送火焰给我的上帝。确定，考克林先生。确定。这就是最美好的谎言。”

两个人好一会儿都没说话，久到卡门又端了两杯新鲜的咖啡过来，收走空杯子。

“我母亲上星期过世了。你知道吗？”

“没听说，我很遗憾，萝瑞塔。”

她一只手摇了摇，又喝了杯咖啡。“我父亲的信仰和我的信仰赶跑了她。她以前总是跟他说，‘你不爱上帝。你爱上的是一个想法：自己是它特别的子民。你想要相信它随时都照看着你。’我得知她过世的消息时，才明白她的意思。上帝不能给我安慰。我根本不了解上帝。我只希望我妈妈回来。”她兀自点了几下头。

一对男女走进店里，门上的铃铛响起，卡门赶紧从柜台后出来，张罗他们坐下。

“我不知道上帝是不是存在，”她手指摸着咖啡杯的把手，“我当然希望是。而且我希望他很仁慈。那样不是很好吗，考克林先生？”

“是啊。”乔说。

“就像你说过的，我不相信上帝会因为人们私通，或是因为信徒对它的理解并不完全正确，就把这些人丢到地狱的永恒之火中。我相信——或者该说，我想要相信——它认为最大的罪，就是我们打着它的名号所犯的罪。”

他小心翼翼地看着她：“或者我们因为绝望，而伤害自己。”

“啊，”她开朗地说，“我并没有绝望。你呢？”

他摇摇头：“差得远了。”

“你的秘密是什么？”

他低声笑了：“在咖啡店聊这个，好像有点太私密了。”

“我想知道。你似乎……”她看了咖啡店一圈，有一刹那，一股绝望闪过她眼里，“你似乎很完整无缺。”

他微笑，不断摇头。

“真的。”她说。

“不。”

“是真的。秘密是什么？”

他手指抚摸着自己的咖啡碟好一会儿，什么都没说。

“快说嘛，考克林先生——”

“她。”

“什么？”

“她，”乔说，“格蕾西拉。我的妻子。”他看着桌子对面的她，“我也希望有上帝。非常希望。但如果没有呢？那么，有格蕾西拉也就够了。”

“可是，如果你失去她呢？”

“我不打算失去她。”

“但如果就是发生了呢？”她身体前倾。

“那我就只剩脑子，没有心了。”

他们沉默对坐。卡门过来帮他们续杯，乔在自己的咖啡里又加了点糖，看着萝瑞塔，忽然有一股无法解释的极大冲动，想拥住她，告诉她一切都会没事的。

“现在你打算怎么办？”他问。

“什么意思？”

“你是这个城市的支柱。要命，你在我权力最高峰时站出来对抗我，结果还赢了。三K党做不到，法律做不到。但你做到了。”

“我没能禁绝酒精。”

“但是你扼杀了赌博。而且在你站出来之前，本来是十拿九稳的。”

她微笑，双手掩住脸。“我的确做到了，对吧？”

乔也微笑：“没错，你做到了。萝瑞塔，有成千上万的人，愿意跟着你跳下悬崖的。”

她带着泪意笑出声，抬头看着铁皮天花板。“我不希望任何人跟着我去哪里。”

“你告诉过他们了吗？”

“他不听。”

“厄文？”

她点点头。

“给他一点时间吧。”

“他以前很爱我妈，我还记得有时候他跟我妈靠得太近，他还会发抖。因为他很想碰触她，但是不行，因为我们小孩在场，那样是不合宜的。现在她死了，他却连葬礼都不去参加。因为他所想象的上帝会不赞成。他所想象的上帝是不愿分享的。我父亲每天晚上都坐在他的椅子上，阅读他的《圣经》，被愤怒蒙蔽了，因为他的女儿被其他男人碰触，就像他以前碰触他妻子那样。甚至更糟。”她靠向桌子，食指抹着一粒掉下的砂糖，“他在黑暗的屋子里走动，重复念着同一个词。”

“什么词？”

“忏悔。”她抬起眼睛望着他，“忏悔，忏悔，忏悔。”

“给他一点时间吧。”乔又说了一次，因为他想不出还能说什么。

才过几个星期，萝瑞塔又穿回白色。她的布道还是持续吸引爆满的群众，不过增加了一些创新手法——有些人讥嘲是花招——她会喃喃自语着一些没人听得懂的话，嘴角冒着白沫，而且讲话时加倍严厉、加倍大声。

有天早上，乔在报纸上看到她的照片，是在李郡的神召总议会所举行的一场集会，一开始他还没认出是她，虽然她看起来一点都没变。

小罗斯福总统在1933年3月23日上午签署了卡伦-哈里森法案，于是酒精浓度不超过3.2%的啤酒和葡萄酒都可以合法制造与销售。小罗斯福总统还保证，到了这一年的年底，宪法第十八条修正案的禁酒令将永远走入历史。

乔和艾斯特班在“热带保留区”餐厅碰面。乔迟到了，这很不像他以往的作风，而且最近发生了很多次，因为他父亲的怀表开始会慢分。上星期每天慢五分钟，现在平均每天十分钟，有时甚至是十五分钟。乔一直想送去修，这就表示修理期间他都不能持有那个怀表了，虽然明知自己的反应很不理性，但这件事他光是想到就受不了。

乔走进餐厅后头的办公室时，艾斯特班正在为他上次去哈瓦那所拍摄的一张照片裱框，照片里是他在旧城区新开的夜店“组特”的开幕夜。他把照片给乔看——跟其他照片很像，一堆喝醉、打扮光鲜的重要人物，旁边是他们打扮光鲜的妻子或女友或随从，乐队旁边有一两个歌舞女郎。每个人都目光呆滞又很开心。乔才匆匆看一眼，就赶紧礼貌地吹声口哨表示赞赏，艾斯特班把照片正面朝下，放在玻璃上的垫子上。他替两人倒了酒，放在书桌上一堆装裱零件中，动手把相框组合起来，黏胶的气味很浓，甚至压过了这个书房向来浓烈的烟草气味——乔从来没想到这个烟草气味竟有可能被盖过。

“笑一个，”他忙到一半，举起自己的酒杯，“我们就要变得很有钱了。”

乔说：“如果佩斯卡托肯放手让我做的话。”

“要是他不愿意，”艾斯特班说，“那我们就让他花大钱，才能加入这行合法生意。”

“他永远不会想通的。”

“他老了。”

“他有其他合伙人。老天，他还有儿子呢。”

“他儿子的状况我全知道——一个是恋童癖，一个是鸦片鬼，还有一个会打老婆、打所有的女朋友，因为其实他喜欢的是男人。”

“是啊，但我不认为勒索对马索有用。而且他搭的火车明天就要到了。”

“这么快？”

“我听说是这样。”

“嗯，我这辈子都在跟他这类人打交道。我们对付得了他。”艾斯特班再度举起酒杯，“你值得的。”

“谢谢。”乔说，这回他喝了。

艾斯特班又回去裱框：“那就笑一个吧。”

“我在努力。”

“那就是因为格蕾西拉了。”

“没错。”

“她怎么样了？”

他们之前决定先暂时不告诉任何人，等到肚子大起来再说。但今天早上，她出门去工作前，指着自己衣服底下微微隆起的肚子，说她很确定无论如何，今天这个秘密就再也瞒不住了。

所以他终于能卸下这个心头的大重担，对艾斯特班说：“她怀孕了。”

艾斯特班眼中含泪，双手交扣，然后绕到桌子另一头去拥抱乔。他拍了乔的背几下，力道大得出乎乔预料。

“现在，”他说，“你是个男人了。”

“哦，”乔说，“要有孩子才能成为男人吗？”

“不见得，但以你来说……”艾斯特班一只手前后比画着，乔假装要捶他，艾斯特班走上前，再次拥抱乔，“我很替你高兴。”

“谢谢。”

“她高兴吗？”

“猜猜怎么着？她很高兴。很奇怪。我没办法形容。不过，没错，她的高兴是以一种不同的方式表现出来的。”

他们举杯庆祝乔要当父亲了。在艾斯特班办公室的遮光帘外，隔着绿意盎然的花园和树上的装饰灯和石墙，外面伊博的星期五夜晚开始欢闹起来。

“你喜欢这里的生活吗？”

“什么？”乔问。

“你刚来的时候，整个人很苍白。当时你有那种监狱里的可怕发型，而且讲话很快。”

乔大笑，艾斯特班跟他一起笑。

"你想念波士顿吗？"

"想啊。"乔说，有时他想得厉害。

"但现在这里是你的家了。"

乔点点头，很惊讶地意识到这一点。"我想是吧。"

"我明白你的感觉。虽然来坦帕这么多年了，除了这里，坦帕的其他地方我一无所知。不过我对伊博很熟，就跟哈瓦那一样熟，如果两个地方要我选，我还真不知道该选哪里。"

"你认为马查多会——"

"马查多完蛋了。或许要花点时间。不过他的时代结束了。共产党自认可以取代他，但美国不会答应的。我跟一些朋友找到一个很棒的解决方式，是一个非常温和的人选，但我不确定现在有谁准备好要接受温和的观点了。"

他把玻璃放在相框上，后头加上软木塞板，用了更多黏胶。接着他用一条小毛巾擦掉多余的黏胶，后退，满意地欣赏自己的工作成果。然后，他拿着两人喝空的酒杯到吧台去，又给两人倒了酒。

他把乔的酒杯端回来："萝瑞塔·费吉斯的事情，你听说了吧。"

乔接过杯子："有人看到她在希尔斯伯勒河上行走吗？"

艾斯特班瞪着他，动也不动。"她自杀了。"

乔举起杯子正要喝，一听就僵住了。"什么时候？"

"昨天夜里。"

"怎么自杀的？"

艾斯特班摇摇头，走回办公桌后头。

"艾斯特班，她是怎么自杀的？"

他看着窗外的花园："我们不得不假设，她又回去吸食海洛因了。”

“好吧……”

“否则，实在是不可能。”

“艾斯特班。”乔说。

“她割掉了自己的生殖器，乔瑟夫。然后——”

“妈的，”乔说，“妈的，不可能。”

“然后割断了自己的气管。”

乔双手掩住脸，脑中清楚地浮现出一个月前她在咖啡店的景象，还有她小时候走上警察局前台阶的模样：格子布裙、白色袜子和鞍背鞋，腋下抱着书。随后是他想象的画面，却加倍鲜明清晰——她严重毁损自己的身体，倒在血淋淋的浴缸里，张开的嘴巴里永远在尖叫。

“是在浴缸里吗？”

艾斯特班好奇地皱起眉头：“什么在浴缸里？”

“她是在浴缸里自杀的吗？”

“不是。”他摇摇头，“在床上。她父亲的床上。”

乔又双手掩住脸，一直没放下。

过了一会儿，艾斯特班说：“拜托，告诉我你不是在怪自己。”

乔没说话。

“乔瑟夫，看着我。”

乔放下双手，吸了一大口气。

“她去了加州，就像很多追逐明星梦的女孩那样，成为猎人手下的牺牲品。你并没有捕猎她啊。”

“但我们这一行的人捕猎了她。”乔把酒杯放在桌子一角，走到地毯边缘，又走回来，努力想着该怎么措辞，“我们这一行的每一个部分，都会影响其他部分。卖酒的利润拿去补贴那些妓院；妓院又拿收入去买所需的毒品，好逼其他女孩去跟陌生人搞，帮我们赚钱。要是我们手下的女孩有人想逃走或不听话？那她们就会挨揍，艾斯特班，这点你很清楚的。要是她们想戒毒，碰到聪明的警察就会供出一切。所以就会有人割断她们的喉咙，扔进河里。另外，过去十年我们花了数不清的子弹在对手和自己人身上。为的是什么？他妈的还不是为了钱。”

“这就是身为法外之徒的丑陋面。”

“啊，狗屎，”乔说，“我们不是法外之徒。我们是黑帮分子。”

艾斯特班又跟他彼此凝视了一会儿，然后说：“你这个样子，我没办法跟你谈下去了。”他把桌上那个裱好的照片翻过来看，“我把你当兄弟看，乔瑟夫，但即使是兄弟，也并不是对方的守护人。事实上，如果我们以为对方不能保护自己，那是一种侮辱。”

萝瑞塔，乔心想。萝瑞塔，萝瑞塔。我们一直偷走你身上的东西，却指望你还能继续撑下去。

艾斯特班指着那张照片：“看看这些人。他们在跳舞、喝酒，他们活着过日子。因为他们明天就可能死去。我们也可能明天就死去，你和我。如果其中一个喝醉狂欢的人，比如这个——”

艾斯特班指着一个脸长得像斗牛犬的男人，他身上穿着白色大礼服，后边站着一排女人，那些女人都穿着亮晶晶的亮片衣服，像是要把这个矮胖男子扛到肩上。

“他在开车回家的路上会死去，因为他喝了太多我们的酒，看不清路。那是我们的错吗？”

乔的目光掠过那个斗牛犬男人，看着后头那些漂亮女人。她们大部分都是古巴人，眼睛和头发的颜色就跟格蕾西拉的一样。

“那是我们的错吗？”艾斯特班说。

有一个女人例外，她个子比较小，眼睛没看镜头，而是看着画面外，仿佛镁光灯亮起时，刚好有个人走进夜店，喊了她的名字。她的头发是沙褐色的，眼珠苍白得像冬天。

“什么？”乔说。

“那是我们的错吗？”艾斯特班说，“如果有个白痴决定——”

“这张是在什么时候拍的？”乔说。

“什么时候？”

“对，没错。什么时候？”

“在组特的开幕夜。”

“那家店是什么时候开幕的？”

“上个月。”

乔看着办公桌对面的他：“你确定？”

艾斯特班大笑：“那是我的餐厅。我当然确定了。”

乔大口喝掉他的酒：“你会不会是在别的时间拍了这张照片，跟上个月的这批搞混了？”

“什么？不会的。什么别的时间？”

“比如六年前。”

艾斯特班摇摇头，还在低声笑，但他的眼睛因为忧虑而变暗了。“不不不，乔瑟夫。不。这张是一个月前拍的。你问这些干什么？”

“因为这里这个女人，”乔的食指放在艾玛·古尔德身上，“她1927年就死了。”

PART 3

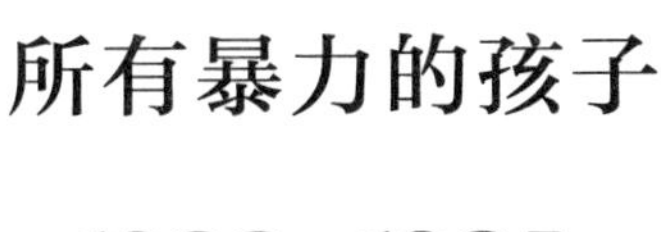

所有暴力的孩子

1933-1935

23

剪头发

“你确定是她？”次日早晨在乔的办公室，迪昂这么问。

乔从西装内侧口袋掏出照片，那是昨天晚上艾斯特班从相框里取出来给他的。乔把照片放在迪昂面前的书桌上：“你自己看吧。”

迪昂的目光在照片上移动，定住了，然后瞪大眼睛。“啊，没错，那是她没错。”他扭头看着乔，“你要告诉格蕾西拉吗？”

“不。”

“为什么？”

“你什么事都会告诉你的女人吗？”

“我什么屁也不告诉她们，可是你比我娘炮。而且她还怀了你的孩子。”

“那倒是真的。”他抬头看着红铜色的天花板，“我还没告诉她，是因为我不知道该怎么说。”

“很简单啊，”迪昂说，“你只要说，‘宝贝，甜心，亲爱的，你还记得在你之前，我很迷的那个妞儿吗？就是我跟你说过淹死的那个。好吧，她还活着，现在就住在你的家乡，还是那么美味可口。说到美味，我们晚餐要吃什么？’”

萨尔站在门边，忍不住低头偷偷笑了起来。

“你说得很高兴吧？”乔问迪昂。

“我人生最美好的时光。”迪昂说，肥胖的身子塞在椅子里，笑得椅子都跟着摇晃。

“阿迪，”乔说，“这事情的影响，是六年的愤怒，六年的……”乔两手往上一举，想不出该用什么字眼，“因为这种愤怒，让我撑过了查尔斯城监狱的日子，我因此把马索吊在屋顶外头，因此把阿尔伯特·怀特赶出坦帕，要命，我还——”

“因此建立了一个帝国。”

“是啊。”

“所以等你见到她的时候，”迪昂说，“帮我跟她说声谢谢。”

乔张开嘴，但想不出能说什么。

“听我说，”迪昂说，“我从没喜欢过那妞儿。你也知道的。但老大，她绝对是有哪一点吸引你。我之所以问你回家有没有说，是因为我倒是喜欢格蕾西拉。非常喜欢。”

“我也喜欢。”萨尔说。乔和迪昂都转头看着他。他举起右手，左手还握着汤普森冲锋枪。“对不起。”

“我们有自己的讲话方式，”迪昂对萨尔说，“因为我们从小就互相打来打去。但是对你，他永远都是老板。”

“我不会再犯了。”

迪昂头转回来面对乔。

“我们小时候没有打来打去。”乔说。

“当然有。”

“不，”乔说，“是你打我，打得半死。”

“你用砖头打过我。”

“这样你就不会再把我打得半死了。”

“啊。”迪昂安静了好一会儿，“我本来要说一件事的。”

“什么时候？”

“我进门的时候。啊，我们得谈谈马索来的事。另外厄文·费吉斯的事情，你听说了吗？”

“萝瑞塔的事情我听说了。”

迪昂摇头：“萝瑞塔的事情大家都知道。但昨天夜里，厄文走进阿图洛的店，显然前天晚上，萝瑞塔是在那里买到她最后一份海洛因的。”

“好吧……”

“反正呢，呃，厄文把阿图洛打得差点咽气。”

“不会吧。”

迪昂点点头：“他就一直说着‘忏悔，忏悔’，拳头不断打下去，像个他妈的活塞。阿图洛可能会瞎掉一只眼睛。”

“该死。那厄文呢？”

迪昂食指放在太阳穴转了几圈。“他们把他送到庙台市的精神病院，要观察六十天。”

“基督啊，”乔说，“我们对这些人做了什么啊？”

迪昂的脸涨红了。他转身指着萨尔·乌索。“你他妈的从没看到这个，懂了吗？”

萨尔说：“看到什么？”随后，迪昂扇了乔一耳光。

那力道大得乔撞到办公桌上，弹起来时，手里的点三二手枪已经戳在迪昂的双下巴上。

迪昂说：“你又来了，为了一件你根本没责任的事情，心里愧疚得想死，我绝对不会眼睁睁看着你抱着这种心情，又走进一场死亡约会。你想在这里射杀我？”他摊开两手，“妈的，扣下扳机吧。”

“你以为我不会？”

“我才不在乎，”迪昂说，“因为我不想再看到你故意自杀第二次。你是我的弟兄，懂了吗，你这蠢爱尔兰佬？你。比起赛皮或保罗更重要，愿上帝让他们安息。你。我他妈再也不能失去一个兄弟，再也不能了。”

迪昂抓住乔的手腕，食指扣住乔放在扳机上的食指，把枪拉得更贴近自己的脖子。他闭上双眼，瘪紧嘴唇。

“顺带问一声，”迪昂说，“你什么时候要去那边？”

“哪里？”

“古巴。”

“谁说我要去那边的？”

迪昂皱起眉头：“你刚发现你以前迷得要死的这个妞儿还活着，而且她人就在离这边三百英里的南边，结果你还按兵不动？”

乔收回枪，放进枪套里。他注意到萨尔面如死灰，整张脸湿得像条热毛巾。“等到跟马索见过面，我就过去。你知道老头子话很多的。”

“这就是我要来找你谈的事情。”迪昂拿出随身携带的斜纹厚棉布封套笔记本，打开翻阅着，“这件事有很多地方我不喜欢。”

“比如？”

“他和他的手下包下半列火车要来这里。这个阵仗也未免太大了。”

“他老了——走到哪里都带着护士，说不定还有一个医师，而且二十四小时都有四个贴身枪手跟着。”

迪昂点点头：“好吧，他带了至少二十个手下来，可不是二十个护士。他还包下了第八大道的罗梅洛饭店，整家饭店。为什么？”

“安全问题。”

“可是他向来住坦帕湾饭店。只包下一整层楼。这样就足以确保他的安全了。为什么这回要包下伊博的一整家饭店？”

“我想他是越来越偏执了。”

乔想着见到他时，要跟他说什么。**记得我吗**？

这样会不会太老套？

“老大，”迪昂说，“专心听我说。他不是搭纽约过来的东海岸线直达列车，而是搭伊利诺中央铁路线过来，之前去过底特律、堪萨斯城、辛辛那提、芝加哥了。”

“嗯，这些地方都有他的威士忌合伙人。”

“而且都有重要的老大。除了纽约和普罗维登斯之外，所有重要老大他都去找过了。另外，猜猜两星期前他去过哪里？”

乔看着办公桌对面的迪昂：“纽约和普罗维登斯。”

“答对了。”

“所以你怎么想？”

“不知道。”

“你认为他是巡回全国各地，要求我们退下来？”

“或许吧。”

乔摇摇头：“没道理啊，阿迪。才五年，我们就让这个组织的获利翻了四倍。我们当年来的时候，这里只是个他妈的小城。但去年我们光从朗姆酒就赚了多少钱？一千一百万？”

“一千一百五十万。”迪昂说，“另外，我们翻了不止四倍。”

“那为什么好好的事情要搞砸呢？马索说我就像他的儿子，那一套你不信，我也不信。但他尊敬数字。而我们的数字太漂亮了。”

迪昂点点头："我承认，要我们退出是没有道理。但是我不喜欢这些征兆。我不喜欢这些事情搞得我胃很难受。"

"那是因为你昨天晚上吃的西班牙海鲜饭。"

迪昂朝他微微一笑："是啊，说不定。"

乔站起来，拨开遮光帘，看着外面的工厂地板。迪昂很担心，但迪昂的工作就是担心这些事。他是在尽他的职责。说到底，乔知道，这一行的每个人都会尽量赚钱，越多越好。就这么简单。乔一直在赚钱。一袋又一袋的钱，沿东海岸连同一瓶瓶朗姆酒运到北部，放在马索位于波士顿附近纳罕镇大宅的保险库里。每一年乔都赚得比前一年更多。马索很无情，随着健康恶化，也变得更难以预测。但无论如何，他很贪婪。而乔一直在满足他的贪婪，让他的胃温暖而饱胀。马索没有必然的理由要冒着饿肚子的危险，把乔给换掉。而且为什么要换掉乔？他没犯错。他赚来的利润没有短报暗藏。他对马索的权力也不构成威胁。

乔从窗前转回身："你就去安排一些必要的措施，好确保我去开会的安全吧。"

"我不能保证你在那次会议的安全，"迪昂说，"这就是我的难题。你要走进去开会的那家饭店，每个房间他都包下来了。他们现在大概正在饭店里地毯式清查，所以我没办法安排任何手下躲进去，没办法把任何武器藏在里头，什么都没有。你是在完全摸不清的状况下走进去，我们在外头也同样摸不清状况。如果他们决定不让你走出那家饭店？"迪昂食指敲了桌面几下，"那你就真的走不出来了。"

乔审视了迪昂许久："你为什么这么想？"

"一种感觉。"

"感觉不是事实，"乔说，"而现在的事实是，他杀掉我的几率是零。杀了我对任何人都不会有好处。”

“但你所知道的，未必是全部。”

罗梅洛饭店是一栋十层楼高的红砖建筑，位于第八大道和十七街的交口。这是一间商务旅馆，主要接待节省预算的商务旅客。这是一家很不错的饭店——每个房间都有自动抽水马桶和洗脸台，床单每两天就会换一次；每天上午和周五周六的晚上，都有提供送饮食到房间的客房服务——不过从各个方面看来，这都不是个豪华的饭店。

乔、萨尔、左撇子来到饭店大门口，迎接他们的是阿达莫·瓦洛科和吉诺·瓦洛科这对兄弟档，来自意大利南端的卡拉布里亚。乔在查尔斯城监狱时就认识吉诺了，两个人边聊边走过饭店大厅。

“你现在住在哪里？”乔问。

“塞勒姆镇，”吉诺说，“那里不错。”

“你成家了？”

吉诺点点头：“找了一个意大利好姑娘。现在有两个孩子了。”

“两个？”乔说，“动作真快。”

“我喜欢大家庭。你呢？”

尽管乔很乐意闲聊，但他才不打算把自己即将当父亲的消息告诉一个小小的枪手。“还在考虑。”

“不要拖太久，”吉诺说，“当爸爸要趁年轻，才有力气教小孩。”

这就是这一行总让乔觉得迷人却又荒谬的一点——五名男子走向电梯，身上都带着手枪，其中四个人还有机关枪，但有两个人还在问起彼此的太太和孩子。

到了电梯口，乔除了继续让吉诺谈他的孩子，也设法观察是否有被突袭的可能。等到进入电梯后，他们有退路的幻觉就会完全消失。

但他们此时所拥有的，也只有幻觉。从他们一踏入大门，就等于放弃了自由，甚至放弃了活命的机会。如果马索为了某种乔无法推测的疯狂动机想宰掉他们，那他们也只能等死了。电梯只是大箱子里面的小箱子。他们身在箱子里的事实，则无可辩驳。

或许迪昂没有错。

也或许迪昂错了。

要搞清楚，只有一个办法。

他们离开瓦洛科兄弟，走进电梯。操作电梯的是伊拉里欧·诺比雷，因为有肝炎，长年都是一张枯瘦的黄脸，但他是耍枪高手。据说他可以在日蚀时用步枪射穿跳蚤的屁股，还可以用汤普森冲锋枪在窗台上签名，但不会弄坏任何一块玻璃。

搭到顶楼的途中，乔和伊拉里欧聊天，就像刚才和吉诺·瓦洛科聊天时一样轻松。要开启伊拉里欧的话匣子，窍门就是谈他的狗。他在瑞威尔市的家里繁殖猎兔犬，繁殖出来的小狗素以性情温和、耳朵柔软著称。

但随着一路电梯往上，乔再次纳闷迪昂会不会猜对了。瓦洛科兄弟和伊拉里欧·诺比雷全都是耍枪出名的。他们不是打手，也不是智囊。他们是杀手。

到了十楼的走廊，在电梯口等着他们的是法斯托·斯卡尔福内，又是另一个以使枪闻名的杀手，但是只有他一个人，于是在走廊里双方势均力敌——马索有两个手下，乔也带着两个手下。

来到全饭店最顶级的盖斯帕力亚套房门口，马索亲自来开门。他跟乔拥抱，双手捧着乔的脸，吻他的额头。然后又拥抱他，用力拍拍他的背。

“你还好吗，孩子？”

“我很好，佩斯卡托先生。谢谢。”

“法斯托，看他带来的那两位需要些什么。”

“要收走他们的手枪吗，佩斯卡托先生？”

马索皱眉：“当然不用。两位先生请自便，我们应该很快就谈完了。”马索指着法斯托，“想吃三明治或什么，就叫客房服务。不要客气。”

他带着乔进入套房，关上门。房内的一排窗子外，隔着条小巷，就是隔壁的黄砖建筑物，那是一家已经在1929年倒闭的钢琴厂，唯一剩下的就是砖墙上褪色的厂主商标名，还有一堆用木板封住的窗子。另外一排窗子看出去，则完全不会让人想到经济大萧条，因为窗外俯瞰着伊博市区，还有通到希尔斯伯勒湾的一条条道路。

套房的客厅中央有一张橡木茶几，周围放着四把安乐椅。茶几中央放着一个纯银咖啡壶，以及同套的纯银鲜奶油罐、糖罐。还有一瓶茴香酒，三个已经倒好酒的小玻璃杯。马索的次子桑托坐在那边等他们，他给自己倒咖啡时抬头看了乔一眼，然后放下咖啡杯，旁边还有一颗柳橙。

桑托·佩斯卡托三十一岁，人人都喊他狄格，但是没人记得为什么，连他自己都不记得了。

“你还记得乔吧，桑托？”

“不知道，或许吧。”他从椅子上半站起来，伸出潮湿而无力的手跟乔握了握，“叫我狄格吧。”

“很高兴又见面了。”乔在他对面的椅子坐下，马索走过来，坐在他儿子旁边的位子上。

狄格剥着柳橙，把皮丢在茶几上。他那张长脸老是一副困惑又疑心的不悦模样，仿佛刚听到一个没听懂的笑话。他一头卷卷的黑发，前额开始秃了，肉乎乎的下巴和脖子，眼睛跟他父亲一样是深色的，小得像削过的铅笔尖。不过他有种愚钝，缺乏他父亲的魅力或狡猾，因为他从来不需要。

马索帮乔倒了咖啡，递过去："最近怎么样？"

"非常好。您呢？"

马索一只手掌前后转了两下："有好有坏。"

"希望好日子多过坏日子。"

马索拿起一杯茴香酒："到目前为止是这样，来，敬你。"

乔也拿起酒杯："敬你。"

马索和乔喝了。狄格朝嘴里扔了一瓣柳橙，张嘴嚼着。

乔再次想起，在这么一个暴力的行业里，却有多得出奇的寻常男子——爱自己的老婆，星期六下午带孩子出门，热心维修自己的汽车，在街坊的简餐店里讲笑话，担心自己的母亲怎么想他们。他们还会上教堂，祈求上帝原谅他们为了赚钱养家而不得不做的亏心事。

但这一行里，也充斥着同样多的猪。凶暴又愚蠢，他们主要的才能就是残酷，对待人类就像对待夏末飞舞在窗台上的一只苍蝇，丝毫没有顾念。

狄格·佩斯卡托是后者。而且就像乔所见过的许多第二代一样，因为他们的父亲是创建者，他们也就不得不被卷入、被移植到这个行业，深受影响。

多年来，乔见过马索的三个儿子，见过蒂姆·希基的独子巴比。也在迈阿密见过克昂其的儿子，在芝加哥见过巴洛内的儿子，在新奥尔良见过迪迦科莫的儿子。当老子的都是令人生畏、白手起家的人物，每一个都是。他们都有钢铁般的意志，颇有远见，而且没有丝毫的同情心。但他们都是男子汉，毋庸置疑的男子汉。

而且，唉，乔听着狄格咀嚼的声音充满整个室内，心想，他们的每一个儿子，都是他妈的人类的耻辱。

狄格吃完了他的柳橙，又继续吃第二颗。马索和乔谈了马索的南下之旅、炎热的天气、格蕾西拉，以及即将出生的宝宝。

聊完这些话题之后，马索拿出塞在他座位旁边的一份报纸，以及桌上那瓶酒，坐在乔旁边。他帮两人又倒了酒，然后打开那份《坦帕论坛报》。萝瑞塔·费吉斯的脸瞪着他们，照片上方是标题：

圣母之死

他对乔说："就是这个姑娘，害我们赌场那事情碰上一堆麻烦吗？"

"就是她。"

"那你为什么不除掉她？"

"会有太多后续影响。全州的人都会注意到。"

马索剥下一瓣柳橙："这话没错，但原因不是这个。"

"哦？"

马索摇着头："在1932年，你为什么不照我交代的，把那个酿私酒的家伙给杀了？"

"特纳·约翰？"

马索点点头。

"因为我们达成了一个协议。"

马索摇头："我的命令不是要你去跟他达成协议，而是要你杀了那个浑蛋。可是你没动手，就跟你没杀掉这个疯婊子一样——因为你不是杀手，乔瑟夫。这是个问题。”

“是吗，从什么时候开始？”

“从现在开始。你不是个黑帮分子。”

“马索，你是故意想让我难过吗？”

“你是法外之徒，是穿西装的强盗。现在我听说你想要转做合法生意？”

“正在考虑。”

“所以你应该不介意我找人取代你吧？”

乔因为某种原因轻声笑起来。他找出自己的香烟，点了一根。

“马索，当初我刚来的时候，这里每年的总利润是一百万。”

“我知道。”

“自从我来了之后，平均每年获利是将近一千一百万。”

“不过大部分都是因为朗姆酒。这样的状况就要结束了。你忽略了经营妓院和毒品。”

“狗屎。”乔说。

“你说什么？”

“我专注在朗姆酒上，是因为，没错，这是最有利可图的。但我们的毒品销售额也增加了六成。至于妓院，我来了之后，增加了四家。”

“可是你本来可以增加更多的。而且那些妓女说，她们很少挨打。”

乔发现自己不自觉地低头看着报纸上萝瑞塔的脸，然后抬起眼睛，然后又往下看。接着轮到他大大叹了口气：“马索，我——”

“叫我佩斯卡托先生。”马索说。

乔什么都没说。

“乔瑟夫，”马索说，“对于我们的做事方式，我们的朋友查理希望能做一些改变。”

“我们的朋友查理”指的是在纽约的卢西安诺，绰号“幸运儿”。他是实际上的国王。永远的皇帝。

“什么改变？”

“不瞒你说，因为‘幸运儿’的右手是个犹太佬，所以这些改变有点讽刺，甚至不公平。”

乔对着马索勉强微笑了一下，等着他说出答案。

“最高层的干部，查理要用意大利人，而且只要意大利人。”

马索说得没错，这真是讽刺极了。每个人都知道，无论卢西安诺有多聪明——他的确聪明绝顶——没了迈尔·兰斯基，他就不可能有什么成就。兰斯基是出身纽约下东城的犹太人，他们能把一堆家庭经营的小店整合成一个企业王国，兰斯基的功劳比谁都大。

但问题是，乔并不想当最高层的干部。他很乐于维持原来地区经营的模式。

他也这么告诉马索。

“你太谦虚了。”马索说。

“并不是。我统治伊博。没错，还有朗姆酒，但就像你说的，这部分结束了。”

“乔瑟夫，你统治的远远不止伊博，也远远不止坦帕。每个人都知道。你统治这里到比洛克西的墨西哥湾沿岸，还掌握这里到杰克逊维尔的运输路线，以及往北的一半道路。我一直在看账册，你在这里帮我们建立了一支军队。”

乔忍着没说“结果你就是这样感谢我的吗”，而是说：“如果因为查理说‘不准用爱尔兰人’，所以我就不能当坦帕的头儿，那我能做什么？”

“做我交代的。”回答的是狄格，他吃完了第二个柳橙，湿黏的手掌就在安乐椅的两侧擦。

马索朝乔使了个“不要理他”的眼色，然后说：“当顾问。你跟着狄格，教他熟悉这里的一切，带他认识城里的人，说不定还可以教他打高尔夫，或钓鱼。”

狄格的小眼睛看定了乔：“我会刮胡子，也会绑鞋带。”

乔很想说，不过还得想一想才会做，对吧？

马索拍了一下乔的膝盖：“就财务上，你得接受稍微剪短头发。不过别担心，我们今年就会拿下港口，把所有事情接管过来。我保证，到时候会有很多进账的。”

乔点点头：“剪多短？”

马索说：“狄格接收你原来的份。你自己找一帮人，赚多少都算你的，上缴的抽成可以少一点儿。”

乔转头，往那排俯瞰着小巷的窗户外头望了好一会儿，然后又望向俯瞰着海湾的那一排。他缓缓从十倒数：“你要把我降级为小帮主？”

马索又拍了下他的膝盖：“这是调整，乔瑟夫。按照查理·卢西安诺的命令。”

“查理说，‘换掉坦帕的乔·考克林’吗？”

“查理说，‘大头头不准用非意大利人。’”马索的声音依然流畅，甚至和善，但乔听得出开始有一丝懊恼了。

乔花了一会儿稳住自己的声音，因为他知道马索随时可能丢掉殷勤老人的面具，露出野蛮又残酷的真面目。

“马索，我觉得让狄格当国王是个好主意。如果让我们两个合作，我们可以拿下全佛罗里达州，甚至拿下古巴。我在那边有人脉，可以做得到。但我的份不能差现在太多。要我下来当个小帮主？那我赚的或许只有现在的十分之一，还得每个月去跟码头工人的工会和雪茄厂老板收保护费。我根本就没有权力可言了。”

“或许这就是重点。”狄格首度露出微笑，上排牙齿沾着一片柳橙渣，“你想过这一点吗，聪明兄？”

乔看着马索。

马索也看着他。

乔说：“这是我建立起来的。”

马索点点头。

乔说：“我在这里帮你赚的，要比当初卢·奥米诺帮你赚的多了十倍。”

“那是因为我让你做。”马索说。

“因为你当时需要我。”

“嘿，聪明兄，”狄格说，“现在没人需要你了。”

马索对着他儿子比了个轻拍的手势，就像在拍一条狗。狄格往后靠坐，马索转向乔：“我们用得着你，乔瑟夫。我们用得着。但我觉得有人不知感激。”

“我也觉得。”

这回马索的手放在乔的膝盖上，用力按着。“你是替我工作的。不是替你自己，也不是替你身边那些西班牙佬或黑人。如果我叫你去清理我马桶里的大便，你猜你会怎么做？”他微笑，声音依然保持柔和，“只要我高兴，我会杀了你那个女朋友，把你的房子烧得精光。你很清楚，乔瑟夫。对于你那颗脑袋来说，你的眼睛太大了点儿，如此而已。这种事我以前也见多了。”他原先按着乔膝盖的那只手抬起来，拍拍乔的脸，“所以，你是想当个小帮主，还是要在我拉肚子那天替我清理马桶里的大便？两个我都接受。”

如果乔能事先计划，他就会提早几天先去跟所有的熟人交谈，安排自己的战力，把所有棋子都放好。之后，趁马索和他的枪手上火车北返时，乔就搭飞机赶到纽约，直接找卢西安诺谈，把资产负债表放在他桌上，让他知道乔能帮他赚多少，而一个狄格·佩斯卡托这样的智障又会害他损失多少。卢西安诺很可能会恍然大悟，然后他们就可以用流血最少的方式，把这件事解决掉。

“小帮主。”

“啊，”马索露出满脸笑容，“好孩子。”他捏捏乔的两边脸颊，“好孩子。”

马索站起来，乔也起身。两人握了手，拥抱。马索亲了他两边脸颊，就是刚刚他捏过的位置。

乔和狄格握手，说很期待能跟他一起工作。

“是替我工作。”狄格提醒他。

“对，”乔说，“替你工作。”

他朝门口走去。

“一起吃晚餐？”马索问。

乔停在门边：“没问题。9点在热带保留区餐厅，你觉得怎么样？”

“好极了。”

“好。我会叫他们留最好的位置。”

“太好了。”马索说，“另外，要确定到时候他死了。”

“什么？”乔缩回放在门把手上的手，“谁？”

“你的朋友，”马索替自己倒了一杯咖啡，“那个大块头。”

“迪昂？”

马索点点头。

“他没做什么啊。”乔说。

马索抬头看着他。

“我漏掉什么了？”乔说，“他一直很会赚钱，也很会用枪。”

“他是告密鬼，”马索说，“六年前，他出卖了你。这表示从现在开始，六分钟后，或是六天后，或是六个月后，他就会再犯。我不能让一个告密鬼替我儿子做事。”

“不。”乔说。

“不？”

“不，他没有出卖我。出卖我的是他哥。我告诉过你了。”

“我知道你告诉过我，乔瑟夫。我也知道你撒了谎。我只容忍你一个谎言。”他在咖啡里加鲜奶油，一边举起食指，“你已经用掉了。晚餐前杀了那个浑蛋。”

“马索，”乔说，“听我说，那是他哥哥。这是实话。”

“是吗？”

“是。”

“你不是在撒谎？”

“不是撒谎。”

“因为你很清楚，如果你在撒谎，意味着什么。”

上帝啊，乔心想，你跑到这里来，为了你那个窝囊废儿子，抢走了我打下来的江山。刚刚抢走。

“我知道意味着什么。”乔说。

“你还是坚持你原来的故事。”马索往杯子里扔了一颗方糖。

“我坚持是因为那不是故事，而是事实。”

“完全是实话，绝无虚假，嗯？”

乔点点头：“完全是实话，绝无虚假。”

马索缓缓地、哀伤地摇摇头。乔身后的门打开了，阿尔伯特·怀特走进来。

24

走到尽头的方式

看到阿尔伯特·怀特，乔注意到的第一件事是，他三年来苍老得有多厉害。白色和米色西装不见了，昂贵的鞋子不见了。他现在穿的鞋子，只比全国各地住在街上和帐篷里的游民所穿的厚纸板鞋好一点。他褐色西装的翻领破破烂烂，手肘处磨得很薄。发型乱七八糟，像是心不在焉的老婆或女儿在家里帮他乱剪的。

乔注意到的第二件事是，他右手拿着萨尔·乌索的汤普森冲锋枪。乔知道那是萨尔的，因为后膛上的磨痕。萨尔平常坐下来，把汤普森摆在膝上时，左手老是习惯性来回抚摸后膛。萨尔的手上还戴着婚戒，尽管他老婆已经在1923年感染斑疹伤寒而病逝——当时他才刚到坦帕帮卢·奥米诺工作。而当他抚摸汤普森时，戒指就会刮到金属。现在，多年刮下来，金属表面防锈的发蓝处理层都几乎磨光了。

阿尔伯特走向乔，把枪举在肩上，打量着乔的三件套西装。

“安德森与谢泼德[①]？”

① 安德森与谢泼德（Anderson&Sheppard）以及后文提到的H.亨斯曼（H.Huntsman）都是位于伦敦萨维尔街（Savile Row）上的高级定制男装店。

“H·亨斯曼。”

阿尔伯特点点头，他翻开自己的西装外套左边，好让乔看到上头的标签——Kresge' s百货。“上回离开这里之后，我就变得没那么有钱了。”

乔没说话。因为实在没什么好说的。

“我回到波士顿，只差没上街讨饭了，你知道吗？在那边他妈的卖铅笔。但接着，我在北端区的这么个小地下室酒馆里碰到了贝佩·纽纳罗。贝佩和我是老朋友。那是很久以前，在我和佩斯卡托先生之间发生这一连串不幸的误会之前。总之，贝佩和我聊了起来。我们一开始没聊到你的名字，倒是提到了迪昂。原来贝佩以前是报童，跟迪昂和迪昂那个笨哥哥保罗一起。这个你知道吗？”

乔点点头。

“所以你大概就知道，接下来会讲到什么事了。贝佩说他认识保罗大半辈子，实在很难相信他会在一件抢银行的案子上头出卖任何人，更别说是自己的弟弟和一个警方大官的儿子了。”阿尔伯特一只手臂揽住乔的脖子，“于是我说，‘保罗没出卖谁，是迪昂。我会知道，因为就是他来跟我告密的。’”阿尔伯特走向面对着小巷和倒闭钢琴厂仓库的那面窗子。乔没办法，只能跟着他一起走。“聊着聊着，贝佩认为，如果让我跟佩斯卡托先生谈谈，可能会不错。”他们停在窗前。“所以就变成今天这样。举起手来。”

乔照办了，阿尔伯特搜了他全身，马索和狄格慢慢走过来，也站在窗边。阿尔伯特从乔的背后拿出那把萨维奇点三二手枪，从他的右脚踝搜出那把单发小型手枪，又从他左边鞋里找到一把弹簧刀。

“还有别的吗？”阿尔伯特问。

“通常这样就够了。”乔说。

“临死前还要耍嘴皮。”阿尔伯特手臂环住乔的肩膀。

马索说：“乔，有件关于怀特先生的事，你大概也知道——”

“什么事，马索？”

“就是他对坦帕很熟。”马索朝乔扬起一边浓眉。

“所以我们需要你的程度，就大大降低啦，”狄格说，“操他妈的蠢货。”

“嘴巴干净点儿，”马索说，“有这个必要吗？”

他们全都转向窗户，就像一群小孩在等着木偶秀的帘幕拉开。

阿尔伯特把汤普森冲锋枪举到面前：“好东西。我知道你认识这把枪的主人。”

“没错。”乔听到自己声音中的忧伤，“我认识。”

他们面对着窗子站了大约一分钟，随后乔听到大叫的声音，在对面钢琴厂仓库的黄砖墙背景下，一个黑影垂直掉落。萨尔的脸飞过窗前，双臂在空中拼命挥动。然后他停止坠落，头往上啪地伸直，双脚往上扭，脖子上的套索折断了他的脖子。乔假设，他们原来的打算是要萨尔最后吊在他们面前，但有人错估了绳子的长度，或者也可能是体重造成的效果。所以他们站在那儿，往下看着他的头顶，而他的身体则悬吊在十楼和九楼之间。

但总之，左撇子的吊绳长度没算错。他被丢下来时没叫，双手没绑，抓住了套索。他一脸放弃的表情，仿佛有人刚才告诉他一个秘密，这秘密他始终不想知道，但其实老早就猜到了。由于他用双手减轻了绳索的压力，所以他脖子没断。他落到他们面前时，就像被魔术师变出来似的。他上下弹了几次，然后悬在那里，摇晃着。他踢了窗户，动作并不绝望或疯狂，倒是出奇地精确又矫健，而且即使看到他们在看他，他脸上的表情也始终没变。他一直紧抓着绳索，直到气管软骨折断，舌头吐出，垂盖在下唇上。

乔看着生命从他身上缓缓流失，之后，忽然结束。生命的光像一只犹豫的鸟般离开了左撇子。但一旦离去，它就迅速高飞。乔唯一得到的安慰就是，左撇子的双眼眨了几下，最后终于闭上了。

他看着左撇子的睡脸，以及萨尔的头顶，心中乞求他们的原谅。

我很快就会见到你们两个了。我很快就会见到我爸。我会见到保罗·巴托罗。我会见到我妈。

然后——

我没勇敢到可以承受这些。我就是没办法。

然后——

拜托。上帝啊，拜托。我不想进入黑暗。我愿意做任何事。求你慈悲。我不能今天死掉。我不该今天死掉。我很快就要当爸爸了。她就要当妈妈了。我们会是很好的父母。我们会抚养出一个很好的孩子。

我还没准备好。

他可以听到自己的呼吸声。他们押着他，走向俯瞰着第八大道、伊博街道和更远处海湾的那排窗子，还没走到窗前，他就听到了枪声。从十楼的高度，街上的人看起来像是只有两英寸高，拿着汤普森冲锋枪、手枪和勃朗宁自动手枪开火。他们头戴帽子，身穿风衣和西装。有些还穿着警察制服。

警察站在佩斯卡托的人马那边。乔的人马有的躺在街上，有的半探出汽车外，其他人则继续开火，但同时在撤退。爱德华多·阿纳兹胸部被一波子弹射穿，往后撞在一家服装店的玻璃上。诺尔·肯伍德背部中弹倒在马路上，手指还在扒着地面。其他人乔看不清，但看到枪战往西边移动，先是一个街区，接着是两个。他的一个手下开着普利茅斯敞篷车，撞上了十六街角落的灯柱。人还没下车，警察和两个佩斯卡托的人马就包围了那辆汽车，手上的冲锋枪不断朝汽车开火。朱赛佩·埃斯波西托有一辆这种车，但乔从这里看不出车子是不是他开的。

快跑，兄弟们。拼命跑吧。

他的手下们仿佛听见了似的，停止还击，四散开来。

马索一手放在乔的脖子上："结束了，孩子。"

乔没说话。

"我真希望能有不同的结果。"

"是吗？"

佩斯卡托手下的汽车和坦帕市警局的警车沿着第八大道奔驰，乔看到几辆沿着十七街转向北边或南边，又沿着第九或第六大道转向东，想从两边包抄乔的人马。

但他的手下却消失了。

前一分钟，还有个人沿着街道奔跑，下一分钟他就不见了。佩斯卡托帮的汽车在街角会合，枪手们拿着枪四处猛指，随后又回头追杀。

他们在十六街一栋小木屋的门廊上射杀了一个人，但那似乎是他们所能找到的唯一敌方人马了。

一个接一个，考克林和苏亚雷斯的人马溜掉了。仿佛消失在空气中。一个接一个，他们就是不见了。警方和佩斯卡托的人此时在街上兜圈子，东指西指，互相大叫。

马索对阿尔伯特说："妈的，他们都跑哪儿去了？"

阿尔伯特举起两手，摇摇头。

"乔瑟夫，"马索说，"你告诉我。"

"别叫我乔瑟夫。"

马索扇了他一耳光："他们是怎么回事？"

“消失了。”乔看着老人圆瞪的双眼，“不见了。”

“是吗？”

“是的。”乔说。

这会儿马索抬高嗓门，变成咆哮，听起来很可怕。“妈的，他们跑到哪儿去了？”

“狗屎。”阿尔伯特一弹手指，“是隧道。他们跑进隧道了。”

马索转向他：“什么隧道？”

“就是这一带地底下的那些地道，原先是用来运酒的。”

“那就派人去隧道里找啊。”狄格说。

“大部分地道的位置，都没人知道。”阿尔伯特大拇指朝乔指了一下，“那就是这个浑蛋的天才所在。是不是啊，乔？”

乔点头，先是对阿尔伯特，然后对马索。“这是我们的地盘。”

“是啊，不过呢，再也不是了。”阿尔伯特说，随后，把汤普森冲锋枪的枪托朝乔的后脑砸去。

25

更大的优势

乔在一片黑暗中醒来。他看不见，也没法说话。一开始他担心有人竟然过分到把他的嘴巴缝起来，但过了一分钟左右，他怀疑鼻子底下那个紧贴的东西可能是胶带。一旦想到了，就越来越感觉到嘴唇周围黏黏的，皮肤上好像抹了泡泡糖，完全说得通了。

不过他的眼睛上没贴胶带。原先眼前像是全然的黑暗，逐渐转变为一片遮着羊毛布或粗麻布的暗影。

那是面罩，他从胸口的某个东西判断。他们拿了个面罩蒙住了他的头。

他的双手铐在背后。绝对不是绳子，完全是金属。他觉得两腿也被绑住了，但是从可以移动的感觉判断，绑得并不紧——应该还能挪动整整一英寸。

他朝右边侧躺，脸贴着温暖的羊毛布料。他闻得到低潮的气味，还闻得到鱼和鱼血的气味，这才意识到之前一直听到的那个声音是引擎声。他这辈子搭过够多次船，听得出那种引擎声。等到又感觉到海浪拍打船身的摇晃，以及身子底下木板的起伏，所有的感觉连起来，就完全合理了。他很难确定是否还有其他船，但无论他怎么努力分辨周遭各式各样的声音，都还是没听到其他引擎声。他听到几个男人在说话，还有甲板上来回的脚步声，过了一会儿，他就听出了附近有个男人抽烟的吞吐声。但没有其他引擎，而且这艘船开得并不是很快。总之感觉上如此。听起来并不像是在快速移动。这表示，可以假设没有人在追他们。

“去叫阿尔伯特来。他醒了。”

有人抬起了他——一只手探入面罩内他的头发里，另外两只手伸进他的腋下。他被沿着甲板往后拖，丢在一张椅子上，他可以感觉到臀部底下坚硬的木头座位，还有抵着背部的坚硬木条。两只手滑过他的手腕，手铐解开了。紧接着他的双臂就被拉到椅子背后，再次被扣上手铐。有个人用绳子把他的上半身绑在椅子上，绑得很紧，让他只能勉强呼吸。然后有个人——也许是同一个人，也或许是另一个人——又把他的腿紧紧绑在椅脚上，让他完全无法移动。

他们抓着椅子向后倾斜，他隔着胶带大喊，耳朵里听到自己的声音，因为他们正把他往后推出船侧。即使头上盖着面罩，他还是紧闭着双眼，而且他可以听到自己呼出鼻孔的气息绝望又破碎，就像是在用呼吸乞求。

椅子碰上了一面墙，于是停止、倾斜了。乔坐在那儿，大约成四十五度角。他猜自己的双脚和椅子的前脚都离甲板一英尺半到两英尺。

有个人脱掉他的鞋。接着是袜子。随后拿掉了面罩。

突然又见到亮光，他迅速眨了几下眼睛。不是随便什么亮光，是佛罗里达的阳光，虽然天空中有一堆堆浑浊的灰云，光线还是非常强烈。他没看到太阳，但那些光依然在海上形成一片镀镍般的亮面。那阳光照亮了灰云，照亮了白云，照亮了海面，没有强烈到可以指出来，但足以让他感觉到它的效果。

等到他恢复视力，第一个映入眼帘的是他父亲的怀表，就悬吊在他眼前。然后是怀表后方阿尔伯特·怀特的脸。他让乔看着他打开廉价背心的口袋，把怀表放进去。“我自己呢，用的是艾尔金表。”他说着往前倾身，双手放在膝盖上。他对乔露出淡淡的微笑。在他身后，两名男子把一个沉重的东西拖过甲板，朝他们走来。那是某种黑色的金属制品。有银色的把手。那两个人走近了。阿尔伯特弯腰比了个夸张的动作，同时后退，那两名男子把东西推到乔光着的脚底下。

那是个浴缸。就是在夏日鸡尾酒派对上常见的那种。主人会在浴缸里装满冰块，把白葡萄酒和好啤酒放进去。但现在里头没有任何冰块。也没有葡萄酒，或好啤酒。

只有水泥。

乔想挣脱绳子，但那就像是想推开一栋压在他身上的砖房。

阿尔伯特走到他身后，把椅背一推，椅子便往前落下，乔的双腿陷入水泥中。

阿尔伯特带着科学家般淡漠的好奇，看着他挣扎——或是试图挣扎。乔唯一能动的，大概只有自己的头部。他双脚一落入浴缸里，就固定了。他膝盖以下的两腿也很快就跟进，完全动不了了。从感觉判断，那缸水泥搅拌得稍微有点早，不像浓汤。他两脚沉进去，感觉像是踩入一块海绵的切口中。

阿尔伯特走到他面前的甲板上坐下，看着乔的双眼，等着水泥凝固。那种海绵的感觉逐渐淡去，乔觉得脚掌底下开始出现一种更结实的感觉，逐渐往上环绕着他的脚踝。

“要等一阵子才会变硬，”阿尔伯特说，“可能比某些人认为的要久。”

乔终于找到了方向感，因为他看到左边有一个小小的离岸沙洲岛，看起来很像艾格蒙礁岛。除此之外，四周什么都没有，只有水和天空。

伊拉里欧·诺比雷搬了一张帆布折叠椅来给阿尔伯特，眼睛不敢看乔。阿尔伯特·怀特从甲板上爬起来，坐下时调整了一下椅子，免得海上倒映的亮光照到他的脸。他身子前倾，双手夹在两膝间。这是一艘拖船。乔面对着船尾，椅子后方靠着驾驶室的后墙。挑这艘船的确很厉害，乔不得不承认。拖船看起来不起眼，但其实速度很快，而且行动非常灵活。

阿尔伯特又把托马斯·考克林的怀表拿出来，提着链子让它转了一会儿，像个小男孩在玩溜溜球，对空扔出去后，再用手掌猛地抓住。他对乔说："这表慢了。你知道吧？"

乔没法开口，他其实也不想说话。

"这表又大又贵，结果连准时都做不到。"他耸耸肩，"就算花了这么多钱，对不对，乔？就算花再多钱，很多东西还是只能顺其自然。"阿尔伯特抬头看看灰色的天空，又看向船外灰色的海洋，"这一行不能拿第二名的。我们都知道赌注是什么。要是搞砸了，你就会死。信任错了人，押错了马？"他弹响手指，"关灯。有老婆，有孩子？那真不幸。打算夏天去英格兰玩一趟？计划刚刚改了。以为你明天还会呼吸？还会性交、吃饭、泡澡？不会了。"他身子前倾，食指戳着乔的胸膛，"你会坐在墨西哥湾的海底。再也看不到这个世界了。要命，如果有两条鱼去吃你的鼻子，还有几条去咬你的眼睛，你也不在意。你会去见上帝，或是魔鬼。或是哪儿都不去。但是呢，你不会待的地方，"他两手举向天空，"就是这里。所以好好看最后一眼吧。深呼吸几口。多吸点儿氧气。"他把怀表放回背心口袋，凑过来，双手捧着乔的脸，吻了他的前额，“因为你现在就要死了。”

水泥变硬了，挤压着乔的脚趾、脚跟、脚踝。挤得很厉害，他只能假设脚上有些骨头被挤断了。说不定全断了。

他看着阿尔伯特的眼睛，眼神示意着自己左边的内侧口袋。

“让他站起来。”

“不，”乔试着说，“看看我的口袋。”

“呜——！呜——！呜——！”阿尔伯特模仿他，眼睛外凸，“考克林，有点格调嘛。别求人。”

他们割断捆在乔胸前的绳子。吉诺·瓦洛科拿着一把钢锯走过来，跪在甲板上，开始锯椅子的椅脚，要把那两根椅脚锯掉。

“阿尔伯特，”乔隔着胶带说话，“看看这个口袋。这个口袋。这个口袋。这个。”

每回他说“这个”，脑袋就朝那个方向扭，目光也瞥向那个口袋。

阿尔伯特大笑，继续模仿他，其他几个人也加入，法斯托·斯卡尔福内根本就是在模仿人猿。他发出“呼呼呼”的声音，抓着腋下。一次又一次朝左边扭着头。

椅子的左前脚锯断了，吉诺开始锯右边那根。

“那两个袖扣不错，”阿尔伯特对伊拉里欧·诺比雷说，“去拆下来。先别急着把他丢下去。”

乔看得出他上钩了。他想看乔的口袋，但他得找个方式掩饰，不能显得他让自己的受害者称心。

伊拉里欧把袖扣拆下来，不是递给阿尔伯特，而是扔到他脚边，显然阿尔伯特还没赢得他们的尊敬。

椅子的右前脚也锯断了，大家把椅子拉开，于是乔就直直站在浴缸内的水泥里。

阿尔伯特说："你可以用一次你的手。可以用来撕掉嘴巴上的胶带，也可以把你想用来救自己一命的东西拿给我看。只能选一个。"

乔没有犹豫。他伸手到口袋里，拿出那张照片，扔到阿尔伯特脚边。

阿尔伯特从甲板上捡起来，此时他左肩上方出现了一个小黑点，就在艾格蒙礁岛后头。阿尔伯特看着那张照片，一边眉毛扬起来，脸上浮现出他那种得意的浅笑，没看出照片有什么特别的。他的眼神落在照片最左边，又缓缓往右移，随后，他的头忽然一动不动。

那个小黑点变成一个深色三角形，在光滑的灰色海面上移动得很快——以那个速度来看，比拖船快太多了。

阿尔伯特看着乔，表情严厉又愤怒。乔看得很清楚，他生气不是因为乔发现他的秘密，而是因为他自己跟乔一样，竟被瞒得这么惨。

这么多年来，他也以为她死了。

天啊，阿尔伯特，乔想说，在这件事情上，我们都被她吃得死死的。

尽管嘴上贴了六英寸长的防水胶带，乔知道阿尔伯特看得到他的微笑。

那个深色三角形现在很清楚了，看得出是一艘船。典型的汽艇，船尾改装过，以承载更多乘客或装更多瓶酒。船速因此降低了三分之一，但仍然是水上最快的交通工具。甲板上几个人对着那小艇指指点点，互相碰着手肘。

阿尔伯特撕掉乔嘴巴上的胶带。

现在听得到那艘汽艇的声音了。一种嗡嗡声，仿佛远处有一群黄蜂。

阿尔伯特把照片举到乔面前："她死了。"

"你觉得她看起来像是死了，对吧？"

"她人在哪里？"阿尔伯特的声音很刺耳，引得几个人转头看过来。

"在他妈的照片里。"

"告诉我这照片是在哪里拍的。"

"好啊，"乔说，"告诉你之后，我就可以确保自己平安无事了。"

阿尔伯特两手握成拳头，朝乔的双耳打去，乔立刻觉得天旋地转。吉诺·瓦洛科用意大利语大喊着什么，指着右舷。

第二艘船出现了，也是改装过的汽艇，上头有四个人，从四百码外一个废石堆后头开过来。

"她人在哪里？"

乔的耳边像是一首铙钹协奏曲般响个不停。他反复摇着头。

"我愿意告诉你，"他说，"但是我希望别再他妈的泡水了。"

阿尔伯特指着第一艘船，又指了指另一艘。"他们阻止不了我们的。你他妈的是白痴吗？她人在哪里？"

"啊，让我想一下。"乔说。

"哪里？"

"在照片里。"

"那是老照片，你只是藏着一张老——"

"是啊，我一开始也这么想。不过看看那个穿大礼服的浑蛋。那个高个子，站在最右边，靠在钢琴上那个，看看他手肘边的那份报纸，阿尔伯特。看看上头他妈的标题。"

总统当选人罗斯福

躲过迈阿密暗杀

“那是上个月的事，阿尔伯特。”

现在两艘船都离他们不到三百五十码了。

阿尔伯特看看那两艘船，看看马索的手下，又回来看着乔。他从紧闭的嘴唇吐出一口长气。“你以为他们会救你？他们人数只有我们的一半，而且我们有优势。你可以派六艘船来，我们会把每一艘都轰烂。”他转向船上的众人，“杀了他们。”

他们沿着船舷边缘排好，跪下来。乔数了一下，刚好是十二个人。五个在右舷，五个在左舷，伊拉里欧和法斯托则走进船舱拿东西。大部分在甲板的人都拿着汤普森冲锋枪，还有少数两三个拿手枪，但没有人拿着远距离射击所需的步枪。

但这一点很快就变得毫无意义，因为伊拉里欧和法斯托从船舱拖出一个板条箱。乔这才发现船舷边有个青铜三脚架，用螺丝固定在甲板上。接着他明白那不完全是三脚架，而是三脚枪架，给大枪用的。伊拉里欧从条板箱里拿出两条点三〇-〇六弹药带，放在枪架边。随后，他和法斯托伸手到条板箱里，拿出一把1903年款的十枪管加特林机枪，放在枪架上，着手忙着固定好。

两艘驶近的汽艇声响越来越大。现在距离大约两百五十码了，离冲锋枪和手枪的射程还有一百码。一旦加特林机枪在枪架上固定好，一分钟就可以射出九百发子弹。只要持续对着任何一艘汽艇开火，船上所有人就只能去喂鲨鱼了。

阿尔伯特说：“告诉我她在哪里，我就让你死得痛快点儿。一枪毙命，你不会有感觉的。要是你让我逼你讲出来，我会慢慢把你的肉一块块割下来，堆在甲板上，直到一整堆坍下来为止。”

那两艘汽艇开始左右变换着方向，拖船甲板上的人也彼此大吼着，随之改变位置。左舷的那艘汽艇采取蛇行路线，而右舷那艘船则左右乱扭，引擎发出尖啸。

阿尔伯特说：“告诉我吧。”

乔摇头。

“拜托。”阿尔伯特声音压得很低，其他人都没听到。在船引擎和加特林机枪组合的嘈杂声中，乔几乎听不见。阿尔伯特说：“我爱她。”

“我也爱过她。”

“不，”阿尔伯特说，“我到现在还爱她。”

加特林机枪在枪架上固定好了。伊拉里欧将弹药带塞入进弹口，又吹掉了弹斗上可能累积的任何灰尘。

阿尔伯特凑向乔，看看两人周围。“我不想要这个。谁想要这个？我只想重新体会当年我逗她笑，或她把烟灰缸丢向我脑袋的那种感觉。甚至不上床也无所谓。我只想看她穿着饭店浴袍喝咖啡。我听说，你已经有这样的生活了。跟那个西班牙女人？”

“是啊，”乔说，“没错。”

“顺便问一声，她是黑人还是西班牙人？”

“两个都是。”乔说。

“你不觉得困扰吗？”

“阿尔伯特，”乔说，“有什么好困扰的？”

参加过美西战争的伊拉里欧·诺比雷负责用手转动加特林机枪的曲柄，法斯托则坐在机枪下方的位置，第一条弹药带横在他膝上，像一条老祖母的毯子。

阿尔伯特抽出他点三八口径的长管手枪，抵着乔的前额。“告诉我。”

一开始没人听到第四具引擎的声音，最后终于听到时，已经太迟了。

乔认真看进阿尔伯特的双眼深处，看到的是一个吓得半死的平凡人。

“不。”

法鲁柯·迪亚兹的水上飞机从西边破云而出。一开始很高，但下冲得很快。迪昂高高站在后座，他的机枪固定在法鲁柯·迪亚兹当初拜托乔好几个月才终于求到的枪架上。迪昂戴着厚厚的护目镜，好像正在大笑。

迪昂的机枪第一个瞄准的，就是那具加特林机枪。

伊拉里欧转向左边，迪昂的子弹轰掉他一边耳朵，像一把长柄大镰刀扫过他的脖子，跳弹从机枪中弹出来，弹到枪座和甲板上的系绳栓上面，击中了法斯托·斯卡尔福内。法斯托的双臂在空中挥舞，往后倒下，鲜血溅得到处都是。

甲板也四处飞溅——木屑、金属和火星。众人纷纷弯腰、蹲下、缩成一团。他们尖叫着摸索武器。两个人掉进了海里。

法鲁柯·迪亚兹的飞机倾斜转弯，朝云层飞去，甲板上的枪手们纷纷恢复过来，站起身开火。飞机飞得越高，他们的开火角度就越垂直。

其中一些子弹又落回船上。

阿尔伯特的肩膀就吃了一颗子弹。另一个家伙抓着脖子，倒在甲板上。

两艘汽艇现在进入射程了，但阿尔伯特的枪手全都转过去朝法鲁柯的飞机开枪。乔的枪手并不神准——他们在船上，而船又晃动得很厉害——但他们也不必是神枪手。他们设法击中了对手的臀部、膝盖和腹部，船上三分之一的人都倒在甲板上，惨叫连连。

水上飞机又飞回来，两艘汽艇上的人持续开火，迪昂则把飞机上的机枪操作得像是救火员的水管，而他是消防队长。阿尔伯特站直身子，把点三二口径的长管手枪指着乔。船尾像是刮起了一阵龙卷风，尘土和木头碎片齐飞，好几个人没躲过满天乱飞的铅弹。乔看不到阿尔伯特了。

乔的手臂被一块子弹的碎片击中，脑袋也被一块瓶盖大小的木片打到。那木片先是扯掉了他左眉一角，再划过左耳顶端，然后落入了墨西哥湾。一把柯尔特点四五口径手枪掉在浴缸外底部，乔捡起来退下弹匣，看到里头还剩至少六颗子弹，又赶紧将弹匣插回去。

等到卡迈·帕罗内来到乔身边，乔的脸部左侧看起来比实际上严重多了。卡迈给了乔一条毛巾，随即和一个新手小子彼得·华勒斯开始用斧头砍开水泥。乔以为水泥已经完全凝固了，结果没有，斧头挥击了十五六下，再加上一把卡迈从船上厨房里找来的铲子，他们就把乔从水泥里头弄出来了。

法鲁柯·迪亚兹把飞机停在海上，关掉引擎。飞机朝他们滑过来。迪昂爬上船，其他人则忙着解决掉受伤的敌手。

“你还好吧？”迪昂问乔。

里卡多·寇马托追上一个爬向船尾的小子，那小子双腿一片血肉模糊，但身上其他部分看起来一副晚上要出去玩的打扮，米色西装和乳白色衬衫，芒果红领带翻到一边肩膀上，像是准备享用一碗龙虾浓汤。寇马托朝他脊椎喂了颗子弹，那小子愤慨地大吼一声，于是寇马托又朝他脑袋补了一枪。

乔看着堆在甲板上的尸体，对华勒斯说：“如果他还活着，带他来见我。”

“是，老大。是，老大。”华勒斯说。

乔试着扭动脚踝，但太痛了。他一只手放在引擎室底下的梯子上，对迪昂说：“你刚才问我什么？”

“你还好吧？”

“啊，”乔说，“你知道的。”

有个船舷边的家伙用意大利语哀求饶命，卡迈·帕罗内朝他胸部开了一枪，把他踢下了船。

接着法撒尼把吉诺·瓦洛科翻过来，让他仰面朝天。吉诺双手掩着脸，血从头部侧边流下来。乔想起他们之前还聊到为人父母，聊到生孩子永远没有好时机。

吉诺说了每个人都说过的话。他说：“等一下。”他说，“不要——”

法撒尼一枪射穿他的心脏，把他踢进了墨西哥湾。

乔移开眼睛，发现迪昂镇定而谨慎地看着他。“他们本来要杀光我们所有人，追杀到底。你知道的。”

乔眨眨眼表示肯定。

“那为什么？”

乔没回答。

“不，乔。为什么？”

乔还是没回答。

“贪婪，”迪昂说，“没有道理的贪婪，他妈的毫无理性的贪婪。贪得无厌。因为对他们来说，永远都不够。”迪昂的脸气得涨成紫色，弯腰凑近乔，近到两人鼻子都碰到一起了，“妈的，永远都不够！”

迪昂又直起身子，乔凝视他许久，在这段时间里，他听到有人说船上的人都死了。

“对我们任何人来说，永远都不够，”乔说，“你、我、佩斯卡托。因为滋味太好了。”

“什么？”

“夜晚。”乔说，“滋味太好了。你在白天生活，就照他们的规则走。我们在夜晚生活，就照我们的规则走。可是，阿迪，我们其实没有任何规则。”

迪昂想了一下：“的确，没有太多规则。”

“我开始筋疲力尽了。”

“我知道，”迪昂说，“我看得出来。”

法撒尼和华勒斯把阿尔伯特·怀特拖过甲板，扔在乔面前。

他的后脑勺不见了，原来心脏的位置有一大团黑黑的血块。乔蹲在尸首旁，把他父亲的怀表从阿尔伯特的背心口袋里掏出来。他迅速检查了一下有没有损伤，没发现一处，于是放进自己的口袋。他靠坐在甲板上。

“我应该看着他的眼睛。”

“怎么说？”

“我应该看着他的眼睛说，‘你以为你制住我了，但他妈的是我制住了你。’”

“你四年前就有这个机会了。”迪昂朝他伸出一只手。

“我还想再要一次机会。”乔握住那只手。

“狗屎，”迪昂说着把他拉起来，“那种机会，不可能有第二次。”

26

重返黑暗

通往罗梅洛饭店的隧道起点是在十二号码头，从这里开始，在伊博市地下延伸八个街区；只要没因为涨潮时淹水，或是被夜里的老鼠占据，花十五分钟就可以走完。对乔和他的手下来说，很幸运的是，他们抵达那个码头时刚好是大白天，而且正逢低潮时分。他们十分钟之内就走到了隧道尽头，虽然大家都被晒伤了，身体出现脱水状况，乔还受了伤，但在搭船从艾格蒙礁岛回来的一路上，乔就告诫了每个人：要是马索有乔认为的一半聪明，他就会设定阿尔伯特应该回报的时间。一旦他认为事情出了大差错，他就不会浪费时间，立刻赶去搭火车。

隧道尽头是一条梯子。梯子顶端的门通往一间锅炉室。锅炉室出去是厨房，过了厨房是经理办公室，再出去是饭店服务台。通往厨房、经理办公室、饭店服务台的门，都可以看到并听到门外的动静，但梯子顶到锅炉室则是个大问题。那扇钢制门总是锁着，按照平常规矩，只有听到暗号才会打开。罗梅洛饭店从来没被警方临检过，因为艾斯特班和乔花钱收买了饭店老板们，让他们收买适当的人别来检查，同时也因为这个饭店本身不引人注意。饭店里没有地下酒吧，只做制造和配销。

这道门有三道锁，而且要从另一头开，经过几番讨论后，他们决定由几个人之间枪法最好的卡迈·帕罗内在梯子顶端掩护，让迪昂用一把霰弹枪把门轰开。

“如果有人站在门的另一头，那我们就都成瓮中之鳖了。”乔说。

“不，”迪昂说，“我和卡迈才是瓮中之鳖。要命，我甚至不确定我们不会被跳弹击中。不过你们其他几个娘们儿呢？狗屎。”他对着乔露出微笑，“小心手榴弹。”

乔和其他人爬下梯子，站在隧道里等，在听到迪昂对卡迈说“准备好了”之后，他朝铰链开了第一枪。声音很大——在一个水泥和金属的封闭空间里，金属子弹击中金属门。迪昂没停下来。金属碎片的乒乓声还在响，他就又开了第二枪和第三枪，乔想，如果饭店里有人，现在一定会跑来看。要命，如果饭店里只剩十楼的人，那他们铁定知道他们在这里了。

“上，我们上。”迪昂大喊。

卡迈没撑过去，迪昂搬开他的尸体，让他靠墙坐着，其他人爬上梯子。一片金属——谁知道是哪儿来的——从卡迈的一只眼睛钻进他脑子里，他完好的那只眼睛瞪着他们，一根没点燃的香烟从双唇间垂下来。

他们把门从铰链上扭开，进入锅炉室，再从锅炉室进入蒸馏室和外面的厨房。厨房通往经理办公室的那道门上，中央有个圆形的玻璃窗，外头是一条铺着橡胶地板的小通道。经理办公室的门开了条缝，门后的办公室里显示出一群战士待过的痕迹——有面包屑的蜡纸，咖啡杯，一个黑麦威士忌空瓶，爆满的烟灰缸。

迪昂看了一眼，对乔说：“我自己是没指望能活到老年的。”

乔吐出一口气，走过那道门。他们出了经理办公室，来到饭店服务台，此时他们已经知道饭店是全空的。感觉上不是有人埋伏，而是真的撤空了。最适合埋伏的地方是锅炉室，但如果想引他们更深入，以确保后头都没有人，也该在厨房突袭他们才对。至于饭店大厅，对于安排埋伏的人，则完全是个噩梦——有太多地方可以躲藏，太容易分散逃逸，而且跟外头的马路只隔了十级阶梯。

他们派几个人搭电梯到十楼，又派另外几个人爬楼梯上去，以防马索安排了什么乔想不到的埋伏计划。那些人回来后报告说十楼都没人，不过他们发现萨尔和左撇子的尸体躺在1009号和1010号房的床上。

“把他们搬下来吧。”乔说。

“是，老大。”

“另外也派人去隧道的梯子那边，把卡迈搬出来。”

迪昂点起了雪茄：“真不敢相信我射中了卡迈的脸。”

“你没射他，”乔说，“是跳弹。”

“没有差别。”迪昂说。

乔点了一根香烟，让曾在巴拿马战役中当过陆军救护兵的波捷塔帮他检查手臂。

波捷塔说：“你得去治疗，老大。要吃点药才行。”

“我们有药啊。”迪昂说，他指的是毒品。

“是适当的药物。”波捷塔说。

“从后门出去，”乔说，“去帮我找该吃的药，或者找个医师来。”

“是，老大。”波捷塔说。

他们打电话，找来了六个长期收他们贿赂的坦帕市警察。其中一个跟着一辆救护车过来，于是乔和萨尔、左撇子、卡迈·帕罗内道别。卡迈九十分钟前才把乔从水泥里挖出来，但让乔最难过的是萨尔，他回想起两人相处的这五年。不知道有多少次，他找他进屋里一起吃晚餐，有时晚上还拿三明治到车上给他。这五年，他都把自己的性命托付给了萨尔，还有格蕾西拉的。

迪昂一手放在他背上："我知道很不好受。"

"我们还刁难他。"

"什么？"

"今天早上在我办公室。你跟我。我们还刁难他，阿迪。"

"是啊。"迪昂点了两下头，在胸前画了个十字，"为了什么？我都忘了。"

"我也不记得了。"乔说。

"一定是有原因的。"

"希望那是有意义的。"乔说，然后往后退，好让手下把尸体搬上救护车。

"的确有意义。"迪昂说，"意味着我们应该找到那些杀了他的浑蛋，把这笔账讨回来。"

他们从运货口送走救护车后，医师正在饭店服务台等着他们，他帮乔清洗了伤口，缝了几针，与此同时，乔听着那些警察向他报告。

"今天帮他的那些警察，"乔对着第三区的毕克警佐说，"是他长期付钱养的吗？"

"不，考克林先生。"

"那他们知道，他们今天在街上追杀的是我的人吗？"

毕克警佐看着地上："我想应该知道吧。"

"我想也是。"乔说。

"我们不能杀警察。"迪昂说。

乔看着毕克的双眼说："为什么不行？"

"那是犯了大忌啊。"迪昂说。

乔对毕克说："现在帮佩斯卡托的那些警察，有你认识的吗？"

"今天在街上开枪的每个警察，现在都在写报告了。市长很不高兴。商业公会也很生气。"

"市长不高兴？"乔说，"还有他妈的商业公会？"他一巴掌把毕克头上的帽子打掉了，"我才不高兴！其他人操他妈的去！我才不高兴！"

房间里有种异样的寂静，大家都不知道眼睛该看哪里。在大部分人的记忆中，包括迪昂，都没听过乔大声说话。

等到乔再次朝毕克开口，他的声音又恢复到平常的音量。"佩斯卡托从来不搭飞机。他也不喜欢搭船。这表示他要离开坦帕只有两个方法：要么走四十一号公路，要么搭火车。所以，毕克警佐，把你他妈的帽子捡起来，找到他们。"

几分钟后，在经理办公室里，乔打电话给格蕾西拉。

"你还好吧？"

"你的孩子好暴力。"她说。

"我的孩子，嗯？"

"他一直踢踢踢。踢个不停。"

"往好的方面想，"乔说，"再忍四个月就好了。"

"你真的很幽默，"她说，"下回希望换你怀孕。让你尝尝肚子压住气管的滋味。而且要一直去尿尿，比眨眼睛的次数还多。"

"下次来试试看吧。"乔抽完香烟，又点了一根。

"我听说今天第八大道发生了枪战。"她说，声音小得多，也僵硬得多。

“是啊。”

“结束了吗？”

“还没。”

“你们也参加了吗？”

“我们也参加了，”乔说，“没错。”

“什么时候会结束？”

“不知道。”

“会结束吗？”

“不知道。”

两个人好一会儿都没说话。他听到她那头在抽烟，她也能听到他这头在抽烟。他看了一下他父亲的怀表，发现已经慢了半个钟头了，虽然他在船上已经又调过时间。

“你不明白。”最后她说。

“明白什么？”

“从我们第一次见面的那天开始，你就加入一场战争了。为了什么？”

“为了谋生。”

“死亡是生计的一种吗？”

“我没死。”他说。

“在今天结束前，你可能会的，乔瑟夫。有可能。就算你赢了今天这场战役，或是下一场，或是再下一场，但你这一行有太多暴力了，这些暴力一定会回头再来找你。一定会的。”

就跟他父亲告诉过他的一样。

乔吸着烟，仰头吐向天花板，看着烟雾消散。他不能说她说的完全没道理，就像他父亲说的也不无道理一样。但现在他没时间管有没有道理了。

他说："我不知道该说什么。"

"我也不知道。"她说。

"嘿。"他说。

"什么？"

"你怎么知道是男孩？"

"因为他老在踢，"她说，"跟你一样。"

"啊。"

"乔瑟夫？"她吸了口烟，"别丢下我一个人抚养他。"

那天下午唯一计划从坦帕开出的火车，是橙花号专车。东海岸铁路公司的另外两班列车上午已经开走了，要到明天才会再有车。橙花号专车是豪华客车，只在冬季运行。对马索、狄格以及他们的手下来说，问题出在这班列车的位子已经被订光了。

正当他们设法贿赂列车长时，警察出现了。而且不是他们收买的那些。

此时，就在联合车站西边的一片田野上，马索和狄格正坐在一辆奥本车的后座上，从那里可以清楚地看到红砖砌成的车站、上头白色的门窗镶边，以及连到车站后方的五条轨道。热轧钢制成的铁灰色铁轨就从这个小小的红砖建筑物延伸出来，往北边、东边、西边无尽伸展，仿佛血管般流到全国各地。

"我们早该控制铁路的，"马索说，"20世纪前十年那时候还有机会。"

"我们控制了卡车，"狄格说，"那还更好。"

“卡车又不能带我们离开这里。”

“我们就开车上路吧。”狄格说。

“几个戴着黑帽子的意大利佬开着一辆漂亮汽车穿越柳橙园，你认为他们注意不到？”

“我们夜里开车就是了。”

马索摇头：“路障。到了现在，从这里到杰克逊维尔的每一条路，那个爱尔兰杂种都设了路障。”

“好吧，老爸，搭火车行不通。”

“可以，”马索说，“行得通。”

“我可以从杰克逊维尔弄来一架飞机——”

“那种他妈的铁棺材，要搭你自己搭，别叫上我。”

“老爸，飞机很安全。比很多方式都要安全，比……比……”

“比火车安全？”马索指着，此时忽然爆出一阵撞击的回音，大约一英里外的田野间有烟雾升起。

“有人在猎野鸭？”狄格说。

马索看着他儿子，感到悲哀，这么笨的人竟然是他三个孩子中最聪明的一个。

“你在这附近看到过野鸭吗？”

“所以……”狄格眯起双眼。他其实还没猜到。

“他刚才炸坏了铁轨，”马索说，望着他儿子，“顺便说一声，你的智障是遗传你老妈的。那女人下西洋棋永远赢不了，就算对手是一碗他妈的浓汤。”

马索和手下在普拉特街的一个公共电话旁边等，安东尼·塞威多内则带着一个装满钱的手提箱来到坦帕湾饭店。他一个小时后打电话来，说房间准备好了。他没看到警察，也没看到当地的黑帮分子。可以派保安先遣人员过来了。

他们派了。其实在那艘拖船不知道发生了什么事之后，他们也没剩多少人手了。之前已经派出十二个人上了那艘拖船，如果算上那个滑头犹太佬阿尔伯特·怀特，就是十三个人了。于是马索的保安人员只剩七个，外加马索的贴身保镖赛普·卡伯奈。赛普是马索的老乡，同样来自西西里岛西北岸的阿尔卡摩，但赛普年轻得多，两个人不是一起长大的。不过，赛普依然是典型的阿尔卡摩人——残酷、无所畏惧、忠于死亡。

安东尼·塞威多内又打来电话，说先遣保全人员已经清查过那个楼层和大厅，都没有问题了。随后，赛普载着马索和狄格到坦帕湾饭店后门，搭送货电梯到了七楼。

“要待多久？”狄格问。

“到后天，”马索说，“这两天我们不要抛头露面。那个爱尔兰浑蛋就算再有办法，也不可能设路障设那么久。到时候我们再开车南下到迈阿密，从那里搭火车。”

“我要叫个女人来。”狄格说。

马索狠狠给了他儿子后脑勺一掌：“叫你不要抛头露面，你听不懂？女人，他妈的还想玩女人？你干脆叫她带几个朋友，再顺便带两把枪来算了，你他妈的蠢货。”

狄格揉着脑袋：“男人总有需要的嘛。”

“这里哪有男人？”马索说，“你倒是指给我看。”

电梯到了七楼，安东尼·塞威多内在电梯口等着他们。他把马索和狄格的房间钥匙分别递给两人。

“房间都检查过了？”

安东尼点点头："都没问题。整层楼，每一间都检查过了。"

马索是在查尔斯城监狱认识安东尼的，当时牢里人人都效忠马索，因为不这样就是死路一条。赛普则是从阿尔卡摩带着当地老大托多・巴锡纳的介绍信来美国投奔马索的，多年来也已经一再证明了自己的价值，次数多得马索都数不清了。

"赛普，"这会儿马索说，"再去检查一下里头。"

"马上去，老大。马上去。"赛普把汤普森冲锋枪从风衣底下拿出来，穿过套房外聚集的人群，开门进去了。

安东尼・塞威多内凑近他："有人看到他们在罗梅洛饭店。"

"谁？"

"考克林、巴托罗，还有他们那边几个古巴人和意大利人。"

"考克林，确定是他？"

安东尼点点头："毫无疑问。"

马索闭了会儿眼睛："他有受伤吗？"

"有，"安东尼很快地说，很高兴可以说些好消息，"脑袋上有个大口子，右手臂吃了子弹。"

马索说："好吧，那我们应该可以等着他死于败血症。"

狄格说："我不认为我们有那么多时间。"

马索又闭上眼睛。

狄格走向他的套房，左右各有一个手下陪着。赛普从马索的套房里走出来。

"没问题了，老大。"

马索说："你和塞威多内守在门口。其他人最好给我眼睛放亮一点儿，明白吗？"

"明白。"

马索进了房间，把风衣和帽子脱下来。他给自己倒了杯酒，就是饭店送来的那瓶茴香酒。酒又合法了，总之是大部分。现在还不合法的，以后也会合法。这个国家又清醒过来了。

太他妈的可惜了。

“可以帮我倒一杯吗？”

马索转身，看到乔坐在窗边的沙发上。那把萨维奇点三二口径手枪摆在他膝盖上，枪口装了消音器。

马索并不惊讶，连一点点都没有。他只好奇一件事。

“你刚才躲在哪里？”他帮乔倒了一杯酒，拿过去给他。

“躲？”乔接过酒杯。

“赛普来检查房间的时候。”

乔用他的手枪指着马索，要他坐。“我没躲。我就坐在那边的床上。他走进来，我问他想不想帮一个能活到明天的人工作。”

“这样就说动他了？”

“真正说动他的，是你想让狄格这种笨蛋掌大权。我们在这里做得很好。好得不得了。结果你跑过来，一天之内就全部搞砸了。”

“那是人性，不是吗？”

“东西没坏，还硬要乱修？”乔说。

马索点头。

“好吧，狗屎，”乔说，“根本不必修的。”

“是啊，”马索说，“但通常都还是会修。”

“你知道今天有多少人死掉，只因为你和你他妈的贪婪？你，还说过自己是‘出身恩迪科特街的单纯意大利佬’。你根本不单纯。”

“有一天，你或许会有儿子，到时候你就明白了。”

“是吗？我会明白什么？”

马索耸耸肩，好像讲出来会玷污那件事。“我儿子怎么样了？”

“现在吗？”乔摇摇头，“走了。”

马索想象狄格趴在隔壁的地板上，一颗子弹从他后脑射入，地毯上积了一摊血。他很惊讶那股压垮他的悲伤这么突然又这么深。那悲伤好黑，好黑，而且绝望又可怕。

“我一直希望有你这样的儿子。”他对乔说，听到自己变哑的声音。他低头看着自己那杯酒。

“可笑，”乔说，“我从来不想要你这样的父亲。”

子弹进入马索的喉咙。他看到的最后一幕，就是一滴自己的血落入那杯茴香酒。

然后，一切重返黑暗。

马索倒下去时，松开手上的酒杯，两膝跪地，头撞上茶几。他右颊贴在桌面上，空茫的双眼瞪着左边的墙。乔站起来，看着他当天下午花了三块钱在五金行买的消音器。谣传国会要把价钱提高到两百元，进而全面禁用。

可惜啊。

为了保险起见，乔又朝马索的头顶开了一枪。

外面走廊里，他的人马已经把佩斯卡托的手下给缴械了，乔原来怀疑可能要经过一番打斗，结果完全没有。之前佩斯卡托根本不顾念手下的性命，还想让狄格这个白痴掌权，他的手下才不想为这种老板奋战。乔走出马索的套房，带上门，看着站在面前的每个人，不确定接下来会怎么样。迪昂也走出狄格的房间，他们在走廊上站了一会儿，十三个人和几把冲锋枪。

“我不想杀任何人。”乔说。他看着安东尼·塞威多内，“你想死吗？”

“不，考克林先生，我不想死。”

“有谁想死吗？”乔看了走廊一圈，看到几个人面色凝重地摇头，“如果你们想回波士顿，那就回去，我祝福你们。如果想留在这里，晒晒太阳，认识几个美女，我们有工作给你们。这阵子工作机会可不多，所以如果有兴趣的话，就告诉我们一声。”

乔想不出还能说什么了。于是他耸耸肩，和迪昂进了电梯，下楼到大厅去。

一个星期后，在纽约，乔和迪昂走进曼哈顿中城一家精算公司后面的办公室，坐在“幸运儿”卢西安诺对面。

乔以前认为，大部分可怕的人，也同时是最害怕的，但这个理论现在完全不适用。卢西安诺一点儿也不害怕。事实上，他身上几乎没有任何情绪，除了他死海般的目光深处那一丝黑暗而无尽的愤怒。

这个人唯一所知的恐惧，就是如何让其他人染上恐惧。

他的穿着无懈可击，要不是皮肤看起来像肉锤敲过的小牛肉，他就是个英俊男子。他的右眼下垂，那是因为1929年一场失败的暗杀；他的双手很大，看起来可以把人的头骨像捏西红柿一样捏碎。

“你们两位还想活着走出那扇门吗？”他们坐下后，他开口问。

“是的，先生。”

“那就告诉我，为什么我该换掉波士顿的管理层。”

他们说了，说的时候，乔一直在那对深色眼珠中寻找迹象，看他是不是明白他们的立场，但感觉上他们就像是对着一块大理石地板说话——他们唯一得到的响应，如果灯光对的话，就是自己映在上头的身影。

他们讲完后，卢西安诺站起来看着窗外的第六大道。“你们在那里，可真引起了不少骚动。那个死掉的五旬节派教徒是怎么回事？她父亲不是警察局长吗？”

“他们逼他退休了。”乔说，“上回我听说，他被送进疗养院了。他伤害不了我们的。”

“但他女儿却办到了。而且你还由着她。这就是为什么大家说你太软了。不是懦夫。我没这么说。每个人都知道你1930年时差点儿就宰了那个土包子，而且那桩劫船的事也需要胆量。但是你1931年没解决那个私酒贩子，还让一个小姑娘——妈的小姑娘，考克林——破坏了你的赌场计划。”

“的确，”乔说，“我没有借口。”

“一点儿也没错。”卢西安诺说。他看着桌子对面的迪昂：“如果换作是你，你会怎么处理那个私酒贩子？”

迪昂迟疑地看着乔。

“不要看他，”卢西安诺说，“你看着我，老老实实说。“

但迪昂还是看着乔，直到乔说：“你就老实告诉他吧，阿迪。”

迪昂转向卢西安诺：“我会把他给灭了。卢西安诺先生。他儿子也一样。”他弹响手指，“把他们全家都做掉。”

“那么，那个五旬节派的小姑娘呢？”

“如果是她，我会弄得像是失踪。”

“为什么？”

“让她的追随者有机会把她变成圣人。他们可以告诉自己，说她是干干净净上了天堂，随便什么都行。同时，他们也会很清楚我们剁了她拿去喂鳄鱼了，这样他们就再也不敢惹我们，不过除此之外，他们聚会的时候还是会提到她，念经赞美她。”

卢西安诺说：“你就是佩斯卡托说的那个告密鬼。”

“没错。”

“我们始终想不透，”他对乔说，“你明明知道这个告密鬼害你坐了两年牢，为什么还能信任他？”

“我也不知道。”

卢西安诺点点头：“我们也这么想，所以当初才会劝老头别去发动攻击。”

“可是你批准了。”

“我们原先是说，如果你新的卖酒生意拒绝用我们的卡车和工会，那就准许他对你发动攻击。”

“马索从来没跟我提过这件事。”

“真的？”

“真的，先生。他只说，要我以后听他儿子的指挥，而且我得杀了我的朋友。”

卢西安诺瞪着他看了好一会儿。

“好吧，”最后他终于说，“提出你的计划吧。”

“让他当老大。”乔竖起大拇指，往旁边指着迪昂。

迪昂说：“什么？”

卢西安诺首度露出微笑：“然后你要当顾问？”

“对。”

迪昂说：“等一下。拜托先等一下。”

卢西安诺看着他，脸上的笑容消失了。

迪昂很快就看出苗头不对：“那是我的荣幸。”

卢西安诺说：“你是哪里人？”

“西西里岛一个叫芒加纳罗的小镇。”

卢西安诺扬起双眉：“我是雷卡拉夫里迪那边的人。”

"啊，"迪昂说，"那个大城。"

卢西安诺从办公桌后头走出来："只有像芒加纳罗那种粪坑里的人，才会说雷卡拉夫里迪是'大城'。"

迪昂点点头："所以我们才会离开。"

"你什么时候离开的？站起来。"

迪昂赶紧站起来："我八岁的时候。"

"回去过吗？"

"回去干吗？"迪昂说。

"让你明白自己真正的本质，而不是你想假装的样子。你真正的本质呢，"他一手揽住迪昂的肩膀，"就是个老大。"他指着乔，"他是智囊。我们去吃午饭吧。我知道离这边几个街区外，有个很好的地方。他们的肉汁是全纽约最好的。"

他们离开办公室，走向电梯时，后头有四个人跟上去。

"乔，""幸运儿"说，"我要跟你介绍我的朋友，迈尔。他对于佛罗里达和古巴的赌场有一些很棒的点子。"现在卢西安诺的手臂揽着乔，"你对古巴熟吗？"

27

比那尔德里奥的农场主人

1935年晚春，乔·考克林在哈瓦那遇到艾玛·古尔德时，距离南波士顿那家地下酒吧的抢劫案已经过了九年。他还记得九年前在波士顿的那个早晨，她有多么冷静、多么镇定，那些特质又搞得他有多么慌张。于是他把慌张误以为是一时迷恋，又把一时迷恋误以为是陷入爱河。

此时，他和格蕾西拉来到古巴已经快一年了，一开始住在一个归艾斯特班所有的咖啡种植园，位于哈瓦那西边约五十英里的塔拉扎斯地区的丘陵上。每天早上，他们会在咖啡豆和可可叶的气味中醒来，听着薄雾凝成的水珠在树林间滴落。傍晚时，他们漫步在山麓间，看到残余的阳光仍逗留在树梢，不肯离去。

格蕾西拉的母亲和妹妹有个周末来探访他们，从此没再离开。他们刚来的时候，托马斯都还不会爬；到了快满十个月时，他跨出了人生的第一步。三个女人宠他宠到无耻的地步，把他喂得像个胖乎乎的球，外加两根粗粗皱皱的大腿。但等到他开始学走路，很快就会跑了。他会跑过田野，在斜坡上下奔走，让那些女人在后头追他。很快，他就不再是个大球了，而是个瘦削的小男孩，有父亲的淡色头发和母亲的深色眼珠，可可油色的皮肤则是两者的综合。

乔回过坦帕几次，搭的是一架福特5-AT款的三引擎飞机，飞机在风里哗啦啦响个不停，老是没有预警地摇晃或突然下降。有两次他下飞机时两耳都快聋了，接下来一整天都听不见。飞机上的护士让他嚼口香糖，又给他棉花塞耳朵，但这种旅行法还是太辛苦，格蕾西拉完全不考虑。所以他只好独自上路，发现自己好想念她和托马斯，想到连身体都出问题了。他会半夜在他们伊博的大宅中醒来，胃痛得无法呼吸。

一等事情处理完毕，他就会搭他能找到的第一班飞机到迈阿密，再尽快搭飞机回古巴。

格蕾西拉并不是不想回坦帕——她想回去，只是不愿意搭飞机。她也不想现在就回去。（乔怀疑，这表示她其实不想回去）于是他们继续待在塔拉扎斯的丘陵，还有她母亲和她妹妹贝妮塔，后来另一个妹妹依内丝也来了。无论格蕾西拉、她母亲、贝妮塔、依内丝彼此之前有过什么不和，似乎都因为时间和托马斯而化解了。有两回，乔循着她们的笑声找过去，结果发现她们把托马斯打扮得像个小女孩。

有天早上，格蕾西拉问，他们能不能在这里买块地方。

“这里？”

“不见得就是这里。但是在古巴。”她说，“让我们能来暂住的地方。”

“所以我们是在这里‘暂住’？”乔微笑。

“是啊，”她说，“我很快就得回去工作了。”

但是并没有。乔回坦帕的那几次，曾去看过帮她管理各个慈善事业的那些人，发现他们都很值得信赖。就算她十年不回伊博，等她回去时，那些慈善机构还是会运作得很好，要命，甚至会更好。

“当然，亲爱的。随你。”

“地方不必很大，或是很豪华，或是——”

“格蕾西拉，”乔说，“你就去挑你想要的地方吧。要是看中哪里，对方不想卖，就出双倍的价钱。”

这种事在当时也不算新鲜。古巴之前深受经济大萧条打击，状况比大部分国家都糟糕，现在正尝试着朝复苏迈进。马查多政权的种种腐败已经结束，被富尔亨西奥·巴蒂斯塔上校的希望所取代，巴蒂斯塔领导“中士兵变”，赶走了马查多。古巴共和国的正式总统是卡洛斯·门迭塔，但人人都知道，真正掌权的是巴蒂斯塔和他的军队。美国政府很支持这样的安排，因此在这场政变逼得马查多搭上飞往迈阿密的飞机之后的五分钟，便立刻大举金援这个岛屿。在这些钱的帮助下，古巴修建了许多医院、道路、博物馆、学校，还沿着哈瓦那北边的滨海大道建立了一个新的商业区。巴蒂斯塔上校不仅爱美国政府，也爱美国赌客，于是乔、迪昂、迈尔·兰斯基、艾斯特班·苏亚雷斯等人，跟古巴政府最高层官员的沟通渠道畅通无阻。他们已经买下了哈瓦那中央公园周边和塔康市场区一些最佳地段的九十九年租约。

他们将赚进无数财富。

格蕾西拉说门迭塔是巴蒂斯塔的傀儡，而巴蒂斯塔又是联合水果公司和美国的傀儡，他会突袭富人的保险库、强夺土地。美国政府依然支持他掌权，因为美国相信坏钱可以带来好事。

乔没跟她争。他也没指出他们自己赚了坏钱之后，就做了很多好事。他只是问起格蕾西拉找到的那栋房子。

那是一个破产的烟草农场，事实上，就在更往西五十英里，位于比那尔德里奥省一个叫作阿仙纳斯的小村庄外头。农场里有一个独立的访客屋可以给她的家人，还有无尽的黑壤田野可以让托马斯奔跑。原来的主人是寡妇多梅尼卡·戈麦斯，乔和格蕾西拉跟她买下农场的那一天，她在律师的办公室外面介绍他们认识了伊拉里奥·巴奇加卢皮。她解释，如果他们有兴趣种植烟草，伊拉里奥可以教授他们各种相关的事情。

当寡妇的司机开着一辆“底特律电气”出产的两吨汽车载着她离开时，乔看着眼前这个身材圆胖、留着八字胡的小个子男人。他看到伊拉里奥跟着戈麦斯出现过几次，总是站在旁边不引人注意，还以为他是保镖。毕竟在这个地区，绑票也不是新鲜事。但现在，他注意到那双疤痕处处、骨架突出的大手。

他还从没想过，要拿那些土地做什么。

相反，伊拉里奥·巴奇加卢皮则想了很多。

首先，他跟乔和格蕾西拉解释，没人叫他伊拉里奥；大家都叫他席基（Ciggy），但是跟香烟（cigarette）完全无关，而是因为他小时候不会念自己的姓巴奇加卢皮，老是卡在第二个音节。

席基告诉他们，直到不久前，阿仙纳斯村里还有两成的居民靠戈麦斯的种植园过活。但自从戈麦斯先生开始酗酒，接着从马上摔下来，接着又变得精神错乱且疾病缠身，就没有工作了。有三个采收季，席基说，都没有工作。这就是为什么村里很多小孩没穿裤子。因为上衣如果小心照料可以穿一辈子，但裤子老是会在臀部或膝盖处磨穿。

乔之前开车经过阿仙纳斯村时，早已注意到村里的小孩大半光着屁股。要命，如果不是光屁股，就是光着全身。阿仙纳斯位于比那尔德里奥的山麓丘陵间，其实是个不太成形的村落。村里只有一堆摇摇欲坠的棚屋，屋顶和墙壁是用干棕榈叶搭建起来的。人类的排泄物经由沟渠排入河中，而村民饮水的来源也同样是这条河。村里没有村长或领导人，街道上满是烂泥。

“我们对农事完全不懂。”格蕾西拉说。

此时，他们已经来到比那尔德里奥的一家小酒馆里。

“我懂，”席基说，“我太懂了，夫人，凡是我不记得的事情，就表示那些事情根本不值得教。”

乔看着席基机伶、精明的双眼，重新评估这位工头和寡妇之间的关系。他本来以为寡妇把席基带在身边做保镖，现在他明白了，席基参与农场的买卖过程，是为了自己的生计着想，并确保戈麦斯寡妇会照顾他的利益。

“那你会怎么做？”乔问他，给每个人又倒了一杯朗姆酒。

“你要先准备苗床，把田犁好。这是第一个。种植季下个月就开始了。”

“但是不能妨碍我太太整修房子，做得到吗？”

他朝格蕾西拉点了点头：“那当然，没问题。”

“这事情需要几个人？”她问。

席基解释，需要男人和儿童播种，需要男人建苗床。需要男人或儿童照看土壤，以防霉菌和病虫害。需要男人和儿童移植、锄地，再犁些田，以及杀死蠕虫、蝼蛄、臭虫。还需要一个不酗酒的飞行员，帮忙撒农药。

“天啊，”乔说，“要花多少工夫？”

“我们还没讨论到摘蕊、抑芽或采收呢。”席基说，“然后还有串联、挂架、烘烤，以及找人照看烟楼的火炉。”他挥着大手，说着各种需要的人工。

格蕾西拉说：“我们能赚多少钱？”

席基把写着数字的纸推到桌子对面。

乔喝着朗姆酒，仔细看着那些数字。“所以，如果收成好，没有蓝霉病、蝗虫或雹暴，上帝保佑太阳不停照耀在比那尔德里奥，我们的投资就能赚回百分之四。”他看着对面的席基，“是这样吗？”

“对，因为你只用到了四分之一的土地。但如果你也投资在其他的田地，让整个状态回到十五年前的全盛期呢？五年之内，你就会很有钱了。”

“我们已经很有钱了。”格蕾西拉说。

“那你们会更有钱。”

“如果我们不在乎是不是更有钱呢？”

“那就这样想吧，”席基说，“如果你们让这个村子挨饿，有一天你们早上起来，可能就会发现他们都睡在你们的土地上。”

乔坐直身子：“这是威胁吗？”

席基摇摇头：“我们都知道你是谁，考克林先生。著名的美国黑帮分子。上校的朋友。与其威胁你，我们不如游泳游到大洋中心，或拿刀割自己喉咙。”他严肃地在胸前划了个十字，“但是当人们挨饿，没有地方去的时候，他们还能去哪里？”

“不要来我的土地就行。”乔说。

“但那不是你的土地。而是上帝的土地。你只是租了下来。这些朗姆酒？这一生？”他拍拍自己的胸膛，“我们都是跟上帝租来的。”

整修主宅需要的人工，几乎跟农场里一样多。

室外的种植季节展开时，室内的整修季节也开始了。格蕾西拉让所有墙面全部重新敷上灰泥、上漆，他们住进去时，一半地板都已经拆掉换新。屋里本来只有一间厕所，等到席基开始在烟田里进行摘蕊时，厕所增加到四间了。

到此时，一排排的烟叶已经长到大约四英尺高。乔有天早上醒来，发现空气又甜又香，让他立刻就满腹欲望地想念起格蕾西拉的颈项。托马斯躺在他的婴儿床里睡觉，格蕾西拉和乔则走到阳台看着烟田。乔前一晚去睡觉时，烟田还是一片褐色，现在已经变成一片绿毯，冒出粉红色和白色的花，在柔和的晨光中闪烁。乔和格蕾西拉看着自己的这片土地，从他们大宅的阳台绵延到罗萨里奥山脉的山麓丘陵，举目所及，都是闪闪发亮的烟花。

格蕾西拉站在他前方，手往后揽着他的脖子。他双手搂着她的腹部，下巴埋在她颈窝里。

“你还不相信上帝呢。”她说。

他深深吸着她身上的气息：“你还不相信坏钱能带来好事呢。”

她低声笑了，他的双手和下巴都能感觉到她在笑。

那天早晨晚些时候，工人和他们的孩子们来到烟田，一株株仔细摘除上头的花蕊。烟草展开硕大的叶子，仿佛一只只巨鸟，次日早晨，乔看着窗外，再也看不到土壤，也看不到花了。在席基的管理下，整个农场继续顺利运作。为了下一个阶段，他从村里找来了更多孩子，有好几打，有时托马斯会控制不住地大笑，因为他听得到烟田里其他孩子的笑声。有的夜晚乔会坐在那儿，听着那些男孩在旁边空地里打棒球的声音。他们会打到最后一丝天光都消失，只用扫帚柄和不知道哪里找来的标准用球。球外头的牛皮和里面的羊毛线都早就没了，但他们还是设法利用里面的软木球心，照打不误。

他听着他们的喊声和木棒敲中球的脆响，想到格蕾西拉最近提到，说要快点儿给托马斯添个弟弟或妹妹。

他想，何不多生几个呢？

整修房子的进度比复兴农场要慢。有天乔到哈瓦那旧城区，去找专门修复彩绘玻璃的艺术家迪亚哥·阿尔瓦雷斯。阿尔瓦雷斯先生跟他讲好价格，答应至少花一星期到一百英里外的阿仙纳斯村，帮他们修复格蕾西拉抢救下来的窗子。

谈完之后，乔来到教堂大道上一家迈尔·兰斯基推荐的珠宝店。因为他父亲的怀表一年多来越走越慢，在一个月前终于完全停摆。珠宝店老板是个中年男子，一张轮廓分明的脸，长期眯着眼睛，他拿了表，打开后盖，跟乔解释说虽然这块表很好，但每隔十年还是至少得保养一次。这些零件，他跟乔说，这些精密的零件，看到了吗？都需要上油的。

“要花多长时间？”乔问。

“我不确定，”那老板说，“我得先把表拆开，检查每个零件。”

“我知道，”乔说，“要多久？”

“如果只是零件需要上油，没有其他地方需要修？四天。”

“四天，”乔说，感觉到心脏猛跳了一下，好像有只小鸟刚飞过他的灵魂，“不可能更快了吗？”

那人摇摇头：“还有，如果有什么坏掉了，只要一个小零件——你看到这些零件有多小吗？”

“是，是，我看到了。”

“那我就得把表送到瑞士去修了。”

隔着落满灰尘的窗玻璃，乔望了一会儿外面落满灰尘的街道。他从西装内侧口袋掏出皮夹，拿了一张一百元美金钞票，放在柜台上。“我两个小时之后回来。到时候告诉我你的诊断结果。”

“什么结果？”

“就是要不要送到瑞士去修。”

“是的，先生。没问题。”

他离开那家店，漫步在衰败的旧城区里。过去这一年，他来过这个城市好多次，已经判定哈瓦那不光是一个地方，也是这个地方的梦。这个梦在阳光下困倦无力，融入了它自身对慵懒的无穷渴望，爱上了它垂死时的性感低吟。

他转过一个街角，然后是下一个，转过第三次弯之后，他站在一条街道上，艾玛·古尔德所在的那家妓院就在这里。

艾斯特班一年多前就给了他地址，就是在阿尔伯特·怀特、马索、狄格，以及可怜的萨尔、左撇子、卡迈死掉的前一夜。自从昨天离家后，他就知道自己会来这里，但他一直没跟自己承认，因为来这里似乎愚蠢又无聊，他早已不再像年轻时那么无聊了。

一个女人站在店门前，正在用水管冲洗人行道，要把前一夜的碎玻璃冲掉。她把玻璃和尘土冲入卵石街道旁的水沟，抬头时看到了他，手里的水管垂下，但是没掉落在地。

时光对待她并不残酷，但也并不仁慈。她看起来就是一个恶习太多的美人，抽太多烟又喝太多酒，两种习惯都在她眼角的鱼尾纹、嘴角的皱褶、嘴唇下方留下了痕迹。她的眼皮松弛，头发毛燥，即使身处哈瓦那潮湿的气候中。

她举起水管，继续忙着工作。“要说什么就说吧。”

“你不想看我？”

她转向他，但眼睛还是看着人行道，他不得不往旁边移动，免得鞋子被淋湿。

“所以你那天出了车祸，就心想，‘我要抓住这个机会，好好利用’？”

她摇摇头。

“不是吗？”

又是摇头。

“不然是怎么回事？”

“那些警察一开始追我们，我就跟司机说，唯一脱身的方法就是冲下桥。但是他不肯。”

乔避开她水管的方向。“所以呢？”

“所以我就朝他后脑开枪。我们落水了，我游泳逃掉了，麦克在等着我。”

“麦克是谁？”

“是我钓着的另一个男人。他整夜都守在饭店外头。”

“为什么？”

她沉下脸瞪着他。“你和阿尔伯特后来都开始来那套：‘没有你我活不下去，艾玛。你是我的命，艾玛。’我需要一个安全网，免得万一你们把对方给杀了。我一个姑娘家还能有什么选择？我知道早晚我得逃离你们的掌握。老天，你们两个那样子，我快受不了了。”

“我道歉，”乔说，“为了爱你而道歉。”

“你才不爱我呢。”她专心对付一块卡在两颗卵石之间的特别顽固的玻璃。“你只是想拥有我。就像一个他妈的古希腊花瓶或一套时髦的西装。把我带给所有朋友看，说，‘她真是个尤物吧？’”现在她直视着他，“我不是你的玩具。我不想被拥有。我想要拥有。”

乔说：“我还为你哀悼了好久。”

“真贴心。”

“哀悼了好几年。”

“那你是怎么背负这个沉重的十字架的？老天，你真了不起。”

他朝后退了一步，尽管她水管没指着他。他第一次看穿了整个把戏，就像个容易上当的傻瓜，以前被骗过太多次，所以每次出门前，他老婆一定要他留下表和零钱。

“巴士站储物柜的那些钱，你拿走了，对不对？”

她以为他问完之后，就会朝自己开枪。他举起双手，以显示他没拿枪，也不会去拿。

她说：“别忘了，你已经给了我钥匙。”

如果小偷也有荣誉可言，那么她说得没错。他的确给了她钥匙。从那一刻开始，东西就是她的，任由她处置了。

“那死掉的那个女孩呢，就是警方还陆续找到尸体碎片的那个？”

她关掉水管，靠在妓院的灰泥墙壁上。“还记得阿尔伯特老在说他要给自己找个新的小妞吗？”

“不记得。”

“好吧，他找了。当时就在那辆车上，我始终不知道她名字。”

“你也杀了她？”

她摇摇头，然后敲敲前额。“车祸的时候，她脑袋撞到前座椅背。我不知道她是当场死掉，还是后来才死掉的，我没留在那边搞清楚。”

他站在街上，觉得自己像个傻瓜。他妈的笨透了。

“你有没有爱过我一刻？”他问。

她更加恼怒地审视他的脸。“当然有。或许有好几刻吧。我们一起欢笑过，乔。有时你总算不再看着我发傻，好好跟我上床的时候，那真的很棒。但你就是非得搞坏掉不可。”

“怎么说？”

“不知道——搞得很复杂，搞得你无法掌握。我们不是上帝的子民，也不是童话书里面那种见证真爱的男女。我们在夜间生活，跳舞跳得太急，脚下都长不出草来。这是我们的信条。”她点起一根香烟，从舌头上捻起一根烟草，让风吹掉，“你以为我不知道你现在是大人物了？你以为我没一直在等着你有一天会来找我？我们都很自由。没有兄弟姐妹或父亲。没有阿尔伯特·怀特。只有我们。你想来看我，随时欢迎。”她穿过人行道走向他，“我们以前总是有很多欢笑，现在也可以。在热带消磨我们的人生，在丝缎床单上数我们的钱。自由得像小鸟。”

“狗屎，”乔说，“我不想要自由。”

她昂起头，似乎很困惑，困惑到了伤心的地步。“但我们最想要的，始终就是自由啊。”

“那是**你**最想要的，”他说，“还有，嘿，现在你自由了，再见，艾玛。”

她紧咬着牙，不肯跟着说再见，好像不说，她就还保有某些权力。那种顽固、怨恨的自尊心，你会在非常老的老头，或是被宠坏的孩子身上找到。

“再见。”他又说了一次，然后离开了，没再回头看一眼，没有一丝后悔。他想说的话，都说完了。

回到那家珠宝店，店主极为小心翼翼地、婉转地告诉乔，他的表得送到瑞士修理。

乔签了授权书和修理单，收下店主仔细填写的收据，放在口袋里，离开了那家店。

他站在旧城区的那条古老街道上，一时之间，竟不知道该何去何从。

28

一切都已太迟

所有在农场工作的男孩都打棒球，有些甚至到了狂热的地步。收成季节到来时，乔注意到其中几个的指尖贴了医疗胶带。

他问席基：“那些胶带是哪里弄来的？”

“啊，我们有好多盒，老爷，”席基说，“早在马查多时代，他们派过一个医疗团和一些报社记者来，好让每个人看看马查多有多么关爱农民。一等到那些报社记者离开，医师们就跟着离开，所有的设备也收走了，不过我们帮小鬼们留下了一箱胶带。”

“为什么？”

“你烘烤过烟草吗，老爷？”

“没有。”

“好吧，如果我告诉你为什么，你能不能别再问一堆笨问题了？”

“大概没办法。”乔说。

一棵棵烟草现在长得比大部分成年男子都要高，上头的烟叶比乔的手臂还长。他不准托马斯跑进烟田里，怕他钻进去就找不到了。收割工人——大部分是年纪较大的男孩——有天早上来到烟田，从最成熟的植株上摘下烟叶。烟叶会堆放在木橇上，让驴子拉出去，随后从驴子上解下来，改钩在牵引机上，再把牵引机开到种植园西端的烟楼，这个任务都是留给年纪最小的男孩担任。有天早上乔走到主宅的门廊上，一个不会超过六岁的男孩正开着牵引机经过，一橇烟叶在他背后堆得老高。那男孩朝乔挥手，露出大大的笑容，然后继续往前开。

在烟楼外，工人把烟叶搬下木橇，放在树荫下的串联长凳上。串联长凳的两端各有一个撑架，串联工和递叶工——都是指尖缠着医疗胶带的棒球男孩——会在两个撑架上横放一根木棍，然后开始用细绳将烟叶绑在木棍上，直到整根棍子从这一头到另一头都挂满一串串烟叶。他们从早上6点工作到晚上8点，那几个星期都不打棒球。绳子必须在棍子上绑得够紧，所以手指常会被绳子磨伤。因此，席基指出，医疗胶带就派上用场了。

“等到这部分完成，主人，等这些烟叶都挂好，装满烟楼，就要花五天等叶子干燥。这时唯一需要的工人，就是去照顾烟楼里炉火的人，不能让烟楼里太潮湿或太干燥。至于那些男孩？他们就可以去打棒球了。”他迅速拍了一下乔的手臂，“希望这样的解释能让您满意。”

乔站在烟楼外面，看着那些男孩串联烟叶。即使有那些撑架，他们还是得举高、伸长手臂绑紧烟叶——就这样举高又伸长，连续十四个小时。乔皱起脸看着席基：“当然满意。天啊，这份工作太苦了。”

“我做了六年。”

“你怎么受得了？”

“因为我不喜欢挨饿。你喜欢挨饿吗？”

乔翻了个白眼。

“是啊，你也不喜欢挨饿，”席基说，“全世界的人都会同意——挨饿不好玩。”

次日早上，乔在烟楼里找到席基，他正在检查吊架上的烟叶密度。乔叫他把工作交给别人，陪自己出去。他们穿过田野，走下东边山坡，停在乔所拥有的土地中最糟的一块上。这里石头很多，又被丘陵和露头岩脉挡住光线，一整天都晒不到太阳，而且这里害虫和杂草特别多。

乔问起他们最好的驾驶员艾洛德斯，在烟叶烘烤期间是不是很忙。

“收成时他还是得工作，”席基说，“不过不像那些男孩那么忙。”

“很好，”乔说，“让他来把这块土地犁平。”

“这里什么都长不出来的。”席基说。

“没错。”乔说。

“那为什么要犁？”

“因为地面整理平坦了，比较容易建成棒球场，你不觉得吗？”

他们建好投手丘的那一天，乔抱着托马斯走过烟楼外，看到一个叫佩雷斯的工人正在打他儿子，他用手猛拍他的脑袋，好像那男孩是条狗，正好被逮到在偷吃他的晚餐。那男孩不会超过八岁。乔说：“嘿。”他朝他们走过去，但席基过来挡在他面前。

佩雷斯父子看着他，很困惑。佩雷斯又打了儿子脑袋一下，接着打了几下屁股。

“有必要那样吗？”乔对席基说。

托马斯浑然不觉，还扭动着要去找席基，他最近很喜欢席基。

席基从乔怀里把托马斯抱过来，将他举得高高的，乐得托马斯咯咯笑。席基说："你以为佩雷斯喜欢揍他儿子吗？你以为他早上起床，就说我今天要当坏人，让那孩子长大后恨我？不不不，老爷。他起床的时候说，我得让桌上有食物，我得让他们穿得温暖，修好屋顶的漏水免得他们淋雨，宰掉他们卧室里的那些老鼠，教他们是非对错，向老婆证明我爱她，留该死的五分钟给自己，然后睡四小时就又要起床到田里去。当我离开烟田时，还能听到最小的那个孩子在叫——'爸爸，我饿了。爸爸，没有牛奶了。爸爸，我不舒服。'他每天都来工作，每天都出门打拼，之后你给了他儿子一份工作，老爷，那就像救了他的命。说不定你真救了他的命。但接下来这孩子工作没尽责？妈的。那就得挨打。挨打总比挨饿好。"

"那孩子怎么没尽责？"

"他应该看着烘烤的炉火，结果睡着了。有可能把所有收成都烧掉。"他把托马斯递还给乔，"有可能连自己都烧死。"

这会儿乔看着那对父子。佩雷斯揽着他儿子，那男孩点点头，父亲低声跟他说话，吻了男孩头侧几下，教训完毕了。不过那几个吻似乎没能安抚那男孩。于是他父亲推了一下他的头，两个人又回去工作了。

烟草从烟楼移到包装小屋的那天，棒球场建好了。包装烟叶、准备送往市场的工作，大部分是由女人负责，她们会一早爬上山坡来到种植园，像男人一样坚毅又冷静。她们在包装小屋里忙着把烟草分级时，乔就召集男孩们来到球场，把两天前寄到的手套、新的棒球和路易斯维尔牌球棒发给他们。他把三个垒包和本垒板放好位置。

就好像他在教他们怎么飞。

那些傍晚，他会带托马斯去看球赛。有时格蕾西拉也会加入，但她的出现老是会让少数几个刚进入青春期的男孩分心。

托马斯是那种从来坐不住的孩子，却对球赛非常着迷。他双手夹在两膝之间，安静地坐在那里观看，那些球赛他还不可能了解，却像是音乐或温水，同样对他有安抚效果。

有天夜里，乔对格蕾西拉说："除了我们家之外，这些村民唯一的希望就是棒球。他们爱棒球。"

"这样很好，对吧？"

"是啊，非常好。宝贝，随你怎么骂美国，但我们还是输出了一些好东西。"

她斜了他一眼："可是你们要收钱的。"

谁不收钱呢？要是没有自由贸易，整个世界怎么运转？我们给你东西，你就回报给我们其他一些东西。

乔爱他妻子，在这场交易中，她的国家无疑受到他的国家恩惠，处境也改善了太多，但她无法接受这一点。在美国金援之前，西班牙人把他们丢在污水池里面奄奄一息，整个古巴霍乱肆虐、道路破烂，没有任何医疗可言。马查多上台后也毫无改善。但现在，在巴蒂斯塔将军掌权之下，古巴的基础建设突飞猛进，全国三分之一、哈瓦那的一半家庭有了室内抽水马桶和电力。他们有了好学校和几家不错的医院。他们的平均寿命增加了。他们有了牙医。

没错，美国输出的某些善举，是以枪杆子为威胁的。但在历史上，所有文明发达的伟大国家，都做过同样的事情。

而想想伊博市，他难道没做过同样的事？她难道没做过同样的事？他们用血腥钱盖医院。用朗姆酒的利润收容街上流浪的妇女和儿童。

自古以来，善行往往就是由坏钱带来的。

而现在，在棒球风靡的古巴，在一个原来用木棍、赤裸双手打棒球的地区，他们有了全新的手套，那簇新的皮革发出吱呀声，金黄色的球棒像削了皮的苹果。每天傍晚，当工作告一段落，烟叶采收完毕，干燥的烟叶也整理包装好，空气中弥漫着潮湿的烟草和焦油味，他会跟席基并肩坐在椅子上，看着烟田中的影子越变越长。两人讨论着要去哪里买种子以培育外野的草皮，免得那里老是一堆尘土和小石子。席基听说附近有一个棒球联盟定期举行比赛，乔要他继续打听，尤其是秋天，农场工作最闲的时候。

到了烟草拍卖会那天，他们的烟草卖到了第二高价，四百张烟草，平均重量二百七十五磅，全部由罗伯特·勃恩斯烟草公司收购，这家公司制造细长型雪茄，是美国市场的新宠。

为了庆祝，乔给所有工人都发了奖金，还送了两箱考克林-苏亚雷斯朗姆酒给村子。之后，在席基的建议下，他租了一辆巴士，跟席基带着棒球队到附近小城维纳雷斯的碧侯电影院，看他们生平的第一场电影。

正片之前的新闻影片，都是有关德国实施反犹太的《纽伦堡法案》的——焦虑的犹太人收拾细软，离开设施完善的公寓，去赶第一班离开的火车。乔最近看到过一些报道，说德国总理希特勒对1918年以来欧洲勉强维持的脆弱和平造成了严重威胁。但乔很怀疑那个长相滑稽的小个子会疯狂到那个地步，毕竟现在全世界都在积极防备，这种事情实在不可能发生。

接下来的几个短片没什么好看的，但那些男孩都笑得东倒西歪，眼睛睁得就像他买给他们的垒包一样大，乔花了好一会儿才明白，他们完全不知道电影是怎么回事，还以为刚刚的新闻影片就是电影。

接下来就是正片了，一部叫作《东岭骑士》的西部片。由特克斯·摩朗和艾丝黛儿·萨莫斯主演。银幕上迅速闪过黑底白字的演职员名单，从不看电影的乔原先根本不在乎那些制作人员是谁。事实上，当时他正要低下眼睛，以确认自己的右脚鞋带绑好了，这时那个名字出现在银幕上，于是他的目光又猛地抬起：

编剧

艾登·考克林

乔看向席基和那些男孩，但他们浑然未觉。我哥哥，他想找个人说。那是我哥哥啊。

回阿仙纳斯的巴士上，他不禁一直想着那部电影。没错，是西部片，有大量的枪战和一名不幸的少女，还有一场悬崖道路上进行的驿马车追逐戏，但如果你认识丹尼，就会发现电影中还有别的东西。特克斯·摩朗饰演的角色是一个诚实的警长，但他置身的小镇其实很肮脏。几个最重要的镇民有天夜里聚集在一起，计划害死一个肤色黝黑的流动农工，因为其中一个镇民说，这个农工曾勾引他女儿。到最后，电影修正了原来偏激的前提——那些善良镇民明白自己的做法错了——但那名黝黑的流动农工已经被几个外来的黑帽客杀害。于是，据乔的理解，电影所传达的信息就是，源自外部的危险可以洗净源自内部的危险。而就乔的经验——以及丹尼的经验——这是狗屁不通。

无论如何，他们在戏院度过了一段欢乐时光。那些男孩迷死那部电影了，回程巴士上，他们一直说等他们长大后，要去买六发子弹的转轮手枪和枪腰带。

那年夏末，他的怀表从日内瓦寄回来了。怀表装在一个漂亮的桃花心木盒子里，里头有天鹅绒衬垫，擦得亮晶晶的。

乔开心得要命，因此过了好几天他才承认，表还是有点慢。

9月，格蕾西拉收到一封通知信，说由于她在拉丁区扶助贫弱的善行，已经被“大伊博监察委员会”选为年度女性。这个委员会是个松散的组织，成员包括古巴人、西班牙人、意大利人，他们每个月聚会一次，讨论共同关心的事务。成立第一年时，这个团体解散了三次，大部分会议都由打架收场，一路从聚会的餐厅打到外面大街上。打架的两方通常都是西班牙人和古巴人，意大利人偶尔也会动手，免得被忽略了。在发泄过够多的怨恨之后，那些成员从他们被坦帕其他地方排斥的状况中找到了共识，很快就成为一个相当有力量的利益团体。如果格蕾西拉同意，那个委员会的信上说，他们很希望她能亲自出席领奖，颁奖晚宴将于10月的第一个周末，在圣彼得斯堡海滩的唐西萨饭店举行。

“你觉得怎么样？”格蕾西拉早餐时问乔。

乔觉得昏昏沉沉。他最近老在做一个噩梦，只是细节大同小异。在梦中，他跟家人在国外，他感觉是非洲，但也说不上来为什么。只不过他们周围环绕着长得很高的草，而且天气很热。他父亲出现在视线边缘，在田野最远的角落。他没说话，只是看着那几只山狮从高草中冒出来，一身油亮，眼睛是黄色的。它们身上的毛跟那些草一样是黄褐色的，所以一开始根本看不见，等到发现时已经太迟了。当乔看到第一只时，他大喊着警告格蕾西拉和托马斯，但他的喉咙已经被那只踩在他胸口上的大猫咬开了。他注意到，自己的鲜血在它大大的白牙上显得那么红。当那只大猫又张嘴要展开第二回合攻击时，他闭上了眼睛。

他给自己又倒了一些咖啡，努力不去想那个梦。

“我觉得，”他对格蕾西拉说，“你也该回伊博看看了。”

令他们颇为惊讶的是，房子的整修大致完成了。上星期乔和席基才刚为棒球场的外野铺上草皮。一时之间，他们没有什么理由非得留在古巴不可。

在雨季的尾声中，他们于9月底离家，从哈瓦那港搭船，穿越佛罗里达海峡，往北沿着佛罗里达州西岸航行，在9月29日傍晚抵达坦帕港。

来码头接他们的是赛普·卡伯奈和恩里科·波捷塔，他们现在已经是迪昂手下的两员大将。赛普解释说他们到达的消息已经外泄。他把《坦帕论坛报》的第五版拿给他们看：

著名黑帮老大重返伊博

报道说三K党再度发出威胁，而联邦调查局也正在考虑起诉他。

“上帝啊，”乔说，“他们哪里生出这些狗屎的？”

“大衣交给我吧，考克林先生？”

乔的西装外面套了一件在哈瓦那买的丝质风衣，是里斯本进口的，穿在身上轻得就像另一层皮肤，又很防水。航程的最后一个钟头，乔看到乌云越来越密集，这也不意外——古巴的雨季可能早得多，但坦帕的雨也不是开玩笑的，这会儿天空的乌云还是没散去。

“我还是穿着好了，”乔说，“麻烦帮我太太提行李吧。”

“那当然。”

他们四个人出了客轮站大厦，来到停车场，赛普在乔的右边，恩里科在格蕾西拉左边。托马斯在乔背上，两手圈着乔的脖子。乔看了一下时间，此时听到第一声枪响。

赛普还站着就死了——这种事情乔见过太多次了。他手上还提着格蕾西拉的袋子，子弹就直接穿过他的脑袋。赛普倒下时，乔转身，第二枪随即响起，枪手镇静、冷冰冰地说着什么。乔紧抓住托马斯，扑向格蕾西拉，三个人同时倒在地上。

托马斯大叫，乔感到的主要是震惊而不是疼痛，格蕾西拉也呻吟着。乔听到恩里科开枪了，于是看过去，发现恩里科脖子中弹，血流得太快，颜色也太暗，但他还是拿着那把1917年的柯尔特点四五口径手枪，躲在离他最近的那辆汽车底下开枪。

现在乔听到那个枪手在说什么了。

“忏悔。忏悔。”

托马斯哭号起来。不是因为痛，而是因为恐惧，乔听得出来。他问格蕾西拉：“你没事吧？你没事吧？”

“没事，”她说，“只是喘不过气来。你去吧。”

乔翻滚着离开他们，抽出他的点三二手枪，加入恩里科。

“忏悔。”

他们在那辆汽车下头，对着一双黄褐色的靴子和穿着长裤的双腿开枪。

“忏悔。”

乔开到第五枪时，和恩里科同时击中目标。恩里科在目标的左边靴子上射出一个洞，乔的那枪则把左脚踝轰成两半。

乔看了恩里科一眼，正好看到他咳嗽了一下就死了。就是那么快，他走了，手里的枪还在冒烟。乔翻过那辆汽车的引擎盖，来到厄文·费吉斯面前。

他穿着一套黄褐色西装，里头是一件褪色的白衬衫，头上戴着干草编的牛仔帽，用他那只长枪管的柯尔特手枪撑着地面，拖着没受伤的那只脚起身。他站在碎石子路面上，穿着他的黄褐色西装，被轰烂的脚从脚踝处垂下来，就像从他手里垂下来的那把枪。

他看着乔的双眼："忏悔。"

乔的枪口瞄准厄文的胸膛："我不明白。"

"忏悔。"

"好吧，"乔说，"向谁忏悔？"

"上帝。"

"谁说我不向上帝忏悔的？"乔往前逼近一步，"厄文，我不肯的是，向你忏悔。"

"那就向上帝忏悔，"厄文说，他的呼吸浅而急促，"在我面前。"

"不，"乔说，"因为这么一来，一切还是为了你，不是为了上帝，不是吗？"

厄文颤抖了几下："她是我的宝贝女儿。"

乔点点头："可是我没从你手上抢走她。"

"是你的同类动手的。"厄文的双眼睁大，盯着乔的腰部看。

乔往下瞥了一眼，没看到什么。

"你的同类，"厄文重复说，"你的同类。"

"什么我的同类？"乔问，冒险又往下瞥了胸口一眼，还是没看到什么。

"心中没有上帝的那些人。"

"我心中有上帝，"乔说，"只不过那不是你的上帝。她为什么要在你的床上自杀？"

“什么？”厄文哭泣着。

“你们家有三个卧室，”乔说，“她为什么要在你的卧室里自杀？”

“你这个病态又孤单的人。你这个病态又孤单……”

厄文看着乔肩膀后方的什么，目光又回到他的腰部。

于是乔忍不住了。他低头认真看自己的腰部，看到有个东西，是他下船时没有的。不是在他的腰部，而是在他的大衣上。

一个洞。右口袋的盖片上，就在右臀旁。

厄文看着他的双眼，里头有深深的遗憾。

“我很抱歉。”厄文说。

乔还在设法拼凑出怎么回事时，厄文看到了他一直在等待的东西，他单脚跳了两步到马路上，一辆运煤卡车正要开过来。

车子撞上厄文，司机踩了刹车，但车子还是在红砖道上滑行，厄文的身子已在轮胎下，卡车弹跳着压断他的骨头，碾过他身上。

乔转身离开马路，听到那卡车还在滑行，他看着自己风衣上的那个洞，明白那颗子弹是从后方射入的，干干净净从前方穿出来，天知道差几英寸就会射中他的臀部。应该是在他扑向自己的家人时，口袋盖片飞在空中。当时他……

他回头望向那辆汽车，看到格蕾西拉试着站起来，血大量涌出她的腰部，还有她整个身体中段。他跳过汽车引擎盖，四肢着地落在她面前。

她说：“乔瑟夫？”

他听得出她声音里的恐惧。他听得出，她明白了一切。他脱掉风衣，找到她腹股沟上方的那个伤口，把卷起来的风衣压在她的腹部，说：“不，不，不，不，不，不，不，不。”

她再也没试着移动了。大概也动不了。

一个年轻女人冒险从客轮站大厦的门内探出头来，乔大喊："打电话找医师！找个医师来！"

那女人又缩回去，乔看到托马斯瞪着他，张着嘴巴，但没有发出声音。

"我爱你，"格蕾西拉说，"我一直爱着你。"

"不，"乔说，前额抵着她的。他用大衣尽力按压着伤口。"不，不，不。你是我的……你是我的……不。"

她说："嘘——"

他抬起头，看着她逐渐失去意识，没再醒来。

"我的全世界。"他说。

29

人在江湖

他依然是伊博的大善人，但很少有人认识他。也没有一个人对他的认识，是像她在世时那样。她在世时，他是个和气的人，而且对于他那行的人而言，他出奇地坦率。但现在，他就只是和气而已。

有些人说，他老得很快。他走路会迟疑，好像跛了腿，尽管根本没有。

有时他会带儿子去钓鱼。通常是在日落时分，此时锯盖鱼和鲑鱼最容易上钩。他们会坐在海堤上，他教儿子怎么绑钓鱼线，手臂偶尔会揽着儿子的肩膀，轻声在他耳边说话，同时伸手指着远方，朝向古巴的方向。

致 谢

我要向以下诸人致以深深的谢意：

汤姆·伯纳多、迈克·艾根、马尔·艾伦堡、迈克尔·科瑞塔、格里·勒翰、特丽萨·米莱夫斯基以及斯特林·沃森，谢谢他们阅读草稿，提供意见。

感谢亨利·B.普兰特博物馆以及坦帕韦森特先生旅馆的工作人员。

还要谢谢里根通信集团的多米尼克·阿门塔耐心回答我有关波士顿史泰勒饭店的问题。另外，特别感谢斯科特· 戴奇带着我进行伊博市雪茄城黑帮之旅。

扫二维码，关注卖书狂魔熊猫君

并回复“夜色人生”，

抢先阅读关于《夜色人生》不可不知的十件事。

图书在版编目（CIP）数据

夜色人生 /（美）勒翰（Lehane, D.）著；尤传莉译
. -- 南京 : 江苏凤凰文艺出版社，2016
（读客全球顶级畅销小说文库）
书名原文：LIVE BY NIGHT
ISBN 978-7-5399-9242-6

Ⅰ. ①夜… Ⅱ. ①勒… ②尤… Ⅲ. ①长篇小说—美国—现代 Ⅳ. ①I712.45

中国版本图书馆CIP数据核字（2016）第097180号

图字：10-2016-198号

书　　名　夜色人生

著　　者　（美）丹尼斯·勒翰
译　　者　尤传莉
责任编辑　丁小卉　姚　丽
特约编辑　读客周奥扬　读客闵唯
责任监制　刘　巍　江伟明
策　　划　读客图书
版　　权　读客图书
封面设计　读客图书　021-33608311
出版发行　凤凰出版传媒股份有限公司
　　　　　江苏凤凰文艺出版社
出版社地址　南京市中央路165号，邮编：210009
出版社网址　http://www.jswenyi.com
印　　刷　三河市良远印务有限公司
开　　本　890mm x 1270mm　1/32
印　　张　14.25
字　　数　330千
版　　次　2016年9月第1版　2016年9月第1次印刷
标准书号　ISBN 978-7-5399-9242-6
定　　价　49.90元

如有印刷、装订质量问题，请致电010-85866447（免费更换，邮寄到付）